长城文化系列评书

延庆长城演义

温振鑫 著

中国文史出版社

长城文化系列评书·延庆长城演义

编 委 会

主　　任：于　波

副 主 任：马红寰

组　　委：诸葛福琨　郎丰杰　朱　琳

顾　　问：孙冬虎　尚　珩　范学新　刘继臣

评书原创：林　遥

著　　者：温振鑫

特约编校：赵文新　刘慧颖

插　　图：张华飚

目　　录

序　言

在中国的历史长河中，长城宛如一条巨龙盘踞在华夏大地，它是中华民族坚忍与智慧的象征，见证着岁月的沧桑变迁。北京延庆地区的长城作为中国长城的重要组成部分，有着独特魅力和深厚文化底蕴，是中国长城中的精华。特别是这里著名的八达岭长城，我很早就知道。今天，摆在我面前一本长城文化系列评书《延庆长城演义》，让我很是吃了一惊。

作为说了一辈子评书的老演员，我深知创编一部评书的困难，尤其是涉及这样有着特殊文化符号的具体建筑。我翻阅了这部评书作品，感到这部评书作品完成度非常高，并且全方位展现了延庆长城在北京地区的六个"最"：实有墙体长度最长（全长179.2公里），形制体系最丰富，区域文化最独特，景色最壮观，保护与发展结合最早，以及长城主题载体最丰富。

这部作品已经由中共北京市延庆区委宣传部、北京市延庆区文学艺术界联合会、北京广播电视台共同出品，在北京文艺广播（FM87.6）《醒木有声书场》首播。《人民政协报》2024年5月10日曾报道了当时的播出情况，受到了听众们的欢迎。2024年5月14日，习近平总书记给八达岭长城脚下的乡亲回信，勉励乡亲们带动更多人了解长城、保护长城，把祖先留下的这份珍贵财富世世代代传下去。所以，这部评书不仅是评书这一艺术形式对中华民族伟大精神的生动诠释，更是对习近平总书记回信精神的具体践行。习近平总书记在文化传承发展座谈会上的讲话中强调："有文化自信的民族，才能立得住、站得稳、行得远。中华文明历经数千年而绵延不绝、迭遭忧患而经久不衰，这是人类文明的奇迹，也是我们自信的底气。坚定文化自信，就是坚持走自己的路。"延庆地区长城作为重要文化遗产，其蕴含的历史、文化与精神价值不可估量。

评书是声表并重的艺术，富有即时性和感染力。表演者用声音语调、节奏和情感投入，能瞬间抓住听众，营造氛围，让人感同身受。在此基础上，出版评书的文本，能够以文字方式呈现给读者，意义也很重大。文字具有稳定性和可重复性，读者能按自己的节奏反复阅读，深入探究细节，也可以为文化传承和研究提供资料，突破了评书艺术的传播地域和时间限制。

评书作为传统的曲艺形式，具有独特的艺术魅力。在《延庆长城演义》的创作中，我可以看到作者充分发挥评书的艺术特色，巧妙融入延庆长城的历史故事、人物传奇、文化内涵等，使观众在听书时获得历史文化的滋养和精神启迪。作者温振鑫是北京地区一位长年坚持评书演出的青年演员，也是北京市延庆区非遗项目评书（北京）的代表性传承人。他曾和我说过，在创作过程中，他翻阅了大量史料，比如"二十四史"、各朝地方志及历代相关笔记，还有大量北京和延庆长城的相关资料等，这位年轻演员以严谨的态度、扎实的功底和饱满的热情，完成了这部评书，真是可喜可贺。

历史书上的记述往往是结果，评书演员想要将其变成评书演出，需要讲述整件事情的始末缘由，让故事具有悬念，从而塑造人物，给观众留下深刻印象。可贵的是，《延庆长城演义》摒弃了相对有故事基础的民间传说和神话故事，立足于史实，采用七分史实三分虚构的创作手法，重新整理创编，让整部作品既具评书艺术魅力，又有史实的可信性，评书的文本同时成为能阅读的长城文化读本。我从中也深切感受到作者对延庆长城的深厚情感，还有他对历史文化的尊重与敬畏，相信这本评书能为读者带来独特的阅读体验和历史思考。

从这部评书的成功推出和出版，我也看到延庆区委区政府对长城文化的高度重视，为这部作品的诞生提供了有力支撑。评书《延庆长城演义》，丰富了延庆文化内涵，提升了文化品位。

长城曾见证了无数烽火硝烟与中华民族的团结奋斗，既是凝固的历史，也是鲜活的文化。新时代，新评书，也希望更多的评书工作者深入了解长城文化，挖掘优秀传统文化内涵，用古老的评书艺术，创作出更多优秀的新时代评书作品。

田连元

第一回　燕王调包换质子　秦开射狼救少年

　　起春秋、历秦汉、及辽金、迄元明，上下两千多年。有多少将帅元戎、戍卒吏丞、百工黔首，费尽移山心力，修筑此伟大工程。坚强毅力、聪明智慧、血汗辛勤，为中华留下丰碑国宝。

　　跨峻岭、穿荒原、横瀚海、经绝壁，纵横十万余里。望不断长龙雉堞、雄关隘口、亭障烽堠，犹如玉带明珠，点缀成江山锦绣。起伏奔腾、飞舞盘旋、月宫遥见，给世界增添壮丽奇观。

——罗哲文《长城赞》

　　中国著名的古建筑学家罗哲文先生的这首《长城赞》全面而生动地赞颂了长城。长联的上半部分从时间维度出发，自春秋起始，历经秦汉、辽金，直至元明，跨越两千多年，强调了长城修筑历史的漫长。众多人物耗费巨大心力参与其中，凸显了长城工程的伟大，是中华民族坚强毅力、聪明智慧和辛勤血汗的结晶，使长城成为中华的丰碑国宝。长联的下半部分从空间维度着手，长城跨越峻岭、草原、瀚海、绝壁，纵横十万余里。其长龙雉堞、雄关隘口、亭障烽堠，如玉带明珠般点缀江山，使之更加锦绣。长城起伏奔腾，飞舞盘旋，远望仿若来自月宫，为世界增添了壮丽奇观。

　　整首诗高度概括了长城的历史悠久、工程浩大、建筑雄伟，抒发了作者对长城这一伟大奇迹的赞美与敬仰之情。

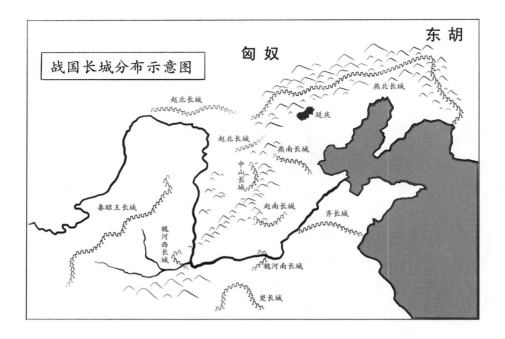

根据文献记载，北京地区长城的修筑可以追溯到战国时期。据《史记·匈奴列传》所书："燕亦筑长城，自造阳（今河北怀来大古城北七里）至襄平（今辽宁辽阳）。置上谷（今河北怀来大古城）、渔阳（今北京怀柔梨园庄）、右北平（今天津蓟县）、辽西（今辽宁义县）、辽东（今辽宁辽阳）郡以拒胡。"又有清朝光绪年间修订的《延庆州志》记载："古长城，即燕塞。燕昭王用秦开谋，置上谷塞，自上谷以北至辽西。秦始皇因其旧址而大筑之，今永宁一带遗迹犹存。"这些珍贵的史料如同历史的钥匙，为我们缓缓地打开了《延庆长城演义》的时光之门。

遥想当时，东周春秋时期，五霸相继崛起，他们表面上皆高呼"尊周室，攘夷狄，伐暴政，救黎民"的响亮口号，然而，其真实目的却是争夺地盘、扩张领土，从而形成了战国七雄并立的复杂局面。在齐、楚、燕、韩、赵、魏、秦这七雄当中，燕国独处北方。周武王灭商之后，姬奭受封于燕地，史称"燕召公"。公元前7世纪，燕国开始向今河北北部、辽宁西部一带扩张，吞并蓟国，建都蓟，也就是现而今的北京。

公元前311年，燕昭王登上国君之位。他心怀壮志，广纳天下贤士，励精图治，使得燕国一度走向繁荣昌盛。然而，燕昭王将燕国治理好的道路并非一帆风顺。其中，最令燕国深感头疼的便是那股来自燕山以北的捣乱势力——东胡。东胡，乃匈奴东边的胡人部落，他们是一支剽悍的游牧民族。凭借着兵强马壮，后期甚至敢于向强大的匈奴索要宝马、美女。连草原霸主匈奴都对东胡无可奈何，何况当时的燕国呢？燕国的东北部，从上谷到辽东一带，时常遭受东胡的侵扰。

上谷，作为燕国的一处重要郡治，因其建于山谷之上，故而依据地势方位而得名。上谷地区，北依燕山作为天然屏障，南有军都雄关镇守，东扼居庸锁钥之险要，西邻小五台山与代郡，汇集桑干河、洋河、妫河三河之水，踞于桑洋盆地之川。其管辖范围，涵盖了当今的河北怀来、宣化、涿鹿、赤城，一直延伸到北京延庆区。

东胡在上谷地区肆意驰骋，烧杀抢掠，无恶不作，令燕国百姓苦不堪言。当时在位的国君是燕王哙。燕王哙是出了名的"老好人"，虽说他坐拥数千里广袤的土地，拥有数十万手持戟戈的兵将，然而，他对内不修筑城池以抵御外敌，对外不抵御东胡的侵犯边境。东胡见状得寸进尺，对燕王哙嚣张地说道："既然你燕国打不过我东胡，那就乖乖俯首称臣吧！"

燕王哙虽然心中惧怕东胡，但嘴上却不肯认输："我乃姬姓诸侯，是周天子分封的一国之君，怎能向你们这些方外的蛮夷之族俯首称臣？"

东胡见状，又心生一计："不称臣也行。那就把你们燕国王子、贵戚选出几个，送到我这边当人质。"东胡企图通过扣押燕国国君的子女或亲近家属，从而达到操控燕国的目的，形成外交上的妥协关系，逼迫燕王哙臣服。被送去的人称为质子，这是春秋战国时期极为重要的外交策略之一。历史上著名的秦昭襄王、燕太子丹都曾有过充当质子的经历。

燕王哙被逼得无可奈何，只得同意东胡的无理要求。但他又实在舍不得让自己的亲生儿子去当人质，于是便从亲支近派中精心挑选出一个人，对外宣称是自己的儿子送往东胡。这个人便是秦开，他本是鲁国的落魄贵族，满怀壮志来到燕国，想在燕国施展一番抱负，却未曾想到竟被当作人质送往东胡，这让他感到无比的失望。然而，如果他不同意前往东胡，继续投奔别的诸侯国，以他当时落魄贵族的身份，恐怕也无人愿意收留他。

秦开无奈地被送到东胡，但他是个胸怀大志的人，在内心默默地立下誓言："我虽为质子，不可甘为人质，总有一天我要回到燕国做一番惊天动地的大事业！"

秦开到了东胡地区，放眼望去，只见燕山以北是一片荒芜的沙漠。稍有风起，沙粒便如汹涌的潮水般漫天涌动。秦开望着这无边无际的荒漠，心瞬间凉了一半。

东胡人上下打量着秦开问道："你会干什么？"秦开面露疑惑，不知对方究竟何意。东胡人看出了秦开的不解，接着说道："我们这里可不养闲人，你到了我们这里就得自食其力。"

秦开赶忙答道："我会驯马！"

东胡人听罢仰天大笑："秦开，你简直是自不量力！你再会驯马，能比得过我们吗？在我们这里控弦之士十余万，个个都是骑马、驯马的高手。你怎敢说此大话？"

秦开不卑不亢地点头道："不错！你们的确都是骑马、驯马的能人！但你们驯马和我驯马不一样。你们的马虽然强壮，单个骑术也不错，可是一上战场，万马狂奔，乱冲乱撞，没有半点儿阵法！这怎么算会驯马呢？"

东胡人被秦开撑得哑口无言，思索片刻后，决定让他在此放牧。秦开暗自较劲："我倒要叫东胡人看看我驯马的本领！"从此，秦开便在东胡人的地盘上开始了放牧为生的日子。

一个初冬的日子，秦开背着雕弓，走兽壶斜插羽箭，赶着马匹缓缓走出了营地。刚走了十几里地，抬头望去，只见彤云密布，寒冷的朔风渐起，天空中纷纷扬扬飘起了雪片。不一会儿工夫，雪越下越密，真可谓：坐镇成团战野下，这回忒杀堪怜。易水冻住燕王船。玉龙鳞甲舞，河川尽平填。天地楼台都压倒，长空飘絮飞绵。三千世界玉相连。冰交燕赵岸，冻了十余年。

秦开跨马远望，看着大雪越下越密，他一拉手里的缰绳，准备带着马群转回营地。就在他掉转马头之际，忽然看见一匹浑身枣红的骏马，翻蹄亮掌，自东向西急速奔跑而去。秦开仔细一看，马上坐着一个人，斜肩披着翻毛的羊皮。羊皮是白色的，雪也是白色的，若不仔细看，着实很难辨认。一人一马，朝着不远处的枯树林飞奔而去。

秦开心中暗想："如此大雪天，谁会往树林里跑呢？莫非有事！"这个念头刚刚闪过，只听不远处响起了一声凄厉的狼嚎，这声音令人心惊胆战。彼时，塞外荒野难以寻觅到猎物，狼都饿红了眼。今天在这茫茫雪地上，出现了一匹枣红马，饿狼岂能轻易放过？只见头狼站在土丘上，指挥着群狼正在全力捕杀这匹枣红马。眼看着枣红马向树林方向跑去，头狼一声恶嚎，带领着群狼直追而来。

霎时间，群狼已经离枯树林很近了。秦开不容分说，迅速摘弓，抽箭，认扣，填弦，动作一气呵成。只见他前手如同托着泰山，后手仿佛抱着婴孩，对准前拳撒后手，"咻"的一声，羽箭破空而出。秦开的箭法可谓出神入化。要知道，在春秋战国时期，不单是贵族，就连普通的读书人也要学习射箭。《周礼·保氏》中记载："养国子以道，乃教之六艺：一曰五礼，二曰六乐，三曰五射，四曰五驭，五曰六书，六曰九数。"这便是"通五经贯六艺"中的"六艺"。其中的射，便是射箭的本领，所谓"五射"包含了五种射技：一为白矢，箭穿靶子而箭头发白，表明发矢准确而有力；二为参连，前放一矢，后三矢连续而去，矢矢相属，若连珠之相衔；三为剡注，谓矢发之疾，瞄时短促，箭羽高于箭头而射出；四为襄尺，臣君一同射箭时，臣君并立，让君一尺而退；五为井仪，四矢连贯，皆正中目标。而这些射箭的高超本领对于秦开来说，都是游刃有余。

只见秦开这支羽箭挂定风声，不偏不倚，"咻"的一声，正钉在一匹饿狼的颈嗓咽喉。饿狼瞬间倒地而亡。然而，秦开不敢有丝毫的懈怠，因为他深知，杀死一只，后面还有一群。他箭发如雨，饿狼纷纷毙命，眼看群狼被射杀殆尽，唯独剩下那头凶狠的头狼。秦开伸手一摸走兽壶，心中暗叫不好！走兽壶里的羽箭已然用尽，他深知大事不妙。

此时，头狼浑身的毛都乍了起来。两只眼睛放着幽幽的绿光，紧紧盯着秦开，张开血盆大口，两排白森森的狼牙露于唇外，四只狼爪子紧扣雪地，随时都准备扑上来要了秦开的性命。正在这时，旁边枯树林中"稀溜溜"一声马嘶。头狼后腿一坐，前爪一扑，撇下秦开，朝着枯树林蹿去。秦开毫不犹豫，跳下战马撒腿追进林去，然而他跑得再快也没有狼跑得快。当秦开追到林中一看，头狼正要扑向那个白衣人。走近才看清，白衣人是位眉清目秀的少年。

说时迟那时快，白衣少年飞身向旁边一蹿，顺势从肋下拔出一把短剑。这把剑明晃晃、冷森森，剑柄之上还镶嵌着颗颗璀璨的宝石。平时带在身上，一来为了防身，二来也是个精致的装饰。秦开心中暗自思忖："这白衣少年究竟是谁？他怎么会有这样一把价值不菲的宝剑呢？"

此时，头狼已和白衣少年激烈地缠斗在一起。白衣少年年轻气盛且勇猛无畏，上下挥舞着宝剑，头狼始终攻不进去。头狼拼尽全力，"噌"的一声蹿起丈许高，向白衣少年猛扑而来。白衣少年只顾着招架，却没注意脚下，被凸起的树根绊住了脚跟，"啪"的一个后仰，仰面摔在了地上。

秦开瞧准机会，一个箭步冲上前去，"仓朗"一声，抽出自己的佩剑，剑尖朝上，一跃来到头狼身下。腕子一挫，佩剑往上一举，一剑刺向头狼腹部。"噗！唰！"两声闷响，剑光所到之处，血光迸溅，凶残的头狼最终栽倒在血泊之中。

秦开杀死头狼后，走到白衣少年跟前，一把拉起他问道："你是谁？怎么跑这里来了？"

白衣少年拍拍身上的雪，冲秦开微微一笑，说道："多谢壮士搭救！我叫额尔古涅。"

"什么？你叫额尔古涅，你父亲是这里的族长吗？"

"我父亲正是族长，壮士您认得他？"

这正是：

> 茫茫雪地朔风寒，恶狼狰狞向少年。
> 秦开挥剑锋芒现，义举惊煞塞外天。

秦开剑斩恶狼救少年，与东胡族人结下了一段深厚的友谊，也为日后他重返燕国，协助燕昭王重振乾坤，聚集人马在上谷修筑燕长城的传奇故事埋下了伏笔。

欲知后事如何，且听下回分解。

第二回　秦开伺机故乡返　昭王纳贤国策询

冰霜凛凛兮身苦寒，饥对肉酪兮不能餐。
夜闻陇水兮声呜咽，朝见长城兮路杳漫。
追思往日兮行李难，六拍悲来兮欲罢弹。

城头烽火不曾灭，疆场征战何时歇？
杀气朝朝冲塞门，胡风夜夜吹边月。
故乡隔兮音尘绝，哭无声兮气将咽。
一生辛苦兮缘离别，十拍悲深兮泪成血。

——〔东汉〕蔡琰《胡笳十八拍》

　　燕国秦开，作为人质来到东胡放牧。那是一个寒风凛冽的冬日，茫茫雪地，银装素裹。秦开独自在这荒芜的草原上，履行着他的使命。偏巧在这冰天雪地之中，秦开救了一个少年。一问才知，这少年的父亲竟是东胡地区的一位族长。

　　说起东胡，这是中国东北地区古老的游牧民族，自商代初年至西汉，存在了一千三百多年。与中原的农耕民族截然不同，游牧民族居无定所，追逐着水草丰美的地方迁徙，人口分散，没有固定的居所。东周时期的中原，所有诸侯国皆由周天子分封，若有人擅自立国，必遭天下共讨。然而游牧民族的规则却大为不同，只要某个族群人口众多、马匹充裕，且有一人能掌控全局，大家愿意听他指挥，此人便可自封为地区首领。秦开救下的白衣少年的父亲，正是这样一位统领一方的首领兼族长。

此时，雪越下越大，秦开心中惦记着林子外面自己负责的马匹，转身欲走。额尔古涅急忙伸手一拦，说道："壮士留步。若不是您挺身而出，我恐怕早已命丧黄泉。您怎能就这么走了……"

秦开听罢，双手抱拳，神色恭敬："少主！我是出来放马的，雪越下越大，我得把马带回营地。若是弄丢一匹，我可担待不起这罪责啊！"

"壮士，我想请您到我家，去见见我的父亲。"额尔古涅目光恳切。

"见你父亲，这又何必呢？"秦开微微皱眉，面露难色。

"壮士，您救了我，总得谢谢您！再者，还不知您叫什么。我帮您赶着马群，趁现在大雪没把山路封死，您跟我回家。我叫他们杀牛宰羊，好好款待您。"额尔古涅言辞诚恳，满心期待。

秦开见其盛情难却，只得点点头，应道："好！叨扰少主了！"

"哪里话，跟我走吧！"说着，额尔古涅手脚麻利地帮着秦开把马群圈好。两人一前一后，迎着漫天风雪，向着额尔古涅族群的驻地艰难前行。

此时，额尔古涅的父亲正在家中急得如热锅上的蚂蚁。原来，清早额尔古涅带着一群人去打猎，临走的时候老族长还千叮咛万嘱咐："额尔古涅，今天天气不好，看样子要下雪。你可要早点儿回来！"额尔古涅当时答应得干脆利落。可半日的光景过去，陪着额尔古涅的手下人独自骑马回来了。老族长忙问："额尔古涅怎么没回来啊？"

"嗐！别提了！老族长，是这么回事：我们刚出山坳就碰见了狼群。狼群一来马就惊了，额尔古涅跑丢了。"

"啊？跑丢了？你们怎么不去找？"老族长瞪大了眼睛，满脸的焦急与愤怒。

"我们找了！怎奈大雪漫天，实在难以寻觅。我们想回来多叫几个人一起去找呢！"手下人战战兢兢地回答。

老族长听罢，只觉大事不妙。额尔古涅孤身一人碰上狼群，又赶上这铺天盖地的大雪，实在是危险至极。他当机立断，马上点起数十名族人，挽弓跨马，急匆匆出离驻地，去找寻额尔古涅。

众人走出第一道山洼，往山脚下一望，只见有两个人，一前一后，赶

着一群马，艰难地顶着风雪迎面走来。老族长骑在马上，极力瞪大双眼，却怎么也看不清楚来人是谁。

正在此时，他听到前面的人骑在马上高声叫道："父亲！是我——额尔古涅。"听见呼喊，老族长这才费力地看出来，喊话之人正是自己牵肠挂肚的儿子。老族长一催坐下马，如离弦之箭般冲到额尔古涅跟前，关切地问道："额尔古涅，你可急坏为父了。你没受伤吧？"

"父亲您看！"额尔古涅用手指向身后。老族长顺着儿子手指的方向一望，只见在茫茫风雪之中一位壮士端坐在马背之上，如同一座屹立的孤独冰峰。就看他一张俊朗的脸庞，被寒风雕刻成坚硬而冷峻的线条，仿佛带着无法言说的力量；一对明眸深邃明亮，犹如寒冬中的冰湖，反射着风雪的光芒。他没戴帽子，头发被吹得有些凌乱，像黑色的冰凌刺向天空；衣服被白雪覆盖，就像披了一层厚厚的冰壳，再加上胯下那匹神骏的白马，一人一马俨然成为风雪的一部分。他虽在风雪中若隐若现，但是透出的冷静和坚忍，像在告诉所有人，无论风雪如何肆虐，都不会让他有一丝屈服。

老族长看罢不由得暗吃一惊，忙问道："儿啊！此人是谁？"

"父亲，今天要是没有这位壮士搭救，恐怕我就丧命在狼口之下了。这是我的恩人！"额尔古涅的声音因激动而微微颤抖。

"孩子，到底是怎么回事？"老族长迫不及待地想要知道事情的经过。

"回家我慢慢跟您说。"额尔古涅跟着老族长，赶着马群，回到驻地。他马上吩咐族人，杀牛宰羊，拿出美酒，以最丰盛的宴席款待恩人。

不大会儿的工夫，美酒美食摆满了秦开面前的毯子。酒席上，额尔古涅把秦开如何从狼口下营救自己的事情，向老族长绘声绘色地讲述起来。老族长听到惊险之处，不由得为儿子捏了一把汗，心中暗忖："好险啊！"

最后，老族长端起一碗酒，来到秦开面前。"秦壮士，今天要是没有你出手搭救，我的小儿子可就没命了。老夫先敬你一碗。"

秦开也端起面前的酒，豪爽地说道："老族长，这是我应该做的！"说罢，和老族长一饮而尽。

老族长看着秦开，虽然行为爽朗，但是着实不像荒漠上的住民，心中不免生疑，问道："壮士，我看你不像是我们荒漠上的人啊！"

　　秦开略作沉吟，把自己到东胡来做质子的事情向老族长和盘托出。老族长若有所思地点点头："原来你是燕国派来的质子！真没看出来啊！"燕国送到东胡的人质，不只秦开一人。老族长见过其他质子，他们都是弱不禁风，手无缚鸡之力。没想到面前的这位燕国质子，居然能与群狼搏斗。在山口看到秦开的第一眼，老族长就觉得面前这个年轻人不一般，再听他讲述身世，心中萌生一个想法："秦开能驯马，敢杀狼。贵族出身，读过书，懂得礼。这是不可多得的人才啊！"想到这里，老族长对秦开说："秦壮士，我有意让小儿子额尔古涅跟在你身边，希望你能将一身的能为悉数教给他，你愿意吗？"老族长有自己的盘算，如果额尔古涅能把他身上的本事学到，何愁今后不能统一整个部族呢？

　　秦开此时也猜到老族长的意图，他沉吟片刻，心中暗想："如果真把额尔古涅教出来，今后燕国一定被欺负得更惨；但是如果不答应老族长的要求，也别想活着离开东胡人的帐篷。"秦开眼珠一转，转念一想，"不如来个将计就计，趁这个机会好好看看东胡人的兵力。往远处说，如果有朝一日回到燕国，凭我在此了解的情况，东胡就别想再欺负燕国；往近处讲，我也不能总给东胡人放马，永无出头之日。"最终，秦开答应了老族长的要求。

　　从此，秦开不再替东胡人放马，而是每天陪在额尔古涅身边。两人相处日久，额尔古涅发现，秦开无论骑马还是弯弓射箭，哪一项都不在话下；而且秦开出口成章，说什么都头头是道，听得额尔古涅如醉如痴。渐渐地，额尔古涅不把秦开当外人，直接称秦开兄长。

　　单说这一天，额尔古涅领着秦开在驻地附近巡防。两人骑在马上，一边走一边闲聊。秦开试探性地问道："少主，我看这片驻地，没有多少人马。来年春天，怎么凭着这点儿人马去燕国抢东西呢？"

　　额尔古涅"扑哧"一声笑了："秦大哥，你以为每次去燕国抢东西都是一拨人吗？我们有好多部族，分在不同的驻地。冬天都在自己的领地休养，春天我父亲会联络几个部族一起行动。这样人马不就多了吗？"

　　秦开一边点头，一边继续问道："少主，离咱们最近的部族在哪儿？"

　　额尔古涅抬手用马鞭一指："看见前面那座山了吗？山左有个两千人的部族，山后有个一千多人的部族，翻过这道山还有几个更大的部族哩。"

秦开不动声色，暗暗记下这些重要的军事情报。晚上回到帐篷，找出一块碎羊皮，把白天听额尔古涅说的部落分布一一画下来。除此之外，秦开还慢慢学会了东胡的语言，了解到不少风土民情。当然，秦开也会教额尔古涅一些中原的文化。老族长看在眼中，渐渐地对秦开放松了戒备之心。

时光如白驹过隙，转眼两年的光景过去。一天，秦开和额尔古涅信马由缰在周围巡视，突然发现不远处来了几个陌生人。额尔古涅抖缰绳催马来到几个人面前，用手一指："站住！什么人？"

其中一人朝额尔古涅仰脸微微一笑，说道："您好！我们是从山南面来的马商！"

额尔古涅听说是马商来贩马，并没多想，把几人带到父亲面前。他们顺理成章地住进了东胡的驻地。秦开从几人说话中听出，他们是燕国人，此时他虽然表面上不动声色，但内心早已心潮澎湃。秦开是燕国人，作为人质被送到东胡，突然听到乡音回荡在耳畔，怎能不激动呢？秦开暗自琢磨："我离开燕国快三年了，不知道故乡怎么样了。如今有燕国人到此，不如借机到他们的帐篷询问一番。"当天晚上，秦开拿着几条厚毯子做掩护，进了马商的帐篷。看看帐外没有人，秦开把自己的身世和盘托出，最后问道："现在燕国怎么样了？"

一个马商拉着秦开的手，说道："如今的燕国有大变化了。燕昭王是现在的新国君，有高人给燕昭王出主意，说成就帝业的国君以贤者为师，成就王业的国君以贤者为友，成就霸业的国君以贤者为臣。燕昭王还真听进去了，他卑身厚币，以招贤者，正在招募有能为、有本事的人。听说中山灵寿的乐毅、齐国的邹衍都到了燕国，看来咱们燕国振兴指日可待！"

秦开听得心潮起伏，压低声音说："各位，能不能烦劳你们将我带回燕国？"

几个马商你看看我，我看看你，心里都在犯嘀咕："你是东胡的人质。带你回去，万一事情败露，你回不去，我们也得一块儿倒霉。"想到这儿，几个人连连摇头。

秦开看出马商的疑虑，说道："你们别害怕，我自有办法。只要按我说的做，保证你们没事！"

　　几个人犹豫再三，最终答应了秦开的请求。第二天，马商找到老族长说："你们的马，我们全都要。但是数量还是不够，能不能再去别的部落看看。"

　　老族长面露难色："现在正是开春水草茂盛的时候，我们得照顾牲口，没人能带你们去。"

　　站在一边的额尔古涅说："父亲，实在没人手，就让秦开去吧，他对咱们几个部落都挺熟悉。"

　　老族长觉得这也是个办法，点头说道："好吧！就让秦开给他们带路。"

　　这真是：摔破玉笼飞彩凤，顿开金锁走蛟龙。秦开混在马商中顺利地离开了东胡驻地，来到燕国边界，正碰上巡防的队伍。秦开把情况和巡防军官一说，军官不敢怠慢，带着秦开直奔燕国都城，见到了燕昭王。

　　秦开将两年来积攒的碎羊皮全拿出来，摆在燕昭王面前，说道："国君！这是我在东胡搜集到的信息，都画在羊皮上了，请国君御览！"

　　燕昭王一边看图，一边听秦开讲东胡的情况，眉头紧锁，若有所思，听完后问道："秦开，你说咱们燕国要想不再被东胡袭扰，计将安出？"

　　秦开躬身施礼，郑重地说道："国君，以鄙人之愚见，想不再被东胡侵扰，需要内外双修！"

　　"何为内外双修？"燕昭王目光炯炯，急切地问道。

　　"对内您要屯田戍守，约整军士，勒以军法；对外您要效法赵国，借助燕山之险，大修长城，以防外敌！"秦开声音洪亮，条理清晰地阐述着自己的见解。

　　燕昭王听后，频频点头，眼中闪烁着希望的光芒，心中已然有了定夺。这正是：

　　　　　东胡营帐藏身影，秦开筹谋探密情。
　　　　　忍辱终携机密返，燕邦自此计谋成。

　　欲知后事如何，且听下回分解。

第三回　秦开谏策修长城
嬴政称皇灭诸侯

饮马长城窟，水寒伤马骨。
往谓长城吏，慎莫稽留太原卒！

——〔东汉〕陈琳《饮马长城窟行》

在遥远的战国时期，风云变幻，英雄辈出。话说秦开乔装改扮，混迹在贩马的客商队伍之中，历经艰辛，终于回到了燕国，得以面见燕昭王。秦开向燕昭王献上精心谋划之策：对内应当大力推行屯田戍守之法，全力整顿军事力量；对外则要效仿赵国，凭借燕山的天险之势，大规模修筑长城，以抵御外敌的侵扰。

燕昭王听闻此策，深表赞同。常言道："时势造英雄。"然而，即便再有雄才大略的英雄，若未遇明主，亦难有施展才华的机会。所幸，燕昭王乃是一位难得的英明君主。那千金买马骨、筑建黄金台的美谈，皆出自燕昭王。用当下流行之语来说，燕昭王无疑是所有怀才不遇之人心中的男神。

且说此时的燕昭王，正沉浸在征战获胜的激昂之中。在秦开回归燕国之前，燕昭王刚刚狠狠地教训了齐国一番。原来，齐国与燕国相邻，燕昭王的父亲燕王哙在位时，重用子之为相，竟然糊涂到将王位禅让给了子之。如此荒诞之举，致使燕国内乱丛生。齐国瞅准时机，悍然入侵燕国，大肆掠夺燕国的大片土地。燕昭王登基之后，矢志雪耻，高筑黄金台，广纳天下贤才。乐毅应召而来，挂着燕、赵两国的帅印，统率燕、赵、秦、韩、魏五国的雄师征讨齐国，打得齐国军队丢盔弃甲，望风而逃。

就在此时，秦开又提出了"内外双修"的战略构想。燕昭王心中思忖："燕国南边是齐国，北边是东胡。如今齐国已被收拾得服服帖帖，倘若能再将东胡也整治得老老实实，燕国必能跻身强国之列。"想到此处，再结合秦开所提之主张，燕昭王当机立断："好！秦开，朕封你为大将军！即刻操练兵马。来年春天，若东胡胆敢袭扰我燕国边境，寡人便静候你的捷报！"

就这样，秦开领旨，奉命操练人马，驻守燕国北疆。果不其然，正如燕昭王所料，第二年春天，东胡人依照惯例，又来燕国北边肆意骚扰。可东胡人万万没有想到，如今燕国已有大将秦开率领精锐之师在此严阵以待。一见东胡人前来劫掠，秦开果断领兵出征。此时的秦开，已非昔日在东胡充当人质时的模样。只见他，头戴锃亮的盔胄，身着威武的铠甲，腰间束着袍带，稳稳地端坐在一匹高大神骏的战马之上。他那一对剑眉漆黑挺拔，犹如利剑直插云霄；一双虎目皂白分明，炯炯有神，仿佛能洞察一切。由于常年经受塞外寒风的吹拂，秦开的脸色越发深沉坚毅。他手持令旗，高高举起，指挥千军万马，举重若轻，游刃有余。

此时的燕国军队，在乐毅的率领下刚刚取得大捷，士气正盛。加之秦开对东胡的情况了如指掌，这一仗打起来，真可谓是兵如猛虎下山，气势如虹；将似蛟龙出水，锐不可当。自西向东，从今日延庆的妫水河流域出发，向东经过密云的渔水、鲍丘水，也就是如今的白河与潮河，一路过关斩将，势如破竹，马踏平川。东胡军队虽拼死抵抗，却终究抵挡不住燕军猛烈的攻势，只得节节败退。秦开率领燕军乘胜追击，高歌猛进，收复了大片失地。连续的胜利让燕军士气越发高涨，如烈火烹油，一鼓作气，将东胡一直驱赶到了今日东北西辽河的上游。

燕昭王收到捷报，那心情就如同盛夏酷暑中品尝了冰凉甜美的柿子一般，畅快至极。赶忙派人给秦开送信，庆贺秦开大获全胜，并令其速速返回国都，准备举行盛大的庆功宴！然而，出乎燕昭王意料的是，送信之人去得迅速，回来得也极为麻利。见到燕昭王，将秦开的表奏呈上。燕昭王展开一看，心中一惊："哟？秦开不回来了？难道秦开在塞外要自立为王了吗?"

非也！秦开在信中言辞恳切，阐述得明明白白。"大王，臣当初就曾向您进言，燕国北部边地若要长治久安，仅靠打仗远远不够。此次虽将东胡人击退，但只要我军一撤，东胡人必定会再次侵扰边境。欲求长治久安，必须效仿赵国——修筑长城！"

秦开所提及的赵国长城，乃是赵武灵王在位时修筑的，故而后人称之为赵武灵王长城。赵武灵王的历史功绩众多，比如变革风俗，改穿胡服，学习骑射之术，北击林胡、楼烦。其中最为卓著的功绩，当数修建赵长城。赵武灵王为防范北方的匈奴，下令从代郡出发，经尚义县，跨越东洋河，进入兴和县；而后沿着辉腾梁山、大青山南麓行进；再经乌拉山，直奔狼山，筑起了一道北长城。当时的代郡，范围涵盖了从今日北京延庆向西，直至河北蔚县东北、宣化的这片区域。

秦开向燕昭王进言，要仿效赵国，修筑一条属于燕国的长城。在秦开的脑海中，早已精心规划好了这道长城的走向。西边与赵国的长城相接，西起造阳，也就是如今的河北张家口，东到襄平，即现今的辽宁辽阳，修建一条长达两千多千米的燕国北长城。

燕昭王读完秦开的表奏，不禁感慨万千："起用秦开为平北大将军，实乃明智之举！最为关键的是，秦开所想并非仅着眼于眼前之得失，而是为了让燕国能够长治久安。"燕昭王自然对秦开修长城的计划予以全力支持。

得到燕昭王的支持后，秦开却并未急于动工。他深知，西起造阳，东到襄平，修建一条两千多千米的长城，绝非易事。人力从何而来？物料又从何处获取？这一系列问题迫在眉睫，亟待解决。为化解这些难题，秦开灵机一动，想出了一个巧妙的办法。燕国北部边塞连年遭受东胡人的袭扰，致使出现了众多的流民。秦开广而告之，招募流民加入修建长城的队伍，让他们通过辛勤的劳动换取粮食和衣物。如此一来，不仅解决了人力不足的难题，还极大地提升了当地居民的士气和凝聚力。

同时，秦开充分利用当地丰富的资源，例如石头、树木等，尽量减少对外部资源的依赖，从而节省了大笔的开支。尽管考虑得如此周全，秦开还是遭遇了一个巨大的难题。在他的设计构想中，准备借助地理优势，增强长城的防御效果。他留意到长城所处的地形复杂多变，既有山峦起伏，又有河流纵横等自然屏障。他决定因地制宜，依据地形特点，沿着长城修建险峻的关隘和要塞。

众所周知，如今的北京北部是雄伟的燕山山脉，这里山峦连绵，山岭交错，山地众多。若要借助山势修筑长城，必然需要精通测绘、擅长绘图的技术人员。其实，早在两千多年前的战国时期，我国便已有了这样的技术人才。他们大多出自当时的"墨家"。战国时期，各家学说竞相涌现，史称"百家争鸣"，其中便有"墨家"。墨家的代表人物墨子，精通器械制造，是赫赫有名的军事机械制造专家，其技术造诣与鲁班不相上下。因此，"墨家"子弟当时遍布天下。秦开借助燕昭王广纳人才的优厚政策，从各地招揽了众多墨家子弟。秦开将他们召集至施工现场进行测绘，绘制地形图，并与技术人员一同深入钻研长城的走向，规划在何处修建烽火台，哪些地方构筑关隘，事无巨细，皆精心谋划。

秦开深知修建长城的目的不仅仅是消极防御，更要能够主动出击，因此采取了积极的防御策略。他在长城沿线精心修筑了许多烽火台和关隘，它们不仅是坚固的防御设施，更是主动进攻的重要据点。一旦发现敌人的动向，便能迅速集结军队，实施快速反击，让敌人难以靠近燕国的领土。

此外，秦开还深谙如何与友好的少数民族部落建立紧密的联盟。单纯的防御手段并不能从根本上解决燕国所面临的问题，他果断采取"以夷制夷"的策略。他找到了东胡的额尔古涅。此时，东胡的老族长已然离世，额尔古涅成为新的族长。额尔古涅少年时便与秦开相识相知，后来虽身处两地，但情谊从未消逝。秦开积极与他建立联盟，让额尔古涅率领部族驻守在长城以北，形成一道坚固的屏障，有力地阻止了敌人的进攻。这一联盟举措，大大减轻了燕国的防御压力，显著提高了整体的防御效果。

秦开通过一系列行之有效的军事、政治举措，成功地将东胡抵挡在燕长城以北。后来，东胡被匈奴冒顿单于击败。其中一股势力退居到乌桓山，成为后来的乌桓；还有一股势力退居到鲜卑山，便是后来的鲜卑。

经过秦开多年的苦心经营与不懈努力，一条西起造阳东到襄平，横贯东西两千多千米的长城，在燕国北方拔地而起，雄伟壮观。在秦开所处的燕昭王时期，还设置了上谷、渔阳、右北平、辽西、辽东五郡，用以防备

东胡再度前来骚扰。其中的上谷郡，涵盖了今日延庆的大部分地区。秦开的一系列举措使得燕国在领土面积上一举超越赵、齐、韩三国，仅次于秦、楚两国，在列国之中位居第三。

然而，秦国眼见燕国迅速崛起，心中顿感不安。秦王嬴政铲除了丞相吕不韦和长信侯嫪毐，于公元前238年，开始亲自执掌朝政。他在李斯的协助下，制定了"灭诸侯，成帝业，为天下一统"的宏伟策略，试图笼络燕、齐两国，稳住魏、楚，首先消灭韩、赵两国，采取"远交近攻"之策，逐个击破。这一策略实施了十多年，诸侯国在秦国的强大攻势下，或被灭国，或无奈投降。公元前227年，秦国大将军王翦攻破赵国，俘虏赵王，占领了赵国的大片国土。随后，挥师北进，抵达燕国南部边界。

燕国已然看清了秦国妄图吞并诸侯、统一天下的野心，燕国的太子丹惶恐不安。太子丹身边有一人，姜姓庆氏，名轲，字次非。由于古时"庆"和"荆"读音极为相近，所以他也被称为荆轲。荆轲为太子丹出谋划策："由我携带燕督亢地图，前往秦国国都咸阳，借献图之机刺杀秦王嬴政。"

荆轲所说的督亢，亦称督亢陂，在战国时期乃是燕国境内富饶的农业水利灌溉区域。其位于燕国的燕下都，也就是如今河北保定、高碑店、新城、涿州一带。荆轲期望以地图为诱饵，接近秦王并实施刺杀行动。与荆轲一同前往执行任务的还有一人，名叫秦舞阳，他正是秦开的孙子。二人抵达咸阳后，秦舞阳双手捧着装载地图的盒匣，跟在荆轲身后，依照正、副使的次序面见了秦王嬴政。然而，最终结果却是图穷匕见，行刺失败，二人被秦王的侍卫所杀。

后来，秦王嬴政派遣王翦与辛胜率领大军攻打燕国，在易水之西大败燕、代联军。公元前226年，秦军再度增兵，王翦率军一举攻破燕都蓟城，燕国就此灭亡。从公元前230年攻打韩国开始，至公元前221年灭齐国结束，短短十年间，秦国先后剿灭韩、赵、魏、楚、燕、齐六国，终结了诸侯割据的局面，建立了大一统的秦朝。嬴政自认为"德兼三皇、功盖五帝"，故而自称"始皇帝"。

秦始皇统一全国之后，大兴土木，开展了多项浩大的工程。除修建奢华的阿房宫，大规模修建陵墓之外，还北修直道，南通灵渠。其中工程量最为浩大、耗时最久、对后世影响最为深远的，当数万里长城。

欲知后事如何，且听下回分解。

第四回　秦王固疆修长城
蒙恬督建征庸徒

长城何连连，连连三千里。

边城多健少，内舍多寡妇。

——〔东汉〕陈琳《饮马长城窟行》

秦始皇统一全国后，匈奴逐渐成为北方边境的主要忧患。匈奴与东胡一样，同属游牧民族，兴起于内蒙古阴山山麓一带，其活动范围主要在广袤的蒙古高原。战国时期，赵国名将李牧曾在雁门郡与匈奴展开一场激烈会战。雁门郡，便是如今山西与内蒙古的交界之地。当时，赵国可谓倾尽全力，出动战车一千三百乘、骑兵一万三千人、步兵五万以及弓箭手十万，与匈奴的十万骑兵展开殊死搏斗。最终，赵国取得大捷，致使匈奴在十余年的时间里都不敢向南进犯。然而，赵国后来被秦国所灭，匈奴趁势卷土重来。

秦始皇深知匈奴的威胁，为了能够远征匈奴，他首先下令修建北方沿边驰道。据《汉书》详细记载，秦始皇所建的驰道规模宏大，"广五十步，三丈而树，厚筑其外，隐以金椎，树以青松"。这条驰道从秦朝的都城咸阳一路向北，径直延伸至今天的内蒙古地区。其宽度达到五十步，约合四十米之宽，每隔三丈便栽种树木，道路的外面设有坚固的保护层，路面更是使用金属工具精心夯平。这简直就像是两千年前的高速公路！其工程之浩大、设计之精妙，令人叹为观止。

公元前 215 年，秦始皇亲自巡行北方边塞。他的行程从碣石开始，向西行进，途经右北平、渔阳、上谷、代郡、雁门、云中，最终回到咸阳。这一路的奔波，皆是为北伐匈奴而做的精心准备。其中，从渔阳到上谷之间的驰道，恰好经过如今北京延庆境内。这条路线意义非凡，不仅为当时的军事行动提供了便利，更成为汉、唐以及后世历朝历代驿路的重要基础，对中国古代的交通和通信发展产生了深远影响。

在完成巡行北方边塞之后，秦始皇果断任命大将军蒙恬，率领三十万大军北击匈奴。蒙恬不负众望，英勇善战，在第二年便成功收复了黄河以北的大片失地，战功赫赫。为了防止匈奴人再度卷土重来，秦始皇决定修筑一条西起临洮东至辽东的万里长城，以确保边境的长治久安。

要论及长城的修建历史，秦始皇以前的各诸侯国都曾有过修建长城的举动。其中，最早修筑长城的是楚国。楚长城在历史文献中被称为"方城"。

《左传》中曾经记载了这样一个有关楚国"方城"的精彩故事：公元前 656 年，正值楚成王十六年，齐桓公率领浩浩荡荡的大军进兵攻打楚国。楚成王临危不惧，派遣屈完出城迎敌。

齐、楚两国在召陵会盟，此地便是如今的河南漯河。齐桓公趾高气扬地对屈完说："我们这次带来了众多的人马，那旌旗蔽日，战鼓雷鸣，你们楚国谁能抵御得了？齐国的兵马，向来攻无不克，战无不胜！我们所到之处，敌军无不望风披靡！"屈完听罢，不卑不亢地对齐桓公说道："倘若您真想打一仗的话，楚国有坚固的方城作为城防，那城墙高耸，坚不可摧。更有滔滔汉水作为城池，水流湍急，波涛汹涌。这天然的屏障和坚固的工事足以抵挡一阵子。"齐桓公听闻楚国的"方城"防御工事坚不可摧，此前也有诸侯国攻打楚国，可到了方城都以失败告终。他深知此番作战难以取胜，权衡再三，最终，齐桓公无奈放弃了攻打楚国的想法。这场剑拔弩张的对峙，以双方的妥协而告终，避免了一场生灵涂炭的大战。

后来，到了战国时期，诸侯之间争霸不断，战乱频繁。各个诸侯国为了防御他国的来袭，也都相继修建起了长城。就连古希腊，在公元前 440 年，相当于中国的战国时期，也修筑过长城。当时，古希腊首都雅典被波斯人攻破。希腊人成功夺回国都后，为了抵抗外敌再次侵入，二十年后筑起了一道连接比雷埃夫斯港的长城。只不过，古希腊长城的长度仅有六千五百米，与同时代中国所修建的长城相比，实在是微不足道。即便如此，它在古希腊依然是一道著名的防线。

在最初的时候，由于生产力水平极为低下，人们根本无力建造连绵不断的长城。为了防范敌兵的进犯，人们只能筑起一个个高台。若敌人在白天来犯，便在高台上施烟示警；若是晚上来袭，就在高台上点火为号。通过这种台台相连的方式传递消息，这便是"烽火台"的由来。烽火台通常会选择建在地势较高的岗上，如此一来，既方便相互守望，又能够及时发现敌情。烽火台上设有守望的小屋子，用于存放燃烟放火的设备；而烽火台下则建有士卒居住的卫所和仓库，以保障士兵的生活和作战所需。

众所周知的"烽火戏诸侯"，便是西周末年与烽火台有关的一个故事。周幽王为了讨自己喜欢的美人褒姒一笑，竟然在烽火台上肆意放火，戏弄诸侯。这一荒唐举动，使得周幽王失去了诸侯的信任，最终导致国家陷入混乱。后来，便留下了"一笑失江山"的典故，警示后人切莫因一时的荒唐而酿成大祸。

东周战国时期，诸侯之间相互争霸，战火纷飞，狼烟四起。各个诸侯

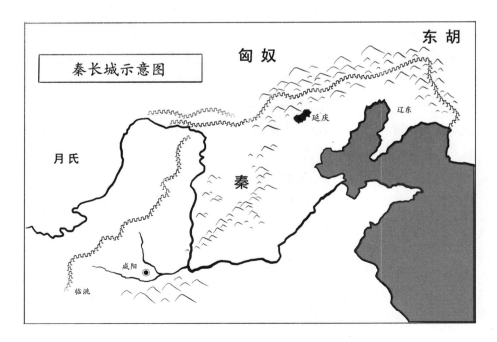

国为了自保，纷纷开始修筑长城。由于彼时诸侯的势力范围都相对较小，一般小国所修筑的长城只有几百里；大一点儿的诸侯国修筑的长城也不过三四千里。因此，我们如今所说的万里长城，确实是从秦始皇时代才开始的。

那么，秦始皇究竟是怎么想到要修筑万里长城的呢？这其中有一个源自术士的提醒。秦始皇在统一六国之后，内心最为渴望的事情便是长生不老。为此，他网罗了不少术士。其中有个叫卢生的术士，主动为秦始皇访求海外仙山，寻求长生不死之药。有一次，卢生从海外带回一套《录图书》，对秦始皇说道："万岁，这是一本谶书。您一心追求长生，此书对陛下您而言，实在是太有用了。"

谶书，乃古代用于预测将来发生之事的书籍。秦始皇接过此书，独自一人在阿房宫里仔细研读起来。突然，秦始皇的目光被书中的一句话所吸引："亡秦者，胡也！"秦始皇心中一惊："不好，难道说致使我大秦灭亡的会是一个姓胡的人吗？"但他转念又一想，"这'胡'字恐怕并非指的某一个人。想这南蛮、北胡、东夷、西戎四夷，皆是中原周边尚未开化之人，尤其北方的胡人，也就是匈奴人，一直以来都是我大秦帝国最大的威胁。这个'胡'字指的肯定就是匈奴。"想到此处，秦始皇毅然做出了一个大胆的决定："仅仅派遣大将蒙恬北击匈奴还远远不够，必须将匈奴永远防御在国门之外。我要修筑一条西起临洮东至辽东的万里长城，永葆我大秦的王气。"

然而，这仅仅只是一个传说而已。即便秦始皇再怎么昏庸透顶，面对如此浩大的工程，也不可能拍脑袋就决定。从历史的角度来看，秦始皇必然是经过了深思熟虑、权衡利弊，才最终决定修筑长城。彼时，蒙恬率领三十万大军，刚刚在北方击败匈奴。秦始皇当机立断，决定让蒙恬带领这三十万人就地修筑长城。

蒙恬接到这一艰巨任务后，心中毫无把握。要修筑这条西起临洮东至辽东的长城，绝非一项小工程。临洮，位于今天甘肃省定西市，通常被称为"陇中"。从这里一直到今天的山海关，路途遥远，其间山脉纵横交错，河流贯穿其中。如此艰难的地形，这长城究竟该怎么修啊？

秦始皇也担心蒙恬压力过大，于是将自己的长子公子扶苏派去为蒙恬充当助手。扶苏为人宽厚仁慈，具有非凡的政治远见。来到前线后，扶苏给蒙恬出了一个主意："将军，我父王让您修筑长城，虽说此举劳民伤财，但一旦长城修筑成功，就能够一劳永逸！"

蒙恬听后，感到十分不解。扶苏进一步解释道："将军请仔细想想，如果匈奴人年年来袭扰北疆，您就得带着三十万将士年年驻守。三十万人，人吃马喂，这将是一笔何等巨大的开销？倘若修好长城，构建完善的城防攻势，然后分段用兵，全线只需三万人就足够了，岂不是一劳永逸吗？"

蒙恬听后，略有所悟，但还是摇摇头说道："公子殿下说得固然都对。但是您瞧瞧，西起临洮，东至辽东，这中间山脉纵横，河流贯穿，工程量实在是太大了！"

"将军，为何不考虑废物利用呢？您看，西起临洮，东至辽东，这其中有原来赵国的属地，也有燕国的遗存，还有我们秦国自己之前修筑的长城。把这些旧长城加以利用，在中间断开的地方增修新城，将它们连接在一起，不就能够省去许多大事了嘛！"经过公子扶苏的一番点拨，蒙恬终于打消了疑虑，万里长城的浩大工程就此动工。开弓没有回头箭。工程刚刚开始，蒙恬就发现三十万人根本不够用。在那个没有起重机、挖掘机等现代化工具的古代，所有的工程全部依靠人力，施工进度异常缓慢。为了加快工程进度，增加人手，只能征调民夫。首先被征调的就是那些罪犯。毕竟罪犯被关押着还得管饭，不如调到前线来修筑长城。

众所周知，在八达岭长城的防御体系中，有一个至关重要的关口，那便是被誉为"天下第一雄关"的居庸关。这"居庸"二字，便是取"徙居庸徒"之意。"庸"指的是苦役，"徒"则代表囚犯。这些苦役和囚犯被强行征调徙居来修筑长城，他们每天都要从事繁重的体力劳动，起早贪黑，却吃不饱穿不暖，因而死伤无数。后来，便有了"孟姜女哭长城"的故事。

孟姜女哭长城，乃是中国流传最为广泛的民间故事之一。范喜良和孟姜女刚刚新婚三天，范喜良就被抓走修筑长城，最终饥寒劳累而死，尸骨被埋在长城脚下。孟姜女携带寒衣千里寻夫，历经千辛万苦找到长城边。谁知丈夫已死，孟姜女便在长城上哭了三天三夜，哭塌了长城，露出范喜良的尸骸。孟姜女安葬范喜良之后投海而亡。

　　实际上，孟姜女的故事仅仅是传说。秦始皇修建长城，的确造成了众多人员的伤亡，但孟姜女的故事与秦始皇以及长城，其实并没有直接的关联。

　　这个故事的最初母本来自《左传》所记载的杞梁妻。《左传·襄公二十三年》中关于杞梁妻的原文记载为："齐侯归，遇杞梁之妻于郊，使吊之。辞曰：'殖之有罪，何辱命焉？若免于罪，犹有先人之敝庐在，下妾不得与郊吊。'齐侯吊诸其室。"

　　这段故事讲述的是杞梁妻在丈夫战死后，拒绝齐庄公在郊外吊唁，认为这种做法既缺乏诚意，又显得仓促草率，对齐庄公的行为表示不满。后来，齐庄公亲自到杞梁家中进行吊唁，并将杞梁妥善安葬在齐都郊外。

　　后来，杞梁妻的故事在民间不断流传演变，直到唐朝才与长城产生了联系。最早出现孟姜女哭长城完整故事情节的，是唐玄宗时期《琱玉集》所引用的《同贤记》。自唐代以后，宋、元、明、清的近千年时间里，孟姜女的故事持续演变，通过变文、宝卷、院本、唱词、杂剧、歌曲、文人诗词、碑刻题铭、地方戏等多种多样的文艺形式广泛传播。

　　如今，"八达岭长城传说"作为北京市延庆区的民间文学，被列为国家级非物质文化遗产之一。其中的"孟姜女传说"是"八达岭长城传说"的一个重要组成部分，这里村民所讲述的孟姜女传说与其他地方截然不同，极具延庆的地域特色，这也充分反映了延庆长城所独有的区域文化。

　　欲知后事如何，且听下回分解。

第五回　居庸关夯土塌方
　　　　　　杨翁子夹石筑墙

官作自有程，举筑谐汝声！
男儿宁当格斗死，何能怫郁筑长城？

——〔东汉〕陈琳《饮马长城窟行》

　　大将军蒙恬与太子扶苏督建的万里长城，其西端起于陇西郡临洮县，也就是现今甘肃岷县一带。长城自此向西北方向沿黄河东岸蜿蜒行进，越过今日兰州西北的地域后出陇西郡，又沿着黄河东岸一路北上，踏入北地郡。再穿过如今的中卫、青铜峡、石嘴山等地，接着沿黄河以西的山地继续北上，从而进入九原郡。经过现今的乌兰布和沙漠，沿着黄河北部边缘一路东进，途经阳山、高阙、阴山草原北部山地，出九原郡，进入云中郡，穿过呼和浩特，出云中郡后继续向东北方向挺进，经过雁门郡、代郡、上谷郡、渔阳郡，一路东进进入右北平郡，经过现今的赤峰以北山地，直插辽西郡的最北端。

　　在这浩大的修筑工程中，难度最大的当数修建山脉中的长城部分。就比如今天北京市延庆区，秦朝时其行政区划属上谷郡。此地处于蒙古高原到华北平原的过渡地带，横亘着燕山余脉，呈现出典型的盆地地形。这里四周群山环绕，桑干河、洋河、妫水贯穿其中，地形极为复杂。

　　能绕过去不修吗？答案自然是否定的！因为此处正处于过渡地带，蒙古高原上居住着剽悍的匈奴，而燕山山脉向南则是一马平川的华北大平

原，是粮食的高产区域。倘若将延庆地区绕过去，无疑是给匈奴人敞开了一道大门，任由他们随意出入。所以，延庆地区的这段长城不但必须得修，而且还得比别处修得更为复杂，要构建起全方位的防御系统。

蒙恬和公子扶苏虽是长城工程的总监，然而真正在一线指挥施工的乃是大将杨翁子。他是蒙恬身边的得力助手，当初蒙恬率主力攻击匈奴东侧，杨翁子则率领军队从萧关北上侧击匈奴西部，二者相互配合，成功大败匈奴。正因如此，蒙恬把修筑长城的艰巨工程交付给了这位得力干将。

修筑长城可是一项专业性极强的工作，其中涉及专业的设计团队以及成套的施工流程。主要的关口由中央进行设计，再由当地负责施工；而一般的关口则由当地自行设计并施工。秦朝长城筑墙的步骤繁多，包含勘测选址、设计规划、地基处理、基础打造等诸多复杂的工序。让那些习惯了上阵杀敌的将军来从事这样的工作，着实是有些强人所难，杨翁子接手此项工作后，着实感到头疼不已。

单说这一日，正值炎炎夏日，骄阳似火，酷热难耐。大将杨翁子正在居庸关区域进行巡视。放眼望去，两侧高山巍峨耸立，山势陡峭险峻，仿佛直冲云霄。山上怪石嶙峋，形态各异，古木参天，枝繁叶茂。再往工地上瞧，成千上万的苦役们，身着粗布麻衣，一个个汗流浃背，挥汗如雨。彼时的居庸关并非现今居庸关城所在的位置，秦代上谷郡下辖的居庸县，管辖着现今延庆东南部的地区。据此推测，当时的居庸关应该位于今天延庆区的东南部。此处的地形复杂程度超乎想象，工程进度慢得犹如老牛拉车一般。上边不停地派人前来催问，杨翁子也只能如实上报。虽说蒙恬嫌进度太过缓慢，但杨翁子看着眼前的工程进展，尽管缓慢，却也已初见雏形，心里还是稍稍安稳了一些。

杨翁子在工地认真视察着，忽然，西北乾天涌起一片乌云，东南风一阵紧似一阵地刮来，一股浓郁的土腥味顺风而至。他刚有所反应，只见那乌云已迅速遮满了头顶上方的天空。霎时间，"轰隆"一声炸雷响彻天际，"咔嚓"一道厉闪划破长空，"哗哗"一阵大雨倾盆而至。

顿时，整个工地都被笼罩在了雨雾之中，好似一幅生宣纸上的水墨画。大雨仿佛将天地连成了一片，雨水裹挟着黄土顺着新筑的城头源源不断地往下流淌。不远处"轰隆"一声闷响传来，随之而来的是人喊马嘶的嘈杂声。

杨翁子勒住丝缰，大声问道："那边究竟发生了什么事？"

一个士兵急忙蹚着水跑到杨翁子的马前，高声喊道："将军，大事不好啦！"

杨翁子心头一紧，赶忙问道："到底出什么事了？"

"将军，有一处新筑的城……塌方了！"

杨翁子听罢，只觉眼前一黑，身体晃了晃，差点儿从马上摔落下来。真是怕什么来什么，蒙恬将军一天催促好几遍，好不容易工程有点儿起色，怎么还塌方了……难道是长城的工程质量实在太差，就连一场大雨都抵御不了？那这样的城墙又怎能阻挡住匈奴的铁骑？

其实事实并非如此。在不同的历史时期，修筑长城所采用的技术存在着巨大的差别。北魏以前的各个朝代修建的长城，主要是以版筑夯土为主，一直到北魏时期才开始出现砖石结构。明代长城则广泛运用了石砌法、砖砌法、砖石混砌法等多种方法。秦代修筑长城时，主要使用的是版筑夯土法。这种筑城法是由民夫先将一份石灰与两份沙子、碎石充分混合，然后倒入两块木板中间，再用大木槌将木板中夹着的石灰、砂石混合物用力夯打结实，最后浇上水。过几天等水分完全干透，再拆除木板，如此便形成了坚固的墙体。民间将这种技法通俗地称为"板打墙"。

版筑夯土法有着极为悠久的历史，其发明人是傅说。孟子在《生于忧患，死于安乐》这篇文章中，就有"傅说举于版筑之间"的相关内容。

傅说是殷商时期声名远扬的政治家、军事家，他尽心尽力辅佐殷商高宗武丁，使得国家安定繁荣，史称"武丁中兴"。"知之非艰，行之惟艰"这一成语正是出自傅说。傅说最初只是一名建筑工人，从事着最为繁重劳累的活儿，然而他却心怀理想。他在傅岩山发明了"版筑法"，有效地治理了洪水，因而美名传遍黄河两岸，被民间尊崇为"圣人"。武丁得知此事后，悄悄地去探访傅说，他发现傅说虽然身为奴隶，却目光高远，深刻洞悉民间的疾苦，而且还能够引经据典，论理深刻，讲出一套完整的安邦治国之策。后来，武丁将傅说带在身边辅佐自己。正因如此，孟子才会说"傅说举于版筑之间"。

从这个故事中不难看出，版筑夯土法从殷商时期就已经存在，传到秦代时已有八百多年的历史。在这漫长的岁月里，这项技术虽然相比传说时期有所改进，但基本的建筑过程并未发生本质的改变。在夯筑墙体之前，需要仔细清理自然基地、平整土地、清除碎石，对于不平坦的地方还要单独建造地基。

地基无疑是建筑的关键所在。考古发现，在固原县秦长城的红庄遗址下面，长城的地基从地表下面九十厘米处开始起夯，宽度大约六米，以上则逐层内收。此外，在一些长城城墙的遗址上还能够看到许多模板、夹板、穿棍和绳索留下的痕迹。在战国时期，由于金属冶炼铸造技艺的显著提高，模板的锯解和制作变得更加便捷。制作一整套以穿棍或穿绳直接悬臂支撑的模板，用绳索系在模板两端，扶拢模板的工艺已然成熟，无须使用外形削减技术，就能够有效地控制墙体的高度和斜度，从而筑出直立的墙壁。

泥土是长城版筑过程中最为重要的原料，在选择时必须慎之又慎，因为土质的优劣直接关系到长城的耐久性和坚固程度。并非每一处的土壤都具备优良的特性，为了建筑长城，从异地运土的情况时有发生。例如，嘉峪关城六百四十米的夯土墙所需要的两万五千五百立方米黄土，是从数十里外的北山运来的。这样的土被称为"客土"。为了增加泥土的"筋性"，战国时期建造长城的时候还会在土中掺入盐，在齐长城穆陵关的一段长城上，至今仍然可见盐渍的痕迹。

中国古代的版筑技术，在工程浩大、绵亘万里的长城建造中发挥了不可估量的巨大作用。看似简单的木板与泥土的奇妙碰撞，实则蕴含着中国古人的非凡智慧。

居庸关前的杨翁子，此时全然没有心思去深入了解版筑技术的悠久历史。他听闻刚刚夯实的土墙被大雨冲垮，容不得有片刻的思考。时间紧迫，任务艰巨，问题必须立刻得到解决。然而此刻，眼前却没有一个人能够为杨翁子出谋划策，这可把这位在沙场上勇冠三军的将军急坏了。

盛怒之下的杨翁子对着众人怒吼道："你们要是想不出办法，下场就一个字——死！"

众人一看将军真的动怒了，一个个吓得浑身颤抖，面色惨白。就在这时，一个民夫从人群中奋力挤了出来，屈膝跪在杨翁子的马前，高声叫道："将军且息怒，草民有一句话，不知道当讲不当讲！"

"有话就说，何必啰啰唆唆！"杨翁子余怒未消。

"将军，您可知世上，凡事都要因势利导、因地制宜。"

杨翁子一听，心中的怒火更是噌噌往上冒："我让你们想办法，你怎么还教训起我来了……"

"草民不敢。我的意思是，在这儿修筑长城，不能跟别的地方一样。别的地方为什么用版筑夯土法？因为那是平地。居庸关是什么地方？两边都是山，中间一条沟，夏天阴晴不定，冬天滴水成冰。咱们再用版筑夯土法就不合适。"

杨翁子听着心里很是不痛快，但是静下心来仔细一琢磨，他说得并非毫无道理。杨翁子用马鞭一指，问道："你是什么地方人？"

"禀将军，我就是本地人。说句大逆不道的话，我祖上曾经跟着燕国大将军秦开修筑过这儿的长城。秦大将军修长城，当地有什么材料就用什么材料，根据地形让当地的材料发挥到极致。过去了一百多年，怎么我们还不如前人呢？"

就凭民夫的这一番话，杨翁子下令士兵将他斩杀，这一点儿都不稀奇。身为秦朝的子民，居然还念着前朝的好处，单这一点就足以论罪当杀。但是杨翁子心里很清楚，上面催得如此紧迫，现在要是负气杀人，必然会把民夫逼得造反，何况民夫所说的也并非毫无道理。杨翁子强压下心头的怒气，说道："好！说得不错。按照你所说，这段长城该怎么修？"

"将军，您看这山上巨石成堆。为什么不用巨石，反而从远处担土筑墙啊？"

这一句话犹如醍醐灌顶，点醒了梦中人。杨翁子心想："对啊！把黄土换成石头，下再大的雨都不至于把城冲毁啊！不如照他所说试一试。"

因此，居庸关地区的长城与别处稍有不同。工匠们在地面上挖出一条一米宽、三十厘米深的沟槽，将一根直径五厘米的木桩放入其中，用细石子和石灰填充压实，形成混凝土基础，基础打牢后再砌墙。采用的砌筑方式为"夹石法"，即在砖石之间夹入石块。后来因地制宜简化工艺，有了

"石边"长城相互勾连。

　　秦朝长城的主要结构包括城墙、城门、角楼、烽火台等建筑，形成了一整套系统的防御体系，也为今后修筑长城留下了可供参考的样板。

　　欲知后事如何，且听下回分解。

第六回

卢绾封王心机动
张胜通胡游说忙

拥旄为汉将，汗马出长城。

长城地势险，万里与云平。

————〔南朝·齐〕虞羲《咏霍将军北伐》

上回说了秦朝大将杨翁子督修长城，发生在居庸关的一个小故事。虽说只是个小故事，却将修筑长城的艰难展现得淋漓尽致。秦始皇采取修筑长城这一举措来防御外敌，成效显著。据《史记·匈奴列传》记载："匈奴单于曰头曼，头曼不胜秦，北徙。"由此不难看出，在当时的历史条件下，修筑长城不失为一种有效的防御手段。

秦代的广阳、渔阳、上谷三郡，大致相当于如今北京所管辖的区域。北京的长城便是上谷、渔阳、右北平三郡的北界。秦朝在长城沿线的战事主要集中在我国西部地区，与如今的北京地区关联不大。然而，在上谷郡，围绕长城、边塞却流传着诸多历史故事。

西汉初年，汉高祖刘邦汲取秦二世而亡的教训，建立了郡国并行制度。他一方面沿袭秦朝的郡县制，另一方面又册封了不少同姓诸侯国。其中，就把战国时期的燕国册封给了诸侯。可这一举措，也给刘邦带来了不少麻烦。在西汉初期，燕国就曾发生过两任燕王反叛的事件。

第一任燕王叫臧荼。臧荼乃是战国末年燕国的旧将。秦末天下大乱，各地起义军纷纷崛起，自立为王。公元前206年，项羽分封天下，立燕国旧将臧荼为燕王。楚汉相争之际，臧荼归顺刘邦。后来刘邦夺得天下，大肆铲除项羽旧部。臧荼心生恐惧，遂起反念，于汉高祖五年（前202年）七月，举兵反叛。刘邦亲自率领大军征讨，借机将臧荼铲除。

臧荼被铲除之后，燕国该由谁来管理呢？刘邦思来想去，便把卢绾封为了第二任燕王。难道刘邦就不担心卢绾也会反叛吗？在刘邦看来，其他人或许有可能反叛，但卢绾绝不可能。原来，卢绾和刘邦的关系非比寻常。这得从他们的家乡说起。卢绾和刘邦都是沛县人，两家不仅相邻而居，更是世代交好。

秦末的一天夜晚，刘、卢两家同时传出婴儿的啼哭声。两家同时添丁进口，相互道喜，皆生了个大胖小子。刘家给大胖小子起名刘季，也就是后来的汉高祖刘邦；卢家给儿子起名卢绾。

刘邦和卢绾同年同月同日生，是真正意义上的总角之交。总角之交，指的是童年时期结交的朋友。在中国古代的画作中，未及成年的小男孩，头发梳成两个抓髻，仿若脑袋上顶着两个犄角，因而将童年时期结交的朋友称为总角之交，也称为"发小儿"。

刘邦和卢绾一同成长，一起读书识字。刘邦起兵之时，卢绾始终跟随在他身边，南征北战。据《史记》记载："及高祖初起沛，卢绾以客从，入汉中为将军，常侍中。从东击项籍，以太尉常从，出入卧内，衣被饮食赏赐，群臣莫敢望，虽萧曹等，特以事见礼，至其亲幸，莫及卢绾。"由此可见，卢绾和刘邦的关系亲密无间。

刘邦称帝之后，卢绾甚至能够自由出入皇宫，传递各种机密旨意。刘邦铲除臧荼时，卢绾就伴其左右。臧荼被铲除后，刘邦便将自己最为信任的卢绾封为第二任燕王。

彼时，燕国紧邻匈奴，过去的燕王和匈奴常有往来。臧荼担任燕王时，身边有一个名叫张胜的人，此人经常出使匈奴，是个匈奴通。卢绾成为燕王之后，将张胜留在了身边。卢绾在燕国，一面派兵驻守上兰的各个要塞，以防匈奴掠夺，一面时常派遣张胜前往匈奴，赠送粮食、布匹等礼物，以此避免匈奴的袭扰。

上兰乃秦朝上谷郡下辖的一个县，位于如今延庆区张山营镇黑龙庙一带。因该地有一条马兰溪，故而得名上兰。上兰县管辖着如今延庆西北部的地区。上谷郡还有一个居庸县，管辖着如今延庆东南部的区域。卢绾担任燕王的四五年间，治理有方，居庸、上兰二县的百姓，日子过得还算安稳。然而，在汉高祖十年（前197年）九月，意外发生了。

刘邦手下有一员大将叫陈豨，他是西汉开国将领。汉高祖十年（前197年），陈豨起兵叛乱，自封为代王，并与匈奴的势力相互勾结。刘邦接到战报，决定御驾亲征，会合天下兵马，共同征讨陈豨。陈豨反叛起兵的地点，在如今的河北蔚县，当时称作代，距离燕国不远。燕王卢绾接到命令，准备配合刘邦从东北方向发起进攻。陈豨眼见四面楚歌，赶忙寻求援助。他与匈奴早有联系，于是派人前往匈奴请求援兵。刘邦早已料到陈豨会向匈奴求助，便让卢绾派遣张胜前往匈奴，阻止匈奴援助陈豨。

张胜抵达匈奴后，偶遇一位旧相识——臧荼的儿子臧衍。臧衍看到张胜前来，心中已然明了其来意，便说道："您之所以能够受到重用，正是因为您熟悉匈奴的事务。而燕王能够长久立足，是因为其他诸侯屡屡造反，天下战火纷飞。您如今为了燕国要剿灭陈豨，一旦陈豨被灭，下一个就轮到燕国了，您和您的主子卢绾也必将步陈豨的后尘啊！"

张胜听后暗自思量："臧衍所言不无道理。刘邦的确疑心极重，那些异姓诸侯王几乎都没有好下场。虽说卢绾与刘邦关系非同一般，但毕竟并非一家。果真如臧衍所说，早晚有一天，燕王之位会换成姓刘的，那我又该如何是好？"想到此处，张胜问道："倘若此事发生在您身上，您会如何应对？"

臧衍仰天大笑："若换作我，就暂且放过陈豨，与匈奴联合。"

张胜心头一紧："这岂不是要支持叛军？"

"怎可说是支持叛军呢？"臧衍不紧不慢地说道，"您是个聪明人，燕国地处汉朝与匈奴之间，局势缓和，燕国方能长存。即便大汉朝廷想要铲除燕王，燕国凭借北方的匈奴也能有所保障。此举对于您的主公卢绾而言，有百利而无一害。只要卢绾的燕王之位得以保住，您的地位自然也能稳固。"

张胜越琢磨越觉得臧衍说得在理，于是暗中劝说匈奴协助陈豨攻打燕国。

卢绾眼巴巴地等着张胜归来传递消息，左等右等，始终不见其身影，心中越发觉得不对劲。"糟糕！张胜是臧荼的旧部。听闻臧荼有个儿子如今在匈奴。张胜此次前往匈奴，迟迟不归，难道他已经倒戈投降了？"想到这里，卢绾赶忙给刘邦写了一封密信，信中写道："张胜或许意图谋反，我已经将他的一家老小都拘捕起来。一旦张胜谋反之事坐实，就将其一家老小就地正法。"此时的卢绾，丝毫没有反叛刘邦的心思，依旧忠心耿耿。然而，这份忠心仅仅维持了三天就发生了转变。

卢绾派人将信刚送走，张胜就从匈奴回来了。卢绾急忙问道："你怎么去了这么久？在匈奴究竟做了些什么？"

张胜毫无隐瞒，将臧衍的话原原本本地告知了卢绾。卢绾听闻此言，吓得呆若木鸡，说话都变得结结巴巴："来……来……来人啊！将……将张胜绑起来……"

卢绾话还没说完，只见张胜神态自若，轻声说道："主公且慢！臣有话要说！"

卢绾用颤抖的手指着张胜："你……你还说有什么话说？你这分明是谋逆之罪！不但你性命难保，一家老小好几十口都要因你受到牵连。"

张胜摇了摇头，对卢绾说道："主公，我张胜不过是个微不足道的小人物。我一人身死不算什么。但您可曾考虑过您日后的处境？"

一句话让卢绾愣住了，"我的处境？我做我的燕王。这几年我把燕国治理得不能说尽善尽美，起码老百姓没有在我的治理下滋事生非，我的处境能有什么问题？"

"怎么会没问题呢？我的主公，您想想那些异姓诸侯王的下场吧！"张胜瞧了瞧屋外站岗的士兵，轻声说道，"这里没事，你们退下吧。"看着士兵退出院子，张胜转身回到卢绾身边，压低声音说道："主公，前一任的燕王臧荼，功劳不可谓不大吧？他杀韩广收辽东，使得燕国得以统一，可最终结局如何？我知道您肯定会说，臧荼和皇帝的关系疏远，他是项羽的旧部。那您再想想三齐王韩信，他可是大汉的头号功臣，结果又怎样？以'反形已具'的罪名被诛杀，还被夷灭三族。如今刘邦要剿灭陈豨，陈豨一旦覆灭，下一个就轮到您了！到那时，只怕您后悔都来不及！"

张胜所说的这些事，卢绾历历在目。卢绾一边听，一边在心中盘算："不错，我与刘邦是同乡，又是自幼相识的好友。但我究竟是如何当上燕王的呢？别人不清楚，我自己还不明白吗？说好听点儿，我卢绾跟随刘邦南征北战、东挡西杀。可若论军功，哪场仗是我打的？哪块地盘是我夺下来的？没有！我依靠的唯有刘邦一人啊！如今刘邦的身体每况愈下，倘若哪天他撒手人寰，就再无人支持我了。到那时，我又该如何是好？"卢绾沉默许久，始终想不出应对之策，便问张胜："我如今究竟该如何是好？"

"主公，您不必心急，咱们暗中与匈奴联合。您也不要进攻陈豨，坐山观虎斗。倘若皇帝无法平定陈豨，局势缓和，燕国便可安然无恙；一旦陈豨抵挡不住，咱们就要联合匈奴援助陈豨，让刘邦的大军知难而退。如此一来，便可确保燕国无忧，您觉得这个办法如何？"

卢绾沉默不语，许久之后才微微点头说道："办法倒是不错。但有一件事我得告知于你，我已给皇帝写了一封密信，说你意图谋反，把你的一家老小都关押起来了。倘若事情属实，就将他们处死。如今信已经送出。"

张胜略作思考："这并非难事。从监牢中找出几个死刑犯，就说他们是我的一家老小，将他们处决便是。您再写一封信，称之前的判断有误，张胜已从匈奴归来，事情已经妥善处理，匈奴绝对不会插手此事。张胜是被您冤枉的。"

卢绾无奈，只能听从张胜的安排，赶忙修书一封，为张胜说了诸多好话。写好之后又派人送往前线，面呈刘邦。卢绾又派人暗中与陈豨联系，称"我卢绾不会派兵攻打你，也不建议你与刘邦决战"。卢绾的想法极为简单，他们若是真的动手，自己若不出兵，在刘邦面前无法交代，所以他希望最好不要开战。他试图做个老好人，两边都不得罪。可这又怎么可能呢？古往今来，想要两头讨好的人，最终往往都没有好下场。

卢绾在背后暗中操作，妄图维持现状。刘邦却心急如焚，没过几个月，就将陈豨剿灭了。刘邦占领代地后，抓获了不少陈豨的旧部。其中有一位陈豨的裨将，跪在刘邦面前，将卢绾曾派人与陈豨暗中联系的事情全盘托出。

刘邦将信将疑："不会吧？卢绾与我的关系如此亲密，怎会做出这等事？"这时，有人在刘邦耳边说道："皇帝，看来燕王也有谋反之心啊！"刘邦为了堵住身旁人的嘴，派人前往燕国，将卢绾请到长安，准备当面询问事情的来龙去脉。

欲知卢绾能不能亲到长安，且听下回分解。

第七回　卢绾保命投匈奴
耿况任职管上谷

蓟门秋气清，飞将出长城。
绝漠冲风急，交河夜月明。

————〔南朝·梁〕刘峻《出塞》

刘邦听说卢绾与叛臣陈豨暗中勾结，震惊不已。但转念回想起自己与卢绾多年的深厚情谊，从儿时的玩伴到并肩作战的兄弟，刘邦实在难以相信卢绾会做出背叛自己的事情。于是，刘邦果断派人前往燕国传旨，要求卢绾亲自前往长安面圣。刘邦的想法其实颇为单纯，他只想当面与卢绾对质，倘若卢绾坚决否认此事，刘邦内心深处还是愿意相信这位挚友的。

卢绾听闻长安来旨，心虚得如热锅上的蚂蚁，根本不敢前往长安面见刘邦。当看到长安来的传旨官时，他深知事情恐怕已经败露。于是，他谎称自己身患重病，无法起身前往长安面圣。若是换成其他人如此违抗旨意，刘邦恐怕早已怒不可遏，点起大军兴师问罪。然而，此次称病的乃是卢绾，刘邦终究还是按捺住了怒火。他思前想后，决定再次派人去请卢绾。

这一次，刘邦派出的是御史大夫赵尧和辟阳侯审食其。卢绾听说这两人前来，吓得几乎瘫倒在地。赵尧身为御史大夫，其来意显然是要审查自己；而审食其乃是吕后的死党，这恐怕并非刘邦的本意，而是吕后的授意。三齐王韩信是如何丧命的？不正是死于吕后之手吗？想到此处，卢绾下定决心避而不见。

张胜看到卢绾避而不见，赶忙劝说："主公，您贵为燕王，何惧他们！"卢绾满脸惊恐，对着张胜说道："你懂什么？如今皇帝病重，吕后专权。吕后先是设计杀害了韩信，接着又除掉了彭越。她派亲信审食其来让我去长安，我一旦踏入长安，必定性命难保。"张胜听罢，心中也充满了恐惧。他深知卢绾是个没有主见之人，暗自思忖："上次我在匈奴多留了几日，他便要杀我全家。事已至此，为了保全自己的性命，卢绾说不定真会将我全家斩尽杀绝。"张胜表面装作若无其事，回到家中后，趁着夜色，带着老婆孩子，匆忙逃离，消失得无影无踪。

赵尧和审食其未能见到卢绾，却发现燕王府中有不少人背着包袱，携家带口，神色匆匆，不知去向何方。从他们决绝的眼神中可以看出，他们是永远都不会回来了。审食其赶忙派人前去探听消息，这才得知卢绾是故意避而不见。审食其回到长安后，在刘邦面前添油加醋地蛊惑道："陛下，卢绾是否造反，臣不敢断言，但他装病不来见您是千真万确的。他手下众多人等都逃往了北方，那里可都是匈奴人的地盘啊。莫非燕王卢绾，与匈奴有着不可告人的联系？"

刘邦和卢绾未能相见，君臣之间在相互猜忌中关系逐渐破裂。刘邦认定卢绾意图谋反；卢绾则坚信吕后要置他于死地。刘邦想要活捉卢绾亲自查问；卢绾则盼着刘邦病愈后派周勃、曹参、夏侯婴这些老兄弟来请，他才敢前往长安面圣。时间就这样一天天过去，卢绾盼星星盼月亮，周勃、曹参、夏侯婴没来，却等来了樊哙。

樊哙乃西汉开国的元勋。当年鸿门宴上，项庄在席前舞剑，欲对刘邦不利，樊哙"带剑拥盾入军门"，若不是樊哙英勇无畏，刘邦恐怕早已命丧黄泉。而且樊哙与刘邦还有亲戚关系，他娶了吕后的妹妹。樊哙率领人马抵达燕国，二话不说，先一举拿下燕国十八个县。

卢绾心里跟明镜似的："樊哙此来，就是要将我铲除啊！"他深知自己绝非樊哙的对手，率领残兵败将逃过军都山，来到上兰县。清点手下人马，不足两万，这些士兵一个个垂头丧气，盔歪甲斜。卢绾懊悔不已，心中暗骂："当初真不该听张胜的鬼话，如今我谋反的罪名已然坐实，想要回头已是难如登天！"

卢绾正自怨自艾，一个探马来报："启禀燕王，大事不好！数万人马已经越过军都山，正朝着上兰而来。"卢绾顿时眼前一黑，"扑通"一声瘫软在地。"完了。如今上兰城中不到两万人，就算他们个个如下山猛虎、出水蛟龙，也难以抵挡樊哙的数万人马。更何况这些士兵斗志全无，这仗还怎么打啊？"但转念一想，"樊哙带大军在上谷郡没少杀人。没过军都山就鸡犬不留，要是杀进上兰县，后果不堪设想。常言说得好：'大丈夫宁死阵前不死阵后。'与其躲着等死，不如拼死一战！"想到这里，卢绾猛地挺身而起，大喝一声："众将官，朝廷大军已过军都山，我本当与樊哙对峙。但那樊哙嗜杀成性，我一人死在他马前不要紧，如今还有你们，想活命就跟着我拼死一战！"

众人一听，深知唯有拼命，才有一线生机。否则，唯有死路一条。卢绾率领队伍来到妫河岸边，樊哙带着大队人马也已赶到，双方摆开阵势。刹那间，妫河岸上刀光剑影交错，人马混战在一起；旌旗遮天蔽日，两军短兵相接。只听得海陀山下杀声震耳欲聋，万马奔腾；只见得两军将士浴血拼杀，英魂飘零，白骨遍野。

卢绾手下的兵将伤亡惨重，损失大半。最后在几个死士的拼死保护下，卢绾杀出一条血路，一路退到上兰县城。进城后再次清点人马，已不足一万人。樊哙率领人马随后杀到上兰县城，誓要破城而入。卢绾绝望地闭上双眼，准备引颈就戮。就在这千钧一发之际，陈平来到了樊哙的大营。

原来，躺在病榻上的刘邦，得知樊哙带兵前往燕国，深知樊哙此举必定是吕后的授意。刘邦本意并非要杀卢绾，只是想与他见面，亲自询问他是否背叛了自己。如今樊哙前往，卢绾必定遭殃。刘邦赶忙找来陈平，命陈平带上周勃，无论如何也要将卢绾带回长安。倘若樊哙不肯答应，执意要攻打卢绾，就立刻将樊哙的人头砍下。

陈平深知刘邦决心要见卢绾，当即带上兵符印信，和周勃快马加鞭地赶往樊哙大营。陈平办事向来果断利落，一到便直接将樊哙扣押。樊哙手下诸将正要闹事，周勃出现在众人面前。樊哙多年来一直是周勃的部下，手下人对周勃都心存忌惮。周勃很快便掌控了整个军队。

陈平不负所托，正准备与卢绾会面，将刘邦的旨意传达给他。然而，就在此时，却传来了一个惊天噩耗，大汉帝国的缔造者、汉高帝刘邦驾崩了，而且没有留下任何遗言。陈平听到这个消息，无奈地两手一摊，心中暗想："皇帝让我把卢绾带回去，如今皇帝都已离世，回不回去已经毫无意义了。"他把刘邦临行前的诏书拿出来，递给卢绾。

卢绾颤抖着双手打开诏书，只见上面写道："燕王卢绾系我故人，爱之如兄弟。近闻与陈豨通谋，吾以为无有此事，故遣使者迎卢绾回朝询问。卢绾托病不回，反迹明矣，废卢绾燕王号。燕吏民未与谋者，凡六百石以上吏员，各加爵一级，以示嘉勉。与卢绾同谋者，凡来归则赦免，亦加爵一级。"

卢绾看罢，悲痛欲绝，泪如雨下，声嘶力竭地哭喊道："我卢绾糊涂啊！"卢绾彻底陷入了绝望之中，刘邦已然离世，他想要请罪都再无机会。送走陈平、周勃的大军后，卢绾对手下人道："我燕王的封号已被废除。皇帝的诏书说你们没有过错，你们都回去吧。"

手下人望着卢绾，问道："主公，您要去哪里？"卢绾深知回朝无望，无奈地摇摇头，手指指向北方。"天下虽大，却已无我卢绾的容身之所！我只能带着家眷投奔匈奴了。"卢绾满怀凄凉地离别上兰县，带着家眷踏上了投奔匈奴的道路。自此，汉朝统治者逐渐将异姓诸侯王一一消灭。

汉武帝元封五年（前106年），为了进一步加强中央对地方的控制，汉武帝将全国除京师附近七郡外划分为十三个监察区域，每个区域设置一名刺史。刺史奉皇帝之命，对各州所辖的郡进行监察。在这十三个监察区域中，有幽州刺史部，负责管理燕地的诸郡国。幽州下设九个郡，上谷郡便是其中之一。郡治设在沮阳县，也就是如今的河北怀来大古城。上谷郡下辖沮阳、军都、昌平、夷舆、居庸、泉上、且居、茹县、下落、潘县、涿鹿、广宁、宁县、汝祁。其中夷舆、居庸二县就在今天的北京延庆境内。

汉武帝时期，大将卫青、霍去病攻打匈奴，从上谷郡一路北上。上谷郡在秦汉时期，一直是极为重要的军事要冲。从那时起，守住上谷郡，就意味着守住了燕山的北大门。

西汉末年，王莽废掉西汉最后一位皇帝刘婴，自己登上皇位，改国号为"新"。王莽此人喜好仿古，称帝后将上谷郡改为朔调郡，任命耿况为朝调连率。连率，是王莽定下的官名，其职责相当于太守。倘若王莽只是改改地名、官名，或许还不至于引起太大的波澜，然而他的各项政策却是朝令夕改，不仅让百姓无所适从，就连官吏也不知所措，搞得民怨沸腾，天下各路豪强和平民都对朝廷充满了不满。公元23年，一场全国规模的农民大起义爆发了。南阳皇室宗族刘秀弟兄聚集了七八千人，组建了一支地主武装，并拥立汉朝宗室刘玄为天子，号称"更始"。同年九月，义军攻破长安，王莽死于乱军之中。

这一天，上谷郡城外的教军场上，一位年轻军官正在指挥一队骑兵进行突袭训练。只见教军场上尘土飞扬，如烟雾弥漫，骑兵们驾驭着战马，纵横驰骋，马蹄声如雷。众人正练得起劲，突然从教军场外跑来一名小厮，他一路狂奔，气喘吁吁地来到军官的马前："少爷，老爷叫您马上回太守府，有重要的事情和您商量。"

这位年轻的军官正是上谷太守耿况的儿子耿弇。耿弇得到消息后，立刻快马加鞭回到太守府，直奔后院书房。见到耿况，微微躬身一拜："爹，急着叫孩儿回来，所为何事？"

彼时，上谷太守耿况眉头紧锁，满面愁容。"儿啊，新莽王朝已然覆灭，依目前的局势来看，刘玄极有可能夺取天下。我上谷郡虽地处边塞，但也不能对此毫无表示，倘若行动迟缓，恐怕会引起刘玄的不满。我听说刘玄已起驾前往长安，你替为父走一趟长安，探探情况。"

耿况是陕西扶风茂陵人，他能在上谷郡担任太守一职，还要归功于王莽。耿况与王莽的堂弟王伋是同窗好友，两人曾一同研习《老子》，解读《道德经》。王莽称帝后，王伋举荐同学出来为官，其中就有耿况。耿况起初在朝廷担任郎官，也就是皇帝身边的顾问；后来王莽将他派往上谷郡担任太守。王莽将上谷郡改名为朔调郡，郡守的官名也改为连率。为了叙述方便，此处仍以"上谷太守"来称呼耿况的官职。

耿况刚把儿子打发走，就有人前来禀报："太守大人，长安派来的镇慰官员到了。"耿况听闻此消息，先是一愣，心中暗自思忖："新朝廷的动作如此迅速。我刚派人去长安探查情况，镇慰的官员就已经到了。"耿况不敢有丝毫怠慢，赶忙吩咐下人："快去，把官服给我拿出来。"要接见新朝廷派来的镇慰官，自然不能穿着平日的衣物，必须身着官服，以示尊重。

下人忙问道："大人，您要穿哪套官服？"下人其实是在暗中提醒耿况：来的是新朝廷的官员，还穿王莽朝的官服合适吗？然而耿况完全没有领会到下人的意思，随意用手一指："就穿我平时的那身吧。"

下人听罢，心中暗暗叫苦："耿大人，可别怪小的没提醒您。新朝镇慰官到此，您还穿旧朝的官服，必然会招来祸端啊！"

欲知这耿况见到镇慰官到底发生了什么事，且听下回分解。

第八回　更始传诏上谷郡
　　　　太守怒斥镇慰官

蓟北聊长望，黄昏心独愁。

燕山对古刹，代郡隐城楼。

——〔南朝·陈〕徐陵《出自蓟北门行》

上回说到上谷太守耿况，在听闻新莽王朝覆灭，刘玄占了长安之后，心中满是思量。这天下局势变幻莫测，新的政权崛起，未来究竟如何发展，实难预料。耿况思来想去，决定先派儿子去长安探听情况，也好为上谷郡的未来谋个出路。

耿况刚把儿子打发走，长安更始皇帝派出的镇慰官便风风火火地来了。长安更始皇帝此举确实迅速，只因当时的地方官员大多是王莽任命的。王莽在位十几载，地方官对他的统治早已充满了各种质疑和不满。如今起义军攻打长安，地方官起兵勤王的寥寥无几，绝大部分人都选择按兵不动，不表明立场，试图两面都不得罪。毕竟，在这乱世之中，谁也无法预测下一刻会发生什么。

现在王莽倒台，这些当官的瞬间成了前朝的余孽。新政权走马上任，可谁也不知道接下来会有怎样的动作。大家都心怀异志，有的甚至暗中招兵买马、聚草囤粮，不断壮大自己的力量，静静观察局势的变化。所有人都清楚，新政权一旦确立，首要之事必定是对各地官员进行镇慰。地方官们都拭目以待，想看看新朝廷究竟会持何种态度。若对自己客客气气，凡事好说好商量，那便痛痛快快地让这地方归附中央管理；可要是新朝廷对自己指手画脚，妄图收兵权、控制军队人数，那对不起，您打道回府，我继续观望。谁知道这新政权能存在几天呢？

所以皇帝刘玄入主长安后，有人给刘玄出主意："皇上您不是想封官吗？马上派镇慰官员持节下到各地。地方官都是王莽朝封的，到了下边问这些人降不降。"

刘玄没明白其中原委，一脸迷茫地问道："降了怎么说？不降怎么讲？"

那人赶忙解释道："皇上，这样可谓一举两得。如果他们老老实实归顺朝廷，就封他一官半职，让他继续干；他要不降，派出去的镇慰官员都是持节而往，直接就把不服的王莽余孽就地正法。"

"节"，也称为"符节"，是一种信物或标志，代表着皇帝或朝廷赋予的权力和使命。符节一般是竹子制成，长八尺，头顶上有一根绳，绳上拴着三段旄牛尾。凡是拿着符节的官员、使臣来到各地，就跟皇帝亲自到现场一样。这就叫"持节而往"。

更始皇帝刘玄听罢，连连点头称是："好。就照这个法子办。先去哪里？"

刘玄身边有个心思玲珑之人，眼珠一转，上前启奏道："启奏陛下，以微臣之见，河北首先要去，尤其是上谷、渔阳……"

"这是为何？"刘玄好奇地问道。

此人接着说道："陛下，河北在太行以东、燕山之南，往北便是匈奴，拿下河北，国都就多了一道屏障；河北各州、郡的军事力量雄厚，除三王之外，义军兵力多达百万，成为割据一方的豪强。如果用武力征服，成本太大，风险很高。先去河北，省去不少烦恼！"

刘玄听后，不住地点头，随即叫来最宠信的一个大臣，将符节交给他，还赐予一份诏书，中心内容是"先降者复爵位"。

这位镇慰使官怀揣着符节和诏书，离开长安直奔上谷而来。这一路上，经过了好几个州郡，州官、郡守要么紧闭城门不见，要么让手下的幕僚敷衍应付一下，根本没把镇慰使官放在眼里。这些州官、郡守都对更始皇帝刘玄持观望态度。这下可把镇慰使官气坏了："好啊！这些王莽的旧臣、前朝的余孽，简直不把我放在眼里。你们眼里没有我，还能有更始皇帝吗？不能对这些人太客气！"车马离上谷郡城还有三十里路，他便不再往前走了，叫过身边的人，面色阴沉地问道："上古郡守姓甚名谁，怎么个来历，给我详细说说。"

身边的人不敢怠慢，一五一十把耿况的履历跟镇慰使官讲述清楚。镇慰使官一听，顿时眉挑眼竖，大声怒喝道："这耿况是王莽的堂弟王伋的朋友？他一定是王莽的死党！去，你们先到上谷郡，通知郡守耿况，就说朝廷派的镇慰使官离城三十里，叫他大开城门，出城迎接！"

镇慰使官派的人快马加鞭来到上谷郡城，说明原委。耿况听罢，心中犯起了嘀咕："镇慰使官的官威好大！要是按他说的出城三十里去迎接，我这太守也太好说话了；要是不去，恐怕又不合乎礼数，该如何是好？"耿况思前想后，决定把功曹请来商量商量。功曹这个官是古代郡守、县令身边最主要的帮手。他们谙熟法律，掌管郡里的文书、户籍等事务性工作，有时也负责案卷保存和收发登记。上级到来检查工作，就由功曹把案卷拿出来以供检查、核对。历史上有名的西汉开国功臣萧何，就是沛县的功曹。上谷郡这位功曹姓寇名恂，字子翼，是上谷郡本地人。耿况向寇恂问道："我要不要去出迎呢？"

寇恂略加思索，郑重答道："太守大人，您一定要出城迎接。还要将城门大开，动乐相迎。"

耿况一脸疑惑："这是为什么？"

寇恂耐心解释道："大人，这叫'先礼而后兵'。谁也没见过镇慰使官，他是不是更始皇帝派来的？到这里所为何事？咱们一概不得而知。如果不给他面子，不合乎礼数，咱们不能失礼在前。不如按他说的出城迎接，看他怎样行事。他要是以礼相待，还则罢了；如果他一味地为难您，不用怕他！上谷郡不说兵多将广，起码也能与他们较量一番。"

耿况听后，点头称是，吩咐下人把上谷郡城的城门打开。找来吹鼓手，列立城门以外。耿况和寇恂分乘两匹骏马，带领郡中大小官员出城三十里，前来迎接镇慰使官。

镇慰使官听说耿况出城来迎接，心中甚是高兴，暗想："一路走来，没有受到一个州官、郡守如此礼遇。为什么耿况以礼相待呢？"镇慰使官冷哼一声，自言自语道："一定是耿况心中有鬼！他是王莽的旧臣，还是王莽堂弟的同学，怕更始皇帝不让他继续当郡守，才这样恭维我。我得给他来个下马威，让他知道我的厉害！"

耿况来到镇慰使官的公馆外，按照常理镇慰使官应该出门迎接。但镇慰使官金身不动坐在正房，知道耿况到了却假作不知，问身边下人："门外，可是上谷郡守耿况吗？"

"回大人，正是。"

"哼！让他报门而入！"

这样做明显是摆出自己与耿况不是同一个级别。耿况身边的寇恂一听很不痛快，心中暗自恼怒："你不就是镇慰使官吗？级别没有我们郡守级别高！就算你是皇帝派来的又怎么样！你们这个皇帝，我们承认不承认还两说。"想到这里，寇恂准备拉住耿况不让他进去。但耿况学的是老子《道德经》，讲求"无为而治"，不愿与人计较，站在门外，高声说道："上谷郡守耿况，迎接镇慰使官来迟，还望海涵。"一边说一边走进公馆。

镇慰使官一听更高兴，暗想："我猜得不错，耿况心虚，对我的话唯命是从。"他连屁股都没往起抬，把头一点："耿况，进来说话吧！"

耿况进了公馆。镇慰使官看耿况一身打扮，眼前一亮，心中暗笑："这回我算抓住耿况的短处了！明明知道我是更始皇帝派来的镇慰使官，还敢穿着王莽朝的官服。耿况，看我怎么讹你！"想到此处一伸手，"耿况，你看这是什么？"把符节往面前一放，诏书都没往出拿，不等耿况开口，他抢着说，"耿况，听说你是王伋的同学，王伋可是王莽的堂弟。你这个太守……"话说到一半，镇慰使官抬起脸，向耿况微微一笑，"不过新帝登基，天下正是用人之际，只要你能……"镇慰使官把手伸到耿况面前，用动作提醒耿况，意思是："只要你能贿赂贿赂我，我一高兴在皇帝面前美言几句，上谷太守还是你的。"

耿况看明白镇慰使的意思，根本没接他的话茬，义正词严地问："镇慰使官到上谷郡有何旨意？"

镇慰使官听罢一愣，心想："耿况没有看明白我的意思吗？"他把脸往下一沉："旨意？！耿况，先别问旨意，把你的印信先交出来！"

耿况略一迟疑，镇慰使官眼睛一瞪："要你印信怎么了？你的印信是王莽朝的，现在没用了！你不上缴留在手里，还在留恋王莽吗？"

耿况心中一凛，但转念一想："此时不可节外生枝。"便把印信交到镇慰使官手里。

镇慰使官接过印信，看着耿况说："耿况，更始新朝的印信，你不能这么拿走吧？总得表示表示啊！"镇慰使官彻底撕下伪装的面孔，直接向耿况索要贿赂。

耿况依旧面带不解地问："大人，您这是什么意思？"

"什么意思？还用我说明白吗？你乃王莽旧臣，是不是让你继续当上谷郡太守，皇帝说了算！让我满载而归，我见到皇帝给你说几句好话，让你继续做太守；如果你不让我满意……"镇慰使官的话还没说完，公馆门外一声大吼。

"呔！气杀人也！"话音未落，一道身影夺门而入。镇慰使官见眼前之人，身高七尺，剑眉虎目，一脸正气。来人正是功曹寇恂，他用手指着镇慰使官的鼻子，大声呵斥道："你是甚等样人，胆敢骗取我家太守的印信？"这一句问得掷地有声，声音大得震得房梁上的尘土飘落而下，吓得镇慰使官瑟瑟颤抖，"你……你是什么人？"

"俺乃上谷郡功曹，寇恂是也！"

"寇恂？！你要干什么？"

"干什么？大人我是为您着想啊！您考虑问题不周！更始皇帝登基不久，尚未建立信誉，您这么做怎能取信于天下？"

"耿况、寇恂！你们想造反吗……"镇慰使官话未说完，寇恂劈手一把，将印信拿在手中。上前一步，抢过桌上的诏书，打开一看，上面写得清清楚楚："先降者复爵位。"看清诏书，寇恂冷笑一声："你这镇慰官简直鼠目寸光，更始皇帝明明想安抚我们，没想到被你把事做差……"说着先将印信交还给耿况，"郡守大人，观此人之举，我看更始皇帝也不配做天下之主。"

镇慰使官刚想再抢白几句。寇恂一挺身形，跨步来到镇慰使官对面，"嘭"的一声，一只大手好像五把钢钩，抓住镇慰使官的衣领，轻轻往起一提。镇慰使官双脚离地："寇恂，不可无礼……赶紧把我放下来。"

"想下来啊，你出去吧！"寇恂一翻手像扔一只小鸡子似的，把镇慰使

官送出公馆。耿况指着镇慰使官说："回去告诉更始皇帝，并非耿况不愿归顺朝廷，只因有你这样欺上瞒下的赃官，才会有这样的结果。换个明白人再来与我详谈吧。"

耿况在上谷郡轰走镇慰使官后，心中也是感慨万千。他深知这乱世之中，想要保住一方安宁实属不易。而此时，他派去长安探听情况的儿子耿弇也回到了上谷郡。

耿弇见到父亲，迫不及待地详述了路上结识皇室刘秀的事情。原来，耿弇在前往长安的途中，机缘巧合之下与刘秀相遇。刘秀此人，英姿飒爽，胸怀大志，让耿弇心生敬佩。两人一番交谈，耿弇对刘秀的雄才大略更是佩服得五体投地，认定他是能够平定天下之人。

耿况听着儿子的讲述，心中也对刘秀产生了好奇和期待。他深知，在这动荡的时局中，选择一个正确的领导者至关重要。而刘秀，或许就是那个能够带领他们走向光明未来的人。

数年后，上谷郡的政权一直牢牢地控制在耿况手中。在这期间，耿况父子和功曹寇恂也一直在观察着天下局势的变化。他们看到更始政权的内部纷争不断，腐败丛生，逐渐失去了民心。而刘秀则在河北地区逐渐崛起，他的军队纪律严明，深得百姓拥护。

最终，耿氏父子和寇恂经过深思熟虑，决定追随刘秀。他们率领上谷郡的兵马，加入了刘秀的阵营。在刘秀的麾下，他们英勇作战，为刘秀平定天下立下了赫赫战功。刘秀得了天下，建立了东汉王朝。在东汉历史上，有云台二十八将，耿弇、寇恂二人位列其中。他们的名字，成为上谷郡永远的骄傲，他们的事迹，也被后世传颂不衰。

欲知后事如何，且听下回分解。

第九回　上谷郡再遭战乱　公孙瓒兵胜刘虞

烛龙栖寒门，光耀犹旦开。

日月照之何不及此？惟有北风号怒天上来。

燕山雪花大如席，片片吹落轩辕台。

幽州思妇十二月，停歌罢笑双蛾摧。

倚门望行人，念君长城苦寒良可哀。

别时提剑救边去，遗此虎文金鞞靫。

中有一双白羽箭，蜘蛛结网生尘埃。

箭空在，人今战死不复回。

不忍见此物，焚之已成灰。

黄河捧土尚可塞，北风雨雪恨难裁。

　　　　　　　　——〔唐〕李白《北风行》

　　公元 25 年，刘秀夺得天下，建立东汉王朝。当时，全国设十二州，州下有郡，郡下设县，形成了较为明确的行政区划。在这一时期，今天延庆的大部分地区归属于居庸县，而居庸县隶属幽州上谷郡。距居庸县向北二百余里，便是蒙古草原，那里气候寒冷，土地贫瘠，生活着依靠游牧为生、居无定所的人们，他们把掠夺视为英雄之举。

　　公元 1 世纪左右，曾经强大的匈奴逐渐衰落，乌桓和鲜卑两个游牧民族在这片草原上崛起。东胡被匈奴冒顿单于击败后，其中一股势力退居至乌桓山，另一股则退居到鲜卑山，这便是乌桓和鲜卑民族的由来。

东汉末年，天下大乱，军阀纷争不断。此时，乌桓和鲜卑两个民族逐渐强大，时常袭扰上谷郡的居庸县，致使当地陷入战乱之中。在这动荡的时局中，有两个人物的命运与幽州上谷郡紧密相连，他们便是公孙瓒和刘虞。

东汉中平年间（184年—189年），朝廷自幽州征发三千精锐骑兵，交予公孙瓒指挥，前往凉州平叛。然大军行至燕南，渔阳豪强张纯、前太山太守张举与乌桓首领丘力居结盟叛乱，史称"张纯张举之乱"。叛军势猛，杀护乌桓校尉箕稠、右北平太守刘政、辽东太守阳终，攻掠幽州诸郡。公孙瓒临危受命，留下来参与平叛。

公孙瓒于作战中不断总结，研究出独特战法，组建"白马义从"。从军中挑数十名善骑射之骑兵，每人配白色战马，其自居中，骑兵分守左右两翼，形成极具战斗力与机动性的马队。凭借此，公孙瓒作战勇猛，威名远扬，被众人称为"白马将军"。

在辽东属国石门，公孙瓒与叛军决战，张纯叛军大败，逃入乌桓境内。公孙瓒率军追击，因追得过深且后方无援，反被丘力居率几万大军围困于辽西管子城。此城具体位置今已难考，大致在河北、辽宁交界的河北一带。

在管子城，公孙瓒陷入绝境，敌众我寡，突围无望，唯有坚守。丘力居围而不打，一则身边有不少主和派将领，早已厌战，欲与朝廷和解；二则朝廷将派素有贤名的刘虞到任幽州，刘虞愿与叛军对话谈判，还提出重开东胡各部所需的上谷贸易胡市，所以丘力居在谈判前不能杀幽州大将、屠戮官军。此外，公孙瓒威名赫赫，丘力居未必想置其于死地，甚至有结盟意愿。

这场围困长达二百多天，公孙瓒和部下弹尽粮绝，甚至煮弓弩、盾牌上的皮子充饥，皮也吃完后，公孙瓒下令突围。突围前，公孙瓒鼓舞将士："强敌在前，生还渺茫。现降大雪，饥寒交迫，等死不如冲出去，或有生机！"最终，公孙瓒率"白马义从"杀出重围，乌桓人因粮尽疲乏，被其杀得远走柳城。此围困让乌桓见识到公孙瓒的战斗力，不敢再犯。公孙瓒因战功被朝廷任为降虏校尉，封都亭侯，兼任属国长史，"白马将军"

之名更盛。此后，他趁机在冀州、青州、兖州扩张势力，侵吞地盘。公孙瓒居功自傲，擅自任命郡守、县令，引起上司幽州牧刘虞注意。

刘虞早年因举孝廉任曹史，为官深得民心，政绩出色，升为幽州刺史。任内于鲜卑、乌桓等外族间有崇高威望，外族朝贡，不敢侵扰。后因病归家闲居，也有"公事去官"之说。闲居时，刘虞不以出身名位自持，与乡里同乐共恤，还处理乡间诉讼，深受认可。

中平元年黄巾起义，刘虞被任为甘陵国相安抚百姓，后升为宗正。中平五年（188年），朝廷因刘虞在任幽州刺史时得边地民望，受北方少数民族拥戴，为平"张纯张举之乱"，派其任幽州牧。刘虞到蓟城后整顿政务，加强兵备，推恩广信。他主张以怀柔手段招抚乌桓，认为民生重于对外战争，若全州财力投入战争，百姓无法安居乐业。

然而，公孙瓒对待乌桓，与刘虞策略态度迥异。公孙瓒认为乌桓常扰边境，应采取强硬军事手段，还暗派人手刺杀乌桓使者，破坏刘虞怀柔政策，令刘虞极为不满。刘虞觉得公孙瓒虽抵御乌桓进犯，但使双方关系紧张，加剧边境动荡，遂撤边防驻军，把公孙瓒及其一万骑兵安顿在右北平。汉朝右北平郡乃防御匈奴的北方要郡，西汉名将李广曾任太守。东汉时因乌桓、鲜卑侵扰，辖地缩减。三国时的右北平位于今河北省东北部一带，郡城在内蒙古自治区赤峰市宁城县西南，地处燕山山脉东段北缘，处内蒙古高原、东北平原与华北平原交界，地势险要。

公孙瓒与刘虞，一个主张强硬对抗，一个力主怀柔招抚，两人的分歧与矛盾不断加剧，最终导致了幽州局势的进一步恶化。在这乱世之中，他们的命运也充满了变数。公孙瓒被安顿在外，可并不安分。他把大部分部队安扎在右北平，自己却在蓟州城的南边建了一个小城池，带着百十来个人驻扎，还贴出榜文，大肆招兵买马，壮大势力。他公然与刘虞赌气，一切都毫不遮掩地进行。公孙瓒还在城上垒起一座高台，与刘虞的蓟州城隔城相望。

起初刘虞强压怒火，最后实在难以忍受公孙瓒放纵部下骚扰百姓，更为离谱的是，公孙瓒竟公开任命郡守、县令。刘虞见事态发展至此，暗暗指责道："公孙瓒你太过分了。依仗武力骚扰幽州的百姓，还做出越俎代庖之事。别的我都能忍，此事决不能再忍！"

公元 193 年的冬天，寒风凛冽。刘虞亲率十万大军，欲征讨公孙瓒。

十万将士集结完毕，即将出兵之际，忽有一人挺身而出，规劝刘虞道："州牧大人，公孙瓒行为恶劣诚然不假，但其所犯之罪尚无明确定论。您如今贸然起兵，兵戎相见，于国家而言并无益处，况且这胜败难以预料啊……"

刘虞一听，脸色顿时沉了下来，怒喝道："依你之意，当如何？"

此人赶忙拱手说道："大人不如先将军队驻扎在蓟州城周围，以此警告公孙瓒，同时给他下达书面通知，责令其改过自新。倘若他不知悔改，您再动用兵力也为时不晚。到那时，师出有名，公孙瓒必然心生惧怕，定会老老实实向您谢罪。此乃不战而屈人之兵的良策啊！"

刘虞听罢，袍袖一掸，冷哼一声："我决心已定，岂容你来阻拦？莫非你要涣散军心？刀斧手何在？推出辕门，斩！"

众人见状，纷纷跪地求情。刘虞用手指着众人说道："今日看在众人的情面，暂且饶你不死。尔等听好了：此次发兵只为公孙瓒一人，不准伤害其他无辜之人。"说罢，大开城门，率领大军向公孙瓒所在的小城进发。

公孙瓒毫无防备，其军队皆在外面驻扎。忽闻刘虞起兵，顿时大惊失色，连忙命人关闭城门，坚守不出。刘虞拥兵十万，围困这座小城本应易如反掌，怎奈他不善作战，几次攻城皆以失败告终。有人进言道："大人，不如用火攻，必能破城。"刘虞却摇摇头说道："不妥！我出兵乃为国家铲除奸恶，只欲杀公孙瓒一人。若用火攻城，水火无情，定会烧毁百姓房屋，致使生灵涂炭，我实在于心不忍！"

常言说得好："心慈不带兵。"刘虞的仁慈未能带来胜利。公孙瓒登上城楼，手扶垛口，向城下一瞥，只见刘虞手下的军兵个个盔歪甲斜，军旗不整，便知晓刘虞的军心已然涣散。正在此时，一阵东南风呼啸而来，西北方向正是刘虞的大营。公孙瓒以突围闻名天下，他亲率"白马义从"，将城门悄悄打开一道缝隙。没等刘虞反应过来发生了何事，公孙瓒的"白马义从"就如同一阵白色的旋风，瞬间冲到刘虞面前。"白马义从"个个顶盔掼甲、罩袍束带，手里举着火把，在刘虞大营里肆意点起火来。

顷刻间，风助火势，火借风威，"呼啦啦"大火熊熊燃起。熊熊烈焰仿佛恶魔张牙舞爪，疯狂吞噬着营帐；滚滚浓烟恰似恶蟒吐雾喷云，迅速

弥漫了天空。刘虞营中士兵们惊恐的呼喊声，草料燃烧的爆裂声，交织在
一起，响彻云霄。火光映红了整片天空，整个营寨陷入一片混乱与绝望之
中。公孙瓒趁机引兵出战，一举大破刘虞。

刘虞怎么也没想到，自己的十万大军居然如此轻而易举就被公孙瓒击
破，心灰意懒地回到蓟州城。公孙瓒得势不饶人，率领人马杀到蓟州城
下。他坐在马上，指着城头高声骂道："刘虞你一介腐儒，要与乌桓言和，
这简直是与虎谋皮。今日本将军在此，乖乖把城门打开，出来归降于我。
否则本将军杀进城去，定让你死无葬身之地！"听着公孙瓒在城外叫骂，
蓟州城里已是人心惶惶。刘虞惊慌失措，不知如何是好，被身边人拉着从
北门弃城而逃。

刘虞一边奔逃，一边急切地问道："咱们往哪儿去?"

身旁之人回道："大人，常言说得好："留得青山在，不怕没柴烧。'
咱们带着人马翻过燕山，到上谷郡居庸县，那边离乌桓的人马近。您和他
们关系不错，请乌桓出手，共同对抗公孙瓒！"刘虞无奈之下，只得带着
家眷，匆匆翻过燕山，来到了上谷郡的居庸县城。

汉朝时，上谷郡直属中央，郡辖十五县，其中夷舆、居庸二县就在今
延庆境内。汉代居庸县的旧址在今延庆城区附近，管辖的区域在今延庆川
区东南部一带。然而，居庸县城只是一座方圆不足一里的小城，彼时城墙
坍塌失修，残破不堪，城池狭小，人口稀少。刘虞带着残兵败将涌入小
城，城内顿时人满为患，军士宿营都成了大问题。正值隆冬时节，城内军
民啼饥号寒，景象惨不忍睹。内无粮草，外无救兵，人心惶惶，守城的意
志也已动摇。

公孙瓒下决心除掉刘虞，取而代之。当公孙瓒的大军逼近居庸县城
时，城墙上那残破的旗帜在风中无力地摇曳，仿佛预示着这座城池即将面
临的悲惨命运。公孙瓒的士兵们个个面露狰狞，眼中闪烁着贪婪与杀戮的
凶光。

霎时间号角声催，喊杀震破苍穹暮。战云翻舞，血溅黄沙路。剑影刀
光，烽火连天处。硝烟布，壮怀难诉，功过凭谁赋。公孙瓒的骑兵们如疾
风般冲向城门，马蹄扬起漫天的尘土，遮天蔽日。城墙上的守军拼死抵
抗，但他们的力量在公孙瓒的大军面前显得如此微不足道。

公孙瓒的弓箭手万箭齐发，如雨点般密集的箭矢射向城墙，守城的士兵们纷纷中箭倒下，鲜血染红了城墙的砖石。随后，攻城的云梯架起，士兵们蜂拥而上，与守城的士兵展开了殊死搏斗。刀光剑影交错，喊叫声、厮杀声交织成一片恐怖的乐章。

刘虞在城中，望着这惨烈的一幕，心中充满了绝望。他的兵力稀少，军备残破，根本无力抵挡公孙瓒这汹涌的攻势。士兵们伤亡惨重，士气低落，败局已定。

仅仅三日，居庸县城便被公孙瓒的大军踏平。城中四处是火光冲天，浓烟滚滚。百姓们惊恐地尖叫着，四处逃窜。刘虞最终也没能逃脱公孙瓒的手掌心，只能束手就擒。他眼中满是悲愤与无奈，却也只能任由公孙瓒摆布。刘虞被抓为俘虏，连同居庸县城里的富豪大族，都被押回蓟州城。

居庸县城，自秦始皇推行郡县制起便屹立于世，悠悠岁月已悄然走过四百载。这座承载着无数记忆与辉煌的县城，却在无情的战火中遭受重创。如今，只见哀鸿遍野，满目疮痍，瓦砾成堆，往昔的繁华不再。无奈之下，居庸县城只得迁往他处，着实令人唏嘘不已。

公孙瓒在居庸县俘虏了刘虞，如愿以偿地得了整个幽州。公孙瓒越发肆无忌惮，他不体恤百姓，渐渐失去人心，最终被袁绍所灭。

欲知后事如何，且听下回分解。

第十回

居庸县频乱易主
杜洛周聚众起义

黯黯长城外，日没更烟尘。

胡骑虽凭陵，汉兵不顾身。

古树满空塞，黄云愁杀人！

——〔唐〕高适《蓟门行》

在东汉末年那风云变幻的三国时代之后，公元 193 年至 396 年这二百年间，居庸县的归属如风云般频繁变更。从公元 193 年至 198 年，居庸县归公孙瓒掌控；199 年至 200 年，则落入袁绍之手；200 年至 265 年，居庸县归属于曹魏。公元 266 年，司马炎篡魏，建立西晋，居庸县自此归属西晋。然而，司马家族得位不正，"八王之乱"使得西晋国力急剧衰弱，从而引发了"五胡乱华"的混乱局面。在这段动荡不安的时期，居庸县的归属更是反复无常，时而属石勒的后赵，时而归军阀段匹磾。前燕曾统治此地十二年，前秦统治达三十五年之久，随后又落入后燕手中十一年。直至公元 550 年，高洋灭东魏建立北齐，囊括了河北、河南、山西、山东等大片领土，居庸县的归属才总算尘埃落定。

北齐建国后，北方有突厥、柔然、契丹等游牧民族虎视眈眈，西边又有北周与之对峙。为防御外敌入侵，北齐王朝准备重新大规模修筑长城。

北齐的开国皇帝高洋，祖籍在渤海蓨县（今河北景县，临近衡水）。照常理而言，祖籍在此，他应当是妥妥的汉族。但高洋的家族却与普通人家大相径庭。他的父亲高欢出生于一个汉族流配的军人家庭，祖上在北魏时期曾担任过高官，曾祖父高谧因罪被发配到北部边疆的怀朔镇戍边。此地大多是鲜卑人和深受鲜卑文化影响的高车贵族子弟。高洋的父亲高欢就在这样的环境中成长，说鲜卑语、着鲜卑衣、食胡饼、饮牛奶，生活习惯与鲜卑人毫无二致，甚至还起了一个鲜卑名字叫贺六浑，从心底把自己视为鲜卑人。

在北魏末年那段风云激荡、混乱不堪的岁月中，高洋的父亲高欢投身于杜洛周的起义军。值得注意的是，杜洛周的起义与延庆有着千丝万缕的重要关联，其背后所牵涉的诸多因素，都对当时的局势产生了极其深远的影响。所以，先将杜洛周起义的来龙去脉梳理清楚，是十分必要的。

话说在北魏孝昌元年（525年）八月，上谷郡居庸县城西南的宽阔大路上，一支庞大的队伍在烈日的无情暴晒下艰难地往东行进。这支队伍由来自柔玄镇的众多游民组成，他们面容憔悴，疲惫不堪。队伍中的一个大个子，抬头仰望天空中那火辣辣的太阳，炽热的光线几乎要将人的眼睛灼伤。他又低头看看脚下被炙烤得滚烫的黄土地，干裂的嘴唇因极度缺水而泛起白皮。他忍不住向队伍前面趾高气扬的押解官说道："长官，如此大热天，能否让大伙歇息一会儿再往前走？"

那押解官骑在一匹高大威武的骏马上，听见队伍中有人竟敢发声，立刻扭转身形。只见说话的人身高八尺有余，身材魁梧壮实，肩膀宽阔，背部厚实，脖子短粗，乱蓬蓬的头发多日未曾梳洗，早已粘连成一缕一缕的。八月虽已入秋，但秋老虎的余威仍令人汗如雨下。说话人的头发被汗水与泥水混合打起绺儿，将大半张脸都遮挡住了，难以看清其相貌。押解官眉头紧皱，面露怒色，用马鞭狠狠地一指："谁在此多嘴？你们这些流民，还以为身处北镇吗？想歇一会儿？若耽误了行程，看我不打死你们！"

大个子站在原地，怒目圆睁，直直地盯着骑在马上那嚣张跋扈的押解官，心头一股怒火犹如熊熊燃烧的烈焰直往上涌。这个大个子，正是日后北魏末年起义军的领袖杜洛周。杜洛周本姓吐斤氏，乃是高车族。高车族，是我国古代北部边疆地区的一个少数民族，因其所使用的车轮高大、辐数众多而得名。南朝人称之为"丁零"，漠北人则称其为"敕勒"。

北魏由鲜卑族拓跋氏建立，建国初期国都在平城（今山西大同）。为管理北部边塞地域，自东向西设立怀荒（今河北张北县）、柔玄（今内蒙

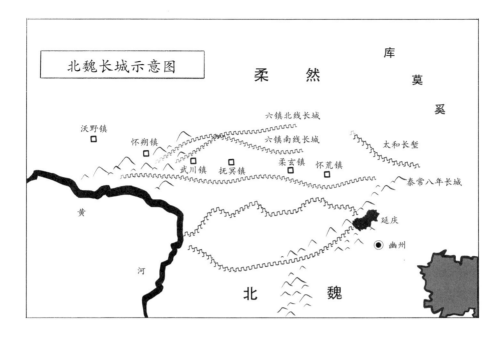

古兴和县西北)、抚冥（今内蒙古四子王旗东南)、武川（今内蒙古武川县西)、怀朔（今内蒙古固阳县西南）和沃野（今内蒙古五原县东北）六镇。各镇首领称"镇将"，由鲜卑贵族、汉族强宗及胡族酋帅担任，镇民包含多个民族。

　　北镇设立初衷是抵御北方柔然。北魏统一北方局势稳定后，北镇地位渐不受重视。尤其是孝文帝迁都洛阳之后，洛阳贵族与北镇鲜卑贵族差异显著。北镇镇将前往新都洛阳办事，一进入洛阳城，就会被鲜卑族出身的洛阳羽林军蛮横阻拦、百般刁难。北镇人大多行伍出身，性格刚烈，不肯轻易吃眼前亏，言语争辩不过便动手，结果引发了一场规模不小的群殴事件。北镇镇民与北魏朝廷的关系逐渐出现裂痕。

　　北魏正光四年（523年)，北方遭遇了严重的大旱，柔然人因缺乏粮食，出兵怀荒镇抢夺。而怀荒镇同样遭受饥荒，镇民们纷纷要求镇将开仓放粮。然而，镇将却傲慢地把手一摆，不屑一顾地说道："想吃官粮，门儿都没有!"被逼无奈的怀荒镇民走投无路，群情激愤，一拥而上杀死了镇将，将府库中的粮食洗劫一空。怀荒镇的动乱消息迅速传播开来，整个北镇随之陷入混乱。北魏朝廷派遣大军前来征剿，却连战连败，无奈之下，竟然请冤家对头柔然出兵协助平乱。

原本设立六镇是为了防御柔然，如今却反而让柔然帮助镇压六镇的叛乱。柔然自然乐意做这个顺水人情，立刻派兵与北魏朝廷的各路大军联合夹击北镇的叛乱。几场战斗下来，北镇的叛军如雷阵雨一般，来得迅猛，退得迅速。六镇的暴动虽然暂时被平息了，但混乱的局势一旦开启，便难以彻底稳定下来。各地的叛乱如同雨后春笋般层出不穷，北魏朝廷对此感到疲惫不堪，懒得再费心处理，于是下诏：将六镇镇民的军籍、军户全部剥夺，从自由民降格为"府户"，其地位与中原地区的"佃户"基本相同。朝廷还将六镇的流民分散开来，发配到其他州郡，让他们自行谋求生计。六镇镇民的暴动之心再次死灰复燃。

柔玄镇的镇民和其他几镇的流民一样，被押解前往河北落户。这支庞大的流民队伍走到上谷郡居庸县城外时，正值晌午，烈日当空，仿佛要将大地烤焦。他们长途跋涉，鞋子早已磨烂，光着双脚踩在滚烫的黄土地上，痛苦不堪。杜洛周看着自己和众多镇民如今形同罪犯，遭受这般非人的待遇，实在是忍无可忍，便向押解官提出歇息喝水的请求。然而，却得到了押解官那无情而又傲慢的回应。杜洛周心中充满了怨恨，他想："龙居浅滩遭虾戏，虎落平阳被犬欺！想我杜洛周当年何等威风，没想到今日竟沦为阶下囚。这一切究竟该怨谁？都怨那无能的魏孝明帝元诩。"杜洛周所埋怨的魏孝明帝元诩，正是北魏的第九位皇帝。他六岁登基，到孝昌元年刚满十六岁。孝明帝年幼即位，由生母胡充华临朝听政。胡充华精于权谋，多年来牢牢把持着朝政。有一次，朝廷举行祭祀大典，胡充华竟然对群臣说，孝明帝年纪太小，无法亲自祭祀，依照《周礼》中夫人与君主交相奉献的义理，她要代替孝明帝进行祭礼。当时的人们将胡充华与孝明帝并称为"二圣"。天下百姓生活在水深火热之中，朝廷对北镇镇民又用如此苛刻的政策，杜洛周怎能不恨他们？杜洛周不由得牙咬得"咯嘣嘣"响，双眼几乎要喷出火来。好在有一头乱发遮挡，否则他那愤怒的眼神必定会被押解官察觉。

押解官并未留意到杜洛周，然而他身边的一个人却注意到了，此人正是杜洛周的副将贺拔文兴。贺拔文兴偷眼瞧见杜洛周咬牙切齿，心中便猜到了其中的缘由。他紧走几步来到杜洛周身边，悄声在其耳边说道："军主，您且息怒。休息之时，我有话要对您说。"贺拔文兴口中所说的"军主"，乃军镇内指挥作战的基层武官的官职。

杜洛周强压怒火，点点头不再言语。大队人马逐渐接近居庸县城，押解官用手一指，大声说道："前面便是居庸县，我们进城休息。你们这些流民就在瓮城里蹲一宿！"所谓瓮城，是在城门外修建的半圆形护门小城，形状如同瓮一般。流民的地位低下，不配进城，放在城外又怕他们逃跑，所以只能让他们在瓮城暂时休息。

几个押解官骑着马进入城里的驿站，尽情地吃喝休息。而杜洛周等流民则被围困在瓮城当中。贺拔文兴来到杜洛周近前，低声说道："军主，方才我见您目露凶光，究竟是怎么了？"

杜洛周冷哼一声，说道："简直要把我气死。你我兄弟，都是在马背上长大、在刀枪中拼杀出来的。咱们高车人什么时候受过这样的窝囊罪！实不相瞒，我想造反！如今这个世道，只要拉起人马，咱们就能称王称霸。何必受他人的辖制！"

"军主，您说得倒是不错。只可惜现在造反，恐怕时机尚未成熟。这是什么地方？上谷郡居庸县，地处边塞，不过是一隅之地，难以成大气候。"

杜洛周把硕大的脑袋用力一摇，坚决地说道："我看未必！上谷郡居庸县虽在边塞，但是有长城阻隔，南有燕山作为天险。在此起兵造反，能够聚拢人马。南边的敌人难以攻打进来，北边的敌人也休想越过长城。这是绝佳的起兵地点。"说到这儿，杜洛周把原来身边的几个副将、偏将都召集到近前，低语了几句。这几个人都是杜洛周的部下，对目前的悲惨境遇都心怀极度的不满。听了杜洛周的话语，一个个摩拳擦掌，跃跃欲试。他们按照杜洛周的安排，在人群中悄悄传递起准备造反的消息。

不一会儿，几百人的瓮城里安静下来，所有人的目光都聚焦在杜洛周身上。杜洛周站在一块大石头上，身形高大，众人需仰视而观。杜洛周大手一挥，慷慨激昂地说道："兄弟们，咱们高车人向来都是凭借武力征服天下。柔然人厉害不厉害？咱们高车人怕过吗？"众人瞪大了眼睛，竖起耳朵，全神贯注地听杜洛周慷慨陈词："兄弟们，我杜洛周一介武夫，没读过什么书，但是我深知一个道理，人活着就得活得有尊严！咱们现在还有人样吗？"说到这儿，众人你看看我，我看看你。只见一个个衣衫褴褛、蓬头垢面，简直如同孤魂野鬼一般。杜洛周接着说道："兄弟们，如果听从朝廷的安排，继续往前走，不等走到河北，就得先死一半。到了河北还要给别人当牛做马，这是咱们高车武士应该有的下场吗？"

瓮城中鸦雀无声，一片死寂。就在这凝重的氛围中，贺拔文兴猛地大喝一声："我们高车武士宁愿战死沙场，也决不能与人为奴！"这声呐喊犹如一颗重磅炸弹瞬间引爆。人群中，有人激昂地高呼："杜军主说得对！"有人心急如焚地问道："杜军主，我们该怎么办？"更有性急者，二话不说直接捡起大石头，奋勇冲向城门，誓要砸破城门，冲杀进城。一时间，愤怒的火焰在众人眼中燃烧，激昂的情绪弥漫整个瓮城。

杜洛周和贺拔文兴见时机已到，齐声大喝："高车的武士们，与我反了吧！"

在杜洛周的振臂高呼下，众人的情绪被彻底点燃，他们的眼中闪烁着愤怒与决绝的光芒。一场轰轰烈烈的起义，就此在居庸县的瓮城拉开了序幕。

欲知后事如何，且听下回分解。

第十一回　北魏六镇暴动起
　　　　　北齐建国平边境

汉家今上郡，秦塞古长城。

有日云长惨，无风沙自惊。

当今圣天子，不战四夷平。

—— 〔唐〕李益《登长城》

　　杜洛周率领众人在居庸县城毅然造反起义。霎时间，居庸县城的瓮城中，柔玄镇民群情激奋，他们如汹涌澎湃的潮水一般涌向城门。只见他们奋力挥动手中的武器，激昂的喊杀声震耳欲聋，那气势仿佛能冲破云霄。城门在他们的猛攻下瞬间被砸开，押解官在混乱中被杜洛周挥刀斩杀，鲜血四溅，场面惊心动魄，令人胆寒。

　　杜洛周当机立断，将居庸县城设为指挥部。贺拔文兴自封武川王，莫陈升称别帅侯，曹纥真任都督。众人一同商议，定年号为"真王"。要知道，"真王"乃佛教对如来佛的尊称。北魏崇尚佛教，鲜卑人人笃信，以此为年号，显然带有佛祖不认可北魏朝廷之意，充分展现出他们反抗的决心和勇气。

　　杜洛周于上谷郡居庸县城举旗造反，翌年更是攻破扼守军都、居庸两关的魏军，南下攻占了幽州。杜洛周虽煽动造反能力不凡，却领导无方，起义仅维持两年多便如昙花一现，迅速消逝在历史的长河中。然而，正是在这短暂的杜洛周起义军中，走出了几位在后世赫赫有名之人，高欢便是其中之一。

年轻时的高欢随军各处征战。有一年高欢在外作战，高欢的妻子娄昭君身怀有孕——怀着高洋。

一天晚上，娄昭君挺着大肚子准备安歇，突然见卧室外一道红光照进来，那光芒强烈而耀眼，吓得她大惊失色，接连几天都没睡好觉。没过几天，高洋便出生了。就在分娩的当晚，娄昭君梦到一条青龙遮天蔽日、张牙舞爪，那青龙的威严让她从梦中惊醒，随后便生下了高洋。

这种事真的存在吗？翻看中国史书，凡是开国皇帝，出生时均有天现异象。如黄帝出生时，天空出现两条巨龙，祥瑞之气弥漫；汉高祖刘邦出生时，天昏地暗，蛟龙自天外破窗而入，盘旋于产床之上，神秘而令人敬畏；汉光武帝刘秀出生时，时有赤光，室中尽明，仿佛昭示着未来的辉煌；魏文帝曹丕出生时，青云聚于屋顶，终日不散，似乎预示着其非凡的命运。以此突出他们与众不同。

高洋更是与众不同，在兄弟姐妹中是个异类。高洋的父亲高欢本是汉人，受鲜卑族的影响极重；母亲娄昭君是鲜卑人。高洋是不折不扣的混血。兄弟姐妹把父母的优点都占尽了，唯独高洋一点儿都没继承。他黑灿灿的一张脸，腮帮子上的肉向下垂，一身牛皮癣，脚脖子还有点儿畸形。这长相，真够十五个人看半个月——一人一天都嫌腻味。

但高洋虽貌丑形秽，心智却聪慧无比，远超常人。有一次，高欢在家准备测试孩子们的能力，把一团乱麻摆在他们面前，说："把这团乱麻给我解开，看谁解得快！"

几个孩子都低着小脑袋瓜，一丝不苟地解麻绳，只有高洋迟迟不动手。正在高欢奇怪之际，高洋伸手"噌"的一声从腰间拔出短刀，刀刃迎着麻绳轻轻一斩，"啪"的一声响，麻绳被一刀斩为两段。

高欢面带疑惑问道："洋儿，爹爹让把乱麻解开，你因何将其斩断？"

高洋抬起黑灿灿的小脸，脖子一挺，说："爹爹，乱者须斩。"从此给后人留下了一条成语"快刀斩乱麻"。

高洋八岁那年，正是公元 534 年，高欢已经是北魏朝堂上权势滔天的权臣。此时的高欢在北魏朝堂说一不二，专横跋扈，上朝得把几个儿子带上。难道高欢家里连保姆都雇不起吗，要把孩子带到朝堂上去？其实不

然，高欢带儿子上朝，是为让他们早早接触朝政，学习权谋之术。用高欢的话说："当领导，要从娃娃抓起！"高洋和弟兄跟着父亲上朝，小小年纪便成了朝廷大臣，开始按部就班的公务员生活。高洋九岁被授为骠骑大将军、仪同三司、左光禄大夫、太原郡开国公。一个九岁的孩子能成为"大将军"，可想而知高欢有多跋扈，权势有多大。

北魏皇帝孝武帝元修不想再当傀儡皇帝，偷偷投奔关陇军阀宇文泰去了。宇文泰在长安搞了一个西魏政权。高欢立年仅十一岁的元善见为帝，这便是魏孝静帝，历史上的东魏由此诞生。

几年后，高欢临死前把权力交给儿子高洋。公元550年，庚午年五月戊午日，二十四岁的高洋，逼着东魏孝静帝将皇位禅让给自己。他即帝位，国号齐，建元天保，定都邺城（今河北邯郸市临漳县），历史上称"北齐"。

高洋当上皇帝后，心中怀着宏伟的理想，那便是西渡黄河打到长安，跨过长江征服全中国。高洋为此组建了百保鲜卑军，成立了华人勇士团，他像一个磨刀霍霍的屠夫，随时试试手中刀的锋利，时刻准备实现征服全国的梦想。

然而，统一全国并非易事，制定好的战略至关重要。高洋计划先巩固大后方——北方大草原，安抚好放马的邻居；接着饮马长江，消灭南朝；最后兵发长安，干掉西魏。之所以把西魏放在最后，是因为关中地势险恶，易守难攻。父亲高欢生前几次军事行动失败，让高洋心有余悸，他不敢轻举妄动渡河作战。同样，西魏的宇文泰也不敢轻易出关，于是，西线暂时无战事。但北方骑马的邻居不讲规则，收服他们是当务之急。

晋阳以北，广大的高山峡谷中还散落着"步落稽"——被称为山胡的不服王化的山民部族。再往北的地盘是草原霸主柔然，这是足以让高洋和宇文泰都头疼的强大对手。柔然西边和东边，广阔的大草原上，一些部落正在兴起。西边是突厥，东边是库莫奚和契丹，他们在后世的不同时期成为草原的主人。

第一个主动找倒霉的是库莫奚。这个部族在北魏政权建立之初，曾经被北魏王朝开国皇帝道武帝拓跋珪打败过。拓跋珪觉得跟野蛮部落打仗太没出息，带领鲜卑勇士乘中原大乱之际南下逐鹿中原。北部的防守空虚给了库莫奚人喘息的机会。几十年过去，库莫奚人生息繁衍，逐渐强大，成了魏朝的北部边患。高洋即位的第三个年头，库莫奚大举进攻代郡。高洋亲自率领百保鲜卑军出征，一仗击溃了库莫奚人，战场上杀声震天，库莫奚人丢盔弃甲，四处逃窜。最终，高洋俘获四千人、牲畜十余万。高洋把俘虏发往山东各地，他们逐渐融合在当地百姓中。从此，库莫奚变成北齐北部边疆的乖孩子，年年派人到邺城朝贡。遇上灾年实在活不下去的时候，就去抢劫契丹。只要高洋还在，库莫奚人就没胆子招惹北齐。

库莫奚已然安分下来，然而在北部，仍有不安分的"刺儿头"尚待收拾，高洋也一直在为此精心筹备着，枕戈待旦。一天，一个消息传到邺城，柔然的头兵可汗死了。消息是头兵可汗的儿子太子庵罗辰带来的。高洋听罢，心中暗忖："头兵可汗把柔然统治得空前强大。为了笼络柔然人，不管东魏还是西魏，一直赔着小心，生怕得罪头兵可汗。"想到这里，高洋问太子庵罗辰："头兵可汗怎么死的？"

太子庵罗辰哭丧着脸回复："万岁，您有所不知！西魏宇文泰扶植突厥攻打柔然，没想到锻奴居然大胜。"（"锻奴"指的是突厥。突厥人一直为柔然人打铁，柔然人把突厥人称为锻奴。）突厥以奴欺主，柔然王庭失守，头兵可汗自杀身亡。太子庵罗辰领着残兵败将跨过北齐边界，逃往邺城。剩下的部众各占东西方位，分成东、西柔然。

高洋点点头，心中盘算："原来北边这么乱！我得去看看！"为巩固北部边境，高洋率领大队人马，从晋阳来到离石巡视边境。离石即今天山西吕梁山脉中段的西侧。到了离石，高洋仔细观察山形地势，亲自主持设计边疆防务，从黄栌岭起长城，北至社平戍（今山西省忻州市五寨县），在四百里长的边境线上设置三十六个戍所。那长城蜿蜒起伏，宛如一条巨龙盘踞在北方的大地上，守护着北齐的边境。

第二年正月，山胡包围离石戍，高洋率军救援。山胡听说朝廷大军来了，没等见面便撤了兵。高洋仗没打成很不过瘾，在三堆戍（今山西省静乐县）搞了一场军事演习，以豺狼虎豹做敌人，满载猎物而归，算是不虚此行。

这时候，库莫奚的兄弟部族契丹不请自来，经常在北齐的东北部边疆骚扰，边报雪片一般飞向邺城。高洋决定再次披挂上阵，御驾亲征。他深知自己大张旗鼓去迎敌，不等到达战场，敌人便会闻风而逃。高洋善于总结，熟知魏武帝曹操远征乌桓的历史。契丹的老巢在乌桓故地。高洋向魏武帝曹操学习，从战略思想、战前准备、行军路线，甚至胜利后抒发感情的方式都拷贝曹操的做法。不过二十五岁的高洋代替五十三岁的曹操，一个老骥伏枥，志在千里；一个少年英雄，意气风发。

一次又一次无功而返，原因在于大队人马出征闹得动静太大，对手害怕，听到消息撤兵。对游牧民族来说，打仗是次要的，抢东西才是硬道理。他们政治诉求一般不高，游击战术使用得非常熟练。你把队伍拉过去，对手早跑了。千万不能离开，若前脚走，他们后脚又回来。去得人少只有挨打的份儿，去得人多又没有仗打。游击战最让正规军头疼，单从晋阳发一次兵，仅粮草运输就是不小的开支。战争自古以来就是烧钱的机器。曹操在进军乌桓前采取很多措施，让乌桓人相信他们没有进攻的意思，然后出其不意，一战成功。

高洋充分领会曹操声东击西的战术。他改变路线，知道契丹人的营地是活动的，哪里有草哪里就是家。北部大草原辽阔无垠，如果他们事先得到消息，会逃之夭夭。高洋没有直接从晋阳誓师出征，先放一颗烟幕弹，大张旗鼓地宣布巡视冀、定、幽、安四州。

皇帝出巡，大批护卫人马跟随是正常的。不正常的是高洋带的警卫部队是特种兵百保鲜卑。大队人马到了平州，即今天的河北唐山，高洋突然改变行军方向，带着特种部队掉头向西，走卢龙塞（即喜峰口），从这里踏上曹操征乌桓所开的古道长堑。

遥想当年，曹操为消除袁绍残余分子的威胁，出卢龙塞远征乌桓，经过五百里人迹罕至的高山峡谷。他边开路边行军，近一个月才到达乌桓营地，在白狼关一举歼灭乌桓主力。且观今朝，高洋弃辎重轻装上路，沿着曹操走的长堑，翻山越岭，昼夜不停地急速行军。高洋一马当先，袖子挽起露着胳膊，饿了吃一口肉干，渴了喝口山涧水。十冬腊月，北方寒风刺骨，雪花纷飞，但斗志昂扬的齐军心里却有一团火在燃烧。对战士来说，没有比跟着皇帝同甘共苦、厮杀战场更令人振奋的事情了！

只用五天的时间，高洋走完曹操一个月的行程，到达白狼关，即今天辽宁的凌源。到此驻足，敌人并不在此。高洋马不停蹄继续前进，第二天到昌黎，第三天到阳师，就是今天的辽宁朝阳。此时，另外两路北齐军也出发了，一路是五千轻骑，自东道直扑大青山契丹别部；另一路是四千轻骑，东驱断契丹的后路。三路齐出。

第四天，当高洋出其不意地出现在千里之遥的契丹人面前时，契丹人惊呆了。对面哪里是人？简直是一支风尘仆仆从天而降的野人队伍！高洋带着队伍千里奔袭。北方风沙极大，当兵的牙不刷、脸不洗，一个个跟小鬼并无区别！契丹人被眼前的景象震慑得呆若木鸡，完全丧失了抵抗的意志。

欲知后事如何，且听下回分解。

第十二回

高洋边塞亲用兵
幽州筑城抚人心

　　秦筑长城比铁牢，蕃戎不敢过临洮。
　　焉知万里连云色，不及尧阶三尺高。

　　　　　　　　　　　　——〔唐〕褚载《长城》

　　高洋亲率北齐雄师，千里奔袭赫然出现于契丹人前。契丹人惊惶失措，要知道他们乃是不折不扣全民皆兵的游牧民族，平日里各自忙碌着照顾牛羊，唯有在战争期间才会迅速集结。而高洋此番选择突袭营地的战术，实乃英明之举。仓促之际，契丹人根本难以组织起规整有序的队伍来抵御。最终致使契丹惨败，十万之众沦为俘虏，更有多达十万多头的牲畜尽被收入囊中。高洋凯旋回师之时，特意探寻曹操遗留之足迹，临碣石，观沧海。其心中盈满与曹操一般傲视天下群雄之豪情，毕竟高洋年仅二十五岁，相较曹操更为年少，真可谓是意气风发，壮志凌云。

　　高洋对塞北用兵，可谓战无不胜。然而，用正规部队与游牧民族的游击队作战，着实既费钱又费精力。到处寻觅敌人打仗，这般滋味实在不好受。于是，高洋启用了对付草原敌人的第二种武器——修长城。他还亲自勘探修筑路线，并毫不犹豫地选择堂弟高睿作为监工。

　　高睿的父亲是高欢的异母弟弟高琛。高琛不幸离世后，高欢心怀怜悯，把高睿接到自己府上。高睿与高洋自幼一起长大，情谊深厚，是不折不扣的堂兄弟。高睿在十七岁时便被封为定州刺史、六州大都督，别看年纪轻轻，却颇有政绩，深受高洋的赞赏与认可。此次修长城，高洋脑海中第一个浮现出的合适人选便是高睿。

高睿领命后，迅速集结数万山东兵，并带着多达一百八十万民夫前往塞北。常言说得甚是在理："人上一万，无边无沿；人上十万，扯地连天。"好几百万人，队伍的头出去二十里地，后面还没开始动身。出发的时候，正值六月酷暑，酷热难耐，人挨人，人挤人，每个人都挥汗如雨，仿佛置身于巨大的蒸笼之中。定州长史宋钦道一看，自家的最高长官要去修长城了，在这大热天里得有所表示，于是命人把深藏在窖里的冰取出一盆。虽说是一盆，其实不过是比盘子稍大些的一个容器罢了。宋钦道亲自端着冰，恭敬地送到高睿面前。

高睿一看，眉头微皱，说道："长史大人，您这是何意？"

"都督，大热天的，您来口冰水，降降温去去火。"宋钦道满脸堆笑。

高睿摇摇头说："我与三军同行，怎能独自享用这冰？大人，三军将士都喝着温水，凭什么非得我喝冰水？跟您说实话，我并非为了博取跟士兵同甘共苦的名声，实在是于心不忍。"冰块在高睿面前渐渐融化。在古代那个没有冰箱、制冷机的时代，六月寒冰可是极其稀罕珍贵之物。随行的将士们目睹此情此景，无不为之感动。

高睿率领着几百万民夫来到幽州北夏口，站在山头放眼一望，心中顿时凉了半截。眼前的军都山上，山峰陡峭，仿佛拔地而起一般。山体裸露，毫无绿意可言；岩石冷峻，山势峻拔高耸。时值六月酷暑，但是站在这里，荒芜的山脉间风声呼啸，带着丝丝凄凉，透着缕缕孤寂。抬头看去，偶尔有几只秃鹫在天空中盘旋，发出刺耳的叫声，给这死寂的山脉更增添了几分阴森的气氛。往北边一望，整个妫川盆地尽收眼底。如此广袤的一片地盘，竟然一户人家都没有。此处连年征战，烽火不断，又有谁能在这里安居乐业？

若说军都山上空空如也倒也并非如此。这座山头上有个墩台，那座山岭上有一段废墙，这些都是北魏时期修筑的长城遗迹，距离彼时已有一百多年的岁月。高睿深知，北魏为防备北方草原上的柔然和契丹，以及南方其他割据政权的进攻，曾经筑起两道长城。一道是北长城，另一道是南长城。北长城修筑于北魏明元帝泰常八年（423 年），自赤城一直延伸至五原、阴山。赤城即如今河北省赤城县，位于延庆区的东北方向；五原则在今天内蒙古乌拉特前旗境。这条长城从赤城以东的山脉向北，绕过独石口向西蜿蜒延伸而去，经张北、尚义、兴和、呼和浩特、包头，最终到达乌拉特前旗境，东西长达二千多里。另一条南长城又名"畿上塞围"，修筑于太武帝太平真君七年（446 年），东起上谷，西至河曲。北魏上谷郡治居庸县，也就是现今的北京延庆区。南长城从延庆南境的八达岭，沿着山脉趋向西南；跨越小五台山，经过蔚县和涞源两县间的黑石岭，进入山西省；过灵丘县境的沙河源头的天门关，转西循恒山过今浑源、应县之地代县的雁门关；转趋西北过宁武县阳方口、神池、朔县，沿偏关河向西，一直修到黄河东岸的河曲县。北魏修筑"畿上塞围"的走向，与秦、汉长城的走向基本一致。

北魏王朝的统治者来自鲜卑族拓跋部，原本以游牧骑射为生。自从统治了以农业生产为主的中原地区之后，经济结构发生了重大改变。游牧与农耕这两种截然不同的生产方式，都受到环境、气候等诸多因素的影响。物产丰富的中原农耕民族，一直过着自给自足的安稳生活，不需要也没必要去夺占相对干旱的苦寒之地。北魏孝文帝拓跋宏，颁布了一系列改革措

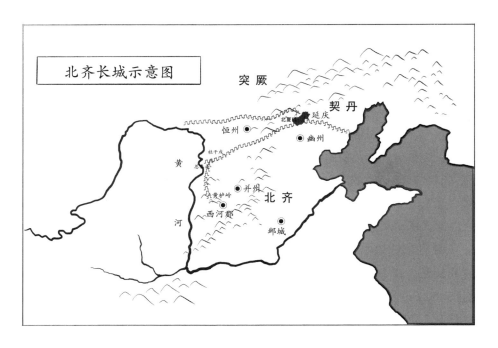

施，实行均田制，将荒地分配给没地或少地的农民，使得社会秩序得以安定，生产逐渐恢复。他还下令鲜卑族采用汉姓，改穿汉服，学说汉话，提倡同汉族通婚。从姓氏、服装、语言、婚姻等多个方面消除隔阂，努力达到鲜卑族和汉族的进一步融合。随着北魏国力的不断提升，渐渐地富裕起来。北魏的富足让北边的柔然和东北的契丹心痒难耐，不时南下劫掠一番。北魏被骚扰得苦不堪言，本来自身是游牧民族，如今也只能学着秦、汉时期防御匈奴的办法修筑起长城。

从北魏开始修长城，到北齐高睿时期已过百年，这段长城历经风雨侵蚀，损失殆尽，摆在高睿面前的是一副破败不堪之景。高睿与高洋情同手足，皇帝派他督修长城，他又怎能知难而退呢？为了高氏能够一统中华，长城再难修也必须修好。

工程刚刚开始，高睿便清楚地意识到，想要在这崇山峻岭之中修筑大型防御工事，其难度之大超乎想象。高睿带来的民夫多达百万之众，其中很大一部分是来自山东的百姓。上百万人一同干活，时间一长，难免会节外生枝。

一天，高睿带着几个贴身的侍卫在工地上巡视。工地上吵吵嚷嚷，围拢了不少人。高睿用手一指，对身边侍卫说道："那边究竟发生了何事？"一个侍卫赶忙跑过去询问详情，原来工地上几个山东来的军士正闹着意见。

其中一个军士抱怨道："这叫什么事啊？我本来在家好好的，非要把我带到这鸟不拉屎的地方修什么长城……"

另一人把手里的铁锹往旁边一扔，满脸不满地说："是啊，修长城倒也罢了，看看咱们这伙食……"说着从口袋里掏出一块饼子，丢在众人面前，"这玩意又凉又硬，每天连点儿稀的都没有。我找两碗凉水才啃半个，简直没法吃！"

两人的对话引得其他人也跟着纷纷抱怨起来。这个说衣服破了没人补，那个讲睡觉的席子上有跳蚤……你一言我一语，抱怨之声越来越多。说着说着，其中一个年轻的军士把脚一跺，"哇"的一声蹲在地上哭了起来。

众人一看，纷纷说道："还哭上了？堂堂五尺男儿，眼泪怎么像洗脚水似的说来就来!"

他一边哭一边说:"俺出来的时候,把俺娘一个人丢在家里。出来大半年了,不知道啥时候是个头!俺娘在家也不知道咋样……我想俺娘了……"说着便号啕大哭起来。

他这一哭不打紧,大家都是抛家弃子跟着高睿来修长城的,一个传染俩,两个传染四个。工地仿佛瞬间变成了坟地,众人都哭了起来。山东人一个个身材高大,力气十足,这哭声也比一般人来得更为响亮。哭声把高睿的侍卫吸引了过来。

侍卫一问才知道:"哦,你们想家啦!"

"是啊,军爷,您离郡王近,能不能帮我们说句话,求求郡王他老人家,放我们回家探探亲?"

侍卫一听连忙摇头:"我可办不到。常言道,服从命令听指挥,是当兵的天职,哪能想回家就回家?"

"我们想家,总在这儿修长城可不行!要我看,长城也甭修了,回不去家没心思干活……"

侍卫听罢心中暗自思忖:"坏了。为这事折腾起来太犯不上,得回去跟郡王反映反映情况。"侍卫回来后,一五一十向高睿说了一遍。

高睿听明白回禀,心中思索:"想家嘛,这是人之常情。谁都有父母,都有妻子儿女,这是血肉至亲。但把他们放回去探亲,就算都能回来接着修长城,一来一回太耽误时间。修长城是国家大事,不能耽误工期,眼看就要入冬,天寒地冻的月份,工程进度更会变得缓慢。"想到这儿,高睿微微把头一点:"好,此事我记下了。跟军士和民夫说,虽然我不能让他们回家探亲,但总要想办法,让他们先好好修城,不要多想。"

高睿转身回大帐了。只见他眉头紧紧皱在一起,那深深的褶皱中仿佛藏着无尽的忧虑。他步伐沉重,每一步都带着沉思的凝重。回到帐中,他缓缓坐下,苦苦思索着:"到底怎样才能让这些人安安心心地筑城呢?是给予更丰厚的报酬,还是加强监督管理?"无数的想法在他脑海中交织、碰撞,然而却始终没有一个能让他完全满意的答案,可他知道自己必须尽快找到解决之法,否则筑城之事将难以顺利推进。

这时,刚才那个侍卫端茶送来:"郡王,您请用茶……"他把茶盘放在高睿面前，转身要走。

高睿一抬头叫住："先别走。我问问你，要想让人不想家，你有什么办法？"

侍卫根本没过脑子，随口说道："郡王，您给他们在这里安个家，不就不想家了嘛！"

高睿听闻把脸一扬，眉宇之间英气逼人。侍卫一看，这才意识到自己刚才说错话了："哎呀，坏了，我嘴没有把门的。自古以来，哪有部队出征带着老婆孩子呢？多影响军队士气！"想到这里，侍卫连忙跪倒："郡王，息怒！郡王，息怒！小的说话口无遮拦……"

高睿略带沉思，两眼凝神，自言自语："你说得也不无道理！"

侍卫一听，愣在原地："什么？我说得还对？刚才郡王一脸严肃，简直吓死我了……"

高睿把侍卫打发走，叫来身边幕僚和近人，把自己的想法说了出来："我打算给表现好的军士、民夫一个奖励。"

"什么奖励？"众人好奇地问道。

"官家出钱，给他们配上一房媳妇，让他们在此安家落户……"

高睿的这个主意真能安抚住军士、民夫吗？

欲知后事如何，且听下回分解。

第十三回
郡王稳军巧用心
将军创新固长城

秦人万里筑长城，不如壮士守北平。

晓来碛中雪一丈，洗尽膻腥春草生。

——〔宋〕陆游《军中杂歌》

高睿心怀壮志，欲为修筑长城表现出色的军士、民夫谋求福利，由官家出钱为他们配上一房媳妇，使其能在此安家落户，从而确保他们安心戍边。高睿身边的幕僚和近人听闻此议，皆连连摇头："郡王，万万不可！自古以来，哪有部队出征带着老婆孩子的？我们此次虽非打仗，仅是筑城，可您若开此先河，恐怕……"

高睿微微一笑，目光中透着坚定与睿智："我知道你们定然反对。你们想过吗？北夏口一带长城，修建起来难度极大，绝非一时半会儿能够完工，此为其一；其二，真把这段长城修好了，也得派兵驻守。我大齐刚刚建国，北有柔然，西有宇文泰，皆虎视眈眈。万岁还要亲率兵马，南征诸国，一统华夏。现在河北、山东兵力不能动，谁能给咱们大齐看好后门呢？"

高睿一番话掷地有声，众人面面相觑，而后心悦诚服："郡王的站位就是比我们高，眼光比我们长远！我们怎么没想到这一点呢？"

其中一个幕僚抱拳拱手，一脸敬佩："郡王所言极是。但是要想给这么多军士安家，钱好办，关键是上哪儿找媳妇？"

高睿略作沉思，果断说道："我写一道奏表，请圣上裁夺此事。"于是，高睿挥笔写下一道奏表，将其中的利害关系陈说得清晰明了。高洋接到堂弟赵郡王高睿的奏表，仔细看了一遍，放在一旁。高洋觉得这并非什么大事，不就是准备给军士、民夫娶老婆吗？还用跟自己请示？为了修好长城，巩固北塞，这再正常不过。于是立刻吩咐下人："去！按照赵郡王所言去办吧！"

高洋这随口一句话，却不知给下面办事的人带来了多大的"权力"。这些人哪会管老百姓的想法，一心只想尽快完成任务。按照赵郡王高睿的本意，是在河北、山东一带贴出榜文，谁家有丧夫的寡妇，本着自愿的原则，自己报名，到北塞与军士、民夫组成家庭，国家必然给一笔可观的安家费。可事情到了底下办事的人手里，完全变了味道。

"赵郡王说了，他们在北塞修长城太苦了，老百姓不能看着不管。让你们出钱估计拿不出来，不如这样，谁家有死了丈夫的小寡妇交出来，我们带到前线去；如果谁家有寡妇不往出交，别怪国家的王法不客气！"

本是自愿行为变成了强行抢人，开始专挑寡妇，后来发现哪有那么多的寡妇？没寡妇也有办法，随便抓人。结婚的、没结婚的、长得好的、长得丑的，全然不顾，只为凑数，弄得河北、山东各地哭号千里。有的人家刚娶过门的新媳妇，就被抓走。百姓谁敢说一个"不"字，马上就会被扣上一个里通外国、大逆不道的罪名，一同抓起来。

《北齐书·帝纪第四》中记载得很清楚，天保七年（556年），"发山东寡妇二千六百人以配军士，有夫而滥夺者五分之一"。百分之二十都是滥抓无辜，数据很可能是保守的计算结果。

这般违背人伦之事，北齐朝廷难道不觉得羞耻吗？其实从魏晋开始实行的"士家寡妇配嫁制"，带有很强的游牧民族"转婚制"色彩。这种制度是军人战死之后，朝廷做主将寡妇配给没有媳妇的士兵，让他们一起生活。在北齐时代不是出格之事，只是这种做法给百姓造成了巨大的痛苦。高睿本是好心，却未曾料到竟办了错事。

然而，招募寡妇这一举措，虽过程混乱不堪，却也让军士们得以安心修筑长城。不出几年，北夏口一带的长城建筑得初具规模，不少山东兵留在此地。高睿主持修的长城，北起幽州北夏口，西至恒州，共九百余里。

为后世八达岭长城防御系统，打下了坚实的基础。

历史上，北齐为防御突厥、柔然、契丹和北周，精心修筑了三道长城防线。

第一道，从山西大同过内蒙古清水河县，东到山海关。喜峰口、古北口、独石口都在这段长城之上。那雄伟的城墙蜿蜒于崇山峻岭之间，宛如一条巨龙盘踞，守护着北齐的边疆。

第二道，被称为"重城"的长城，因三段长城汇集在一起，故而得名"重城"。其中一段西起黄栌岭，北到山西忻州五寨县；中段是从库洛拔东至乌纥，四百多里；另一段西起乌纥戍至八达岭，基本沿袭北魏"畿上塞围"的旧基，从今天平型关一带斜向东北，经涞源、蔚县，直抵八达岭。这道长城犹如一道坚固的屏障，阻挡着外敌的入侵。

第三道，北端起于山西五台与河北阜平县之间的长城岭，沿山西、河北两省交界地带，向南过滹沱河，直抵娘子关。大致呈南北走向二百多里，以防北周的进攻。

三道长城的修筑，让高洋志得意满，满心想着一统天下。然而，高洋却过于沉迷酒色，导致身体虚亏。天保十年（559年），年仅三十四岁的北齐皇帝高洋暴毙而亡。他这一去，北方几个游牧民族趁机报复北齐，边境之地顿时陷入了一片混乱与危机之中。

高洋死后的第五年，河清三年（564年）秋天，突厥十多万兵众气势汹汹地来到幽州边境，烧杀抢掠，无恶不作。幽州刺史乃是北齐大将斛律羡，闻听边报，他心急如焚，率领人马火速前往边塞抵抗。

斛律羡，北齐名将。他父亲斛律金曾是前朝东魏的名将，他哥哥斛律光是北齐当朝丞相。从名字中便能猜出来，斛律羡并非汉族，而是敕勒族。北朝民歌"敕勒川，阴山下，天似穹庐，笼盖四野。天苍苍，野茫茫，风吹草低见牛羊"，所描写的正是敕勒族生活的地方。

斛律羡从小便跟着父兄在马背上长大，练就了一身非凡的武艺和卓越的军事才能。北齐开国皇帝高洋在位时，总是御驾亲征，斛律羡上战场的机会非常多。斛律羡手下有三千高车部族战士，皆是年轻力壮的棒小伙子，战斗力非同寻常。高车部族是活动在北部边疆地区的游牧民族，前文提及的杜洛周便是高车族的镇将，魏晋南北朝时称之为"敕勒"。

斛律羡闻听突厥兵犯幽州，心急如焚，带着三千名高车部族战士飞也似的赶到阵前。突厥部众一看，顿时傻了眼，他们满以为高洋死了，北齐没人再能带兵打仗，却完全没想到，斛律羡手下的将士一个个如狼似虎，军容整肃。他们吓得不敢交战，马上派来使者与斛律羡讲和："将军，不要动手。我们是来大齐朝贡的，有话好好说……"

斛律羡久经沙场，目光如炬，一眼便看穿了突厥人的谎言。他用手点指着高声断喝："突厥众人，你们听着！以本帅看来，你们并不是前来朝贡，恐怕准备见机起事吧？"

突厥人的谎言被揭穿，吓得浑身颤抖，刚要分辩，斛律羡断喝一声："如果你们是真心实意，就该迅速回巢穴中去，再派遣使者前来。"

突厥人知道斛律羡实在不好惹。一个斛律羡也就罢了，再看他身边的铁甲武士，一个个如狼似虎，眼睛瞪得跟铜铃似的。突厥人不敢逞一时之快，马上撤兵。他们向来欺软怕硬，被斛律羡喝退之后，回去商量一番。商量的结果就是，高洋死了，大齐还有斛律羡在幽州镇守，还是老实点儿吧。天统元年（565 年）五月，突厥木杆可汗真的老老实实派使者来幽州请求朝贡了。

斛律羡把情况向朝廷做了报告，从此突厥朝贡岁时不绝。北齐朝廷看到北方边塞，尤其是幽州初现安定，跟突厥相处融洽，斛律羡起到了至关重要的作用。于是，朝廷提出给斛律羡升官，将他升为行台仆射，准备调到晋阳。斛律羡却摇摇头说："升官可以，晋阳我可不去。谁知道突厥人什么时候又来幽州折腾！刚刚安定我就走了，估计换谁来都镇不住突厥人，我还是在幽州镇守北塞吧。"

斛律羡毅然留在幽州镇守北塞。为防不测，他没有坐观风云，而是未雨绸缪，修起长城。斛律羡精心设计，从库堆戍直至东海边，按照山形走势计算，在两千多里的阵线上布防。其中两百里中的险要之处，或劈山筑城，或断谷修造屏障，并置立戍逻五十余所。最重要的是对北夏口长城防御体系进行必要的改造。

北夏口是今天八达岭一带，这一段长城是综合的防御体系。从八达岭往南是著名的关沟，关沟是从北夏口通往幽州的必经之路。斛律羡为了防守突厥人，设立一个卫所，在今天的居庸关，取一个名字——纳款关。出纳款关往南是南夏口，即现在昌平南口。

斛律羡所筑长城，并非另选新线，而是对天保年间高睿所筑长城进行加固。斛律羡展现出非凡的建筑智慧和与时俱进的创新精神，根据幽州北塞的地形和气候条件，因地制宜地设计出长城结构，既坚固又实用。在物资短缺的情况下，他发明一种新的建筑方法，利用当地的材料和资源，既节约成本，又解决物资短缺的问题。如斩山筑城，把山外面削去一部分，垒高而成；断谷起障，在山沟中用黄栌木为城杆做骨架，用石块垒成。

斛律羡加固的幽州长城，西自库堆戍东拒于海，二千余里。《明史·戚继光传》记载库堆戍在"蓟镇边垣，延袤二千里，一瑕则百坚皆瑕"。从史书记载可知，蓟、昌两镇长城，东起山海关，西止镇边城，也是二千里。镇边城在今天延庆西南，河北怀来县东花园正南方向的群山之中。镇边城是一座名副其实的石头城：城墙是石头砌的，房子是石头筑的，街道是石头铺的，到处都是石头。斛律羡修筑这段长城的时候，在山沟中用黄栌木为城杆做骨架，墙体用石块垒成。今天镇边城还能看到有一条石长城，附近有个大营盘，大约是库堆戍。

斛律羡加固的是幽州北面，包括延庆帮水峪到小张家口在内的二百里长城。延庆大榆树镇南山边几个村，有的山头上面是平的，山周边有圆形建筑物，当地人名之"寨坡"。据历史学者研究，也是北齐长城的配套防御设施。斛律羡把军队陈列在石长城和"寨坡"上，以震慑突厥。突厥人再也不敢轻易到幽州侵扰，而且还送给斛律羡雅号——"南可汗"。

斛律羡乃非凡之辈，有出众之才，有惊世之略，更有一心为国的赤胆忠心。然而到北齐后主高纬当皇帝的时候，北齐的统治每况愈下。高纬又吝啬又荒淫，自称"无愁天子"。他诛杀名臣斛律光，即斛律羡的哥哥，和兰陵王高长恭，使得北齐失去抗击北虏的得力干将。居庸县也遭受突厥多次摧残，从此无复人迹。北齐在公元577年灭亡，居庸县不复存在。居庸县在延庆存在将近八百年，是延庆历史上存在时间最长的县。

北周宇文邕两次攻打北齐，其中就有隋公杨坚率领一支人马，杀得北齐大败亏输。隋公杨坚当上大丞相，篡夺北周大权，建立历史上的隋朝。

魏晋南北朝的乱世，在隋文帝杨坚手中画上句号。杨坚登基称帝的第三年，即开皇三年（583 年），一道从幽州传来的奏报送抵京师长安。

　　杨坚打开一看，不由得惊出一身冷汗。

　　这道奏报究竟所为何事，且听下回分解。

第十四回

突厥强势犯边境
李崇壮烈殉幽州

早岁那知世事艰，中原北望气如山。
楼船夜雪瓜洲渡，铁马秋风大散关。
塞上长城空自许，镜中衰鬓已先斑。
出师一表真名世，千载谁堪伯仲间！

——〔宋〕陆游《书愤》

开皇三年（583年），一份奏报如流星般飞送至京师长安。彼时，端坐在宝座之上的皇帝乃是隋文帝杨坚，当他徐徐展开这封奏报，扑面而来的文字仿佛一柄锐利无比的利剑，直直地刺向他的心房，当时惊出一身冷汗。原来，镇守幽州的总管阴寿死在了任上。

看到这儿有人会问："一个官员去世了，皇帝至于这么紧张吗？"要知道，阴寿并非普通官员。他坐镇幽州，此地是隋朝北方边防的要冲。彼时突厥频繁寇边，就在一年前，开皇二年（582年）五月，突厥举兵四十万，与原北齐营州刺史高宝宁联手，悍然南下，侵袭隋朝长城边境。幽州总管阴寿率领几万步兵、骑兵，从卢龙塞出发讨伐高宝宁，最终使得北方边境安定下来。却不承想，年仅四十一岁的阴寿突然故去。如此，幽州有谁能防守？燕山长城的北塞大门一旦洞开，突厥便可长驱直入，那河北之地便危在旦夕。杨坚原本想要攻打南陈，实现南北统一的宏伟梦想，岂不是被北方突厥的侵扰踏得粉碎了吗？

　　杨坚深知局势危急，当即召集群臣，共商应对之策。众人皆明白，必须派出一位比阴寿更为厉害的将官，否则幽州必将成为突厥的囊中之物。众人纷纷推举一人，此人名叫李崇，字永隆，亦是当年北周的名将。此人英果非凡，颇具筹谋之能，且胆力过人。初封乃乐县侯，先随宇文护，后随北周武帝多次攻打北齐，战功赫赫，受封广宗郡公，出任怀州刺史。平尉迟迥之乱时，更是立下大功，被授予徐州总管、上柱国之职。上柱国乃是春秋时期军事武装的高级统帅，在隋代，上柱国乃是一品大员，属于中央最高级别的武官。

　　李崇接到任命，毫不犹豫，即刻奔赴幽州上任。当他抵达幽州时，眼前所见竟是一片焦土，废墟之中弥漫着硝烟与死亡的气息。他震惊不已的同时，不禁心生慨叹："突厥兵真狠毒！"

　　相传，突厥本为匈奴一支。其祖先居于遥不可及之所，拥有自身部落组织，姓阿史那。在那辽阔的北方草原，诸部落间常起激烈冲突与残酷混战。突厥人祖先之部落不幸为他部所败，部众惨遭屠戮，就留下一个十岁男孩。敌人没杀死他，而是残忍地砍去其双手双脚，扔于荒原，任其生死。

　　这小男孩命不该绝，在荒原竟遇一母狼。母狼未将其吞食，反以草原野兽之肉悉心喂养。小男孩侥幸存活，渐至成年。更为奇异的是，小男孩长大后，竟与母狼情深意笃，二者结合，母狼竟身怀六甲。敌方部落闻小男孩未死且与母狼结合，怒不可遏，遣人追杀。此时，男孩已为男人，全力护母狼逃离险境。他们一路向西，奔至高昌国北边一山，于洞穴中诞下十个男孩。这十个男孩在母狼的哺育下长大。十兄弟相互依靠，其后走出深山，娶妻生子，繁衍后代。每人皆有一姓氏，其中便有阿史那。阿史那聪慧贤能，被众人推举为首领。他于牙帐门外悬挂旗帜，旗绘狼头，以念母狼哺育之恩。自此，狼成部落图腾。随着时间推移，部落人口渐增，达数百之家。经数代繁衍，部落出一首领阿贤设，率族人归顺强大的柔然部落，居阿尔泰山之南，专为柔然锻造武器。阿尔泰山形似兜鍪，即头盔，兜鍪亦称突厥，世人遂将此部族称作突厥。南北朝时，突厥领土东至大兴安岭，西至中亚之咸海，亦有言里海，北抵贝加尔湖，南至漠北，东西万里，南北五六千里，成为北方草原当之无愧之霸主。北齐、北周皆惧突厥，为保北部边塞安宁，定期送礼物，美女、珠宝车载而去，只为求自保。

隋文帝杨坚统治时，突厥首领为沙钵略可汗。他的第一夫人也就是突厥的可贺敦，是北周开国皇帝宇文泰的孙女、北周赵王宇文招之女——千金公主。杨坚诛杀北周宇文氏篡位称帝的举动直接激怒了千金公主。千金公主力劝沙钵略可汗为宇文氏家族复仇，没想到这一劝正中了沙钵略的下怀。

沙钵略很清楚，自己与北周宇文家族根本没有什么深厚的情谊，没必要真心为妻族报仇而大动干戈。唯有中原四分五裂，突厥方可续享霸主之位，续受中原王朝的尊崇与朝贡。现在隋文帝杨坚结束了东西分裂的局面，励精图治，这使沙钵略可汗感到了威胁。面对国力日盛的大隋，沙钵略心生忧惧，一旦隋朝实现"大一统"，不但无法再享朝贡，强弱关系将彻底逆转，甚至要向隋朝低头、朝贡。沙钵略越想越不安，索性先下手为强，趁隋朝立足未稳，妄图予隋朝以教训。加之当时蒙古草原遭遇严重自然灾害，整年未雨未雪，大量牲畜死亡，物资极度匮乏，突厥汗国面临严峻生存危机。草原民族向来以劫掠为生，每逢物资短缺，便往中原劫掠，此次更要如此了。因此，开皇二年（582年）5月，沙钵略可汗联合原北齐营州刺史高宝宁，率四十万大军自北向南，越过燕山长城，直抵幽州地界。面对来势汹汹的突厥，隋文帝坚决主张打！他当了皇帝不久就叫停了对突厥的进贡，并命阴寿镇守幽州，同时征调百姓修补长城，一直在做战争的准备工作。但是，自古以来，打仗并不只在战场上进行。隋朝名臣长孙晟向隋文帝建议"远交近攻，离强合弱"，利用突厥内部诸多可汗之间的矛盾，派遣使者到突厥其他部落，从内部分裂突厥。沙钵略唯恐后方生变，撤兵北返。

李崇继任幽州总管后，也按照长孙晟的外交政策："远交近攻，离强合弱。"他到幽州做的第一件事，便是将幽州北边几个少数民族部落的首领召集到一起，其中包括库莫奚、契丹、霫族。李崇对着诸位首领说道："你们此前没少被突厥人欺凌，地盘也被抢走众多。可知这是为何？正因你们不够团结，论及单打独斗，谁都不是突厥兵的敌手。人多力量才能更大，如果摒弃前嫌，团结一致，突厥便不敢再肆意欺负你们。我们中原有句古话，'兄弟同心，其利断金'，明白其中之意吗？"

　　几位头领纷纷点头说道："上国柱，您所言我们都明白。但我们即便团结在一起也无济于事，今年遭遇天灾大旱，颗粒无收，都没得吃。要是分散开来，大家或许还能勉强活着，真如您所说团结在一块儿，恐怕都要饿死了！"

　　李崇摆摆手说道："我早想到你们前头了！已经从别处调来粮草，马上便会分给你们。但你们必须记住，粮草分给你们，得替我把东北这片区域守住。营州刺史高宝宁不就是你们那边之人吗？将他牵制住，切莫让他给我添乱。燕山长城以北的突厥兵，由我来对付！"

　　李崇的这一番话，让几位头领都极为赞同，他们异口同声地说道："上国柱，您既然对我们如此信任，我们也绝不能辜负您的期望。只要粮草送到，您大可放心，绝不让高宝宁和突厥人兵合一处。"他们口中所说的营州，便是如今辽宁的朝阳。营州刺史高宝宁乃北齐的旧将，一心想要依靠突厥沙钵略可汗来恢复北齐。李崇此举，旨在让库莫奚、契丹、霫族这几个东北地区的少数民族控制住高宝宁。而李崇自己，则要亲自应对突厥沙钵略可汗。

　　一切布置妥当之后，李崇顶盔掼甲、罩袍束带，率领三千精兵，毅然出了幽州城。三千？李崇莫非疯了不成？突厥四十万大兵，李崇却只带三千，这究竟是去打仗还是去送死？其实这三千兵还是李崇带来的，原来镇守幽州的人马早已被打散。若等待朝廷派兵前来，真可谓是远水解不了近渴。李崇心里也清楚，突厥对外宣称四十万人马，实则未必有如此之多。李崇预判突厥人马充其量也就四五万，再加上草原遭遇大旱，突厥人衣不遮体，食不果腹，真动起手来，未必能够取胜。

　　李崇带领三千精兵一路行至纳款关。这一路行来，竟没有遇到丝毫阻拦，异常顺利，这反倒让他心生奇怪："难道突厥人撤兵了吗？"一边想着，一边继续行进，队伍过了纳款关，来到了如今的延庆地区。李崇放眼望去，突厥人的帐篷密密麻麻，布满了清夷水两岸，营盘挨着营盘，帐篷连着帐篷；刀枪如麦穗般林立，剑戟似麻林般密集，突厥兵的营盘绵延不绝，仿佛与天地相连。

　　大将军、上国柱李崇刚刚抵达，便被突厥大军团团围困。三千精兵瞬间陷入重围之中，犹如沧海中的一粒粟米，渺小而脆弱。此时再想撤回纳款关，已然是痴人说梦，后路早被突厥人截断。用如今的军事术语来解释，李崇此番犯了主观冒进的错误。然而，此时的一切解释都显得苍白无力，唯有拼死一战，方有一线生机。

李崇带着三千精兵往西北方向奋力杀去。幸亏此时正值六月，倘若赶上冬天天寒地冻，滴水成冰，想要突围都无法闯出，即便不战死，也会被活活冻死。此时的八达岭外，骄阳似火，李崇只杀得盔歪甲斜，战裙撕破，浑身上下被血迹染得殷红，如同一个血葫芦一般。最终，他带着人马杀到了河北怀来沙城。

沙城早已破败不堪，四面城墙有的倒塌，有的崩坏，想要守住，根本毫无希望，只能暂且窝在里面勉强防守。粮草早已消耗殆尽，一连激战了十几天，三千人损失大半。隋军战士出征之时一个个精神抖擞，神采奕奕，如今却都形如小鬼。天气炎热，身上的汗水与敌人的鲜血混杂在一起，早已看不出本来的面目。战士们饥肠辘辘，实在是没有办法，李崇便让军兵趁夜晚悄悄潜入突厥营地，偷些粮食回来充饥。

突厥人来幽州抢掠了众多的鸡、鸭、猪、羊。隋兵偷回来不少，炖了一锅端到李崇面前。李崇满脸疑惑地看着眼前的食物问道："这是从突厥营地抢回来的？"

军兵哪里敢说实话？其实这些东西都是突厥人送给隋兵的，他们的要求只有一个，便是让隋兵说服李崇投降。李崇再三追问，终于有个隋兵战士实在忍不住，说出了实情。李崇听闻，怒不可遏，一抬手，"啪"的一声，将满满的一碗肉打翻在地！他站起身来，整整战盔，重新束好战裙，提枪上马来到城头，断喝一声："突厥人你们听着！俺李崇宁死不降！"言罢，一催坐下战马，单枪匹马闯入敌阵，直至被乱箭攒身，却依旧岿然不倒，壮烈殉国。

李崇战死在长城之外，隋文帝杨坚任命周摇为幽州总管。周摇主持北方军务长达八年，他重修障塞，积极备战，将北齐、北周所修之长城又进行了整修，关沟中的各隘口也重新进行了填塞。与此同时，突厥内部发生了激烈的内斗，北部边境逐渐安静了下来。

这段安静到底能持续多久？

欲知后事如何，且听下回分解。

第十五回 信佛皇帝建寺院
起义和尚变闹剧

平生爱读书，反被读书误。今辰出长城，未知死何处。
下马古战场，荆榛莽回互。群狐正纵横，野枭号古树。
黑云满天飞，白日翳复吐。移时风扬沙，人马俱失路。
踌躇默吞声，聊歌远游赋。

——〔宋〕汪元量《出居庸关》

隋末之时，天下大乱，硝烟四起，民不聊生。上谷郡亦未能独善其身，深陷于这动荡的洪流之中。彼时，此地风云变幻，各方势力此消彼长，诸多故事轮番上演。

评书界有一部长篇评书叫《大隋唐》，流传广泛，妇孺皆知。所述便是隋末群雄争霸的故事，其中一段讲隋炀帝杨广去扬州观琼花，为达目的挖一条大运河。主管挖运河的官叫麻叔谋。大运河挖到相州的时候，麻叔谋不知中了什么邪祟，听闻吃人肉能治病，他在相州竟干出了这等丧尽天良之事。开始吃的是死人，后来越发肆无忌惮，吃起了活人，还让相州刺史高谈圣给他找寻活人以供其食用。高谈圣乃有良心的好官，坚决拒绝效力，一怒之下杀了麻叔谋，毅然反了大隋。高谈圣自此自立为白御王，位列十八路反王之一。在"李元霸锤镇四平山"一段评书中，高谈圣亦是其中一支不可小觑的势力。有人说《大隋唐》不过是后人编撰的故事，并非真实历史。然而，评书老前辈编书也并非凭空捏造，高谈圣在历史上确有其人，乃隋末农民起义中的一股力量。历史上"高昙晟起义"，其传奇色彩甚至更甚于评书里的编排，他与延庆及延庆长城有着莫大的关联。

历史上真实的高昙晟并非当官之人，而是一位出家和尚。他名字中的"昙"，就是昙花的昙，表示天空中布满云翳，太阳被遮挡住；"昙"还有另一层解释，乃"昙摩"的简称。"昙摩"乃梵文，古印度文字，在汉语中的意思是佛法。"晟"字则意味着旺盛、兴盛。两个字合在一起，便是佛法兴盛之意。如此名字，当真会是他的本名吗？谁家会给自己的孩子起这样一个名字——佛法兴盛！难道是盼着自己的孩子早日落发为僧吗？

南北朝至隋唐时期乃中国佛教鼎盛之时。北魏末年，北方和尚、尼姑多达二百多万，北齐时更涨至三百万，佛寺众多。隋朝初年，每十人就有一人出家。皇帝信佛乃民众笃信佛教之因，南朝梁武帝最出名，"南朝四百八十寺，多少楼台烟雨中"便是写他。能与之相提并论的是隋文帝杨坚。据《隋书·高祖本纪》记载："以大统七年六月癸丑夜生高祖于冯翊般若寺，紫气充庭。有尼来自河东，谓皇妣曰：'此儿所从来甚异，不可于俗间处之。'尼将高祖舍于别馆，躬自抚养。皇妣尝抱高祖，忽见头上角出，遍体鳞起。皇妣大骇，坠高祖于地。尼自外入见曰：'已惊我儿，致令晚得天下。'"这段史料暗示了杨坚与佛教关系密切。杨坚称帝后为佛教大开方便之门，允许信徒出家，剃度僧达二十三万，新建佛寺三千多座。建寺钱财由各地富商、百姓出，寺院有耕地和丰厚财产。因此，每一所寺院皆是当地经济、社会、文化活动的核心所在。

上谷郡亦是如此。在上谷郡西边的怀戎县，有一处规模宏大的寺院，常住的僧人有百十来个。寺院边上，还有一个尼姑庵，其中也有五六十人。寺院中的和尚里有个姓高的小沙弥，本是孤儿，一路要饭来到了怀戎县。寺里的老方丈见他可怜，便收留他在寺中。起初，他干的都是些粗笨的体力活，诸如挑水、种菜、打扫禅房之类。后来，老方丈却发现，这个姓高的小孩与众不同。他未曾念过一天书，不认识一个字，但记忆力却令老方丈深感佩服。老方丈在大殿诵经一遍，别的僧众难以记住，而他听上一遍便能牢记于心。老方丈还发现他嗓音洪亮，口齿清晰。这在隋朝可算是一项了不起的本事！对于和尚而言，这是极为重要的技能。僧人登台说法，向广大信众宣扬佛法，必须具备几项本领。其一，嗓音洪亮，口齿清晰。那时可没有麦克风、扩音器之类的设备，全凭自身的肉嗓子，登台宣扬佛法并非在屋内，而是在寺院外面的广场上高高搭建法台，四周空旷无垠。若是说话声音过小，信众便听不见；若是口齿不清，信众便听不明白，又如何能够宣扬佛法呢？其二，记性要好。不管多长的经文，都需要背诵得滚瓜烂熟，中间不能有丝毫的磕绊，讲究的是滔滔不绝、口若悬河、舌灿莲花。就这两点，便将百分之九十的僧人拒之门外。而这位姓高的小沙弥，恰恰在这两方面表现出色。此外，还让老方丈十分满意的是，他长得极为精神！用如今的流行语来说——颜值担当。

这几样优势小沙弥全部占齐，老方丈对他甚是喜爱，将他叫到近前说道："孩子，今后不让你挑水、种菜了……"

小沙弥听罢，眼泪瞬间滚落下来："老院主，您这是要轰我走吗？"

老方丈微微一笑，轻轻摇了摇头："哪能轰你走？我打算传授你'弥勒佛法'，让你去普度众生。"

小沙弥听闻，整个人都呆住了："老院主，您……您这是拿我要笑吗？我这般愚钝，还能学'弥勒佛法'去普度众生？"

老方丈郑重地点了点头："孩子，只要你跟为师用心学习，定然能够学会'弥勒佛法'。为师给你取个法名，你的师兄们都是'昙'字辈，你就叫'昙晟'吧！"于是，小沙弥有了法名"昙晟"。老方丈悉心教导，昙晟用心钻研。数年过去，昙晟和尚已然成年。

一日，昙晟和尚在寺外讲经说法，前来听经的信众，黑压压跪了一大片。昙晟和尚坐在法台之上，凛凛威颜多雅秀，佛衣可体如裁就。辉光艳艳满乾坤，结彩纷纷凝宇宙。法台之下，行商坐贾、墨客文人、大男小女，无不争相夸赞："好一个昙晟法师！简直就像活罗汉下降，活菩萨临凡。"人群之中，有一位看得入了迷。寺院边上的尼姑庵中，有个小尼姑法号静宣，正值二八年华。她常来听昙晟的课，实在按捺不住修佛向法的心情，当天晚上便来找昙晟和尚。昙晟与小尼姑静宣早就相识。静宣站在月影之下，用手指着昙晟说道："昙晟师兄，难道你想一辈子当和尚吗？"

这句话并非静宣第一次问昙晟。昙晟和尚早就有还俗的念头，想着和静宣寻个地方，过着二亩地一头牛，老婆孩子热炕头的日子，岂不比当和尚强？可昙晟的心情十分矛盾，如今的生活倒也不错，除了没有媳妇，其余的方面都比一般人强出许多。首先，不必从事农活，也无须交租缴税；其次，工作极为轻松，都是小时候学习的佛经——童子功，无须费神思考，坐在台上背诵经文即可。他也向往能和如花似玉的静宣，过上寻常百姓的日子，然而却被老方丈所束缚，不敢提及还俗之事。昙晟深知老方丈还指望自己弘扬佛法，不能弃他而去，否则便辜负了他的养育之恩。

小尼姑静宣似乎看透了昙晟的心事，不由得双眼垂泪："唉！我是命苦之人，即便弥勒转世人间，也难以救度我的苦命……"一边说着，一边哭泣起来。

昙晟和尚轻声安慰道："静宣师妹，你别哭，容我再想想办法！"

机会果真降临了。有一天，昙晟和尚受他人邀请，到别的地方开坛讲经。出了怀戎县他这才知晓，天下已然大乱。隋炀帝昏庸无道，致使天下群雄纷纷崛起，八达岭外更是扯起了两面造反的大旗。南面，虎贲中郎将罗艺，于公元617年改涿郡为幽州，自称幽州总管。如今延庆西南部乃军屯地区，成为罗艺的割据之地。八达岭东面有一股农民起义军，首领叫高开道，乃沧州阳信人，世代以煮盐为生，他长着两条飞毛腿，奔跑起来能够赶上狂奔的战马。此人足智多谋，占据了从渔阳到临渝的广大地区，自号燕王。延庆东部山区，尽在他的掌控之中。昙晟出去这一圈，心中不禁活动了起来："扯旗造反竟是如此容易！实在不行我也造反，反出一片属于自己的天地，从此不必再听命于他人了。"

昙晟和尚回到寺中，不动声色。过了五六天，他把寺里和自己年岁相仿的和尚、沙弥叫到禅房，悄悄对他们说道："如今天下大乱，罗艺自称幽州总管，高开道自号燕王。你们可知他们为何造反？皆是因为弥勒转世，要诛杀赃官，造福百姓。"

几个人听罢，都紧紧盯着昙晟，心头掠过一丝寒意："昙晟，你所言何意？难道你要造反吗？"其中一个和尚说道："昙晟，你说得在理！大隋朝的官实在太缺德，咱们寺里那十五亩地，不就是被怀戎县的官老爷强行划走了吗？老方丈年岁大了，不愿与他计较，可依我看，杀了怀戎县那狗赃官，咱们也好出口恶气！"有人带头，事情便好办多了，听到这里，众人你一言我一语地议论起来。

昙晟一摆手，说道："既然大家都有此意，不如放手一搏！寺院当中有护院的兵器，那便是咱们起义的资本！"要知道，那时候寺院权力颇大，拥有刀枪之类的兵器并不稀奇。李世民不也借助少林寺的僧兵打败了王世充吗？

众人商议妥当，只待时机一到便动手。成功总是眷顾有准备之人。昙晟众人等待时机的时候，怀戎县官老爷的亲爹去世了，搭棚办白事，请和尚、尼姑前来诵经。昙晟和尚见此良机，和寺里五十多名僧众，身怀利刃进了怀戎县大老爷的府宅。

一进院子，和尚们按照事先商量好的去做，谁看守前门，谁守卫后院，安排得井井有条。昙晟手起刀落，率先杀了怀戎县太爷。这怀戎县的县官实在是缺德至极，当兵的一见和尚杀了县令，连刀都没往外拔，心里想着："宰就宰吧！他就该死，克扣军饷，我才不会为他卖命，不值！"

县衙沦陷之后，昙晟立即召集本地百姓，宣布起义！或许有人将这次起义当作玩笑，昙晟和尚却把这玩笑变成了现实。别人起义要么攻州灭府，要么与其他起义军联合对抗大隋，昙晟和尚起义之后，在怀戎县原地不动。别人起义称王便已了不起，昙晟在怀戎县居然称帝！他自称大乘皇帝，国号"佛"！当皇帝后宫自然需要有个娘娘，他将尼姑庵的静宣接了出来，封为皇后，自己也把名字改成了高昙晟。

这位和尚皇帝此时早已被唾手而来的胜利冲昏了头脑，竟然派人到渔阳去找高开道。在高昙晟看来，一笔写不出两个"高"字，与高开道算是一家人，便让高开道归顺于他，并封其为齐王。高昙晟手下的人跟他一样，自以为了不起，趾高气扬地去找高开道了。

高开道自称燕王，拥兵数万人，乃北方一股强大的势力。听了高昙晟手下人讲述怀戎县造反称帝的事情，他心中暗自嘲笑："这造反造得真是过头了！居然还想将我纳入旗下！"

不过，高开道还是很给高昙晟面子。他派几千人留守渔阳郡，率领主力军西进"归降"高昙晟。到了怀戎县，摸清了底细之后，便将高昙晟给杀了。"大乘"政权，仅仅存在了三个月便宣告灭亡。高昙晟，这个本应在寺院中诵经礼佛的和尚，却在动荡的时代浪潮中，被内心的欲望和对自由的渴望所驱使，踏上了一条充满未知的造反之路。当他看到天下大乱，群雄并起，心中的野心瞬间被点燃。他没有充分考虑自身的实力和局势的

复杂性，便匆忙拉起队伍，贸然称帝。这种冲动和自负，注定了他的失败。高昙晟一死，众人纷纷投奔高开道，发生在上谷郡长城以北的这场闹剧也就此收场。高昙晟的无知和狂妄暴露无遗，最终落得个悲惨的结局。

　　然而，一处的失败挡不住历史前进的车轮，隋末起义方兴未艾。

　　欲知后事如何，且听下回分解。

第十六回　盛世唐王置妫州
老将薛礼退突厥

奔峭从天坼，悬流赴壑清。

路回穿石细，崖裂与藤争。

花巳从南发，人今又北行。

节旄都落尽，奔走愧平生。

——〔宋〕宇文虚中《过居庸关》

隋文帝杨坚终于成功统一南北，终结了自东汉末年以来长达四百年之久的封建割据局面。然而，为防御突厥、契丹、吐谷浑等外敌，隋文帝多次征发大批劳力去修筑长城。据历史记载，共计修筑了七次。例如，《隋书》中就有相关记载：隋开皇三年（583年），征发丁男三万修筑朔方、灵武长城；开皇四年（584年），又征发丁男十五万修筑沿长城的城堡数十座；隋大业三年（607年），征发丁男百余万筑长城；大业四年（608年），再次征发丁男二十万修筑长城。由于丁男人口被征发殆尽，甚至连寡妇也被强征去参与修筑长城。所修筑的长城大多是对原有内部长城加以修缮，并没有太多新的增筑，其工程规模和质量较之秦、汉长城相差甚远。这种大规模的征发和繁重的劳役，使得隋帝国的承受能力逐渐达到极限，仅仅历经两代，就在天下风起云涌的起义浪潮中分崩离析。

唐朝则吸取了隋亡的惨痛教训，励精图治，注重爱惜民力，推行休养生息的政策，大力发展经济和文化。唐太宗时期，出现了"贞观之治"的繁荣复兴景象；到了唐玄宗时期，"开元盛世"更是将唐朝推向了中国历史的巅峰。

唐王朝所控制的地域极为辽阔，东到日本海，西出葱岭，南面进入中南半岛，就连北面的宿敌突厥，也在太宗年间经过几次军事打击之后归顺于唐。原来桀骜不驯的颉利可汗最终成为唐朝的俘虏。面对四夷臣服的大好局面，昔日令人忧心的边患似乎已成为久远的陈年往事。那么，唐朝还需要修建长城吗？

在绝大多数人的观念中，强大的唐王朝从未修建过长城，并被列为中国历史上几大不修长城的朝代之一，似乎以此证明修建长城是无能和保守的表现，而真正强大如唐朝这般，根本无须长城来提供保护。前文已经阐述了长城的作用和目的。但就实际需求而言，唐朝也不可能与长城完全绝缘。唐朝和汉朝一样，一直牢牢掌控着西域地区，并设立都护府。在丝绸之路旁，每隔五里就设置一座烽燧，每十里则设置双烽燧。从唐都长安城的开远门，一直延伸至安西都护府，绵延将近万里之遥。唐代文学家韩愈所作的《路旁堠》中写道："堆堆路旁堠，一双复一只。"描绘的正是这种景象。唐代武功强盛，幽州北部的疆域从今大同、宣化、怀来、延庆一线，扩展至赤城、张家口、内蒙古一线，原来北京至晋北一线的长城因此失去作用，这确实是事实。

唐朝确切修建长城的记载，其中最为重要的一段来自《新唐书·地理志》，而且还与北京延庆区有着紧密的关联。据书中记载："天宝中析置妫川县。妫水贯中。北九十里有长城，开元中张说筑。东南五十里有居庸塞，东连卢龙、碣石，西属太行、常山，实天下之险。"这里所说的妫川县，就是如今的北京延庆区。

在讲述这段长城之前，我们先来解释文中"妫川"这两个字。唐贞观八年（634年），在涿鹿设置妫州。武周圣历元年（698年），后突厥攻陷妫州。古怀来、延庆境内原清夷水的名称仍在使用，清夷水与桑干水汇合之处，就在今天河北怀来县的旧怀来城，在这里设立了清夷军。武周长安二年（702年），妫州的治所迁移到了清夷军城。天宝元年（742年），将妫州改称为妫川郡，并下设妫川县。如今延庆的西部地区就归属于妫川县。自唐朝开始，延庆地区就被称为妫川。那么在此之前，它叫什么呢？

通过考古发现，在六七千年前，延庆境内就有居民活动。春秋时期，延庆是山戎族的活动区域，春秋晚期和战国初期此地属于燕国。前文所讲的秦开之事便与此相关。秦始皇统一全国后，设立上谷郡，并设立上兰、居庸两县，都在如今的延庆境内。西汉时期，上谷郡统领十五个县，其中夷舆、居庸二县就在今天的延庆区内。东汉时，撤销夷舆县并将其并入居庸县。北齐时期，废除居庸县并将其并入怀戎县。唐初，怀戎县属于北燕州，贞观八年北燕州改名为妫州，天宝年间妫州又改为妫州郡。《新唐书·地理志》记载"妫水贯中"，于是妫水之名取代了清夷水之名。延庆属地从怀戎县分出，与怀来地区联合设置为妫川县。

那么妫州的"妫"字又是从何而来呢？延庆地区有一条河叫作妫水，它是永定河的支流，古时曾被称为沧河、清夷水、清水河。原本妫水是山西永济境内的一条古水名，与前三皇时期的尧舜传说有关。传说尧帝年事已高，面临着传位的难题。他虽有儿子丹朱，但丹朱却是个只知吃喝玩乐、无所作为之人。尧帝为此煞费苦心，听闻有一位名叫舜的年轻人，侍奉父母极为孝顺，而且能够很好地统领一方百姓，深受众人拥戴。尧帝心想，不能只听他人的一面之词，必须亲自考验一下舜。于是，尧帝毅然决定将自己的女儿娥皇、女英嫁给舜，让她们朝夕相处，以便更清楚地了解舜在生活中的点点滴滴，看清舜的品德究竟如何。

舜娶了娥皇、女英之后，带着部落四处迁徙。有一次，他们走到一处水岸边，看到这里地势平坦、旷野辽阔，便打算带领当地的百姓在此耕田劳作。百姓们却说："这里住不得人。不知从何处跑来许多野象，它们四处乱撞，把我们辛辛苦苦种的庄稼全都毁坏了，还踩死踩伤了很多人。我们正准备搬家呢。"

舜的两位夫人娥皇、女英听后笑了："这有何可怕？我们姐妹俩有一项本领，那就是驯象。我们帮你们驯服这些野象如何？"

"啊？"舜一听，惊讶地说道，"可能吗？你们两个弱女子，怎能驯服得了野象？"

"哎，别小瞧我们女子，善能以柔克刚。您就瞧好吧。"

娥皇、女英二人真有非凡的本事，成功驯服了野象，留下了"象耕鸟耘"的典故。从此，舜得到了"妫"姓。"妫"字最早的象形文，就是一个女子牵着一头大象，其本意是"驯象高手"。如今到延庆旅游，有一座北京市十一座新城滨河森林公园之一的妫河森林公园，公园里有为纪念娥皇、女英驯服大象传说故事而设立的"伏象园"。百姓都称娥皇、女英为妫水女，她们居住的地方也就被称为妫川。

在强盛的大唐帝国时期，为何会在妫川修建长城呢？

在唐初的时候，突厥年年侵扰唐朝的边陲地区。有人劝说唐高祖李渊："突厥多次入侵，是因为那里有女人、有银子，如果迁都不就可以免受袭扰了吗？"

一旁的李世民听到这番话，顿时火冒三丈："迁都？绝对不行！夷狄自古以来就是边患，从未听说过秦、汉因此而迁都的！"

李渊摇了摇头，问道："那你说该怎么办？"

"怎么办？打他！"李世民主动请缨。

唐朝派遣大将李靖，奉旨率军征讨突厥的颉利可汗。李靖从武德八年（625年）开始，就在北疆抵御东突厥的入侵。贞观三年（629年），他率领三千精骑夜袭定襄，打得颉利可汗大败，逃奔阴山。李靖率兵继续奔袭阴山，一举灭亡东突厥，使得唐朝的疆域自阴山北一直延伸至大漠。东突厥最大的可汗颉利被俘，东突厥国亡。

在之后的半个世纪里，北部边塞的各部基本上保持稳定。大唐朝廷经常征调他们出征，这引起了突厥部众的不满，特别是民族上层人物，逐渐滋生了复国的想法。其中，颉利的远房亲戚骨笃禄，将突厥的残兵败将收拢起来，最初只有七百人，攻占了黑沙城，也就是今天内蒙古的呼和浩特。七百人能对大唐造成多大的威胁呢？可别小看了他们。经过骨笃禄的四处搜罗，部众从七百人增加到了五千余人。骨笃禄趁热打铁，又劫掠了几个草原上的部族，获取了大批的牛、马，势力逐渐变得强盛起来。他觉得时机已经成熟，于是挥师占领了漠北的乌德鞬山，即今天蒙古鄂尔浑河上游的杭爱山，并在此设立牙帐，也就是所谓的首都。对于草原游牧民族而言，他们无法在广袤的大草原上建造城市，头领居住的帐篷所在之处，便被视为首都。就这样，骨笃禄成功重建了突厥政权，在历史上被称为东突厥后汗国。

骨笃禄有个弟弟叫默啜。骨笃禄把黑沙城设为南牙帐，当作陪都，让默啜驻守。东突厥后汗国正式与大唐朝彻底决裂。此外，还有一位熟知唐朝边疆虚实的元珍，投奔到了骨笃禄的帐下，这让骨笃禄如虎添翼。元珍把他在中原所获取的有关大唐习俗、政治、思想等方面的知识，特别是唐高宗被宫廷阴谋削弱的情况，向骨笃禄和盘托出。骨笃禄当即任命元珍为兵马大元帅，统率突厥的人马。唐高宗永淳二年（683 年），东突厥后汗国进犯蔚州。蔚州，乃河北省蔚县的古称，如今来看，距离北京很近，直线距离不到三百公里。若从北部长城算起，他们已经深入长城之南百余里。唐朝廷见骨笃禄声势渐盛，马上任命检校代州都督薛仁贵率军迎敌。

薛仁贵为唐朝南征北战，东挡西杀，曾大败九姓铁勒、降服高丽、击破突厥，功勋卓著。像"良策息干戈""三箭定天山""神勇收辽东""仁政高丽国""爱民象州城""脱帽退万敌"等典故可谓家喻户晓。中国有句老话，叫"好汉不提当年勇"。薛仁贵能征惯战，可当时他已年近古稀，即便是在今天，也是一位老者了。

两军阵前，突厥人一看对面领兵的是个老头，心里暗自嘲讽："大唐朝没人了？怎么派个老头领兵打仗？这分明是看不起我们！"想到这里，高声问道："对面的唐朝将领，你是谁？有名有姓就报个名上来！"

薛老将军勒住缰绳，端坐在马上，断喝一声："呔！无知的小儿，俺乃白袍薛礼是也。"

突厥人一听，差点儿把鼻子笑歪，仰天狂笑道："你是谁？薛礼薛仁贵？你吓唬谁呢？听说薛礼流放到象州早就死了。你们大唐没人了，派你个老棺材瓢子出来，冒名顶替薛礼，想把我们吓唬走是吗？休想！"

薛仁贵一听，怒喝道："好好好！我说我是薛礼，你们不信是吧？我问问你们，谁见过薛礼其人？"

突厥兵里有年纪稍长一些的见过薛礼，点头说道："薛礼我们还是认识的……"

"那就好办，把你们那边认识薛礼的派过几个来，好好看看，老夫到底是不是冒名顶替！"

突厥兵真派过来几个人，仔细一看，哎哟！端坐在马上的人，不正是薛礼薛白袍嘛！突厥兵大惊失色，回到队伍中，向主帅报告："对面的正是薛礼……"

"啊?! 真是薛礼薛仁贵?"

"咱们还打吗?"

"打什么? 撤吧!"

突厥兵闻风而撤。薛仁贵乘势追击,大败突厥军,斩杀上万人,俘虏两万突厥兵。这一役让骨笃禄安分了一段时间。但好景不长,不久后骨笃禄一打听,薛礼死了。骨笃禄心中的一块石头彻底落了地,他想:"大唐没人能挡得住我了。放手抢吧!"

一连几年,骨笃禄多次越过长城,侵犯朔州、代州。唐朝的兵将一听说骨笃禄的突厥兵来了,跑得比兔子还快。骨笃禄死后,他的弟弟默啜自立为可汗。这时候,大唐朝已经不再姓李,女皇武则天在长安登基称帝,改国号为周。武则天觉得没必要和东突厥后汗国争来斗去,认为这些游牧民族越过长城,无非就是为了一个"抢"字!抢完就走,他们不会占据自己的地盘,算不上是心腹大患。武则天想学学大汉朝,跟他们来个和亲。女皇侧面探听出一条消息,默啜有一个女儿,是"千里草原一枝花",长得漂亮极了,人称"颉妍公主"。武则天打听清楚后,心中一动:"放眼大周,选谁做使者与突厥和亲呢?"

欲知女皇如何化解危机,且听下回分解。

第十七回　武氏和亲遭侮辱
张说受命到妫川

车马两山间，上下数百里。萦纡来不断，奕奕似流水。
鲸形曲腰脊，蛇势长首尾。我车从其间，摇兀如病齿。
推前挽复后，进寸退还咫。息心固安分，尚气或被指。
徐趋自循辙，躁进应覆轨。行行我吾令，杝亦岂吾使。
倦仆困号呼，疲牛苦鞭箠。纭如五更鼓，相庆得庋止。
归来幸无恙，喘汗正如洗。何以慰此劳，村醅正浮蚁。

——〔金〕刘迎《晚到八达岭下达旦乃上》

圣历元年（698年）八月，武则天为了与突厥和亲之事，可谓是煞费苦心。经过一番精挑细选，最终选定了侄子武承嗣的儿子——淮阳王武延秀，让他离开神都前往黑沙城迎娶颉妍公主。据史料记载，武则天挑选的这位和亲大使"美姿仪，善歌舞"，实乃一位风流倜傥、英俊潇洒的帅哥。

临行前一日，武延秀来到瑶光殿向武则天辞行。武则天见侄孙子英气勃勃、仪表堂堂，心中甚是满意，说道："爱卿此去，身负修睦邦交之重任。望你以大局为重，遵循礼义，不卑不亢，切不可辜负朕之所望。"

武延秀当即跪倒行礼，慷慨激昂地回道："臣明白。臣奉旨出使突厥，乃为宣大周国威，播大周礼义，彰大周恩泽。子曰：'三军可夺帅也，匹夫不可夺志也。'何况臣为一国使者，宁可玉碎，而不可有损国格。"

武则天听到这番铿锵有力的陈词，心满意足地点了点头，心中暗想：

"朕的眼光果然不错!"她缓缓地对武延秀说道:"爱卿怀有报国之志,朕深为理解!明日出发之时,朕将派遣各位宰相到定鼎门外为你送别,以祈一路平安。"

次日,长长的车队和运送礼物的卫队浩浩荡荡,排出数里之遥,向着草原进发。塞外的狂风将旗帜吹得猎猎作响,金色的秋阳映照着长空,透出丝丝温暖。身后的阴山层峦叠嶂,如波浪般向西绵延不绝,白云在遥远的天际悠然漫步,珍珠般的羊群伴着阵阵悠扬的牧歌"咩咩"相应。大队人马离黑沙城越来越近。

默啜派人到黑沙城以外迎接。双方碰面,武延秀迫不及待地问道:"使节大人,本王何时能够见到公主?"

使节眯着眼睛,上下打量了一番武延秀,说道:"殿下莫要着急!公主乃大汗之女,用你们的话说,她是金枝玉叶,岂能随随便便地嫁人?总要依照礼仪而行吧!请王爷随我进城,到馆驿之中详谈。"

武延秀和跟随他来的使团进入黑沙城后,却丝毫不见喜庆的氛围,反而被关进了一座小院,一关便是三天。武延秀急得如同热锅上的蚂蚁,越想越觉得事情不对劲,吵嚷着非要见默啜。

数日后,默啜总算答应了武延秀的要求,两人得以相见。默啜一见武延秀,便开门见山地问道:"武延秀,你来我这里所为何事?"

武延秀面带疑惑,回答道:"我们是前来和亲的啊!"

"和亲?!不错,我也有意和亲,但是我想与李唐和亲!实在没想到,你们皇帝怎会把武氏的侄孙子派来和亲?这恐怕并非本汗我的初衷!"

武延秀闻听此言,心中暗骂:"默啜啊默啜,你这不通教化的无知之辈!你刚才说出'李唐'二字,在大周便是死罪。"但转念一想,"我此次乃前来和亲的,不便多生事端。称'李唐'也许是他们多年的习惯,毕竟大周立国时日不长,想必在突厥人眼中,唐、周向来混为一谈。"想到此处,武延秀强压怒火,面带微笑说道:"小王我实在不太明白大汗所言之意,还请大汗明示。"

默啜轻抚着自己的大耳环,说道:"他人若是听不明白本汗所言,尚可宽谅,若是武延秀你不明白,那便是故作糊涂了。本汗欲以女嫁李氏,安用武氏儿乎?"默啜显然已经扯掉了最后一层遮羞布,其言外之意,根

本不承认大周以及武则天的皇帝名分。

此话一出，武延秀胸中怒火熊熊燃起，心想："默啜实在是太过分！我武延秀乃大周天子武则天的侄孙子，你默啜可以看不起我武延秀，但是绝不能看不起我武氏家族，居然还敢说出'安用武氏儿'这般讥讽之语。"当时便要发作，然而默啜身边的突厥武士岂容武延秀有丝毫动作，一个个以迅雷不及掩耳之势抽出佩刀，逼向武延秀。

默啜心里清楚，两国相战不斩来使，即便心中再不痛快，也不能将武延秀斩杀，毕竟他是武则天的侄孙子。于是低声说道："来人！将武延秀囚于别处。"

默啜特意吩咐，将武延秀与其他使团成员分别囚禁。当武延秀透过窄窗，望向凄冷夜空那如钩的残月之时，和亲使团中的一位使者，偷偷逃出黑沙城，回到了神都。使者将发生在黑沙城的种种事情，向武则天做了全面汇报。坐在珠帘后的武则天听闻之后，怒火中烧，猛地一巴掌拍在龙书案上，吓得一旁的太监差点儿打翻手中的托盘，她怒喝道："可恨！好一个大胆的默啜！忒不知道天高地厚了！居然敢扣留寡人派去的和亲使者，别叫我抓住你，抓住定要噬其骨、啖其肉。来人哪！传朕旨意，改默啜为斩啜。狄怀英！朕任你为河北道行军副元帅，即刻募兵发往河北道御敌，不得有误。"狄怀英即宰相狄仁杰。

武则天一声令下发兵，军队迅速集结于神都城外，发兵前需操演人马，她决定亲往观看，狄仁杰以其龙体欠安苦劝，武则天称虽不能御驾亲征，但要为将士鼓劲。当日，神都城外军营喊杀声震天，七十五岁的武则天身披桃花色软甲，头戴紫金冠，身佩短剑，驱马至演阵将士前。狄仁杰陪武则天登上阅兵台。将士们见皇帝亲至，意气风发。一个多时辰的排阵中，烟尘、马嘶、旌旗交杂，战况激烈。武则天十四岁进宫，多次看过太宗阅兵，以皇帝身份登台观阵却是首次。走下阅兵台，武则天满心欢喜地看着狄仁杰，由衷赞叹："怀英真乃帅才矣！朕明日将率百官在郭城外为爱卿送行。"

大周兵马刚要动身，武延秀却从黑沙城回来了。默啜将武延秀囚禁之后，身边有人劝说道："既然突厥想和李唐结亲，最好不要将事情做绝。不如放武延秀回去，把突厥的诉求告知武则天，让她再派和亲使团。"默啜觉得此计甚妙，便将武延秀放走了。武延秀见到武则天后，把事情的来龙去脉一一说清。武则天心里明白，自己篡夺李唐江山，本来地位就不正，大周又刚刚立国，此时最好避免打仗。既然武延秀回来了，不如退一步海阔天空！武则天于是收回军令，也不再派遣和亲的使团。

默啜左等右等没有回音，盼来盼去也不见有人前来，心中暗自思忖："武则天，太不把我当回事了！既然如此，别怪我不客气！"当即点齐十万余众兵马，进犯妫州。如今的延庆区当时属于妫州怀戎县，也在被劫掠的范围之内。突厥大兵一到，顿时狼烟四起，鸡犬不宁。武则天命令武重规为天兵中道大总管，率领三十余万大军兵发妫州。默啜见大周派兵前来，马上改道，出兵恒岳道，翻越长城攻打蔚县，攻陷飞狐县。不管不顾，施行三光政策：男女老少，不论长幼，一律诛杀；房子不论大小，一律焚烧；骡马牛羊，不论死活，一律抢掠！

默啜如此一番折腾，长城内外大为震撼。武则天被气得数日吃不下饭，大伤脑筋，却也想不出一个万全之策来抵御突厥。就在这时候，宰相狄仁杰呈上一本奏折，让武则天眼前一亮。

狄仁杰的奏折所言甚是清晰，意思也颇为简单，陛下若要免除突厥侵犯的烦恼，不能只治表面之症，而不治根本。默啜只要南下，大周就出兵攻打，如此一来，大周的损失实在太大。首先，神都距离边境甚远，讨伐远在妫州的默啜，每次出兵都劳师动众；其次，突厥和之前的游牧民族一样，南下的目的只为抢掠，抢完就跑，不会与大周打消耗战。要对付突厥，最好的办法是采取防御策略，突厥不是骚扰妫州吗？索性将妫州一带的长城重新加以修缮，再多派驻些兵马，便能够长期抵御突厥。

武则天看罢，心中思量："狄怀英，说得倒是轻巧，我难道还不知道修长城吗？修长城可是个大工程，工程一大就会有贪污、腐败的机会。我深知自己这皇帝当得来路不正，众人都巴不得我早点儿驾崩。要是趁这个机会有人中饱私囊，我又要背上一个骂名，说我好大喜功，大修无用的工程。你狄怀英上这么一道折子，让我能用谁去负责此事呢！"武则天为此犯了难，将奏折放到了一旁。

几年后，武则天寿终正寝。中宗李显登基称帝，恢复了李唐天下。又过了几年，皇位传至玄宗唐明皇李隆基。

开元九年（721 年），突厥人再次攻陷兰池六州。唐玄宗命大将军王晙率兵讨伐，并命张说参与军机。张说率领一万人从山西兴县的合河关出发，大破突厥。同年，张说被召回，拜为兵部尚书。第二年，张说被封为朔方节度大使，负责巡视边防五城。

这五城，指的是唐朝在河套地区的五座主要军城。从东往西依次为东受降城、中受降城、西受降城、定远城和丰安城。其中，东受降城位于今天的呼和浩特托克托县，中受降城在包头市敖陶窑子，西受降城在内蒙古杭锦后旗北乌加河，当年乃古黄河的北岸，定远城在今天的宁夏平罗县姚伏镇，丰安城在今宁夏中宁县西北石空堡附近。

张说要前往东受降城，也就是今天的呼和浩特托克托，必然先要经过妫州怀戎县析出的妫川县地，即如今的延庆地区。武则天垂拱二年（686 年），在旧怀来城设立清夷军，并将怀戎县治所迁移至此。圣历二年（699 年），突厥攻破清夷军城。长安二年（702 年），在旧居庸县城（今延庆老城）新建清夷军，又称"防御军"。《新唐书·地理志》记载："其（居庸关）北有防御军，故夏阳川也。"天宝元年（742 年）"罢州改郡"，妫州易名为妫川郡。天宝十四载（755 年）从怀戎县析出妫川县，辖域便是如今官厅流域延怀涿盆地。

张说来到妫川，望着巍巍的燕山山脉，北侧连接着七老图山、努鲁儿虎山，南面是广袤的河北平原。群峰高耸挺拔、地势险要，燕山沿着妫川南境蜿蜒绵亘，自战国、汉代修筑的古长城蜿蜒于山巅，犹如一条玉带将几座山峰连成一体，形成妫川南境的天然屏障。张说在守关怀化郎将的陪同下，步上关城。怀化郎将乃唐朝的官名，属于正五品下的武散官。因关城位置至关重要，唐朝军队照例派遣一名怀化郎将常驻此地。

张说众人登上关城，俯瞰来时的路径。只见山间林木郁郁葱葱，难以看清路径；关楼建于两峰之间，张说不禁感叹道："记得《水经注》中有言：'垒石为关址，崇墉峻壁，非轻功可举……'今日一见，始知前人所言并非夸大其词，此关之险峻天下少有。"

陪同在张说身边的怀化郎将，连忙回应道："节度使所言甚是。此地曾有一段奇闻。"

张说一愣，问道："哦？愿闻其详。"

"节度使大人有所不知，相传王次仲初创楷书之时，就在这一带。传说他变仓颉旧文为隶书，秦始皇认为此举不利于统治，派人征召他入朝，他多次拒绝。始皇大怒，派人押送他。可就在押送途中，王次仲在此处化作大鸟振翅高飞。"

张说笑道："如此奇人奇事，真乃令人称叹！"

怀化郎将见张说一路行来谈笑风生，伺机说道："节度使大人，此时正值中午，不如回衙署用餐。"

张说摇摇头，说道："不急，不急，先将军务视察清楚再去用饭不迟。"

张说此言一出，却见怀化郎将的额头渗出了一层细汗，不免心生疑窦："难道怀化郎将有什么事情隐瞒吗?"

欲知后事如何，且听下回分解。

第十八回　观演练张说整边
镇黄军虎将扬名

> 山险路已出，弥望尽荒坡。
>
> 风度日渐殊，气象惟沙陀。
>
> 我老倦行役，驰车此经过。
>
> 时节春已复，土寒地无禾。
>
> 行路不肯留，奈此居人何！
>
> 作诗无佳语，此代劳者歌。
>
> ——〔金〕刘迎《出八达岭》

大唐开元年间，朔方节度大使张说肩负巡视边防五城的重任，首站抵达妫州。这妫州之地，乃边防要冲，其关城之重要性不言而喻。

张说登上关城，欲与怀化郎将细查军务。然而，面对张说的要求，怀化郎将等人却是推三阻四，这让张说心生疑窦，顿觉事有蹊跷。他义正词严地问道："关内驻有多少人马？"

"禀节度使，关上驻军三千。"怀化郎将战战兢兢地回答。

"若突厥人前来犯关，你们如何应对？"张说目光炯炯，直视着怀化郎将。

"平时无战之时，关城及长城城垛五百人巡防，每三个时辰换防一回；若有战事则留五百人在营房中待命，此为机动之兵，其他人进入各自防守位置。"怀化郎将赶忙回应。

张说抬手指指头顶的关楼，果断下令："演练一回。你速去按实战调派人手，并进入各自阵地，我上楼观看。"

怀化郎将眉头紧锁，心中虽有万般不愿，但面对张说这位威严的节度使，又怎敢违抗命令，只好领命而去。这关楼向东西绵延数里，皆有长城相连，雄伟壮观却也暗藏隐忧。

张说拾级而上，立于居中的墙垛之中，目光如炬，既可观察营房里的动静，又能审视两侧长城上兵士的举动。好一阵子，营房中有兵士出来，然而他们一个个披甲执矛，却不按队列行走，三人一群，五个一伙。脸上不见丝毫紧急之色，步子也不急促，溜溜达达地走向各方。

张说看在眼里，心中暗想："这是应战该有的状态吗？一点儿紧张的气氛都没有！一个个兵卒简直是散兵游勇。"那位怀化郎将走上关楼，回到张说身边。张说脸色铁青，劈面问道："你到我这里来干什么？"

郎将见张大人面露不悦，吓得磕磕巴巴地说："我……陪着您……看……操演……"

"不用你陪。你到日晷那里，看兵士到指定位置用时多少，撤回用时多少！"张说怒声喝道。

郎将小心翼翼，答应一声正要走。张说断喝一声："等等，我问你！倘若敌人犯关，你们也不擂鼓为号吗？"

"节度使大人您有所不知，突厥人多年未曾犯关，擂鼓之法废弛多年了。"郎将嗫嚅着回答。

张说气得将手一摆，将怀化郎将轰下关城。兵士们到达指定位置，郎将按照张说的命令，让他们先回营房，再次到位近一个时辰。张说强压着满腹的不满从关楼走下，来到练兵校场，吩咐郎将："你速去选三百人，其中一百人射箭，二百人捉对格斗。务必选最有能耐的人来演练。"

"大人，时已过午，您还是先用过饭，再来看演练。"怀化郎将小心提议。

"不必管我。按我说的，你速去安排！"张说毫不退让。

过了许久，三百人才集合完毕，站在练兵场上。张说令人将箭垛摆于五十步开外，用手一指："诸位皆来射箭吧。我知道若将箭垛摆于百步之外，有些难为大家，就以五十步为限。每人三箭，射中两箭，可以吃饭休息；射不中者，由郎将带领继续习射，饭就不用吃了。"

唐兵所用之弓，力道约为两石，若在百步左右射中敌人要害，足以致命。张说以五十步为限让兵士射箭，这要求其实并不算高。然而，三百人依序射箭比试下来，中一箭以上的仅有五十人；中两箭以上的才区区十二人。

张说前来巡视军营，唐军一应将领自然随同，官职高的有宣威将军，低的也得是校尉。他们看到居庸关军兵如此拙劣的表现，不由得面面相觑。张说环视众人，沉声道："诸位，今日随本使观摩居庸关临敌应变的过程和他们的箭术，有何观感？"

众人眼观鼻，鼻问口，口对心，低头不语。

张说长叹一口气，悲愤地说："诸位，居庸关号称'天下第一雄关'，其将士尚且如此，其他地方的将士状况可想而知。带我到别的城关再看看！"

一个名叫王权的将军，从军多年，深知张说的威名和底细。张说乃文宗领袖，官至中书令，中宗皇帝时任过兵部侍郎，实乃文武双全的全能之才。王权不敢替关兵辩解，只是轻声在张说耳边说："张大人，顷年以来府兵来源枯竭，末将等人苦苦支撑，实有许多苦衷。"

"你们有何苦衷？用着朝廷的俸禄，兵丁也是朝廷按例征发，就该好好操练以应来敌。你们把兵带成这样，还觍着脸解释吗？"张说怒目而视。

王权恨不得找个地缝钻进去，想到张说所言并非虚言，只得抱拳拱手施礼："大人，郎将说此关有兵三千。三千人如何来的？按照朝廷的名册，戍守的府兵应为一万余人。他们可以轮番戍守以有交替，然而连年下来府兵越来越少。三千兵也是连吓带哄才过来，根本不愿意在此戍守，将官们只要他们凑个数儿，也就满足了，哪能再辛苦操练呢？"

张说明白府兵制的弊端所在："我当然知道府兵制已渐松弛，奈何数年之间，竟然废弛至此吗？"

张说所说的府兵制，起源于西魏、后周，历经隋代至唐代达到鼎盛。通俗来讲，就是将武装力量寄寓于农民之中。对青壮农民加以组织训练，平时从事农业生产，战时则上阵杀敌。张说在唐中宗时期曾任过兵部侍郎，那时便已察觉到府兵制的诸多问题：其一，逃户现象日益严重，府兵的来源逐渐枯竭；其二，府兵多集中于关中，征调四方需长途跋涉，耗费大量钱粮。朝廷规定按均田法将土地授予庶民，要求其男丁自备衣粮兵器当兵丁，若有战事男丁即被征入伍。唐高宗之后，由于战乱频繁致使百姓逃亡，加之贵宦豪门大肆兼并土地，许多男丁无法自办军粮、兵器，参加兵役越发困难，府兵的来源逐渐枯竭。近年战事减少，将校们不愿带兵操练，视兵丁如同奴役任意驱使。久而久之，人人都惧怕服兵役，想尽办法百般逃避。

众人你一言我一语，纷纷诉说为将官的不易。他们越说越起劲，张说心中的怒火腾然而起，厉声喝道："若突厥人果然来攻，如此外强中干的雄关能撑多久？你们皆为朝廷的将官，不思操练强兵，却一股脑儿将不作为推到朝廷身上，天下有没有这样的道理？"

众人被张说的怒喝吓得连忙闭嘴，不敢再吭声。张说暗自思量，府兵制的弊端由来已久，靠一人之力实难撼动。多年积累下来的顽疾，一时半会儿很难改变，此次前来并非只为解决这个棘手的问题。张说让人带着去别处城关查看，所见之景更为震惊。刚刚看过的城关，好歹还有城墙、城门和军营，而另外几处简直惨不忍睹。

张说对王权说："王将军，此乃镇守要地，竟成如此颓废之象，天幸我们此行发现，否则定有大乱。你说兵不好带，那我退一步，为了大唐的江山，能不能把城关重新修整一番？！"

"张大人，您既然把话说到如此地步，我岂能不好好干？您说让怎么修吧。"王权赶忙应道。

"依我看，妫川乃军事要冲。"说到这儿，张说把众将官领到地图前，详细地勾画出自己的设想。按照张说的规划，这道长城在龙门县赤城南部，西接大尖山，东行经龙关、八里庄、上虎村、下虎村平原，从康庄上雕鹗堡、黎家堡北山，断断续续到四十里长嵯的西壁，最后到万泉寺乡古子坊为止。这道长城约一百四十里，主要用于防范北部、西部的突厥。

唐长城主要采用土筑砖墙、夯土墙等建筑方式，长城内部设有驿站、骑楼、哨所等防御设施。时至今日，在河北宣化区、崇礼区和赤城县交界处的大尖山向东，过龙关镇、康庄、雕鹗堡、黎家堡到石家窑村东南，仍能看见一条古长城。过四十里长嵯，又出现断续的墙体，经上堡村延伸到古子坊村附近。这段长城被文物专家认定，极有可能是张说所建的唐代长城遗址。

这段长城，接近平川的地方多为夯土，山顶上则为石砌，每隔二里设墩台一座。只可惜，目前许多墙体已坍塌成石碓状。且大部分在明代被修缮过，成为北京长城的重要组成部分。

大唐盛世，看似繁荣昌盛，烈火烹油，繁花似锦，实则内中危机四伏。唐玄宗在位后期逐渐怠慢朝政，宠信奸臣李林甫、杨国忠，沉迷于杨贵妃的温柔乡。政策的失误和重用安禄山等外族将领，本欲稳定唐王朝的边疆，结果却导致了长达七年三个月的"安史之乱"。这场战乱使得大唐的国势由盛转衰，社会动荡不安，妫川县也随之废去。往后的唐朝皇帝一个比一个昏庸无能，每日里沉迷酒色娱乐，不理朝政。举国上下苛捐杂税严重，朝廷政治腐败，宦官专权；地方上藩镇割据，朝臣党争不断。社会千疮百孔，民不聊生，终于爆发了黄巢起义。皇帝无力管辖，只能让藩镇割据的军阀去剿灭起义军。各地藩镇纷纷据守一方，脱离中央政府的管理。外重内轻、藩镇擅命成为唐朝晚期中央与地方关系的真实写照。

在这天下大乱、军阀割据的背景下，山西大同出了一位反王，乃西突厥的后裔沙陀突厥。本姓朱邪，其祖上率全体沙陀部众投奔唐朝，立过不少战功，被唐朝皇帝赐姓李氏。到他这一代，已在山西大同生活了三辈。他生得左眼大右眼小，黄睛绿珠，自号碧眼鹠。这一眼大一眼小虽是生理缺陷，却让他练就了一项出众的本领——射箭！射箭瞄准必须睁一只眼闭一只眼，而他却能箭无虚发、百发百中。

有一回，一帮人比试射箭，有人抬头看见两只大雕在空中盘旋，手一指："碧眼鹠，你能把天上的两只大雕，一箭射下来吗？"

众人一听，都知道这是故意为难人，却都坐在马上瞧着。这位一边看着天空一边说道："你们看着！"说罢，探臂膀摘下背后的弓，伸手从走兽壶里抽出一支雕翎箭，弯弓搭箭，认扣填弦。前把如同托泰山，后把好似怀抱婴孩，对准前拳撒后手，"啪……嗖"一声响，一支羽箭破空而出。众人抬头仰望之际，空中两只大雕"噗"地同时被羽箭来了个透心凉，双双坠落。众人喝彩声雷动，自此又给他送上了一个"飞虎子"的外号。这位正是大名鼎鼎的李克用！

　　李克用原本在西北守边，并未打算掺和中原之事。然而，唐末爆发的黄巢起义声势浩大，官军难以抵挡，朝廷无奈，紧急调李克用率领沙陀骑兵前来镇压。李克用进入中原以后，极为注重搜罗人才，将晋北地区的硬朗男儿收编不少。遇到特别中意的，就收为义子螟蛉，收的越来越多，军中竟有了"义儿军"的建制。

　　李克用率领的沙陀兵，一律黑衣黑甲。冲锋陷阵之时，一个个不惧生死，蜂拥而上，远远望去如同群鸦争食，因而得了个诨号"鸦儿军"。"鸦儿军"彪悍异常，几仗下来，把黄巢部众打得丢盔弃甲，大败溃逃。后来，一听到"鸦儿军"的名号，起义军便不寒而栗，未曾交锋，先在气势上输了许多。李克用凭借手下的精兵强将，在中原地区威名远扬，成为一方霸主。

　　大唐的命运，在动荡与变革中，风雨飘摇。曾经的辉煌逐渐黯淡，历史的车轮滚滚向前，带着无尽的沧桑与感慨。

　　欲知后事如何，且听下回分解。

第十九回　刘仁恭巧舌投机 李克用壮志未酬

乱石妨车毂，深沙困马蹄。

天分斗南北，人间日东西。

侧脚柴荆短，平头土舍低。

山花两三树，笑杀武陵溪。

——〔金〕蔡珪《出居庸》

唐中和三年（883 年），黄巢无奈退出长安。在这场长安收复战中，李克用功勋卓著，功劳最大。因此，他被任命为河东节度使，并获封"陇西郡王"。自此，李克用声名远扬，威震唐廷，在河东一带更是横行无忌。

河东涵盖了忻州、代州、岚州、定襄郡、雁门郡、楼烦郡等地。这里统辖着天兵军、大同军、横野军、岢岚军、云中守捉等军事力量，管兵多达五万五千人。而且，河东与幽州仅一山之隔。

唐景福二年（893 年），有个叫刘仁恭的人从幽州前来投奔李克用。刘仁恭原是卢龙节度使李匡威的部下，负责镇守蔚州。蔚州便是如今的张家口蔚县，位于现在延庆的西边。

刘仁恭在战场上的表现实在难以令人称道，可谓是马尾拴豆腐——提不起来。可他平日里却最爱夸夸其谈，吹牛不打草稿，总说自己绝非池中之物，定能有一番惊天动地的大作为。见到李克用时，他更将看家本领发挥得淋漓尽致，一通吹嘘自己如何有能耐。

李克用将信将疑，实在听不下去，便质问道："既然您如此有本事，为何不在幽州好好待着，反而跑到我这里来了？"

刘仁恭连忙解释："大人，您有所不知啊！我本应在幽州、卢龙大展身手，奈何李匡威、李匡筹这哥儿俩容不下我，他们纯粹是嫉贤妒能。"

其实，刘仁恭哪有什么真本事，他不过是"头号大个变色龙"，是个典型的见风使舵、朝秦暮楚之人。他原本是卢龙节度使李匡威的部下。自唐末安史之乱以后，幽州、卢龙这两地相邻。幽州镇的军号为卢龙军，卢龙节度使在有的史书上被记载为幽州节度使，还有的史书称其为幽州、卢龙节度使。这位节度使管辖着幽州、卢龙两个地方，用如今的地理称谓来说，东边到唐山，西边到北京，都归其统辖。刘仁恭负责镇守的同样也在幽州的管辖范围之内。

刘仁恭戍守在蔚州，此地与幽州相隔甚远，四周荒凉萧索，孤寂之感如影随形。他终日盼着能早日回到幽州那熟悉的土地。可到了轮调期的换防时间，迟迟没有人来通知他。刘仁恭顿觉不妙，他派人一打听，这才得知幽州已经换了主人。原来，李匡威的弟弟李匡筹趁着哥哥领兵外出打仗之际，自己占据了节度使的职位，还自称卢龙留后。这留后一职，乃在节度使缺位时所设置的代理职称。

刘仁恭心想："机会来了。李匡威瞧不上我，如今这节度使之职又被他弟弟夺去，我为何不趁此良机大捞一把！"刘仁恭早就察觉到，他的士兵大多来自幽州南部地区，他们长年驻守蔚州，思乡情浓。刘仁恭便煽动戍卒："兄弟们，你们早就超过了戍边的年限，本该回家了！可是那节度使却不派人来替换你们。听说如今幽州大乱，咱们何不趁此机会打回家去！"这些戍卒兵士觉得刘仁恭说得在理，便纷纷跟随他自西向东朝着妫川杀去。

妫川是幽州后方的军需供应之地，数十年来未曾经历战乱，是一片富庶之土。刘仁恭带领的这些戍卒都想在回家之前大捞一笔，所以到处烧杀劫掠，军纪极为混乱。没想到刚到居庸关，就遭遇李匡筹的军队。

李匡筹虽然知道刘仁恭志大才疏，但万没想到他竟敢煽动戍卒发动哗变。李匡筹亲自带兵赶到居庸关，严阵以待，等着刘仁恭自投罗网。居庸关是重要关口，两侧高山耸立，中间峡谷幽深，地势险要，易守难攻。别说是刘仁恭这样的无能之辈，就算是能征善战的将军，想要攻克居庸关也绝非易事。刘仁恭在居庸关与李匡筹一交锋，便被打得落花流水，他赶紧掉转马头，顺着原路狼狈而逃。刘仁恭打仗不行，逃跑倒是颇有经验。他心想："我不能回蔚州，李匡筹肯定会派兵去镇守。等他的人马一到，我还是难逃厄运，索性一直往西跑，去河东投奔李克用。"就这样，刘仁恭见到了李克用。

李克用可不是那么好糊弄的。别人或许不了解幽州的李匡威、李匡筹，但他却心知肚明，于是他对刘仁恭说道："你休要信口雌黄，李氏兄弟好歹也是名门之后。"

刘仁恭听到这话，把头摇得像拨浪鼓一般："什么名门之后？全是瞎扯！您不知道啊，这哥儿俩早就反目成仇了。李匡筹把李匡威的节度使位子给夺了。"

李克用惊讶地问道："这究竟是怎么回事？"

"哎哟！您是不知道啊！这里面有桩家丑。之前您不是攻打成德节度使王镕吗？李匡威本打算出兵相助王镕，出兵之前，李家上下大摆筵席，为李匡威饯行。酒桌上，李匡威喝得酩酊大醉，他弟妹，也就是李匡筹的媳妇前来敬酒，李匡威竟然一把将其揽入怀中。打那以后，李匡筹便对李匡威怀恨在心，趁着他哥哥不在幽州，自己霸占了节度使的位子。李匡筹还扬言说：'你霸占我老婆，我就霸占你的官职！'您说说，这哥儿俩能好得了吗？"

"刘仁恭，你这些消息都是从哪儿听来的？别在这儿胡说八道了。你跑到我这里来，到底打的什么主意？"

"大人，常言说得好：'得道者多助，失道者寡助。'像李氏兄弟这样的不义之人，您难道不应该将他们剿灭吗？"

李克用点了点头："说得倒是不错。可既然你打算剿灭李匡筹，那为何又会被他打得落荒而逃呢？"

"这可不能怪我啊！我驻守蔚州的时候，手下都是些老弱残兵，而且人数也不多。李匡筹纯粹是仗着人多势众，我这才败走到您这儿来。大人，只要您给我三万人马，我一定能够帮您拿下幽州。"

李克用把眼一瞪："打住吧！要多少人马？三万人！有三万人马还用

得着你去夺幽州？我手下的十三家太保，随便挑出一个，带着三万人马都能轻而易举地把幽州夺下来。你一边凉快去吧！"李克用洞悉了刘仁恭的真正意图，他哪里是真心想帮李克用拿下幽州，分明是想弄一支人马自己当头，从此不受他人管制。因此，李克用并未把刘仁恭的话放在心上。

唐乾宁元年（894年）二月，朝廷加封李匡筹为卢龙节度使，使其位名正言顺。加之这段时间，刘仁恭在李克用耳边一直软磨硬泡，李克用最终被说动了。他心想自己想和朱温抗衡，必须要扩大势力范围，幽州、卢龙现在正可以收入囊中。就在这年冬天，李克用拨出五千人马交由刘仁恭，取道大同奔蔚州，经居庸关攻幽州。

刘仁恭真是自不量力。他总以为当初被李匡筹打败，是手下士兵的问题。如今有了李克用给的五千人马便得意忘形起来，大模大样来到居庸关。这次李匡筹根本就没露面，只派了个手下副将出马。这位副将是延庆人，名叫高思继。高家乃将门世家，高思继的孙子就是后来大宋开国皇帝赵匡胤手下的大将高怀德。

高思继出城走马一回合，枪挑刘仁恭手下的一名将官。刘仁恭顿时傻了眼："我的天哪！幽州的人马竟然如此厉害，我快跑吧！"

高思继率兵一阵冲杀，刘仁恭再次大败亏输，落荒而逃。

高思继这一仗打得确实漂亮，回幽州准备向李匡筹报捷。刚进节度使帅府大堂，他就觉得气氛有些不对劲。只见李匡筹坐在帅案之后，身子歪斜着，根本不正眼瞧他。高思继赶紧紧走几步，来到堂前，拱手施礼："大人，高思继前来交令！"

李匡筹微微把脸转过来，扫帚眉往上一挑，高声喝道："高思继，我来问你！居庸关拒敌，胜负如何？"

"禀大人！刘仁恭带来五千人马，已全部被我杀退！"

"杀退了？"

"正是！"

"哼！好一个杀退！高思继，临行之时我命你务必将刘仁恭生擒活捉。你倒好，居庸关前走马一合，私自放走刘仁恭，如今还敢回到幽州交令！来人哪！"

"有！"

"将高思继给我拖出堂外，军法处置！"

李匡筹这一句话，可把节度使大堂上的众人都给惊动了："节度使今天这是怎么了？高思继在居庸关前大胜刘仁恭，应当是立了一功啊！怎么反倒要军法处置？"有人赶忙抢步上前，屈膝跪倒，为高思继求情："大人息怒，高思继没能活捉刘仁恭当属失职，但是罪不至死。望您刀下留情，饶他性命，让其戴罪立功，领兵北上再捉刘仁恭，将功赎罪！"

李匡筹一拍帅案："押回来！"

高思继已然惊出了一身冷汗："若不是同僚给自己求情，今天这脑袋可就搬家了。转念一想，李匡筹这是什么脾气？要活捉刘仁恭，可刘仁恭根本就没在阵前露面。居庸关这一仗，刘仁恭带来的人被杀得四散逃窜，上哪儿去活捉刘仁恭？我就算有错，也得问问原因吧！这倒好，一概不问，直接就要推出斩首！我这是招谁惹谁了！"心里虽然委屈，但也不敢表现出来，只能低头不语，拱手侍立。

李匡筹用手指着高思继："高思继，本帅再给你一支将令，命你带领三百骑兵，活捉刘仁恭，不得有误；捉不住刘仁恭，你就提头来见！下堂去吧！"

高思继心里的火气更大了，心想："刘仁恭早就逃回河东了。给我三百人，去河东抓刘仁恭？这哪是活捉刘仁恭，分明是叫我高思继去送死！"可此时他也无法分辩，只好领命下堂。

李匡筹为何要如此对待高思继呢？原来，李匡筹为人苛刻，经常无缘无故地迁怒于人。他与刘仁恭有仇，便将这仇恨迁怒到了高思继身上，不服从军令就必须斩首。再者，高思继是李匡威的旧部，正所谓一朝天子一朝臣。李匡筹如今是卢龙节度使，自然想要用自己的心腹之人，又怎能容得下哥哥的旧将留在身边？这分明就是在变相地清理队伍。

李匡筹想起了河东的李克用，心想："人人都说李克用本事大，横行河东，依我看，也不过是徒有虚名。五千人来犯我幽州，最后不还是铩羽而归？你说刘仁恭没本事，那五千人难道都没本事吗？还是不行！你李克用不行，就别怪我李匡筹欺负你。我现在统领幽州、卢龙两镇，如果再拿下几块河东的地盘，那我就更了不起了。"抱着这样的心思，李匡筹拿下河东的想法越发强烈，并付诸行动。在一个月之内，他连续进攻河东之地。

李克用原本并未过多关注幽州，却被李匡筹屡屡招惹。他心想："李匡筹，老虎不发威，你还真当我是病猫！我守着我河东之地，本不想与你为敌。你继承了你父亲、你哥哥的爵位，好好在幽州、卢龙待着不好吗？非要来招惹我？数次袭扰我的地盘，既然你如此作死，那就别怪我不客气了！"

唐乾宁元年（894年）十一月，李克用亲自率领大军进攻幽州，首先攻占了武州，接着又围困了新州。武州就是如今的张家口宣化，新州则是如今的河北涿鹿，都在如今延庆的西边，距离非常近。

李匡筹看到李克用攻占武州、围困新州，赶忙调动数万人马，前往新州解围。刚把营盘扎稳，就看到李克用军中杀出一哨人马。为首的一位将军，生得面似银盆，两道剑眉斜插入鬓，一双虎目皂白分明；头上戴着青铜盔，朱缨倒挂，身上穿着大叶青铜荷叶甲，紫金袍上绣着金龙探爪海水江崖，护心镜冰盘大小，大红的中衣，五彩虎头战靴；胯下一匹青鬃马，手中托着一杆亮银枪。李匡筹看着来人觉得十分面熟，用手点指问道："来将通名？"

对面马上的将官大喝一声："俺乃河东节度使驾前先锋官，高思继是也！"

欲知高思继为什么此时出现在李匡筹面前，且听下回分解。

第二十回　名将转投李克用　节帅兵败八达岭

断崖万仞如削铁，鸟飞不度苔石裂。

嵯岈枯木无碧柯，六月太阴飘急雪。

寒沙茫茫出关道，骆驼夜吼黄云老。

征雁一声起长空，风吹草低山月小。

—— 〔元〕 陈孚《居庸叠翠》

李匡筹坐在马上，满脸的难以置信，使劲揉了揉眼睛，再次仔细辨认一番，果真是被自己赶走的高思继。李匡筹满心大惑不解，眉头紧紧皱起，思绪也跟着乱了起来，心想："高思继真的投靠李克用啦？"

原来，李匡筹给了高思继三百人，让他去活捉刘仁恭。高思继心里跟明镜似的，自己乃李匡威的旧部，如今李匡威不在了，李匡筹成了卢龙节度使，自己被排挤在外那是再正常不过的现象。今日李匡筹不杀自己，哪天一旦被抓住一点儿差错，还是要命丧他手。人啊，一旦有了这样的想法，哪里还能有半分工作的热情？高思继带着这三百人，一路上过了居庸关，来到了八达岭，闲庭信步，仿佛逛大街一般在妫川上向西缓缓而来。走到武州，也就是如今的张家口，正巧赶上了李克用的人马。

高思继瞬间上马提枪，准备大战一场，旁边一个军卒却猛地将他的马头一拦："将军，您这是要干吗？"

高思继瞪大了眼睛，怒声喝道："干吗？你没看见对面敌兵气势汹汹地杀过来了?"

那军卒却不慌不忙,说道:"敌兵?将军,谁是敌?哪个是友?"这一句话把高思继给问愣在了当场。这军卒接着说:"将军,别说咱们现在就三百人,就算带着三千人又能如何?您瞧瞧对面,那刀枪似麦穗,剑戟似麻林,少说也有万人之多!您现在冲过去,岂不是以卵击石?就算您也带着万人,可咱们到底是为谁拼命啊?"

高思继其实早就有了这般想法,只是自己身为将官,不能在下级面前数落上级的不是,这对自己和上级都不好。他一直强忍着,可身边的人又不瞎,这一路走来,难道还看不出来吗?高思继沉吟片刻,神色凝重地问道:"事到如今,那该怎么办?"

"怎么办?将军,您听我们的吗?"军卒目光坚定地看着高思继。

高思继点点头,说道:"只要你们说得在理,我自然听。"

军卒二话不说,一伸手"刺啦"一声把高思继的战裙撕下一条。高思继一看,急了:"哎,你这是干吗?"

军卒一边忙着手中的动作,一边说道:"您别管了……"只见这名军卒把撕下来的布条往刀头上一系,挑着白布,迎着李克用的大军飞奔而去,边跑边喊:"对面的将官听着,我们是幽州的兵。不是打仗来的,是投降来的!马上坐的是我们将官高思继!我们投降啦!"

高思继一听,心里顿时泄了气,暗自想道:"就这个啊!这是叫我投降啊!"可军卒的话已出口,他也没法往回收,只能无奈地等待结果。

对面大军扎住队伍,出来一个人,跟高思继的军卒说了好半天。军卒又跑回到高思继面前,兴奋地说道:"将军,我给您把道路都铺好了。一会儿您跟着那位去见对方的主帅,要生要死全看您自己。您记住,我们三百弟兄,说什么也不回幽州去。您看着办吧!"

高思继无奈,只得跟着对方的将官一层一层往上见,最后终于见到了李克用。高思继恭恭敬敬地把自己的情况详细说明。李克用微微点头:"高思继,既然打算归顺于我,总得有个表示啊。"

高思继连忙说道:"节度使大人,您不是准备攻打武州吗?您别动手,武州守将跟我认识,我前去劝降。"

高思继归降了李克用,还成功把武州守将劝降了。李克用没费一兵一卒就占了武州，自然是高兴万分，当即就将高思继封为先锋官，继续向东，围困新州。这时候李匡筹匆匆赶到了，两人在疆场见面，二话不说，直接动手。

李匡筹一动手，心里就知道坏了！在李匡筹的脑子里，一直认为河东军没什么了不起。幽州兵马向来骁勇善战，前段时间袭扰河东根本没碰上阻力，他就自认为河东李克用的军队不堪一击。可李匡筹哪里知道，李克用这次带来的那可都是纯正的沙陀骑兵。沙陀骑兵虽然只有几万人，但都归李克用统一调度指挥，没有大战役一般是不会投入使用的。李匡筹这是被障眼法给坑苦了。

这一仗下来，幽州军大败，李克用带来的沙陀骑兵斩杀幽州军万余人，生擒将领百余名。他们把将官用铁链拴成一串，排成一排，在新州城下枭首示众，吓得新州守将屁滚尿流，赶紧打开城门归降了李克用。

李克用一鼓作气乘胜追击，命令高思继进攻妫州。李匡筹把幽州军的残兵败将聚集在八达岭外，打算拼死一战。他心里很清楚，如果守不住八达岭，幽州势必会失陷。李匡筹满心的追悔莫及，嘴里不停地念叨着："我招李克用干吗？恨只恨手下的饭桶，一个个都是无能之辈；最该死的是高思继，居然投降了！一个人投降也就罢了，还把武州拱手献给李克用，好恼！可恨！"他越想越生气，双眼通红，准备跟李克用决战到底。

唐乾宁元年（894年）腊月初十，李匡筹率领的幽州军和李克用率领的晋军，在八达岭下列开了阵势。这场厮杀在妫川的历史上那可是一场规模空前的战争。双方十余万人马，齐聚在这百里荒滩之上。此时正值十冬腊月，天气奇寒无比，西北风卷起塞外沙漠的黄沙，遮天蔽日地朝着八达岭袭来。幽州兵马向西而战，被这风沙刮得眼睛都睁不开。正是：

荒滩十里旌旗展，杀声震地风云乱。

腊月酷寒临，黄沙蔽日沉。

幽州兵马困，西战风沙困。

风猛眼难睁，军威心未崩。

李克用站在高岗上，镇定自若地指挥着，见幽州人马只剩下步兵，看准了他们的弱点，果断命令沙陀骑兵发起冲锋。先将幽州军的燕军阵脚打乱，又派高思继率领一股步兵，绕到幽州军背后进行夹击。两下夹击打得幽州军首尾不能相顾。这一仗从中午一直杀至黄昏，风声、鼓声、喊杀声混成一片，整个妫川大地仿佛成了昏暗天幕笼罩下的巨大屠场，幽州军最终大败亏输。

幽州军再也没有了反击之力，李匡筹在乱军中趁乱逃走。这场决战极大地改变了妫川的形势。自唐朝以来，妫川一直是幽州军事物资的大后方。可这场战争却使得妫川后方的地位被严重破坏，幽州的实力也被大大削弱，北方的奚族、契丹族趁机迅速崛起。有的侵占幽州地盘，有的经常袭扰幽州百姓，使幽州陷入了战火之中。

李克用在八达岭下打败了幽州军，李匡筹弃城南逃。李克用命令刘仁恭入城安抚百姓。刘仁恭不敢有丝毫怠慢，连忙封存府库财产，全部献给李克用。他可没忘记寻找李匡筹美貌的妻子张氏，一起献上。李克用见刘仁恭如此忠心耿耿，便让他做幽州留后。

刘仁恭总算是如愿以偿做了预备节度使。李克用深知刘仁恭的为人，绝不能让他完全掌控幽州的军政大权。在返回河东之前，他在幽州楔入钉子，把心腹之人五院军将燕留德留在了幽州，防范刘仁恭胡作非为。他还让高思继分掌幽州兵，以此对刘仁恭进行制衡。可刘仁恭哪能甘心，他使尽诡计，一点一点地剪除李克用留下的心腹。短短一年时间，就把幽州的军政财大权独揽在了自己手中。

刘仁恭这下觉得自己到达人生巅峰了，完全放飞了自我。他派人在今天北京房山和门头沟交界的大安山，大兴土木修一座宫殿。此地乃太行山的分支，旁边有百花山、白草畔，山中还有一块开阔平坦之地。四面环山，山中有水，景色美不胜收。他又招来无数美女，全然不管幽州的公事，只顾尽情享乐。

刘仁恭有个浑蛋儿子叫刘守光，看到父亲跑到大安山逍遥快活，不管幽州之事，他派出一员心腹爱将元行钦，带兵去大安山把刘仁恭抓回了幽州，关进了监牢囚禁。刘守光就这样领了卢龙节度使。

公元911年八月，刘守光在幽州称帝，建立燕国，史称桀燕。桀相传是夏朝的暴君，用"桀燕"来称呼刘守光建立的燕国，足可见这政权是有多么不得人心。如果说夏桀是一个残暴的君主，那么刘守光可比夏桀还要更加残暴。

他铁了心要登基称帝，有个人叫孙鹤，好心劝他不要这样做，以免招来不必要的祸端。可刘守光根本不听，一意孤行，硬是把孙鹤施以剐刑，还丧心病狂地给所有军卒脸上刺字。即便他们逃离，无论跑到哪儿，一看便知是幽州的兵。

刘守光给自己封了皇帝。河东节度使李存勖亲自率领大兵就到了幽州。原来，早在刘守光称帝的三年前，也就是公元 908 年，李克用病逝。李存勖继任河东节度使，袭封晋王。

李克用临死前把儿子李存勖叫到了面前。李存勖见父亲卧床不起，憔悴不堪，顿时泪眼蒙眬。遥想当年父亲在万马军中，身先士卒，斩将夺旌，是何等的威武！再看如今，父亲进气多出气少，脸色蜡渣黄，本来大小眼儿，现在一样大了。大的那只眼勉勉强强能睁开，小的那只彻底睁不开了。李存勖"扑通"一声跪在床前，悲声喊道："父王！"

李克用循着儿子的呼唤之声艰难转头，声音微弱地说："存勖，我的儿！为父看来命不久矣！"

"您别这么说，我把太医叫来了……"李存勖心急如焚。

李克用吃力地摆摆手："没用！他们治得了病，救不了命！近前来，为父有话对你言讲……"李克用从身边拿出三支雕翎箭，往李存勖面前一递，"儿啊，你把这三支箭接在手中……"

"父王，这三支箭，有什么说法吗？"李存勖一脸疑惑。

"儿啊！你听好了！第一支箭，要你讨伐幽州刘仁恭。不先攻下幽州，黄河以南就不能拿下。第二支箭，要你打败契丹。耶律阿保机与我握手结盟称兄道弟，发誓一起光复大唐江山，可是他背信弃义依附贼党，必须讨伐于他。第三支箭，要消灭朱温。"说到朱温，李克用气得浑身颤抖，"我的儿，你若能完成我这三个愿望，为父死而无憾。"说完，一代英豪李克用便撒手人寰。

李存勖把三支箭恭恭敬敬地供奉在宗庙里。在父亲灵前，他郑重起誓，不报三仇誓不为人！但李存勖当时才二十四岁，一是年轻，二是没有兴师问罪的理由，攻打幽州，剿灭刘仁恭的事暂时没有提上日程。可此时，刘仁恭的儿子刘守光居然称帝，这便给了李存勖足够的理由去攻打刘氏父子。

李存勖命礼官以少牢祭于宗庙。古代祭祀宰一只牛、一只羊、一只猪叫太牢；用一只羊、一只猪叫少牢，少牢是诸侯祭祀的规格。摆好祭品，李存勖从宗庙请出李克用交给他的羽箭，派出大将周德威发兵征讨刘守光。周德威率三万人马出兵今天河北蔚县的飞狐口，一路势如破竹，攻下祁沟关，围战涿州，直逼幽州。

刘守光得知李存勖派兵攻打，顿时像疯狗一样把桌子拍得山响，一边拍一边破口大骂："无耻的李存勖！我刚登基就派人打我！跟你拼了！"当他听说领兵大将是周德威时，那嚣张跋扈的样子瞬间消失得无影无踪。

周德威的大名威震北方。他是李克用身边的大将，镇守大同，对北方边境的事情了如指掌。刘守光心里清楚，自己根本不是周德威的对手，赶紧派人前去求和。求和之人见到周德威，把刘守光的求和书恭恭敬敬地往前一递，周德威看了看，只见那纸上满是谦卑哀切之词。周德威看罢，黑黢黢的大脸往下一沉："刘守光说话倒是挺客气！可惜，本帅受命来专讨有罪之人，想缔结盟好？对不起，超出我的战务范围了。"周德威连回书都没写，直接打发走送信人，领兵要围攻幽州城。

欲知幽州战况如何，且听下回分解。

第二十一回　单廷珪惨败幽州　周德威征讨桀燕

毡车正联络，怒辙奔春雷。

腾凌万马骑，暮绕龙虎台。

——〔元〕吴师道《过居庸》

风云变幻存乱世，烽火重燃起幽州。周德威率领大军兵临幽州城下，刘守光闻听周德威一番强硬之辞，心中可谓是五味杂陈。他又气又怕，气的是周德威如此蛮横，自己好言相商让他收兵，他却执意攻打幽州；怕的是手下竟无能征善战之将，万一这周德威大兵压境，幽州城恐怕难以坚守。

刘守光急得如热锅上的蚂蚁，在大堂内来回踱步，满脸的焦虑与不安。正在他焦头烂额之时，一名大将挺身而出，高声喊道："万岁，末将不才，愿带一支人马，将周德威杀退！"

刘守光顺着说话声音定睛看去，原来是手下猛将单廷珪。这单廷珪乃燕军之中的一员骁将，在幽州地区罕逢敌手，向来自信心爆棚，有着初生牛犊不怕虎之勇、贵州毛驴之猛！在他看来，自己之所以未能名扬天下，缺的就是一次与强敌对阵的绝佳机会。如今这机会降临，他定要好好展露一番自己的本领。

两军在幽州东南的龙头岗摆开阵势，旌旗蔽日，战鼓雷鸣。单廷珪一催胯下坐骑冲到阵前，断喝一声："呔！大胆周德威，竟敢冒犯我大燕皇

帝的天威，可知道俺单廷珪的厉害吗？"

　　周德威见这陌生面孔在阵前大呼小叫，不禁皱起眉头，问旁边副将："阵前这狂妄之人是谁？"众人纷纷摇头。周德威暗自琢磨："难道幽州真有能人？首战幽州绝不能打败仗，挫了我军的士气，此事非同小可。"周德威一抖丝缰，威风凛凛地从阵列中缓缓而出，用手点指单廷珪，高声喝道："对面小将，撒马来战！"

　　单廷珪一马当先，直奔周德威猛冲而来。周德威心中暗忖："不错，此人倒有几分勇气。不像之前的燕将，战都不敢战，要么投降，要么弃城逃跑。待我试试他膂力如何。"周德威气定神闲，动都没动，稳稳地站在原地，等着单廷珪过来。

　　单廷珪来到近前，抖手便是一枪，直奔周德威面门刺去。周德威不慌不忙，仅使三成的劲儿，用手中大枪轻轻往外一拨单廷珪的枪头。就这看似轻描淡写的一下，差点儿把单廷珪从马上掀了下去。周德威见状仰天大笑："早知道你是这样的废物，随便派个人就把你生擒活捉了。"

　　单廷珪却是面不改色，嘴里嘟囔着："哎哟，我马鞍子没放好吗？怎么还坐不稳了？看我再来战这个不知死活的周德威！"说罢，掉转马头，二次奔周德威冲来。

　　周德威气得鼻子都快歪了，怒喝道："单廷珪，你吃几碗饭心里没谱吗？就这本事还想在我面前走两个回合？我要是用枪把你挑了，都算我周德威无能！"周德威把大枪往身后一背，转身奔回自己的队伍。

　　单廷珪却自以为是地狂笑道："哈哈，周德威怕我了！还想跑？"说时迟那时快，单廷珪一个冲刺，手中长枪直逼周德威后心而刺。

　　就在这千钧一发之际，只见周德威身形突然一闪，单廷珪这一枪刺了个空。此刻，单廷珪的马已然收不住，径直往前冲去，他的后背全然暴露给了周德威。周德威眼疾手快，轻舒猿臂，款扭狼腰，一伸手走马生擒单廷珪。随后，将其带回本队，往地上一扔，大声说道："绑！"立刻有人过来，麻肩头拢二背，把单廷珪绑了个结结实实，最后把他押到阵前示众。

　　幽州兵一看，自家主将被对方五花大绑，顿时军心大乱，土崩瓦解，慌忙后撤。这一战，幽州军大败，阵亡三千余人，燕军的斗志大受打击。刘守光一连几个月都不敢再主动出击，只是严令所属各州县闭城死守，妄图最大限度地延长抵抗时间，以等待时局的变化。

然而，时局还能有变化吗？此前，刘守光投入了最后一笔较大的赌本，派遣心腹猛将元行钦，率领七千名兵马前往山后地区，准备召回"山后八军"回救幽州。

这"山后八军"位于今天的延庆地区，乃重要的军事基地。众所周知，华北的太行山脉与燕山山脉实为同一山系的两段。南段的太行山，呈南北走向，成为山西、河北两省的天然边界；北段的燕山则拐了个大弯，渐渐变成东西走向，横亘在河北北部，犹如一道坚固的屏障，保卫着中原大地。

刘守光的燕国主体部分乃幽州、卢龙，也就是如今北京的大部分地区。从地理上看，北京地区被太行山与燕山山系分割成了两大部分：山系以南、以东的这部分面积较大，包括幽州在内的幽、顺、檀、蓟、平、涿、莫、瀛八州，被称作"山南"或"山前"；山系以北、以西的这部分面积较小，包括武、儒、新、妫等四州，被称作"山北"或"山后"。其中，武、儒、新、妫四州就在今天的延庆地区。儒州就是这个时期新设置的，治所就在今天的延庆城。同时，刘守光还调来了原蓟州刺史韩梦殷担任儒州刺史。

山后地区虽说相对贫困，但民风强悍，是优质的兵源地，对于燕国的国防具有重大意义，并且与李克用的代北之地紧紧相连。当初，李克用剿灭李匡筹，便是从代北出发，夺取山后四州，攻破居庸关，越过燕山直取幽州。有此前车之鉴，刘仁恭占据卢龙之后，背叛了李克用，便竭尽全力加强山后地区的防御。其中最为重要的一个举措，便是在山后设置了八个常备军镇，即"山后八军"。

此次李存勖派周德威来攻打幽州，没有走山后四州的老路，而是从娘子关直奔如今的石家庄，从南面发起进攻，避开了山后八军，直接插入燕国虚弱的腹地。如此一来，刘守光的山后八军便成了无用的摆设。

养兵千日，用在一时，国难当头，刘守光岂能让山后八军待在驻地无所事事？于是派自己的心腹爱将元行钦，紧急调遣山后八军救援幽州。然而，山后八军的表现，着实让元行钦始料未及。

山南幽州被围困的消息刚刚传出，居庸关守将胡令圭竟然未战先怯，弃关而逃；驻守武州的高行珪接到命令，却磨磨蹭蹭，不肯往山南行进。这高行珪正是高思继的儿子。

　　周德威也得知了山北的情况，立刻派遣李嗣源率军越过居庸关，攻入山后。李嗣源是李克用的干儿子，十三太保中的大太保。李嗣源行至离武州不远处，瞧见一队人马由西往东而来，仔细辨认之下，认出正是高行珪。他赶忙把高行珪拉到一旁，苦口婆心地劝说："高将军，你们高氏一门向来是识时务的俊杰，切莫在刘守光那棵歪脖树上吊死！"

　　高行珪听了，深以为然，当下便决定一箭不发，献出武州投降。李嗣源没有在武州停留，乘势继续进攻山后的燕军。

　　山后燕军临时的最高指挥官元行钦，听说高行珪当了叛徒，顿时怒不可遏，急忙回军进攻武州，准备以全部武力将高家族灭，以儆效尤！

　　武州城中的高行珪反应迅速，深知仅凭自己难以抵挡，急忙命弟弟高行周奔赴周德威军中求援。周德威当机立断，命李嗣源出兵救援，并对他说道："此去武州救援乃一石二鸟之计，一来为解武州之围；二来须将元行钦一举除去，以免留下后患。"

　　李嗣源在高行周的带领下一路北上，兵到武州城外，与元行钦短兵相接。元行钦兵力不敌，被迫放弃对武州的进攻，向东撤军。李嗣源岂会放过这大好时机，乘势挥军追击。元行钦率手下七千燕军且战且走，苦苦周旋。他身中李嗣源七箭，居然没有受到重伤。元行钦回敬李嗣源两箭，一箭射中李嗣源大腿，一箭射中马鞍。双方都是轻伤不下火线，带伤坚持战斗。经过七次激战，元行钦所剩不多的人马已伤亡殆尽，他筋疲力尽，最终被李嗣源压制在广边军镇，也就是今天河北赤城县南边一点儿。元行钦实在是走投无路，无奈之下，让军兵把自己绑起来向李嗣源投降。

　　李嗣源向来爱才，见元行钦投降，大喜过望，马上亲手为他松绑，当即认作螟蛉义子。随后命人摆下酒宴，为新义子接风压惊。席间，喝到半醉的李嗣源，乐呵呵地伸手拍拍元行钦的后背，对众人说道："我这儿子，乃新一辈的壮士！"

　　就这样，刘守光在山后的军事力量迅速土崩瓦解。周德威不到一个月便全取山北的四州八军，幽州城东西南北四面被围。

　　时至年底，周德威攻破幽州，刘仁恭、刘守光父子沦为俘虏。至此，幽州被李存勖收入囊中，幽州独立割据历经一百五十三年，终于告一段落。

幽州告捷之后，李存勖任命周德威为幽州节度使。在周德威担任幽州节度使的几年里，他把主要精力都放在了南下与后梁的争夺之上，对于幽州的事务反倒不是十分操心。

李存勖灭了刘守光之后，原来山北地区被划出来设置了一个新的藩镇——威塞镇，辖区包括新州（今河北涿鹿）、武州（今河北宣化）、儒州（今北京市延庆区）、妫州（今河北怀来），治所设在新州。李存勖让弟弟李存矩出任威塞节度使。

李存矩手下有一个将官卢文进，曾是刘守光的手下，后来投降过来。卢文进有个女儿生得花容月貌。李存矩得知后，便向卢文进索要。卢文进不敢拒绝，只好把女儿送进李存矩府中，给李存矩当小妾。

这李存矩骄横傲慢，性情凶暴，卢女过门之后，没少遭受家暴之苦。卢文进对李存矩恨之入骨，在一次外出行动中，他终于忍无可忍，杀了李存矩，带着不少山后军兵投奔契丹。

此时，已是公元917年。耶律阿保机在907年即可汗位，916年定国号契丹，称自己为大圣大明天皇帝。

契丹族作为中国古代的游牧民族，发源于中国东北地区。在唐朝初年，其势力还十分微弱，只能依附于后突厥汗国。后来后突厥被回纥所灭，契丹人又被回纥所统治。

唐末之际，契丹的贵族阶层为了争夺联盟首领之位，争斗得不可开交。阿保机的祖父被政治对手杀害，他的父亲、叔伯们纷纷出逃，只剩下祖母萧氏。这位老婆婆对刚出生的阿保机格外喜爱，却又不免忧心忡忡，生怕他被仇人加害，便经常把小孩藏在别处的帐篷里，还找了点儿牛粪涂在他脸上，以防被外人发现，阿保机这才得以逃过一劫。

阿保机三个月大的时候就与众不同。一般的孩子，三翻六坐七滚八爬，阿保机三个月大时，伸着两只小手就能行走；满一百天就能开口说话。身边的人对他都刮目相看。

待到长大成人，阿保机更是身材魁梧，身长九尺，体格健壮。他所用的弓比旁人的力道更大。如此健硕的小伙子，被可汗看中，让阿保机给自己当亲兵队长。后来，他又被推举为部落的酋长，专职负责带兵打仗。

耶律阿保机能征惯战，带兵打仗连年取胜，地位一步一步地往上升，短短几年工夫，地位仅次于契丹联盟首领，成为部族的二号人物。

然而，人的欲望是永无止境的，正所谓得陇望蜀。耶律阿保机取得"一人之下，万人之上"的地位仍不满足。公元 907 年，耶律阿保机一举取代痕德堇可汗，成为契丹之主。

耶律阿保机更是打破旧规。原来契丹主三年一换，阿保机却对众人说道："规矩到我这儿得改改，三年一换不行！我听说汉人的皇帝一当就是一辈子。这样很好，咱们跟汉人学学吧！"耶律阿保机就这样将契丹人三年换主的习俗彻底改变，自己做了契丹终身制的皇帝。

此时，中原各个军阀正在激烈混战，百姓深陷水深火热之中，民不聊生。许多人纷纷向契丹境内逃亡，其中有大批在幽州地区不得志的汉族谋士，纷纷投奔到耶律阿保机麾下，为耶律阿保机出谋划策。卢文进便是其中之一。

欲知卢文进如何协助阿保机，且听下回分解。

第二十二回　阿保机屡犯边境
李存勖再战征辽

路旁蚬壳遍高原，沧海生桑复几年。

妫汭旧名疑尚尔，汉唐遗垒故依然。

断碑苔蚀有邻笔，尚酹香飘玉液泉。

千古无从穷往事，螺山叠翠冷摩天。

——〔元〕李溥光《妫川》

　　卢文进的到来，犹如一块投入平静湖面的巨石，激起了层层波澜。他极力煽动天皇帝耶律阿保机南下进犯新、武、儒、妫四州。耶律阿保机在卢文进的巧言引导下，气势汹汹地攻入了山北地区。要知道，此处之前乃李存矩担任防御使的威塞镇。而这威塞镇的驻军中，有相当一部分是刘守光手下的山后八军。当契丹大军压境，卢文进又在军中现身说法，大肆蛊惑。结果，这些驻军竟不战而降，纷纷加入了卢文进的队伍。

　　耶律阿保机不费吹灰之力，轻松攻占了威塞四州中的武州和妫州。不仅如此，他还将这两地分别改名为"归化州"与"可汗州"。这一改名举措，意味深长，显然阿保机是要将这二州彻底纳入契丹帝国的版图，绝非仅仅是抢掠一番便罢手。随后，阿保机在山北地区设立了一个名为"西南面招讨司"的军事机构，并留下一部分兵力驻守，自己则率领大军北归，至此结束了第一次大规模南犯。

　　然而，契丹的主力虽然退走了，可这威塞军却只剩下一半的兵力。在这危急关头，李存勖环顾一线将领，发现他们全都身负重任，难以抽身。无奈之下，他硬是将已经退休的将领安金全任命为新州刺史，期望这位老将军能够发挥余热，力挽山北的危局。

安金全领命后，先行一步抵达新州。可无奈的是，他几乎没带来多少兵马，新州的防御也未能得到有效加强。这倒也不能全然怪罪老将安金全，毕竟他一直盼着周德威能从别处回兵幽州，以增强防御力量。

卢文进见此情形，心中大喜，赶忙向耶律阿保机报告："陛下，如今晋军势弱，正是我们再次南犯的绝佳时机。应当赶在晋军大举反攻之前，先行全取山北！唯有先发制人，才能占据主动，若是后发，必将为人所制！"耶律阿保机听后，不禁怦然心动，说道："你所言极是！刚刚抢到手的东西，哪能轻易再让人抢回去！"于是，刚刚返回本土，休整不过一个月的契丹大军，再度跨上战马，挥舞着战刀，汹涌南下，开始了第二次大规模南犯。

此次南犯，由卢文进率领人马率先攻下新州。老将安金全力战不敌，最终坚守不住，只得弃城而逃。数日后，周德威好不容易临时拼凑出三万余人，匆匆赶到新州城外，立即对新州城展开了猛烈的进攻。卢文进严防死守，周德威连攻十天，却依旧未能破城。

就在这时，耶律阿保机的大军浩浩荡荡地赶到了。周德威万万没想到，刚刚退走的契丹大军，在如此短的时间内，竟杀了个回马枪，而且兵力如此众多，推进速度如此迅猛。耶律阿保机这次回来，带来了契丹所拥有的全明星阵容，那些能征善战的武将无一缺席。更有一个叫王郁的降将为其带路，耶律阿保机率领大军直奔蔚州而来。

这王郁可不是外人，他乃李克用的女婿，李存勖的大舅子。他担任新州防御使，新州即如今河北涿鹿县，就在延庆西边一点儿。可这王郁却"监守自盗"，致使整个山北防线向耶律阿保机敞开了大门。契丹大军气势汹汹，没费多大力气就接收了山北的新州、武州、妫州、儒州，这四州全部落入了耶律阿保机之手。

论天时，耶律阿保机北方无后顾之忧，南方又有卢文进为其出谋划策，契丹主力更是倾巢出动。这对于周德威而言，简直是有如泰山压卵之势。而晋军的精锐部队此时都在南线，正与后梁打得不可开交，周德威根本得不到任何援军的支援。

论地利，威塞地区已然残破不堪，新州又不幸失守。周德威的军队，根本无法将契丹军队阻挡在燕山之外。原本是周德威包围新州，如今却反被契丹大军包围。

论人和，周德威、李存矩忠实执行李存勖打压刘守光幽州集团的决策，导致山北八军轻易倒戈，晋军内部军心动摇。

在如此巨大的劣势之下，想要打胜仗，谈何容易？周德威心里也清楚这一点，于是急忙解除对新州的包围，打算夺路退回幽州。但在跑路这方面，他们又怎能与游牧民族出身的契丹军队相提并论？晋军即便是专职骑兵，也不过是一人一马；而契丹骑兵却可以一人三马，轮换骑乘。周德威根本就跑不掉，无奈之下，被迫在新州以东与强大的契丹军展开交锋，其结果不言而喻——败！

周德威边打边撤，一路苦战，艰难地退至居庸关。他毕竟是一代名将，虽败却不乱阵脚，又凭借居庸关长城这一天险进行阻隔。然而，在这一番激战中，他付出了兵力折损大半的沉重代价，最终带着残兵败将退入幽州城，选择固守待援。

耶律阿保机乘胜追击，亲率大军顺势包围了幽州，同时派人分攻其余各州。契丹大军对幽州城发起了猛烈的攻击。

正在黎阳作战的李存勖，接到了周德威的求救文书。周德威在文书中写道："新州失利，幽州被围！民间风传契丹军队的人数，有说三十万，有说五十万，甚至有说一百万！确切数量虽不得而知，但渔阳以北的山谷之间，契丹人的牛车，帐篷，羊、马等牲畜布满山坡，好像大半个契丹民族把家搬到幽州来了……"

李存勖看罢周德威的书信，面色凝重，转身把自己关在屋里，一整天都没有见任何人。他是在逃避吗？不，他是在酝酿一场更大的战斗。要知道，李克用临死前曾嘱咐过李存勖，要为他报仇。李克用有三个仇人，幽州刘仁恭父子的仇已然报了，而这第二号仇人，便是耶律阿保机！

早在十二年前，即公元905年，耶律阿保机一边进攻东北地区的室韦、女真各族，一边派三十万大军进犯云州，即今日的山西大同。云州是李克用的地盘。彼时，李克用正与朱温争斗不休。朱温早年随黄巢起义，后归降唐朝，获任河中行营副招讨使等职，在中原与李克用势均力敌。后来朱温渐占上风，掌控河北三镇与朝政，迫使唐昭宗迁都洛阳，改年号为天祐。

李克用怒称："朱温欲学曹操'挟天子以令诸侯'。迁都非天子自愿，天祐不算正统唐年号，我拒用！"就在此时，传来契丹三十万大军犯云州的消息。李克用冷汗直冒，纠结万分："若对付契丹，朱温必有所动；若不管，云州难保，那可是老家！"

就在他左右为难时，契丹使者送信，耶律阿保机称来此不为抢掠，想交朋友，邀李克用面谈。形势紧迫，李克用虽有疑虑，仍前往云州。两人相见，英雄相惜，把酒言欢，八拜为交，约定冬季共攻朱温。李克用赠耶律阿保机黄金和丝织品，耶律阿保机回赠三千匹马和上万头杂畜。

可李克用刚走，耶律阿保机却找了朱温。原来，耶律阿保机胸怀大志，目标是统治中原，众多不得志的幽州汉族谋士为其出谋划策。他分别与李克用、朱温联系，意在挑起二人仇恨，坐山观虎斗以图中原。

李克用得知契丹与朱温结盟，暴跳如雷，一病不起，最终被气死。李存勖怎能不恨耶律阿保机？

不出所料，第二天，李存勖再次来到宗庙中祭祀，恭敬地请出第二支羽箭，决心与契丹兵戎相见。

此时的幽州城下，是一望无边的契丹大军。守城的军兵见契丹军人多势众，心生畏惧，不敢出城阻击，只得下令全部兵力据城死守，对于城外民众的生死，此时已无暇顾及。耶律阿保机见幽州城严防死守，也没有过多耽搁，迅速将周围几处城池全部攻占下来。没有了阻碍，契丹军队如决堤的洪水一般，顺势淹没了今北京周边的广大平原，攻占了檀州（今北京市密云区）、顺州（今北京市怀柔区），以及附近十多座县城。他们将大批百姓绑成串，押往北方为奴。耶律阿保机此次南攻，开局极为顺利，王郁的带路之功发挥了巨大作用。

耶律阿保机在定州城扎下大营。这时，他听说镇州方向来了援军，于是分出一万名骑兵，由自己的四儿子耶律牙里果指挥前去阻挡。

统领援军的不是别人，正是李存勖。李存勖率领援军还在路上，就接到了探马的急报，说有数不清的契丹大军杀来，前锋距离此处仅有十余里。李存勖身边不少将领听闻此消息，心里顿时没了底。

一位将领说道："主公，契丹倾巢出动，人马实在太多，我们这点儿人根本挡不住啊！而且听说梁军正在侵犯我们的腹地，我们最好挥师南下，保住魏州这个根本要紧！"

李存勖听后气愤难填，心中暗想："我自出道以来，一向是我进敌逃，哪有敌进我逃的道理？"但看到众将异口同声，他也不敢完全违背军心，只能绷着脸，一言不发。

将领们你一言我一语地劝说着，李存勖越听越不耐烦，终于忍不住把桌子一拍，大声说道："契丹人受王郁的诱惑，为了抢夺金银、美女而来。为了这点儿小利而来的军队，哪会有必死的决心？越是大敌当前，我们越应该有进无退！如果轻率地在敌前撤退，士气极易崩溃，到那时后悔都来不及！帝王兴起自有天命！如果天命在我，契丹人能把我怎么样？我只用数万人就能平定太行山以东的华北平原，难道遇到这一小撮蛮虏就要躲着？我还有什么脸面去威临四海！"

正所谓：威临四海胸怀志，勇战方能定八方。李存勖这番豪情万丈的话语，彰显出真正的帝王气概！虽然他此时还没有正式称帝，但已然将自己视为天下之主。堂堂的契丹天皇帝阿保机，辽朝历代皇帝中无可争议的第一军事家，亲自统领倾国之兵南犯，却成了兵力远远少于他的李存勖口中"一小撮蛮虏"！李存勖撂下这番狠话，众将谁还敢再有异议！只能听从命令——打！

李存勖还是老习惯，亲自率领五千名骑兵奋勇当先，让其他部队作为预备队在后接应。

在离李存勖驻军不远处的新城（今河北省正定县新城铺镇），以北有一大片桑树林。桑树林往北是一片平地，平地北边是沙河，从一座小桥过沙河再往北就是新乐。从北而来的契丹军队，在四皇子耶律牙里果的率领下过沙河，在沙河以南的平地上重新整理队伍。

契丹兵突然发现，有一队骑兵从南边的桑树林中蜂拥而出，起初只有几匹马，不一会儿数量越来越多，径直朝着契丹的方向冲杀而来。契丹兵定睛一看旗号，顿时吓得魂飞魄散："老天爷，不得了！来的是李存勖！"虽然契丹军队从未与李存勖交过手，但其英名早已传遍塞北！耶律牙里果发现对手是李存勖，心里一慌，干脆来个"风紧扯乎"，掉转马头就往北跑。

李存勖将军队分成两翼，如赶羊一般追赶着契丹军。契丹军奔到沙河边，沙河上只有一座小桥，原本秩序井然地通过倒也问题不大，可现在一窝蜂地要回去，瞬间就把桥给堵死了。大多数契丹兵只得选择从冰面上过河。然而，冰面冻得不够结实，在万马的践踏之下，瞬间碎成一河冰凌。契丹骑兵纷纷跌落冰河之中，被淹死、冻死、踩踏而死的不计其数！这一万名契丹铁骑还没开打，就全军覆没。沙河中布满了契丹人马的尸体，还有很多人被俘虏，其中就包括四皇子耶律牙里果！只有少量契丹败兵渡河成功，狼狈地逃往定州城外的契丹大营。

欲知后事如何，且听下回分解。

第二十三回　阿保机兵退幽州　李嗣肱重修居庸

崇崇道旁土，云是古长城。

欲寻长城窟，饮马水不腥。

斯人亦何幸，生时属休明。

向来边陲地，今见风尘清。

禾黍被行路，牛羊散郊垌。

儒臣忝载笔，帝力猗难名。

——〔元〕黄溍《榆林》

　　耶律阿保机接到前线战报时，不禁大吃一惊，他静下心来细细思量："倘若在定州决战，我契丹军队极有可能遭受李存勖和定州军的内外夹击。"想到此处，阿保机当机立断，下达命令解除对定州的包围，率领全军退往定州东北六十里的望都县。然而，他万万没想到，李存勖抵达定州后稍作休整，便毫不犹豫地直逼望都，摆出一副非要与阿保机决战的架势。李存勖这是要玩命吗？没错！父亲李克用临死前遗留的三支雕翎箭，犹如悬在李存勖头顶的一把利刃，他无时无刻不想着替父报仇！如今仇人就在眼前，他怎能放过这个机会！想当初，李克用和耶律阿保机还曾结拜为兄弟，论辈分，李存勖的确得尊称耶律阿保机一声叔。可如今，那份情谊已荡然无存，只剩下刻骨铭心的"仇人"二字。

　　两军在望都严阵以待。这日，乌云如墨，遮蔽了天日，天地间一片昏

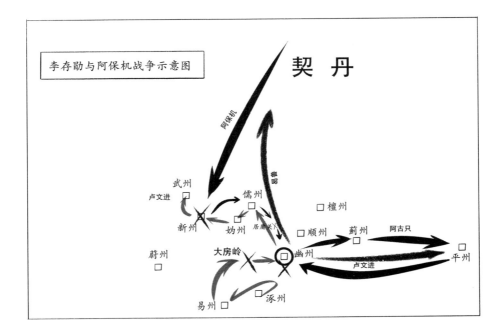

李存勖与阿保机战争示意图

契丹

沉，朔风凛冽，夹杂着纷纷扬扬的大雪，寒气直逼人心。两支强大的军队就这样激烈交战在一起，无数精壮男儿的热血在胸腔中沸腾！大雪与鲜血交织，整个战场仿佛被一层血光所笼罩。一边，是在中原战场上屡战屡胜的常胜统帅李存勖；另一边，是在塞北纵横无敌的不败神话耶律阿保机。在这狂风呼啸的华北原野上，他们二人迎头相撞！这是东亚两大兵家高手间的首次对决！最终，塞北的不败神话被打破，耶律阿保机的契丹军溃败不堪！他无奈之下，只得扔下大营，舍弃所有辎重以及此前抢掠而来的战利品，全军轻装向北撤退。

李存勖指挥军队紧追不舍，始终对契丹人保持着强大的军事压力。老天爷似乎故意与契丹人作对，大雪连下了十天，平地的积雪厚达五尺，几乎与人等高。天寒地冻，撤退中的耶律阿保机大军骑在骏马之上，根本无法快速行进，沿途可谓苦不堪言！耶律阿保机望着眼前的惨状，悲愤地指着头顶的苍穹，长叹一声："这是上天不想让我来啊！"

李存勖指挥人马追到幽州后停下了，毕竟自己的军队也在严寒中备受煎熬，再追下去只会增加人员的损失。一路上，李存勖发现，契丹军队虽败，却丝毫不乱，不管处境多么艰难，依旧军容严整。他们留下的营地，尽管条件简陋，但铺在地上的稻草，该圆的圆，该方的方，整整齐齐，一丝不乱。李存勖禁不住对耶律阿保机的带兵才能大为叹服，感慨道："真想不到这蛮虏的军纪竟能如此严明！在中原军队里，从未见过这般服从命令、听从指挥的部队！"

在幽州稍事休息时，李存勖忽然想起一件重要之事。契丹大军气势汹汹，不费吹灰之力就接收了山北四州。耶律阿保机虽被自己打跑了，可这几块地方必须接收回来。他环视身边众将，个个都是跟随自己千里奔袭而来，皆已疲惫不堪。李存勖暗自思索："我有一个堂兄李嗣肱，乃代州刺史，驻守雁门关，他定是不二之选。"

李嗣肱乃李克用弟弟——李克修的二儿子。李嗣肱自少年时便投身军旅，以胆略过人而闻名，曾多次立下赫赫战功。李存勖初出茅庐率兵解潞州之围时，前部正印先锋官正是堂兄李嗣肱。李嗣肱率领先锋营来到阵前，一马当先，奋勇杀敌，还俘获了敌军的主力部队。李嗣肱的哥哥李嗣弼当时正在守潞州。两兄弟一人奋战于外，一人坚守于内，一时在军中传为佳话。

李存勖随即一纸调令，将堂兄李嗣肱从雁门关调出。李嗣肱出兵山北一看，心中不禁暗自佩服："罢了！耶律阿保机不愧是打遍塞北无敌手的不败神话，占据新、武、妫、儒四州短短时日，竟然已将其建成军事联防基地了！"耶律阿保机率兵拿下四州后，并非只是简单占领，而是投入真金白银加强工事修筑。此处西南有涿鹿山、涿水；西北有鸡鸣山、鹞儿岭；桑干河在西南，自山西蔚州流入；东有妫川。耶律阿保机以鸡鸣山、老龙背为依托，在洋河一线构建了一系列军事基地，此刻仅剩下契丹军的一小部分。李嗣肱到来后，势如破竹，很快重新收复了山北四州。

李存勖见李嗣肱成功收复山北四州，给他写了一封信："堂兄，你别回去了，就留在那里！此地乃通往幽州的咽喉要道，一旦失守，幽州难保。"随后，封李嗣肱为山北都团练使。

李嗣肱没有辜负李存勖的殷切期望，他组织妫、儒等州的老百姓，展开军事训练。一日，李嗣肱率兵来到北夏口，也就是如今的八达岭巡视边防，在关沟中缓缓前行。关沟，即太行八陉之一的军都陉，也被称为居庸陉。太行八陉，乃古代山西、河北、河南三省穿越太行山相互往来的八条咽喉通道，是三省边界的重要军事关隘所在之地。太行八陉分别是军都陉、蒲阴陉、飞狐陉、井陉、滏口陉、白陉、太行陉、轵关陉。军都陉因其地理位置靠北，成为八陉之首，地势险要，易守难攻。倘若在此加修工事，契丹人若再想攻打过来，想要过关沟直驱幽州，简直比登天还难！李嗣肱骑马来到一处宽阔之地，抬头望去，只见两边山麓高耸入云，山间一条溪流绕石潺潺而过；往北看，两山夹一沟，山路狭长；往南望，山势急转直下，道路越发平坦开阔。李嗣肱坐在马上，用手指着前方，问道："此处是什么所在？"

向导看了看李嗣肱，摇了摇头："禀团练使，这地方尚未有名……"

李嗣肱微微沉吟片刻："没名……此地地形开阔，北有一条山沟，南边地势平缓。倘若修筑工事，足以驻扎万人，实乃绝佳的塞口工程之地。"说罢，他吩咐手下在此做好标记。回到营中，李嗣肱按照白天所观察到的山形，制作了一个大沙盘，仔细端详了半天。这时，侍卫端过茶盘："大人，请用茶！"

李嗣肱接过茶盏，眼神仍停留在沙盘上。突然，他眼前一亮，将茶盏中的茶水一泼，把茶盏倒着往沙盘中间的空地上一扣，对侍卫说道："假如你是契丹人，从北向南攻打幽州。过了八达岭，发现有一雄关拦路，关内屯兵万人，你可还敢攻此关？"

侍卫看了看，连忙说道："大人，这地方实在不好攻打。北边是一条羊肠小道，眼前又竖起一座雄关，再加上万人把守，就算契丹人插上翅膀，恐怕也难以飞过去！"

李嗣肱听罢，仰头哈哈大笑："不错，明日老夫便在此加修一道塞口，抵御契丹入侵。"

李嗣肱着手整修军都山中的塞口工程，在关沟设立了两个关口。南边设居庸关城，北边设石门关，也就是如今的八达岭。从此，八达岭的防御体系向南扩充到了居庸关城。八达岭的驻守兵力，分散到两个关城，整体防御水平得到了显著提升。正所谓居庸之险，不在居庸关，而在八达岭。这为后世修筑八达岭长城，找到了勘验底数，打下了坚实的基础。

后唐清泰元年（934年），妫州等地的十三寨百姓起事。一时间，居庸关失守，契丹军队如入无人之境。公元936年，后唐河东节度使石敬瑭杀

了皇帝，自立为帝。石敬瑭孤立无援，生怕再生枝节。于是派遣使者向契丹求援，此时耶律阿保机已离世，耶律德光即位。石敬瑭竟认了比他小十岁的耶律德光为父，还答应将燕云十六州割让给契丹。这十六州分别是幽（今北京）、涿（涿县）、蓟（蓟县）、檀（密云）、顺（顺义）、瀛（河间）、莫（任丘）、蔚（蔚县）、朔（朔县）、云（大同）、应（应县）、寰（灵邱）、新（涿鹿）、武（宣化）、妫（怀来）、儒（延庆）。

耶律德光立石敬瑭为"大晋皇帝"，顺利收取了燕云十六州。石敬瑭每年还需向契丹进贡帛三十万匹。妫川由此成为契丹的国土，八达岭也成为契丹控制的关口，但其战略地位依然不可小觑。947年，辽太宗耶律德光率军南下中原，攻占了河南开封。灭了后晋后，他在开封登基称帝，改国号"契丹"为"辽"，妫川成为辽国的领土，延庆长城的历史就此翻开了新的一页。

辽朝占据燕云十六州后，首先，将辽与中原宋朝政权的边界向南推进到滹沱河，即如今的石家庄、保定、白沟、拒马河这一线。如此一来，妫川成为辽国的内地，远离了战场，从而免遭战争的破坏。其次，公元938年，为适应军事政治的需要，辽朝将幽州改为南京，派驻了大量重兵。公元1044年，又以云州为西京，妫川成了从上京临潢府，也就是今天内蒙古自治区赤峰市巴林左旗到南京和西京的咽喉要地。皇帝和皇后多次经过妫川地区，或游幸，或驻跸，或召开会议，或检阅军队，极大地提高了妫川地区的地位。再者，辽朝实行一国两制，设立南、北两府。南府依照唐朝留下来的旧法统治汉人地区；北府则用契丹的法律统治契丹人地区。妫川虽是汉人地区，然而其地理位置处于交汇之处，生活在两地的各族人民交往频繁，都需途经妫川。辽代的妫川，呈现出民族融合的繁荣景象，尤其是从公元969年辽景宗即位，到公元1009年，这四十年间辽朝进入鼎盛时期。内部政治稳定，经济得以恢复；对外与宋朝达成和议，双方互派使节，聘问不断。能形成这样的局面，和一个女人有着极大的关系。

这个女人堪称传奇，简直就是一个神话，年纪轻轻就当上了太后，将自己的一生都奉献给了辽国。这个女人正是萧太后。但称其为"萧太后"其实并不十分准确，翻开《辽史》便会发现，辽朝太后除一位述律氏外皆姓萧，都可称为萧太后。而我们所熟知的萧太后，特指一个人——萧燕燕。相传燕燕是她的小名，史书上记载萧太后的大名为萧绰。萧绰的父亲萧思温，乃辽朝北府宰相；母亲则是长公主，乃辽穆宗的姐姐。萧绰自幼便接触中原文化，诗词歌赋、琴棋书画，样样精通，才学出类拔萃。她的长相在草原上尤为出众，被称为"细娘"。草原上的女子每天放牧，个个身材壮硕，皮肤呈小麦色，那也是一种美——健康之美。萧绰长得与一般的草原姑娘截然不同，她身材曼妙，五官精致秀美，真可谓是柳叶弯眉杏核眼，杨柳细腰赛笔管。再加上诗词歌赋的熏陶，与其他草原女子相比，她显得更加细致、细腻，故而被称为"细娘"。

当时的辽国皇帝是景宗耶律贤，他胸无大志，终日沉迷于酒色。听闻萧绰容貌绝美，怎会轻易放过？于是立萧绰为贵妃，随后又将其册封为皇后。萧绰十七岁便成为皇后，这为她日后施展才华提供了绝佳的机缘。辽景宗耶律贤才学平庸，年幼时目睹父母被叛乱者杀害，受到极大的惊吓。年长后，他身体孱弱，又耽于酒色，肆意放纵，身体状况越发糟糕，几乎无法上朝理政。唯有萧绰代夫临朝，未满十八岁便开始裁决所有的国家大事。辽国的事务在萧绰的处理下井井有条，耶律贤深知皇后的非凡才干，将她的地位提升到与自己等同的高度。耶律贤特意交代大臣："今后再有什么事情上书奏请，除了写皇帝，还得把皇后加上。"就这样，景宗耶律贤赋予了萧绰代行皇帝职权的权力，萧绰正式登上了辽国权力的核心舞台。

欲知后事如何，且听下回分解。

第二十四回　宋太宗转兵幽州　萧太后驻跸妫川

连山东北趋，中断忽如凿。万古争一门，天险不可薄。
圣人大无外，善闭非键钥。车行仅方轨，关吏频击柝。
击柝动成市，庐井互联络。幽龛白云聚，石磴清泉落。
地虽临要害，俗乃近淳朴。政须记桃源，不必铭剑阁。
仆夫跽谓我，无为久淹泊。山川岂不好，但恐风雨恶！

——〔元〕黄溍《居庸关》

公元 979 年，坐镇辽国上京临潢府的辽景宗耶律贤得到一个消息，惊得差点儿从龙椅上跌落下来。原来，宋太宗赵光义任命潘美为北路都招讨制置使，率领大军围攻太原。太原乃北汉的领地，北汉主刘继元听闻宋朝大军压境，当即派人前往辽国请求援助。信使刚刚出发，宋军便已抵达太原城下，迅速集结兵力将城池团团围住。不出半个月，北汉就被宋朝所灭。辽景宗耶律贤得到这个消息，赶忙将皇后萧绰请来商议："皇后啊，这大宋朝究竟意欲何为？打下太原，再往北可就逼近咱们的地界了，这还得了？"

萧绰接过奏折，仔仔细细地阅读起来，柳眉微微皱起，亦是感到颇为棘手。从公元 936 年至 946 年，辽太祖耶律阿保机的次子耶律德光，一直与后晋交战，直至将后晋覆灭。然而，契丹自身也遭受了重大的打击。公元 947 年耶律德光逝世后，契丹陷入了长达三十年的中衰时期，内部纷争不断，混乱不堪。中原地区同样处于战火纷飞之中，后汉、后周相继建立，直至公元 960 年赵匡胤建立宋朝。赵匡胤听从丞相赵普的建议，施行先南后北的军事战略，对辽朝采取和平政策，这暂时缓解了辽国的内部危机。这几年间，在萧绰的精心治理下，辽国的局势刚刚有所好转。萧绰并不希望燃起战火，因为一旦战争爆发，刚刚收缴上来的钱财，都得投入战争之中。如今眼看着宋朝已经灭掉了北汉，继续向北推进就将抵达辽国的家门口，这让萧绰陷入了左右为难的境地。

就在萧绰深感困扰之时，又一道奏折递到了她的面前。萧绰打开一看，再也坐不住了。原来宋朝在灭掉北汉之后，在太原城未作休整，紧接着便掉转兵力向北进发，准备一举夺取幽州。宋太宗赵光义一心想要夺回十六州，五月攻下太原，六月初亲自率领十万大军从镇州出发，也就是如今河北的正定，向北突破辽军在涿州拒马河的阻拦，进而包围了幽州。

幽州乃辽国的南京。萧绰推测宋朝准备攻打幽州，必须采取行动加以应对，否则等到宋军兵临城下，局势就难以收拾了。要想守住幽州，妫川是个至关重要的地方。妫川位于北京的北部，是辽国南京的北大门。加强对妫川的建设，对于萧绰而言已是势在必行的军事举措。

公元 986 年，萧太后运筹在帷幄之中，决胜于千里之外，身在妫川龙泉捺钵，指挥着与宋朝的"雍熙之役"。

"捺钵"乃契丹语，翻译成汉语意为"行在""行宫"，即中原王朝皇帝的行宫。辽朝历代皇帝会随着季节、气候以及水草的变化，一年四季进行迁徙，分别进行"春水""夏凉""秋山""坐冬"等活动，因而有"春捺钵""夏捺钵""秋捺钵""冬捺钵"的制度。辽朝皇帝在捺钵圣地不仅召见部落首领、处理国家大事、接纳属国的贡品、会见各国使臣，还会举行"头鱼宴""头鹅宴"，宴请各国使者、文武百官，并安抚部落首领。

龙泉是萧绰的捺钵圣地。龙泉位于今天永宁镇上磨村的黄龙潭，潭水呈椭圆形，如今面积约有两千平方米。潭中泉眼众多，潭水向外溢出向西流淌，与北面而来的龙湾河、东面而来的屠家营河汇聚，共同形成了妫河的上源。龙湾河发源于龙泉以北十里的团山下。团山也是声名远扬，在《水经注》中被称为"牧牛山"，山下有九十九泉，是妫河的上源。缙山县就设立在团山脚下，这里土地肥沃，植被繁茂，物产丰富，风景优美，是皇帝停留驻跸的绝佳之地。

为了能够每年顺利抵达龙泉，萧绰决定修通黑峪口道。从上京临潢府到南京幽州，无须再绕路古北口，而是从闪电河直接下行至彰愍宫；再经过黑峪口到达缙山县，也就是今天延庆区的旧县镇；从缙山县穿过居庸关便可抵达南京。彰愍宫，并非单一的宫殿，而是皇帝的卫戍部队所在。辽国有一项制度，将皇帝出生的潜邸作为其宫帐，并建立宫廷侍卫，也就是当下所说的卫戍区，在辽国被称为斡鲁朵宫卫。斡鲁朵宫卫军的兵员，从各部族以及汉人居住的州县人户中招募而来。在辽朝统治时期，每当新老政权交替之时，继任的统治者在政权更迭之后，都会建立一个隶属于自己统率的斡鲁朵宫卫军。每一支斡鲁朵，都拥有一个完全独立的经济和武装力量组织。辽景宗耶律贤出生在望云川，即如今的赤城县，与妫川仅一山之隔，他的斡鲁朵宫卫被称为彰愍宫。

从上京临潢府到南京幽州的大道修好之后，大大缩短了从彰愍宫到南京的路程。沿途不仅有避暑的胜地——炭山，还有疗疾养身之所——赤城温泉，更有风景宜人的妫川。一直到元朝，这条道路成为辽朝皇帝往来的御道。镶嵌在这条道路边上的龙泉，也成为皇帝的捺钵圣地。

萧太后指挥的战场"雍熙之役"，发生在北宋雍熙三年（986 年）。宋太宗派遣了二十万大军，分兵三路征讨辽国。西路大军的进展颇为顺利，应州、飞狐关、灵丘的辽军守将，眼见宋军进攻势头凶猛，相继投降。宋军乘胜追击，成功攻下云州。辽军在西线的局势吃紧，萧太后在妫川龙泉行宫下达诏令："诏两部突骑赴蔚州，以助萧闼览。"萧闼览乃萧绰的弟弟。同时，她还派遣一支部队在居庸关之北进行警戒，以防西线的宋军发起进攻。

"雍熙之役"想必大家并不陌生，参与这场战役的宋军将领，主帅是宋朝大将潘美和杨业。潘美，便是评书《杨家将》中潘仁美的原型；杨业则是金刀令公杨继业的原型。评书《杨家将》里"双龙会"的章节，便是根据"雍熙之役"这段历史改编而成的。然而，历史上并未发生两国皇帝在金沙滩会谈的故事，倒是确实存在主帅潘美指挥失误、怯阵先退，致使负责断后的杨业陷入重重包围的情况。杨业孤军奋战，负伤被俘，绝食三日而亡。京剧《碰碑》里杨继业的唱词虽为艺术创作，却也是历史上杨业真实境遇的写照。"有老夫二次里夜闯贼道，那时我东西杀砍左冲右突，虎撞羊群被困在两狼山，里无有粮外无有草，盼兵不到眼见得，我这老残身难以还朝。"

"雍熙之役"开场犹如好莱坞电影般精彩绝伦，然而结局却大大出乎赵光义的期望。随着宋军的溃败，收复燕云十六州的计划彻底化为泡影。当辽军大败宋军，战争即将落下帷幕之时，辽朝的政治中心上京发生了一件非同寻常的事情。开龙寺奉旨举办了长达一个月的佛事，万名僧人得到了布施饭食。一时间，上京的天空中梵音袅袅，佛光闪耀，仿佛在超度无数的亡灵。萧太后虽是战争中的强者，但她并非嗜杀之人，反而信奉佛教。萧太后认为这场战争杀戮过重，因而大力举办佛事。

三年之后，辽统和七年（989 年）四月十二，这天正是风神的生日。传说风神掌控着八风的消息，通晓五运的气候，以雷霆鼓动，以风雨润泽，养育万物，对人类有功。每年四月十二，皇帝必定要祭祀风神。辽景宗已经驾崩，长子耶律隆绪继位，萧绰成为名副其实的萧太后。

辽圣宗和萧太后正在龙泉行宫，祭祀风神的地点选在了龙泉西三十里的白马村。如今已没有白马村这个地方，在延庆城区三里河附近有白马泉，便是当年白马村的所在之处。皇帝、太后在此举行祭典乃惯例，但是这次祭典对于萧太后来说，却显得异乎寻常。

就在这一年的三月，宋朝有十七位进士，携家带口前来归顺。以往宋朝百姓归顺辽朝，辽朝百姓逃往宋境，双方都有人员越境的情况，并非稀罕之事。然而这一次，十七位进士作为宋朝的高端文化人组团前来归顺，从侧面反映出，辽朝的政治文化环境已经有了显著的进步。萧太后、辽圣宗格外惊喜，马上诏令有关部门，挑选其中学问最为出众的进入辽朝的国子监，其余人员则分别给予县主簿、县尉等职务。

萧太后亲自召见，看着堂下风尘仆仆的十七位宋朝进士，微笑着问道："你们为何要投奔辽国？"

有人回答："太后，我们在中原研读'四书''五经'。《论语》中有句话说得极好：'学而优则仕。'意思是学到知识以后就应当出来做官，从事政治，为国民造福。我们是来求官的，想要为国为民做些有意义的事情。"

萧太后点点头："不错，既然你们想要为国为民，那我辽国对宋应当采取何种策略？"这算是朝堂上的策问。策问起源于汉代，并在科举考试中作为选拔官员的一种方式。策问过程中，皇帝提出问题，通常涉及国家治理、政策建议等方面，而应试者则需要提出书面回答。这种考试方式不仅考查应试者的学识，还检验其处理政务的能力。

　　远道而来的宋朝进士给出了他们的回答："太后，依我们之见，此时乃千载难逢的发展时期。辽国南有长城作为屏障，足以将宋朝的兵将阻挡在燕山以南。您应当以此为依托，好好发展自身，使国家强大起来。最好能与宋朝停止征战，常言说得好：'攘外必先安内。'先稳固自己的地盘，积攒足够的人马，何愁不能夺得天下？"

　　这番话正说到了萧太后的心坎里，她决定对宋停战。于是，辽宋之间出现了十多年不战不和的局面。统和十年（992年）冬天，萧太后和辽圣宗来到儒州东川。东川即如今延庆刘斌堡地区，距离龙泉二十里，四周山峦环绕。晚上，萧太后在东川行宫就寝，睡在床榻上，恍恍惚惚之间感觉有一股奇异的香气扑面而来。这股香味萧太后从未闻过，她睁开眼睛仔细寻找香气的来源，不禁大吃一惊。只见天空中瑞霭光芒摇曳，五彩的祥云不断飞舞；白鹤声声传来纳瑞的欢鸣，紫气东来映照山雪。

　　眼前呈现出一片祥瑞的景象。萧太后看得入神，漫天的瑞霭祥云渐渐消散，白雪皑皑的山上出现了一座金碧辉煌的寺院。她心想："这是何寺院？为何从未见过？上去瞧瞧。"她踏着白雪往山上走去。说来也怪，萧太后所到之处，白雪自动融化，露出了羊肠小道。没过多久，她便登上了山顶。她站在寺院的山门前抬头看去，却没有看到山门的匾额。萧太后转身回望来时的路，路却消失不见了，眼前是一片一马平川的大地。萧太后站在此处，仿佛已经坐拥天下一般，不由得仰天大笑。这一笑把她自己给笑醒了，萧太后坐起身来，这才发觉原来是南柯一梦，不过仍觉得这是个好兆头。

　　第二天，萧太后带着辽圣宗和文武大臣，走出了行宫一直向西，要去寻找梦中的美景。沿着山根往西走了六十里地，来到了今天张山营的靳家堡一带。抬头望向北山，简直与梦中所见的山景一模一样。萧太后将偶得一梦的事情说了出来，旁边有聪明的大臣立即跪地叩头："恭喜皇帝，贺喜太后！太后，您这梦实在是太吉祥了！梦中您面南背北坐拥天下，预示着我辽国将一统天下，万民归顺。"

萧太后听罢满心欢喜，但仍有一点儿不如意之处，梦中是为寻寺而来，可眼下并没有梦中的寺院，不免感到有些失落。站在一旁的辽圣宗看在眼里，他深知母亲笃信佛教，于是对萧太后说："母后，依儿臣之见，要想让这梦幻成真，您需要做一件事。"

萧太后不解地看着辽圣宗问道："皇帝，哀家需要做哪一件事才能让梦幻成真？"

"母后需要在此处修建一座寺院。"

萧太后闻言喜不自胜。

欲知后事如何，且听下回分解。

第二十五回　萧太后应梦建寺　女真人反辽称帝

道德藩墉亿万年，长城一望朔云连。
秦人骨肉皆为土，汉地封疆已罢边。
饮马水深泉动脉，牧羝沙暖草生烟。
神京近在元冥北，万里开荒际幅员。

—— 〔元〕柳贯《榆林古长城》

辽圣宗的一番话，正合萧太后的心意，当即下令在靳家堡北山上动工修建寺院。然而，动工不久便出现了棘手的问题，这座山上竟没有水源。修建寺院所需的砖石可以用驴往山上驮运，可水往山上运就极为费事了。这可苦了干活的工匠，每天的用水量都被严格定量，导致工程进度极其缓慢。监工心中焦急万分："照这样的速度，究竟何时才能把寺院修好？万一太后想起此事亲临现场视察，几个月过去了，却一点儿进展都没有，那不是自找麻烦吗？"

就在众人为此感到万分为难之时，从山下来了一个老婆婆，她肩上挑着一根高粱秆，两头拴着两茶壶，一步一摇，两步一颤，缓缓地往山上走来。工匠连忙走过去，拦住她说："老人家，别再往前走了，前面正在施工呢。"

老婆婆用手指了指前方，说道："你们不让我过去，这寺院可就盖不成啦！"

众人一听，不禁疑惑道："怎么，老人家，您非要过去？过去做什么？"

"我要去山那边浇地！"

"浇地？您拿什么浇地？"

"就用它！"老婆婆一边说着，一边指了指自己挑着的两个小茶壶。

工匠们听到这儿，都被气笑了："老婆婆，您这是在和我们开玩笑呢？大老远的挑着俩茶壶来浇地，茶壶能盛多少水呀？"

"有多少水？"话音未落，老婆婆把高粱秆一折两段，随手将一只壶轻轻一抛，那壶落在西边的山石上。只听"哗啦"一声，茶壶摔得粉碎，在茶壶砸中的山石上裂开了一道口子，汨汨清冽的泉水顿时流淌而出。众人还没看清是怎么回事，老婆婆的另一只壶也已出手，落在石山上化作了一座山峰。这座山峰形似一只茶壶，当地人称其为茶壶山。这便是当地流传下来的一则故事。萧太后要修建一座寺院，按理说不会选一个没有水源的地方，而把寺院修建在山上，必定是耗费了不少人力物力。百姓编出这样的传说，也不过是为了茶余饭后消遣，当作谈资罢了。

寺院终于修建好了，众人开始商量给寺院起个名字。既然这座寺院是萧太后梦中所见之物化为现实，那就叫应梦寺吧。

应梦寺建成之后，成为延庆北山的一大壮丽景观。据历史记载，应梦寺闻名天下，吸引了不少人慕名而来。不论是虔诚的善男信女，还是前来观光的游客，都为这里的美景所陶醉。这里山势层峦叠嶂，层层翠色与栖霞相互映衬；山间奇花异草，绚烂地遍布山谷；云中松青柏翠，繁茂地生长在蹊径之间；应梦寺的塔阁高耸峻拔，霞光直冲云霄。没过多久，应梦寺便成为延庆地区佛教级别较高的寺庙，在当时的延庆地区享有重要的地位。

萧太后笃信佛教，辽朝的贵族们纷纷效仿，抄写佛经，施食饭僧，甚至把自家的住宅改为佛寺，还募集钱物来营造佛塔。如今游览八达岭长城，在关沟景区能够看到不少辽代留下的佛像雕刻遗存。

延庆还有一座萧太后城。传说萧太后曾在此居住过，后人便称之为萧太后城，也就是如今的延庆古城村。古城村面积不大，但历史悠久，早在西汉时期就有了这个村落。延庆古八景中的"古城烟树"和"神峰列翠"

就在村子附近。这里奇峰林立，水曲幽深，有着被誉为"塞外小漓江"的龙庆峡自然景观，其得天独厚的地理位置，将历史与人文完美地融合在了一起。

前文曾提及秦始皇设立郡县制，当时的上谷郡所辖十五个县。如今的延庆境内就占据了其中两个，分别是居庸县和夷舆县。夷舆城就位于今天的古城村。在村子东北半里的地方，有一段黄土夯成的城墙，上面长满了树木、灌木和杂草。墙体南侧笔直，从中可以清晰地看到墙体的夯层，剥落的层面能够让人看出其内部结构，墙体上排列着大小一致的圆洞。据文物所的专家介绍，可能是在夯土时，使用木棍或其他物品作为墙体的拉筋，以增加墙体的结实程度。随着时间的推移，这些物品腐朽，便形成了空洞。墙体北侧则有较大的斜坡，更像是一个土堆。在城墙周围曾出土过大量汉代的砂陶瓦片、商周时期的青铜器以及汉五铢钱，由此可见其历史之悠久。萧太后城附近的村落，留下了不少萧太后的足迹，比如上花园村、下花园村是萧太后的赏花之处；马匹营村是萧太后的养马场。

辽圣宗统和十七年（999年），辽国军事实力有了显著提升，尤其是辽国的骑兵，作战时进退速度极快，战术灵活多变，给宋朝的边防带来了越来越大的压力。雍熙之役惨败以后，宋朝对辽朝一直心怀畏惧，逐渐由主动进攻转变为被动防御。相反，辽朝对宋朝则是步步紧逼。从中原王朝的角度来看，燕云十六州的得失，关系着一代江山的安危。长城自居庸关以东向西南分出一支，绵延于太行山脊，到朔州以西，与山西长城相连接，这段被称为内长城。对于中原的宋朝而言，只有内长城的雁门关寨可以防守。此前的几次战争，目的都在于争夺燕云十六州。公元1004年，萧太后和辽圣宗以收复瓦桥关为名，亲自率领大军深入宋境。他们攻破遂城，生擒宋将，一路向南包围了澶州，也就是今天的濮阳。此时，辽国方面出兵进展顺利，然而战线拉得过长，补给变得非常困难。孤军挺进宋朝的腹地，一旦战败，后果不堪设想。萧太后是一位非常务实的领导人，在出兵之前就做好了可战、可和的两手准备。

在澶州城中，宋朝皇帝宋真宗赵恒御驾亲征，宋军士气高昂，恨不得立刻把辽兵打回居庸关去。萧太后见好就收，听从了降将王继忠的建议，派人赶赴澶州转达罢兵息战的愿望。最终，两国签订了澶渊之盟。

　　盟约规定：宋辽结为兄弟之国。由于辽圣宗年幼，所以称宋真宗为兄，后世也依照此例。大哥宋朝每年要给小弟辽国提供"助军旅之费"，即白银十万两，绢二十万匹。宋朝只想通过花钱来求得安心。在边界问题上，宋、辽以白沟河为界，辽放弃瀛、莫二州，双方撤兵。此后，但凡有越界的盗贼逃犯，彼此都不得藏匿；两朝沿边的城池一切照旧，不得新建城防。双方还在边境设置榷场，开展互市贸易。

　　澶渊之盟签订以后，北宋在边境上的雄州，也就是今天的河北雄安、霸州都设置了榷场，开放交易。北宋的制瓷和印刷技术也传到了辽国。北宋政府用香料、犀角、象牙、茶叶、瓷器、漆器、稻米和丝织品，与辽国交换羊、马、骆驼等牲畜。民间的交易日渐繁荣。澶渊之盟后，宋、辽在百年内没有发生过大规模的战争。

　　辽在军事方面，南面平定了宋朝，东面征服了高丽，西南面打败了西夏，边疆得以巩固。其疆域东至今天的日本海，西至阿尔泰山，北至额尔古纳河、外兴安岭一带，南到今河北省中部的白沟。在中亚、西亚、东欧等地，"契丹"成为中国的代名词，现在俄语中的"中国"是"Китай"（国际音标：/gidayi/），这不就是"契丹"吗？

　　连年的战争以及统治集团内部的斗争，使得辽国无暇顾及治下的其他部族。辽国在萧太后统治时期，从衰落逐渐走向鼎盛。然而，在萧太后和辽圣宗相继去世后，辽朝日益衰落。辽道宗时期，辽国的政局崩坏。公元1101年，辽道宗耶律洪基驾崩，他的孙子耶律延禧即位，史称"辽天祚帝"。天祚帝和他的爷爷耶律洪基一样，酷爱围猎，对朝政置之不理。

　　公元1112年春天，天祚帝来到春州"生女真"各部落打猎，春州即今天内蒙古自治区兴安盟突泉县的宝石镇。女真族是生活在今天中国东北地区的一个以渔猎为生的民族。从鸭绿江、长白山一带到黑龙江流域，分布着众多女真部落。辽国把女真人分为"熟女真"和"生女真"。"熟女真"是指生活在东北地区南部的女真部落，他们被辽国登记在册，算作辽国人；而生活在北部地区的女真部落，则统称为"生女真"。春州的女真人属于"生女真"部落，这里盛产一种用于打猎的大型猛禽，名为"海东青"，被女真人称为"万鹰之神"。天祚帝喜欢打猎，经常派使者去女真部落索取海东青作为贡品。这些使者佩戴着皇帝颁发的银牌，被称为"银牌

天使"。辽国的"银牌天使"借索取海东青之名,在女真部落中勒索财物,强抢民女。女真人对他们恨之入骨。这一年,天祚帝来到春州,恰好赶上女真人每年开春第一次凿冰捕鱼的季节,于是应邀参加当地的"头鱼宴"。"头鱼宴"是为了庆贺开春第一次捕鱼而举行的宴会。

头鱼宴上,酒至半酣之际,天祚帝耶律延禧一时兴起,命令女真族的诸位酋长为他跳舞。对于女真酋长们来说,这简直就是一种侮辱,他们心想:"称臣倒也罢了,怎能让酋长在您天祚帝的席前跳舞!可是不跳又不行,谁让契丹比咱们强大呢!"北方民族原本就能歌善舞,又逢此盛宴,女真各部落酋长虽不敢违抗辽国皇帝的命令,但心中却充满了愤懑,在帐中纷纷起舞。

在众多女真族酋长之中,有一个人坐在角落里怒目而视,注视着帐篷中发生的一切。他身材高大,生就一副扫帚眉、三角眼、鹰钩鼻子、锥子脸。天祚帝见他坐在原地不为自己跳舞,大声呵斥道:"角落里的那个!赶快为我跳舞!"天祚帝的命令换来的是这个人的暴怒,他将手中的酒杯"啪"的一声摔个粉碎,然后扬长而去。天祚帝喝得醉眼迷离,听到酒杯破碎的声响,一问才知道,摔杯而去的是女真完颜部的联盟长——完颜阿骨打。天祚帝当时喝高了,没把这事放在心上,过了几天,想起此事却越想越生气。他把国舅、枢密使萧奉先找来问道:"那天宴会上,我看完颜阿骨打实在非同寻常,不能留!我一想起他摔杯而出就不痛快,能不能找个借口把他弄死,以绝后患!"

听天祚帝这么问,萧奉先回答道:"万岁,您何必跟他置气呢?完颜阿骨打是个粗人,不懂礼仪,不必理会!况且他又没有什么大的过错,如果杀了他,恐怕会损害各部落对我大辽的仰慕、归化之心!就算他真有异心,处于弹丸之地的小部落,又能掀起什么大风浪呢?"天祚帝听了萧奉先的话,笑着自言自语道:"也是,我跟他置什么气?算了,算了!"

天祚帝算了,完颜阿骨打却没有将此事抛之脑后。他回到部族后马上找人上书辽国朝廷,请求册封完颜阿骨打承袭"生女真诸部节度使"一职。奏表递到天祚帝手里,他只顾着打猎,把奏表丢在一边没有给予答复。完颜阿骨打迟迟没有收到回信,暗自思忖:"肯定是头鱼宴上自己拒绝跳舞,得罪了天祚帝,或许他正想着怎么处置我。别等了,先下手为强!"

　　公元 1114 年,完颜阿骨打召集女真各部落二千五百人,在涞流河会师,涞流河即今天松花江的支流拉林河。农历九月,完颜阿骨打率军攻克了辽国控制下的女真前哨重镇宁江州,也就是今天吉林省扶余市,正式拉开了反抗辽国的序幕。短短几个月的时间,又夺取了辽国的宾州、祥州、咸州三州,缴获了金银、车马、兵器、甲帐无数。公元 1115 年正月,完颜阿骨打正式称帝,对群臣说道:"辽以镔铁为号,取其坚硬之意。镔铁虽坚,终有变坏之时,唯有金不变不坏,国号就叫'大金'。"

　　欲知金国如何对付大辽,且听下回分解。

第二十六回　天祚丢玺金国兴
　　　　　　　居庸崩石辽军溃

居庸朔方塞，始入两崖张。
行行转石角，细路萦涧冈。
层壑倒天影，半林漏晨光。
崎嵚里四十，所历万羊肠。

——〔元〕柳贯《度居庸关作》

　　金太祖完颜阿骨打建国之后，大量吸纳辽、宋两朝的制度文明，同时结合女真人自身的传统，构建起一系列国家制度。首先在中央确立了"勃极烈制"。"勃极烈"又写作"孛堇"，其意为"首领""大人"，在中原史籍中有时会写作"郎君"或者"郎主"。而在大清帝国建立后，则写作"贝勒"。在军事方面，完颜阿骨打进一步发展并完善了"猛安谋克制"。"猛安"相当于千户长，"谋克"相当于百户长，三百户为一"谋克"，十"谋克"为一"猛安"。完颜阿骨打还效仿契丹开国君主耶律阿保机取汉名，叫作完颜旻，并且给他的兄弟子侄都取了汉语名字。女真大金国的历代君主、宗室诸王均拥有女真语名字和汉语名字。

　　在创建各项国家制度的进程中，完颜阿骨打在军事领域对辽国发起了一连串的进攻。他进攻的第一座辽国城池乃黄龙府，也就是现今的吉林省农安县。黄龙府是辽国在东北地区至关重要的经济、政治以及军事中心。辽圣宗耶律隆绪在位期间，契丹帝国在黄龙府修筑了安塔，这是东北地区闻名遐迩的佛塔。黄龙府城高池深，城防设施完备，如果强行进攻，想要取胜难度极大。完颜阿骨打采纳了女真金国著名的常胜将军完颜斡里衍的策略——围点打援，对黄龙府进行围而不攻，长达数月之久。女真军将其外围扫清，切断了黄龙府的粮道和水源。完颜阿骨打精准地把握战机，趁着黄龙府粮尽援绝的时机，于公元1115年一举将其攻陷。

黄龙府被攻陷的消息传至辽国朝廷，天祚帝勃然大怒，亲自率领十万大军御驾亲征，对外号称七十万。而女真金国的兵力尚不足两万。为了鼓舞士气，完颜阿骨打割破面颊，流着泪对众将士说道："我带领大家起兵造反，是为了让女真人不再遭受契丹人的欺压！辽国皇帝不肯容忍我，亲自率军前来攻打。你们当下有两条道路可选：一是跟随我拼死一战；二是把我抓起来献给契丹皇帝，向辽国投降。你们自己抉择吧。"众将士听完，"呼啦"一下跪倒一大片，异口同声地喊道："我们愿跟随完颜阿骨打一同与契丹决一死战。"

公元1115年十二月初，天祚帝的十万大军抵达前线，投入全部兵力对女真军发起了猛烈的进攻，决心一战就将新生的女真金国消灭。辽军凭借着人多势众，日夜不停地攻打，丝毫不给女真人任何喘息的机会。两军激战正酣之时，辽军御营副都统耶律章奴，突然率领麾下的精锐骑兵脱离战场，朝着上京疾驰而去。天祚帝不明所以，赶忙派人前去探查。耶律章奴与留守上京的皇叔魏王耶律涅里的大舅子萧敌里、外甥萧延留，密谋要拥立魏王耶律涅里称帝。

耶律章奴兴冲冲地回到上京，准备参与谋反。然而，皇叔魏王耶律涅里不同意谋反，将萧敌里、萧延留处以极刑，还派人把二人的首级火速送往前线呈给天祚帝。耶律章奴追悔莫及，但转念一想："反正都已经回来了，不造反那就抢掠吧。"于是，他率军在上京大肆抢掠一番之后逃到祖州、庆州一带，纠集了数万人举起叛旗，带人向上京发起了进攻。天祚帝无奈之下，只得回师救援上京。完颜阿骨打率领全军穷追不舍，天祚帝在护军的保护下，一昼夜疾行五百多里，这才得以逃生。

1119年，天祚帝打算和大金议和，派遣使者册封完颜阿骨打为"东怀国皇帝"，正式承认大金。完颜阿骨打却把头一摇，说道："议和？晚了！辽国屡屡战败，如今求和不过是缓兵之计，我定要与你一战到底。"

　　1120 年春天，完颜阿骨打率军攻打辽国的上京临潢府。不到半天的时间就攻陷了上京，天祚帝狼狈地逃往中京。完颜阿骨打铁了心要将辽国置于死地，天祚帝逃到哪里，他就打到哪里。辽国的中京也随之陷落，天祚帝只得回到南京幽州。

　　公元 1122 年是妫川局势最为混乱的一年。正月，天祚帝听闻金国大军前来攻打幽州，携带珍宝、后妃，慌里慌张地逃出居庸关，驻跸于妫川行宫。金国大军逼近行宫，吓得天祚帝拼命往西逃窜，就连辽朝的传国玉玺也丢到了桑干河，一直逃到了呼和浩特附近的夹山。

　　天祚帝弃城而逃，留下了秦晋王耶律淳，留守南京幽州。耶律淳是兴宗的孙子，天祚帝的堂叔。天祚帝逃走之后，与南京的音信完全断绝。南京的文武大臣一看，国不可一日无主，于是在当年三月拥立耶律淳做皇帝，史称北辽。宋朝和金国结成了"海上之盟"，从南北两个方向威胁着南京。北辽以奚王回离保率军南向，抵御宋军；以耶律大石率军北向，对抗金军。

　　耶律大石是辽国的皇族，文武双全，才华出众，曾经担任过翰林。契丹人称翰林为林牙，所以人们称其为大石林牙。耶律大石眼见国事每况愈下，无奈之下弃文从武，成为一员战将。在北线的耶律大石精心部署，他将防守的重点置于居庸关，填塞了军都山各处的隘口，并部署重兵把守。一切都安排妥当之后，谁能想到南京幽州传来噩耗，刚刚登基三个月的耶律淳去世了。众臣又拥戴耶律淳的妻子萧德妃为太后。萧德妃将军事大权交给了耶律大石。三月耶律淳称帝的时候，金军攻克了西京大同府。九月打下宣化，攻克涿鹿、蔚州，进军妫川，逼近居庸关。完颜阿骨打坐镇妫州调兵遣将，兵分两路进攻南京幽州。一路派二儿子完颜宗望率领七千人为先锋，攻打居庸关，另一路从涿鹿出发，直奔南京。耶律大石组织精锐部队，填塞隘口，严阵以待，一场大战即将在八达岭下爆发。

　　腊月里的关沟严寒彻骨，让人难以忍受。辽兵枕戈待旦，铁甲冰冷如霜，士气低落，犹如病重的老人，仿佛在等候着死神的降临。一天夜里，十几里长的关沟万籁俱寂，辽兵被寒风吹得骨头都要冻僵了。抬头仰望夜空，寒星点点；低头瞧看脚下，衰草摇曳。三更时分，耳轮中突然听到空中一声炸响，一道火光闪过，大地颤抖不止。辽兵不知发生了何事，正在发愣，居庸关山峦上的巨石崩起，大石头像雨点一般劈头盖脸地从天而降。原来是居庸关突然发生了山崩，该着辽军倒霉，没有死在金军的刀下，却丧命于石雨之中。辽军有的在城上放哨，有的在兵营中冻得瑟瑟发抖。突然下起了石头雨，军营之中顿时乱作一团，有的被碎石当场砸死，有的被砸伤，哭爹喊娘，四散逃命。军官也不知出了什么事，只听到帐外一阵骚乱，正准备出来查看，"轰隆"一声也被石头砸死了。霎时间，辽军兵败如山倒，不战而溃。

正是：

　　关沟腊月寒天彻，辽卒枕戈心悴。霜凝铁甲，气颓如病，夜长难寐。万籁无声，寒星点点，衰草摇曳。正三更时候，火光惊现，山崩裂、石如雨。

　　兵乱营中纷沸，哭啼声、命悬生死。将官欲察，祸从天降，瞬时魂逝。不战而逃，败军颓势，可怜何罪。叹风云变幻，兴亡一瞬，史书留记。

金军听到山谷里的炸响，第二天天亮进到关沟一看，尸横遍野。金军捡了个大便宜，不费吹灰之力就拿下了居庸关，沿着关沟直奔南京。

萧德妃听说居庸关失守，心知大事不妙，赶忙带人逃离南京。完颜阿骨打进入幽州城后命令辽国的官员各守原职，又派人安抚幽州各州县。完颜阿骨打是大发善心吗？其实并非如此。这是当初宋、金两国结成"海上之盟"时约定好的：金取辽的中京，宋取辽的南京。将辽国灭亡之后，宋朝把原本给辽国的岁币交给大金；作为回报，金把燕云十六州交给宋朝。公元1123年四月，金将幽州及蓟州、景州、檀州、顺州、涿州、易州交给宋朝，撤离南京。金军占据幽州半年的时间，向宋朝交割时，将房屋全部烧毁，金银财物抢掠一空，富豪尽数迁走。宋朝得到的只是一座空城。

萧德妃带着人逃到了古北口，和众臣商议："咱们该去往何处？"有人主张，不行就自立一国。耶律大石一听，顿时火冒三丈："什么？自立一国？当初你们就干过这事，现在还想自立？绝对不行！"耶律大石鉴于辽在西北仍有一定的势力，主张去丰州天德军投奔天祚帝。

驸马都尉萧勃迭见两方争执不下，出来打圆场，他用手一拦耶律大石："大石林牙，您说得有些道理，于情于理咱们都是辽国人，应该投奔天祚帝……"耶律大石听罢点头暗自思忖："驸马都尉没白干，还知道哪头炕热。看看你怎么处置这些打算自立一国的佞臣。"

驸马都尉萧勃迭冲着耶律大石苦笑一声，话锋一转："咱们现在的模样，有何面目去见天祚帝？"

耶律大石把眼睛一瞪："驸马都尉，你这是什么意思？"

"自立一国是个不错的办法。我看由您作为大元帅，咱们……"

说到这里，耶律大石死死地盯着萧勃迭问道："驸马都尉，您说些什么？我不曾听清楚。来来来，凑近些……"

驸马都尉不知道"死"字怎么写，也要看看耶律大石的脸色。耶律大石脸色铁青，两只眼睛瞪得溜圆，口中钢牙咬得"咯嘣嘣"直响。驸马都尉视而不见，还往耶律大石跟前凑："大石林牙，我是说咱们……"

耶律大石没等他说完，抬手照着萧勃迭的脸"啪"就是一个大耳刮子。不等萧勃迭反应过来，耶律大石叫了一声："左右！将这不义之人推出斩了！"

手下人奉命上前，抹肩头拢二背，把驸马都尉萧勃迭绑了起来，拖出帐外"咔嚓"一刀杀了！耶律大石喝令一声："有敢异议者，萧勃迭就是你们的下场！"

众人知晓耶律大石是真的动怒了，有人感到害怕，有人心中不服。当天晚上，有一伙人舍弃耶律大石而去。萧德妃只能听命于耶律大石："大石林牙，您说要与天祚帝会合，咱们怎么走？"

耶律大石思考了片刻："不如先到居庸关一带，重新集结力量，休整好队伍，再去丰州天德军投奔天祚帝。"丰州天德军，在今天内蒙古呼和浩特附近，从古北口往西经过现今的延庆地区。

一行人走到龙门，也就是今天的赤城县龙关，这里以东靠近延庆。耶律大石下令暂时休息。此处有一座小城，因连年征战只剩下残垣断壁。耶律大石心想："这个地方乃军事要冲，向东是妫川，向西是涿鹿。我要投奔天祚帝，带着这残兵败将实在不像话。"身边的兵将，一个个垂头丧气，甲胄也不齐全。耶律大石带着人马在龙门休整了两个多月。

公元 1122 年年底，眼看就要过年了，耶律大石心想："不能长久停留，以免夜长梦多，最好赶快出发。"他整顿好兵马，向西南直奔涿鹿。大队人马正行进着，迎面碰上了死对头——大金的都统完颜斡鲁。完颜斡鲁准备讨伐天祚帝，没料到会碰上耶律大石。两军交战，辽军哪里能够抵挡得住金兵？耶律大石原本打算向西行进，结果被打得只能往东南逃窜到居庸关。

耶律大石到达居庸关后不敢有丝毫懈怠，这里是最后一道关口，如果抵挡不住金人的大军再往南逃，就又回到幽州了。耶律大石下定决心，在居庸关重新修筑工事，准备和金军拼死一战。

欲知后事如何，且听下回分解。

第二十七回

辽兵鏖战居庸关
金国整顿缙山县

千辕络前后，两轨通中央。
谷开稍夷旷，在险获康庄。
岂惟遂生聚，列鄽参雁行。
微流或矶砠，架广亦僧坊。

——〔元〕柳贯《度居庸关作》

　　在漫长的历史长河中，巍峨的居庸关见证了无数烽火硝烟。公元 1123 年，辽兵最后的希望汇聚于居庸关，耶律大石决心与金军拼死一战。为抵御金军骑兵，他精心谋划，派人夜色中在居庸关的关道上铺了长达五里的铁蒺藜。所谓的铁蒺藜就是如今的道钉，这些铁蒺藜由镔铁精心锻造，四个尖儿锋利无比，呈三角形。随意抛撒于地，必是三个尖儿着地，一个尖儿朝上。这种厉害的障碍物，直至"二战"时期，仍是极为常见的道路防御手段。耶律大石心想："女真人的马队若敢向居庸关城里冲锋，定是有一匹倒一匹，有两匹倒一双。"

　　老天似乎眷顾耶律大石，连续几日，鹅毛大雪纷纷扬扬，大地被厚雪覆盖。铁蒺藜就此深埋雪中，难以察觉。耶律大石暗自庆幸，认为这铁蒺藜被冰雪封冻在关道上，女真人在来年二月前休想跨越居庸关这道天险。

　　耶律大石率手下将士在居庸关关楼东西两边的长城仔细巡视。东边长城坚如磐石，毫无破绽；西边长城中间有一段山势骤降，长城外的山峰能俯瞰城壕。他对手下说：“这段长城是我们的弱点，需派人到对面山头上，再设一道防线。”手下人指着那山头说：“大石林牙，您多虑了。那山头叫鹰嘴峰，四面皆是悬崖绝壁，从古至今，无人能登上峰顶。面对的这段长城，地势虽低些，但鹰嘴峰相对长城的峰头上，有三座箭楼镇守。一旦有敌人出现在城外山坡，三座箭楼的三百只弩就会同时发射。在此攻城的敌人，一心只想闯进居庸关，恐怕会稀里糊涂踏上黄泉路。”耶律大石听后，长舒一口气，点头道：“好，有此严密布置，我总算放心了。”

突然，鼓声大作，值守士兵如潮水般涌上城上跑道，弓弩手迅速架好弩机。烽火台自远而近升起滚滚浓烟。一个小校匆匆跑来禀报：“有一小队女真的骑兵沿关沟朝关城奔驰而来。”

“传令各部，加强戒备！”耶律大石一声令下，各处战士立刻弓上弦，刀出鞘，神经紧绷。紧张在所难免，然而过于紧张易生疏漏，正所谓风声鹤唳，草木皆兵。

众人只见一小队女真骑兵来到关前，却不再前进，原地停留约一炷香的工夫，几人在马上交头接耳一番。随后，他们掉转马头，原路返回。关上将士这才稍松了心。

当天夜里，居庸关守兵察觉异样。只见一伙金军在城外撒着东西，因夜色深沉，看不清究竟撒的是什么。耶律大石登上城楼，心中纳闷：“我已撒下五里铁蒺藜，金军难道还要再撒？你们撒这东西，我出不去，你们也进不来，究竟何意？”正思索着，只见城外五里处燃起大火，照亮附近区域。耶律大石看罢，顿时心头一惊。原来，白天金人见居庸关前铁蒺藜被雪覆盖；晚上，完颜斡鲁派人用树枝、秸秆铺满道路，放火欲烧化雪，烧一段清理一段。五里路不算远，仅两天，便将铁蒺藜清理干净。

辽兵深知，那些铁蒺藜皆是上好镔铁打造，如今却一个不剩，全被金人收走。耶律大石精心布置的防线，就这样被金军轻易攻破。

统领人马来到居庸关前的正是完颜斡鲁。他高声喝道：“耶律大石！劝你赶快投降，还能饶你不死。”说着，手指鹰嘴峰，“你若再敢反抗，我的弓弩可不是吃素的！”耶律大石抬头望鹰嘴峰，只见金兵已登上峰顶，自己已被反包围。辽兵们个个面带愁容，毫无斗志。耶律大石深知，再抵抗也是徒劳，跺脚长叹：“唉！也罢！不为别的，为了几千契丹儿郎，不能让他们随我一起赴死!"无奈之下,耶律大石只得假意向金军投降。

耶律大石被俘后,受尽折磨。女真军把他绑在马后拖着奔跑,以此羞辱这位辽国宗室。女真人还强迫耶律大石充当向导,寻找天祚帝的藏身之处。耶律大石假意应允,暗中伺机逃出金营,一路逃至今天的吉尔吉斯斯坦,建立了西辽。延庆地区自1123年至1215年的九十二年中在金朝统治下。1123年至1141年这十八年,辽金战争导致妫川百姓颠沛流离,土地荒芜。金国建立后法制未立,兵戈不止,横征暴敛,农民依附豪门。1135年,金国征调民夫造船引发民变,金国在延庆设立了永安军。公元1138年,永安军起义造反,然而由于力量太过薄弱,很快就被金军镇压了下去。

公元1141年,金、宋达成和议,双方以淮河为界,延庆地区从此成为金国的中心地区。金国开始整顿行政区划,设立了缙山县,县治就设在今天延庆的旧县。撤销了儒州缙阳军,设立了永安镇,镇治在今天的延庆城。县设有知县,镇设有知镇。妫河流域的下游设立了妫川县,今天延庆的西部地区归妫川县管辖。缙山县、妫川县和永安镇都归西京道德兴府管辖,德兴府设在今天的涿鹿县。关沟设立了居庸关,女真语称作"做查刺合攀",关有关使,归中都路大兴府昌平县管辖。

从公元1141年到1161年,这二十年中,金朝也是动荡不安。公元1161年,完颜雍登上皇位,即为金世宗。金国这才进入了相对稳定的时期,这样的稳定大约延续了四十年。金世宗在金朝的历史上在位时间最长,做了二十九年的皇帝,活到了六十七岁,在历代皇帝中称得上是比较长寿的。他即位之时,契丹人发动了叛乱,金世宗派遣军队防御古北口和石门关。因此,契丹人的叛乱最终没有对金中都造成任何危害。石门关早在五代时期就已经存在,也就是今天的石峡。

石峡是八达岭长城防御体系的西大门,它位于北京延庆区八达岭长城景区西南五千米处。这里崇山峻岭,深沟险隘,长城城关相连,墩堡相望。石峡地势险要,构筑雄伟,自古以来便是军事战略要地,构成了"层层设防,寸土设障,步步为营"的纵深防御体系。

从五代到金,三百多年来,石门关一直是居庸关外的一道重要关口。

经过几年的休养生息,老百姓的日子逐渐好了起来。《金史》中记载:

"当此之时，群臣恪守职责，上下相安，百姓家家富足，粮仓充裕有余，刑部每年判处死刑的不过十余人，或者二十人，号称'小尧舜'。"

天下太平后，完颜雍选定河北省沽源县为避暑之地，开创皇帝每年到坝上避暑先例。每年四五月份，他从中都出发，八九月份返回。出行路线出居庸关后向东北，经龙潭、缙山县，走辽朝修建的黑峪口道，穿过赤城至坝上，缙山县成为御路经过地区。为免扰百姓，完颜雍下诏户部："巡幸山后所需物资，不得从民间获取，所用人力，用官钱雇佣，违者杖责八十，罢官。"

公元 1189 年，金世宗逝世，其孙完颜璟即位，年号明昌，即金章宗。据《万历永宁县志》中记载，完颜璟出生在今延庆区的香营，而《金史》中却记载他生于抚州柔远县，即现在河北省张北县的麻达葛山。这又是怎么回事呢？笔者斗胆推测，仅供参考。香营东边是刘斌堡，这两个地方都归永宁管辖。前文提到，统和十年（992 年）冬天，萧太后和辽圣宗来到了儒州东川，东川便是今天延庆的刘斌堡。从如今的地图上可以清晰地看到，香营紧挨着辽朝的行宫，而完颜璟的出生地距离行宫也不远。传到后世，老百姓只记得金章宗的出生地距离行宫不远，但具体是哪个行宫却不清楚，于是便把辽代的行宫安在了金国皇帝身上。谁不愿意将自己的家乡说得"高大上"一些呢？所以在修县志的时候，便将这样一条查无实据的传说记录了下来。

金章宗完颜璟继位初做了不少好事。他成长于金世宗"大定之治"时期，受祖父文韬武略及仁政影响，精通儒家文化。登基后继续施行仁政，效仿北魏孝文帝全盘汉化，重要举措是即位初下令修缮孔庙，对孔子礼尊有加。在少数民族中，女真族对儒家态度一般，但金章宗尊重孔子，不仅在金中都修建孔庙，还要求各地修建。

金章宗下令各处修建孔庙，是有实际作用的。金朝皇帝重视人才，尊重文化。天辅二年（1118 年），第一代金国皇帝完颜阿骨打下诏：在全国范围内选拔博学宏才之士进入皇宫。天会元年（1123 年），金朝也开始施行科举考试。到了金章宗时代，金国的科举考试已经相当成熟，然而却发现了科举考试中有作弊的现象。当时，为防止考生夹带作弊，派兵对考生进行搜身。考生们纷纷抱怨："我们来参加考试，怎么还要被搜身？这实

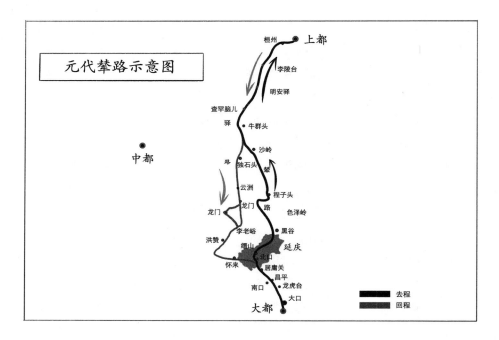

在是有辱斯文。"金章宗心想："既读孔孟之书，必达周公之礼。都是读书人，排着队挨个搜身的确不像话。"于是，金章宗想出了一个办法，将各地的考场都设在贡院。贡院的旁边是孔庙，考生来考试，首先得拜孔圣人。千里迢迢赶来，走得灰头土脸，就这样去拜孔圣人是不礼貌的，所以要先沐浴更衣，洗干净之后再去拜圣人。考生去洗澡的时候，当兵的就把考生的衣服里里外外搜查一遍。这样一来，既给了读书人面子，又有效地防止了作弊，可谓是一举两得。金章宗修建孔庙，原来是为了防止考试作弊，确实是有实际用途的。

　　除了修建孔庙，金章宗还下令修建了不少建筑，其中最为有名的当数北京的卢沟桥。金章宗为其定名为"广利桥"，由于横跨卢沟河，也就是今天的永定河，后来改名为卢沟桥。金章宗在延庆也修建了众多的行宫花园，例如明昌苑、古台、凤凰台、杏园等等。"明昌"是金章宗的年号，足见明昌苑这座皇家苑囿的重要地位。传说明昌苑就是今天的古城村，原名花园屯。虽然现在相关的古籍已经荡然无存，但是我们依然能够想象得出，当年这里必定是鸟语花香、美不胜收。金章宗还在延庆修建了寺院，也就是今天延庆灵照寺的前身。金国从中都北京至金莲川的官道，在元朝被继承、开辟为"辇路"，并在辇路两旁建造了大量的行宫、花囿，将延庆地区的古代皇家苑囿发展到了一个巅峰。

　　欲知后事如何，且听下回分解。

第二十八回　金章宗寺中祷雨
铁木真原上兴兵

我生山水窟，爱此不能忘。
是日新雨歇，浮岚乱沾裳。
水声与石斗，风飘韵清商。
踽繇不知高，浮云翼超骧。

——〔元〕柳贯《度居庸关作》

明昌五年（1194 年），金章宗前往金莲川避暑。在缙山县的龙泉停留了数日。然而，他前脚刚离开龙泉，就有人呈上了一道奏折。金章宗打开一看，上面仅有一句话："桓、抚二州干旱。"看到这短短几个字，金章宗顿时坐立不安。桓州位于如今的张北县，抚州则在今内蒙古兴和一带。此地乃金章宗的出生地，遭遇旱灾，在他看来，实乃不祥之兆。

这时，有人赶忙为皇帝出主意："万岁，您切莫着急。离缙山县龙泉行宫不远之处，有一座缙阳寺，那里的香火向来灵验。您不妨派人回到缙山，向神灵祈求一番。"金章宗听闻，连忙点头："此乃好主意。"

缙阳寺是缙山县一座历史悠久的寺院，据相关史料记载，缙阳寺始建于唐僖宗光启二年（886 年），初时只是禅房院。辽代时，皇帝曾驻跸此地，于太平年间（1021 年—1031 年）赐寺名，称为缙阳寺。之后，辽代的兴宗、道宗也到此地，并施银两扩建寺院。辽兴宗时期，高僧郎思孝曾亲自住持缙阳寺，郎思孝是辽兴宗颇为敬仰的高僧，兴宗曾遣人至缙阳寺为郎思孝送御寒衣物，可见缙阳寺在当时具有较高的地位。

经过辽代长达百年的扩建，缙阳寺的规模达到"每年筵僧二百人，迄今二十余年，未曾有间断"。除了缙山县的民众，附近的老百姓也纷纷前来缙阳寺烧香磕头。金章宗赶忙派人前往缙阳寺烧香求雨，只可惜，无论如何祈求，都无法阻挡金朝逐渐走向衰落的命运。

金章宗在位的后期，中原地区可谓灾祸连连。水旱灾害、蝗灾频繁发生，更要命的是，黄河竟然三次出现大决堤。黄河的河道南移，夺淮入海，致使金国的经济遭受重创，一蹶不振。与此同时，金章宗宠溺爱妃李师儿，对李氏外戚予以信任，还任用胥持国管理朝政。李师儿和胥持国两人，一个在宫廷内部，一个在朝堂之外，互为表里，专擅朝政。在这样的局面下，金朝不可避免地走上了下坡路。

金章宗肆意花钱修建宫苑，导致国库空虚。为了弥补财政上的亏空，金朝开始滥发交钞。交钞乃纸币，然而老百姓在购物时，多用铜钱，无人愿意使用纸币。朝廷即便依靠行政命令来维持纸币的发行，也终究无济于事。金章宗后期，万贯交钞竟只能买到一个烧饼，用如今的话来说，这就是严重的通货膨胀。

几年之后，金章宗驾崩。他膝下无子，其叔父完颜永济继承皇位，称卫绍王。此时的金国，国力已然衰微，而北方草原上兴起了一个强大的部族，不断骚扰金国的边疆，这个部族便是蒙古。

蒙古族原被称作蒙兀室韦，蒙古只是室韦人的一部分。后来，蒙古部统一了整个草原，将草原上的各民族都统称为蒙古族。室韦人中最强的部落有两个，一是塔塔尔部，二是弘吉刺部。这两个部落常骚扰金国边境。金熙宗时，曾派兵征讨塔塔尔人，领兵大将是金国第一名将完颜宗弼。游牧民族在草原上行动不定，能胜则打，不胜就迅速撤离。最后，完颜宗弼无奈，建议朝廷与塔塔尔人议和。不但停止攻打，还把克鲁伦河下游土地割让给塔塔尔人做牧场，边界上的七十二个城堡也给了他们。他们想留就留，不想留就拆除用于牧马。金军防线因此从蒙古高原退至大兴安岭。

金章宗时期，国家长期太平，武功渐衰。塔塔尔人不断南下侵扰，金国被迫三次北伐，最终击败塔塔尔人势力。金国此举却无意间为铁木真统一蒙古草原清除障碍。俺巴孩汗在金熙宗在位时被塔塔尔部出卖给金国，后被钉死在木桩上。俺巴孩汗被处死前要求部众发誓：即使五指磨光、十指磨伤，也要为他报仇。从此，蒙古部与女真金国结仇。而塔塔尔人出卖俺巴孩汗，蒙古部与之也有深仇。金国打败塔塔尔人。公元 1206 年，铁木真在蒙古斡难河畔被蒙古贵族推举为大汗，称成吉思汗。关于"成吉思"一词，有说是大海之意，也有说指拥有四海，总之突出"大"。

铁木真称汗后，与金国使者往来。金国使者耶律阿海奉朝廷之命出使蒙古部，见到成吉思汗，两人一见如故，交谈甚欢。耶律阿海对成吉思汗说："金国如今骄奢淫逸，迟早必亡。若大汗有吞并金国之心，此时最佳。"成吉思汗听后一愣，不知这金国使臣何意。耶律阿海是契丹人，其祖上在金朝为官。历经一百多年亡国之痛，耶律阿海和众多契丹人认为蒙古部落或能灭金，许多契丹人便投奔成吉思汗。成吉思汗听了耶律阿海的话，想亲去金国看看是否属实，遂以进贡之名入金国，准备朝见天子。

当时的金国皇帝还是金章宗，他担心其中有诈，派遣当时的卫王完颜永济前往边境接受进贡。这是完颜永济和成吉思汗的首次会面。卫王完颜永济为人性格懦弱，成吉思汗对此早有耳闻。成吉思汗进入大帐之时，完颜永济年事已高，精力有限，正在闭目养神。成吉思汗自报家门："大蒙古成吉思汗，见过金国卫王。"

完颜永济闭着眼睛，连看都没看一眼，轻蔑地说道："平身，赐座。"周围的官员忍不住捂着嘴偷偷笑了起来。成吉思汗根本就没有下跪，又何来的平身？完颜永济听到笑声，这才睁开眼睛，用手指着成吉思汗说道："嗯？你怎么不下跪？"

成吉思汗朗声大笑："我如今已是蒙古草原之主，拥有四十万户子民，为何要向你下跪？"说完，便扬长而去，把完颜永济气得胡子乱颤。完颜永济回朝之后，向金章宗奏报此事，打算设计将成吉思汗骗来杀掉。然而此时的金章宗已然病入膏肓，根本没有心思去处理成吉思汗的事情。没过几天，金章宗驾崩，卫王继位。使臣前往蒙古传达诏书："你宗主国更换了主子，跪下接旨。"成吉思汗完全不理会这套，在河边漫不经心地将金国来使打发走了。他问手下人："金国如今是谁当了皇帝？"手下人告知："金章宗的叔叔，卫王完颜永济继位了。"

成吉思汗听完，把嘴一撇："我原以为金国皇帝是天上人才配做，就永济那样的人也配？他们金国没人了吗？既然他当了皇帝，咱们就去'照顾照顾'他！"公元1211年，卫王继位的第三年，成吉思汗率领大军，由草原上的汪古部作为先导，越过阴山，向金国发起了猛烈的进攻，一路势如破竹，一口气打到了金国的都城附近。

金国的都城危在旦夕，完颜永济惊慌失措，匆忙调集部队进行反攻。然而，成吉思汗却突然撤军，这究竟是怎么一回事呢？蒙古人撤军的原因主要有两个：其一，蒙古此次进攻意在试探金国的虚实，结果发现金国的军事实力十分虚弱，根本不是自己的对手。其二，蒙古需要抢夺物资，获取战利品，带回蒙古老家之后进行分配。而且士卒和战马都已十分疲惫，需要时间休整，于是蒙古军选择了撤退。

蒙古军一撤退，金国君臣总算是长出了一口气，心中暗想："这帮野蛮人，总算走了！"金国居然用"野蛮"二字来形容蒙古铁骑。要知道，女真人当初不也是凭借"野蛮"而崛起的吗？才过去短短一百来年，就把自己的祖宗都忘得一干二净，不亡国简直是天理难容！

金国君臣还没来得及把这口气喘匀，蒙古人又来了。蒙古人已经试探清楚了金国的虚实，不继续攻打简直没有天理。上次拿走的一些东西，回到蒙古老营分配之后发现不够，蒙古大军于是再度南下。

蒙古人顺着上次的进攻路线，进军速度极快，很快就打到了紫荆关。紫荆关一旦失守，金中都必然难以保全。金军于是将铁水熔化浇铸城门，在百里之内的地面上遍布铁蒺藜，使得蒙古军队的马蹄无法踏上尘土，企图以这种方式死守紫荆关。成吉思汗见紫荆关难以攻破，便兵分三路，绕开中都，在黄河以北的金国领土上纵横驰骋，大肆抢掠。黄河以北的金国城池，仅有十一座没有被攻陷。金军在黄河以北的防御体系彻底崩溃。

蒙古人越打越起劲，继续进攻金中都。大军兵临城下，完颜永济心急如焚，犹如热锅上的蚂蚁。病急乱投医之下，他竟然起用了从前线逃回来的胡沙虎。

完颜永济为何要重用这样一个临阵脱逃的将领呢？原来，胡沙虎在与南宋作战时，确实是一员名将。不过，南宋的作战水平向来是遇弱则强，所以他能成为名将也不足为奇。胡沙虎在与南宋的战争中总是占据上风，朝廷因此对他颇为倚重。然而，胡沙虎此人十分跋扈，脾气暴躁。金章宗在位时，他曾多次违抗命令，嫌官职小就拒不奉旨。金章宗一怒之下，将他一撸到底。但与南宋打仗又需要用人，金国不得已再次起用他，还升任他为西京留守，金国的西京，也就是如今的山西省大同市。

当蒙古军入境时，胡沙虎让副将尽忠防守西京，自己却率领着七千人逃跑了。沿途经过一个县城，他要求县令出资犒赏军队。县令面露难色，哀求道："将军大人，鄙县刚刚遭到蒙古兵的洗劫，实在是没钱犒赏。不过我斗胆打听打听，您打了败仗，蒙古人为什么还要抢我们呢？您从哪儿来，心里应该比谁都清楚。"

胡沙虎听完勃然大怒，竟然将县令活活打死。随后，他冲进府库，抢走官银五千两。他逃到金中都附近后，给完颜永济上疏："蒙古军势大，我好不容易才逃出来，带回七千士兵，这是咱们大金的种子。我要是不跑出来，这几千人可就全完了，恳请陛下赏赐我。"

完颜永济看完这份奏折，差点儿被气得背过气去，他当然清楚胡沙虎临阵脱逃的事情。如今国家正值用人之际，胡沙虎手下好歹还有几千人，如果将他治罪，说不定就会造反。完颜永济只好对胡沙虎好言相劝，但内心并不信任他。胡沙虎向完颜永济索要两万人，准备去白沟一带防守。完颜永济只给了三千人，胡沙虎一气之下又撂挑子不干了。完颜永济心想："你不干更好，本来就没打算让你干。"胡沙虎又一次辞职了。蒙古兵日益逼近，完颜永济把朝中的大将挑了又挑，选了又选，最后一跺脚："还得用胡沙虎。好歹他跟南宋打过仗，上过战场。咱们姓完颜的宗室，拿笔画画、写字还行，拿刀动杖还得靠胡沙虎。"无奈之下，卫王完颜永济派给胡沙虎五千人，让他驻守金中都城北。

胡沙虎把头一摇："给我这点儿人，根本不够！蒙古人来了，肯定挡不住。"

"爱卿勉为其难吧。"完颜永济心里明白，不能把全部希望都寄托在胡沙虎身上。就在这时，成吉思汗大军进驻镇州和河北怀来之间的妫州，陈兵居庸关。要想进入居庸关，首先就得经过镇州。镇州原本是缙山县，在金世宗登基那年，将缙山县升为镇州。镇州的守将是金国的出色人物术虎高琪，他头脑冷静，敢作敢为，是一位领兵打仗的大将。

术虎高琪在前线尚未着急，完颜永济在中都却坐不住了。所有人都告诉他，镇州的防御没有问题。可完颜永济就是不相信，命令丞相完颜纲紧急抽调十万精兵前往镇州协防。丞相完颜纲无可奈何，只好硬着头皮领兵出中都。出兵之前，有人对完颜纲说："丞相大人，您如果不去，金国或许还有胜算。您这一去，必定失败无疑。"

　　欲知后事如何，且听下回分解。

第二十九回　金国将领争权柄
　　　　　　　蒙古兵团闯防线

考牒囊有闻，经途今始详。

缅惟古塞北，八州犹汉疆。

控扼识形势，会同知乐康。

属兹景运开，六服连绥荒。

——〔元〕柳贯《度居庸关作》

完颜永济要派丞相完颜纲同金国名将术虎高琪，共同镇守缙山县这个军事要地。有人劝完颜纲最好不要去。完颜纲不明白，问道："为什么劝我不要去？"

劝谏的人语重心长地说："丞相啊，术虎高琪手下三万人马，是契丹骁勇善战的骑兵，足够应付蒙古人。纵然镇州城破，蒙古人也会伤筋动骨。此外还有居庸关天险，他们不可能打到中都。术虎高琪为人高傲，您去他也不肯交出指挥权。您也不是好脾气的人，肯定为指挥权闹分裂，岂不是给敌人以可乘之机吗？您亲自去，不如派援兵去。"

完颜纲听罢把眉毛一挑："他术虎高琪的军事才能岂能和我比？想当年我在前线指挥百万大军如同儿戏。如果术虎高琪有自知之明，就该让出指挥权。"

说话的人一听，无奈地摇摇头："您权当我什么都没说！"

完颜纲一到镇州城，便和术虎高琪闹翻了。术虎高琪一口咬定："本帅才是镇州城的最高指挥官，朝中正需要您这样足智多谋的人物。我看不如这样，把兵留下，您马上回中都。"

完颜纲当时就怒了："让我回去，门儿都没有！赶紧把兵权交出来。"

完颜纲凭借多年的官场经验，还是冷静下来："我跟他吵什么？一点儿意义都没有。"索性带着部队原地不动，等着看术虎高琪的笑话。

术虎高琪没有给完颜纲看笑话的机会。成吉思汗大兵发动进攻，术虎高琪指挥若定，用有限的兵力来回调度，轻松防御住成吉思汗兵团的多方位进攻。完颜纲对术虎高琪刮目相看，不过对于指挥权，他仍然耿耿于怀。七天后，术虎高琪在成吉思汗兵团强大的攻城阵势面前有点儿力不从心，他跟完颜纲说："丞相大人，国家兴亡，你我都有责，镇州城不能失守啊。"

完颜纲却摆起官架子："将军您是指挥官，跟我说这些干什么？"

术虎高琪忍住怒火："丞相，别看我的笑话！您带着好几万兵，不能眼看着镇州失守坐视不管啊。"

"哦，不能看着镇州失守。我得问问您，是听您指挥还是听我的呢？"

"自然是听您的，但……"术虎高琪还没说完，完颜纲顶盔掼甲，罩袍束带，冷哼一声："早有此言，不能有今日之败阵。无用之卒，看我的吧！"

完颜纲出大帐到阵前，先把防守战略改了。术虎高琪认为，应该把防御重点放在镇州城东北角，那里已被蒙古人弩炮轰出一个大口子；完颜纲认为，把太多兵力放在一个危险的防御地点是作死所为，不应该被动防御，应该变被动为主动。完颜纲上城墙把弓箭手集合到一起，向城下的蒙古人猛烈射击，用他的话来说是激怒敌人，来攻击他防御最强的地方。但是完颜纲完全没有考虑对手是谁。成吉思汗在战场上如成精的狐狸，很快发现镇州城防守最脆弱的地方。在抛石机的呼啸声中，蒙古兵团分为数路，猛攻缺口之外的其他地方。

术虎高琪和完颜纲在城墙上各自指挥。术虎高琪发布命令，马上被完颜纲否决；完颜纲发布命令又被术虎高琪忽视。镇州城上看似人马众多，其实已成两个脑袋的苍蝇——乱飞乱撞。就在数支兵团把敌人的注意力吸引时，成吉思汗派出最精锐的一支兵团，直攻缺口。

术虎高琪要抢救已来不及。缺口处很快涌进蒙古士兵，如饿狼扑向乱作一团的金军。城墙上一乱，蒙古数路部队借着云梯登上城墙，直接白刃战。金军步步后退，蒙古兵步步紧逼，城门下的守军四散而逃。蒙古兵大开城门，镇州城陷落。

镇州城陷落之前，术虎高琪和完颜纲带领精锐从城墙上逃下，从南门仓皇逃出。两人使出吃奶的力气，南逃进居庸关才放下心。成吉思汗紧追不舍，距离居庸关百里之地止住马蹄，因为前方无路可走。居庸关有南北两道关口，分别是"居庸关"和"上关"。两侧崇山峻岭，中间形成约四十里的沟谷即"关沟"，居庸关雄踞在关沟之上。沿居庸关东西两边群山峻岭上是坚固的长城，这道长城是金国北部无懈可击的防御。

两年前，哲别用计夺取居庸关撤退后，金国立即加强居庸关的防御。首先是派遣精兵，然后把铁汁灌进"上关"的关门，最后在上关外一百里范围内布满铁蒺藜。成吉思汗止住马蹄的地方，正是铁蒺藜在上关延伸的终点。这是一个了不起的障碍，克服它必须付出高昂代价。成吉思汗不想付出不必要的代价，于是去请教高人。高人叫阿剌浅，是个地理专家，对此地了如指掌。阿剌浅告诉成吉思汗："几年前，我在居庸关西面追赶一只兔子，追进一片黑松林。里面有一条狭窄的小路，当地人称它乱柴口。小路只能容一马通过，大军可趁夜色偷过黑松林，进入长城内。一旦成功，居庸关就成了摆设。"

成吉思汗闻听此言，满眼是光。他调兵遣将，自己和哲别在阿剌浅的引导下进黑松林，主力部队继续驻扎原地等待下一步指示。成吉思汗兵团在傍晚进入黑松林。森林里光线暗淡，快天黑了，为了不引起金军的注意，不能点火把。阿剌浅看哪里都像是那条小路，带着这支骑兵，在树林里转上磨了。蒙古骑兵在树林里一圈一圈地转，一会儿工夫都晕了。急坏了成吉思汗，最着急的当然是阿剌浅，天明之前还找不到那条小路，他脑袋恐怕不保。阿剌浅默默祈祷："要是能出现一只兔子，我明年一定去庙里烧香还愿。"

不知道是真灵验，还是老天爷眷顾蒙古骑兵，暗夜之中，一只雪白的兔子从马腿下蹿出来。兔子在原地站立一会儿，仿佛是给阿剌浅反应的时间，然后一个纵身向森林深处跑去。阿剌浅如同见到神灵，欣喜地低喊："跟着兔子——"就这样，兔子把他们引上正路。他们小心翼翼地前进，终于在第二天黎明时分出现在紫荆口。金军万也没想到，成吉思汗的大兵轻而易举地绕过居庸关防线，直奔金中都而来。

此时胡沙虎在金中都城外，联络手下将官说："你们都有眼睛，主上昏庸，不能抵抗蒙古人的进攻，各位愿意不愿意跟我另立明君？"军将当然愿意。蒙古人来攻，胡沙虎也不抵抗，整天玩儿鹰。完颜永济听说居庸关失守，金中都告急，马上派人催促胡沙虎赶紧出兵，抵抗蒙古人。胡沙虎大怒，用自养的鹰把使者活活抓死，随后率军进攻金中都。胡沙虎先把中都大兴府尹骗出城。大兴府尹不知道怎么回事，刚出城就被胡沙虎冲上去一枪刺死。乱军趁机冲进中都城，包围皇宫。胡沙虎向宫里喊话："敌人已经进来了，让我们入宫保卫皇帝。"守宫卫士知道他叛乱，紧闭宫门。胡沙虎命令士兵架起云梯，攻打宫城。宫里禁军大部分是仪仗队的兵，只会踢正步，看着好看，没什么战斗经验。他们看见胡沙虎率领野战军来了，架起云梯进攻宫城，只好乖乖投降。胡沙虎冲进宫城，先把完颜永济抓起来。正赶上完颜纲回到金中都，被胡沙虎杀了，罪名之一就是兵败缙山。胡沙虎杀了皇帝，把完颜永济的侄子完颜珣赶上龙椅，警告这位皇帝："小心做你的皇帝！"

与此同时，成吉思汗穿过黑松林，飞越居庸关，直逼金中都。坐镇金中都的是胡沙虎，他杀了完颜永济，立完颜珣为帝，即金宣宗。面对成吉思汗的大军，也不能束手待毙。但此时，金国满朝上下哪里还有能领兵打仗的人？就算有，一看对手是成吉思汗也都不敢出头了。

成吉思汗的兵团，趁机攻陷金中都周围的涿州、易州。金中都的西南，完全暴露在蒙古人的兵锋之下。成吉思汗大部队还在居庸关以外，为了进关，成吉思汗命哲别进攻居庸关。从防御角度说，上关距离居庸关十几里路，就像一个全身披挂的武士。这里山势高耸，山体陡峭，两山之间道路非常狭窄，易守难攻。居庸关这时候只驻扎一支部队，因为任何人要想到居庸关必须过上关，金人压根儿也没预料到成吉思汗会绕路黑松林。哲别领命带兵，从南边攻打居庸关。守关的金军都傻了，不知道蒙古人怎么从南边打过来。在哲别的大声吆喝下，居庸关彻底陷落。居庸关一丢，上关成了摆设。哲别带兵向上关守军发起猛攻，同时在八达岭百里之外的蒙古大部队，骑马沿山脊向前缓慢进发。当他们抵达八达岭的时候，城墙已插上蒙古人的旗帜。

　　成吉思汗攻陷居庸关后，从居庸关逃回中都的术虎高琪气得都快疯了。金中都里的皇帝已经换了。术虎高琪指着坐在龙椅上的完颜珣：“你们居然敢弑君篡位！”

　　完颜珣特别理解术虎高琪，满脸堆笑：“老将军，您这是什么话？我和完颜永济都是完颜子孙，您效忠谁不是效忠？值此危难之时，您更应该拿出全副身心效忠本王，老天爷不是瞎子……”

　　术虎高琪听罢气得浑身发抖，指着站在完颜珣身边活蹦乱跳、耀武扬威的胡沙虎“哇呀呀”地暴叫。叫着叫着，术虎高琪觉得心头一紧，一口鲜血喷在地上，差点儿被气死。

　　金中都朝堂上闹得这么乱，可挡不住成吉思汗的大兵。这时候是1213年十月，蒙古大军集结在金中都城下。成吉思汗端坐在马上，仰望金中都上的天空，彤云密布，洋洋洒洒地飘下雪花。他慨然长叹，随后一勒马缰，回帐篷了。这一声叹息在雪花中飞舞，席卷了整个蒙古军营。凡是看到金中都城的人都会发出这样的叹息，为什么？金中都城是个固若金汤的城池，要想打下来，不堆上几万人的生命是不可能的。

　　金中都并不是今天的北京城，在其西南，现在北京南二环有一座开阳桥，这里就是金中都内城的开阳门。金中都城分内、外两城，内城是围绕着皇城的完整城池，外城是独立分布在内城四大城门之外的四个寨堡。每个寨堡驻守四千士兵，寨堡之间没有城墙相连，呈正方形，长、宽各三里，前后开有城门，左右紧闭。里面修建粮库和军火库，还有地道和内城相通，内城的兵力和物资经地道源源不断地供给外城。这是完全按保卫战模式设计，如果敌人攻内城，外城的四座城堡就从背面攻击，使敌人两面夹击；敌人要是攻外城，内城就配合援助外城，既可登城放炮、射箭，也可从地道把兵力和物资输送给外城；如果外城无法抵挡敌人，寨堡里的兵就从地道撤回内城，然后堵住地道口，把外城丢弃，再登上内城炮击外城，敌人即便攻陷外城也毫无意义；要是不打外城，反过来又会受外城士兵的重击，这是一座能把敌人熬死的城池。金中都内城的墙基大概十五米厚，十三道门，每隔十五米就有一个岗楼，总计超过九百个岗楼。城再厚它是死的，比城更厉害的是城上的防御武器。城头上支着一架架三弓床弩，能把人的胆吓破。床弩，能把一支三米长的箭射出二里地以外，这种防御武器谁能顶得住？还有超级投石器，十米长的杠杆架在大车上，杠杆的一头装上巨石，另一头拴着绳子。当兵的一指挥，六人一组紧拉绳索，把五十斤重的大石头抛出三百米。让它砸中，不用找大夫直接见阎王爷。城墙上还有火箭，当把它放到三弓床弩上射出去，和今天的迫击炮威力差不多。金中都的防御体系，别说成吉思汗看了叹气，谁看都束手无策。

　　欲知后事如何，且听下回分解。

第三十回　战乱妫川荒野现　蒙军侵占缙山存

两京备巡幸，离宫岌相望。

守岳将考制，如初匪求祥。

式瞻龙德中，足征皇业昌。

请继王会篇，勿赓祈招章。

——〔元〕柳贯《度居庸关作》

蒙古大军兵临金中都城下，却被这座城池坚固的城防阻挡在了城外。金中都拥有如此坚不可摧的防御工事，倘若金国君臣能够齐心协力，打一场金中都保卫战理应不在话下。然而，这一切的变数皆因胡沙虎而起。

当蒙古人兵临城下之际，胡沙虎将术虎高琪找来，严令他出城迎战。术虎高琪满心愤懑，怒火中烧，让他出战简直是天方夜谭。胡沙虎见状，怒目而视："怎么，我管不了你了？术虎高琪，你镇守镇州不力，居庸关失守，蒙古人得以长驱直入，你就是罪魁祸首。此刻乖乖出去迎敌，将功折罪或许还能饶你一命，否则，想想完颜纲败走镇州回到中都的下场！"

术虎高琪走投无路，只得顶着凛冽的西北风率军出战。漫天纷飞的大雪中，他向城外望去，蒙古大军铺天盖地，喊杀声、叫嚷声、马嘶声、火炮轰鸣声交织在一起，震耳欲聋。术虎高琪旧疾复发，又是一口鲜血喷出，染红了脚下洁白的积雪。他深知，即便城池再坚固，火炮再犀利，如今的金军已不复当初之勇，士气低落，根本无法指挥调度。术虎高琪也明白胡沙虎是要将自己置于死地，于是决定先下手为强。他率领着残兵败将，包围了胡沙虎的府邸，出其不意地将胡沙虎斩杀于床榻之上。金宣宗为求自保，即刻任命术虎高琪为左副元帅。自此，术虎高琪掌控了金朝的军政大权。

城外的成吉思汗对金中都采取了"围而不打"的策略，将全部兵力用于扫荡周边地区。兵分三路，右路军横扫山西、黄河以北区域；左路军攻略东北；中路军席卷华北平原和山东半岛。次年，金宣宗实在难以支撑，不得不向成吉思汗求和，献上黄金并献出岐国公主，成吉思汗这才答应退兵。在风雨飘摇之中，公元1234年，金哀宗在河南商丘自缢身亡，金国彻底覆灭。

自1211年起，延庆三度被蒙古侵占，1214年金朝迁都后，延庆处蒙古统治下。1217年，成吉思汗封木华黎治理华北，其招募民众垦荒，缙山县开始复苏。至元三年（1266年），缙山县因民户少并入怀来县。但此地为大都至上都要道，受蒙古统治者重视。仅两年后，缙山县重设，隶属上都路宣德府奉圣州。1271年忽必烈建元，定都北京。直至1368年元朝灭亡，这一百五十七年里，延庆地区历经荒凉、辉煌又荒凉的曲折历程。

在元朝时期，今延庆境内的西部及南部以延庆城为核心，屯驻了众多军队。元朝的军队依照民族划分，分为蒙古军、探马赤军、汉军和新附军。在南口、居庸关、八达岭、青龙桥一带，分别设立了千户所，并派遣军队驻守。居庸关北口千户所属上都路缙山县，南口千户所属大都路昌平县。驻军的数量并不多，每个关口不足二百人。忽必烈定都大都后，将南口和居庸关视作大都宿卫的一部分。至元十一年（1274年），忽必烈下诏，命令枢密院调遣六百名士兵驻守居庸关。此时的居庸关是一个区域概念，管辖着整个军都山一带。北口的范围，涵盖了从四海冶到合河口长达二百里的防线。公元1260年5月，忽必烈颁下诏书："怯烈门军中的汉军各万户，全部赶赴怀来、缙山屯驻。"久而久之，部分士兵在当地娶妻生子，融入成为当地居民。驻军的领导机关设立在今延庆城。

蒙古人为了满足军事需求，在全国范围内建立了站赤制度。"站"是蒙古语，意为古代的驿道；"赤"同样是蒙古语，指的是丁。"站赤"即驿丁，这一表述经翻译后，形成了汉语中的新词汇——驿站。站赤制度要求整修道路，并每隔六七十里设置一个驿站。途经今延庆的驿路主要有两条，其中一条从居庸关向西延伸，据北京历史上首部志书《析津志》记载，在燕京正北微西方向设有昌平驿，昌平西北八十里处是榆林驿。从榆林驿继续西行至土木驿后，分作两条路线，一路向北前往上都；另一路向西途经雷家站、鸡鸣山抵达宣德，再往西经过沙岭，出得胜口至上都。元朝时期的榆林驿位于今延庆榆林堡南六里的羊儿峪。元朝人所写关于榆林驿的诗句为："倦客出关仍畏暑，居庸回首暮云深。青山环合势雄抱，不见旧时榆树林。"从诗中可以看出，榆林驿处于一个山弯之中。在大道旁边，还留存着古代长城的遗迹，这是战国时期的燕北长城。另一条路则是从居庸关出发，经过岔道城往东北行进，途经泥河、红山，再往东北到达龙潭，接着往北经过车坊，越过黑峪口、十八盘岭，经过独石口、上坝、金莲川抵达上都。此路是辽、金时期的御路，又名居庸东北路。中统三年（1262 年），山东的李璮发动叛乱，忽必烈下令从缙山县至上都设立海青驿，用于这条路线上的信件传递。

公元 1280 年起，皇帝每年都要前往上都避暑，于四月从大都出发前往上都，九月从上都返回大都。这一制度一直延续到公元 1358 年。皇帝路过时的场面极其盛大而威严。天历元年（1328 年），天宁寺的住持方丈梵琦曾作诗一首："天畔浮云云表峰，北游奇险见居庸。力排剑戟三千士，门掩山河百万重。渠答自今收战马，兜铃无复置边烽。上都避暑频来往，飞鸟犹能识衮龙。"由此可见当时的壮观景象。

公元 1311 年，爱育黎拔力八达登上皇帝宝座，即元仁宗。他确实出生在延庆，出生地就在缙山县。他即位后，缙山县因此而备受恩泽。延祐三年（1316 年），缙山县被提升为龙庆州，原本隶属上都路，后改隶大都路。次年，又将怀来县划归龙庆州管辖。龙庆州既靠近大都，又是两都之间的咽喉要地，拥有四季宜人的气候和迷人的风光。元仁宗每年都会在香水园小住一段时间，推动了龙庆州的建设发展。为了供皇帝停留休憩，在泥河、瓮山、缙山县等地修建了行宫。其中最为著名的当数流杯池行宫，早在元朝初年便已存在，皇庆元年（1312 年），在行宫内修建了凉殿。元仁宗逝世后，他的儿子元英宗依然高度重视流杯池的建设。至治元年（1321 年）五月，在流杯池修建行殿；次年二月，又动用太庙役军建造流杯池行殿。这座殿宇的建造历时将近一年,工程规模必然不小。它的具体位置至今仍是个谜。但有两条史料可供参考:其一,《元史》中关于文宗的记载:"至顺二年(1331年)三月戊午,以龙庆州之流杯园池、水碨、土田赐燕帖木儿。"这段史料表明流杯池不只是一个水池,而是一座园林。园内有池,有水碨,还有土田。在龙庆州附近符合条件的地方,只有金牛山下的黄龙潭附近。另一条史料是公元1352年,元代诗人周伯琦跟随元顺帝从大都前往上都,路过龙庆州时写下了《纪行诗二十四首》,其中《龙庆州》一诗写道:"缙云山独秀,沃壤岁常丰。玉食资原粟,龙洲记渚虹。荒祠寒木下,遗殿夕阳中。谁信幽燕北,翻如楚越东。"此诗不仅展现了龙庆州的繁荣昌盛之景,还描绘了夕阳余晖中的遗殿,即三十年前建造的流杯池行殿。元朝时期在缙山县境内,还有几处大型的皇家庄园。在史籍中能见到名字的,除了上述的香水园、流杯池园,还有车坊官园,位于今旧县以北的车坊一带。这里有大片肥沃的良田,后来被元英宗赐予燕帖木儿。明昌园在今古城一带,相传是金章宗所建的园林,元朝皇帝继续对其进行扩建。总之,这些园林都位于妫水河以北的平原地带,将延庆打造成了元大都的后花园。

元仁宗时期,提高了缙山县境内驻军的规格。至大四年(1311年),居庸关将千户所改为万户府,合并南北口、太和岭旧隘的汉军六百九十三人,屯驻在东西四十三处,设立了十个千户所,归隆镇上万户府管辖。皇庆元年(1312年),隆镇卫上万户府晋升为隆镇卫都指挥使司,官居正三品,统辖东口、北口、白杨口、碑楼口、古北口、迁民镇、黄花镇、芦儿岭、太和岭、紫荆关、隆镇、哈尔鲁等十二个千户。这些千户所中,有两个位于今延庆境内,一个是北口千户所,另一个是隆镇千户所。北口就在八达岭、青龙桥一带。隆镇卫的管辖范围西至大同,东至山海关,北至大宁,南至紫荆关。如此广阔的管辖区域,足以说明隆镇卫是一个庞大的军事机构,光是管辖的千户所就有十二个,设有高级官员职位的多达二十二人。

元朝的第十一位皇帝孛儿只斤·妥懽帖睦尔登基之时,元朝的统治已然千疮百孔。元至正二年(1342年),元顺帝命令右丞相阿鲁图、左丞相别儿怯不花在居庸关里面修建一座过街塔。塔的底部是基座,上面是一座白塔。草原人要前往元大都，必然要经过此地，远远就能望见一座高耸入云的白塔。这是一个标志性的建筑，若放在当今，定是个网红打卡点。白塔下面的基座部分全部由大理石砌筑而成，中间开辟了一个南北向的券洞，高达七米多，宽达六米多。券洞顶部采用五边折角的砌筑方法，券门两侧刻有交叉金刚杵组成的图案，以及象、龙、卷叶花和大莽神，正中间雕刻着金翅鸟王等形象。券洞内的两壁及顶部遍布佛像，佛像造型生动逼真，还有用梵、藏、八思巴、畏兀儿、西夏、汉六种文字镌刻的《如来心经》经文、咒语、造塔功德记，充分彰显了元朝雕刻技艺的高超水准。台顶部有两层，底部出挑石平盘上刻有云头；下部刻有兽面及垂珠图案；顶部四周的石栏杆、望柱头、栏板以及向外挑出的螭头均保持着元代的风格。元代的居庸关已是规模宏大的建筑群，除了过街塔，还有气势恢宏的永明寺、高大的穹碑、美丽的花园、众多的房舍以及供皇帝及随行人员居住的宫室建筑。随着时光的流逝，居庸关内宏大的建筑群，由于种种原因已不复存在。如今来到居庸关，过街塔已不见踪影，但其基座一直保存至今。

　　然而，再华丽的建筑也无法阻挡一个王朝的衰亡。元朝晚期，蒙古统治者变本加厉地向百姓征收名目繁多、繁杂沉重的赋税。民众忍无可忍，纷纷揭竿而起。1325 年，河南发生了赵丑厮、郭菩萨领导的起义。与此同时，皇宫内部也为了争夺权力而相互争斗。1351 年，元顺帝派遣贾鲁治理黄河，动用了十五万民夫和两万士兵。官吏趁机敲诈勒索，逼反了白莲教首领韩山童、刘福通。他们以红巾为标志，揭开了元朝灭亡的序幕。元朝廷派兵镇压各地的红巾军，由丞相脱脱亲自督战，攻打徐州起义军芝麻李部，一度取得了显著的胜利。1354 年，脱脱率军围攻高邮起义军张士诚时，遭到朝中官员的弹劾，最终功败垂成。1356 年至 1359 年，朱元璋继承了郭子兴的地位，不断扩充自身势力，攻占了江南的半壁江山。朱元璋在击败南方的起义军和南方的大元势力后，于 1367 年发起北伐，在大将徐达、常遇春等人的协助下，于 1368 年闰七月攻克通州。元顺帝仓皇向北逃窜，在离开居庸关前的那一瞬间，他回头望了一眼被徐达率军攻陷的元大都。他满心哀伤地感叹："我如此狼狈地逃回草原，有何颜面面对列祖列宗？"

　　欲知后事如何，且听下回分解。

第三十一回　洪武北伐元大都
　　　　　　徐达守边修长城

天畔浮云云表峰，北游奇险见居庸。

力排剑戟三千士，门掩山河百万重。

渠答自今收战马，兜铃无复置边烽。

上都避暑频来往，飞鸟犹能识衮龙。

　　　　　　　　——〔明〕梵琦《居庸关》

　　元末农民起义中有一支劲旅横空出世，势如破竹。这支起义军在朱元璋的英明领导下，一路高歌猛进，先取太平，再占应天。鄱阳湖一役，朱元璋的军队大败陈友谅，进攻平江，成功剪灭张士诚。至 1367 年，江南之地尽归其统辖。平心而论，陈友谅和张士诚无疑是朱元璋最为强劲的对手。然而，从个人情感层面而言，朱元璋与二人之间并无血海深仇，甚至在内心深处，或许还存有一丝惺惺相惜之感。朱元璋的内心深处，埋藏着最深切的仇敌乃国家的统治者——那残暴无道的元王朝。朱元璋早年痛失双亲，家庭破碎，被迫流离失所，以乞讨为生，在走投无路之下，方才愤而揭竿而起。这一切苦难的根源，皆来自那暴虐的统治者。

　　在扫平陈友谅、张士诚的激烈战争中，为了麻痹元朝，朱元璋施行了"高筑墙，广积粮，缓称王"的策略，表面上向元朝示好，表示不与其为敌，甚至还给元朝大将察罕帖木儿送去丰厚的礼物。

　　朱元璋麾下拥有装备精良的军队、智谋过人的谋臣以及勇猛无畏的武将。此时，他所率领的已不再是以往那不堪一击的农民起义军，而是一支战斗力丝毫不逊于任何劲敌的强悍之师。朱元璋终于振臂高呼"驱除胡虏，恢复中华；立纲陈纪，救济斯民"的豪迈口号，毅然决然地准备北伐。此处引用著名史学家吴晗先生的话来形容当时的局势："在这样的情况下，战争的性质改变了，不再是红巾军原来的阶级斗争的性质，而是一个汉族和蒙古族的民族战争。"

朱元璋对北伐进行了周密部署和精心策划：先夺取山东，撤除蒙元的屏障；进军河南，切断元朝的羽翼；攻占潼关，占据元朝的门槛；进而进击大都，待到此时，元朝已势孤援绝，便可不战而胜；随后再派兵西进，山西、关中、甘肃等地便可顺势席卷而下。1367 年十月二十一日，朱元璋任命中书右丞相徐达为征虏大将军、平章常遇春为副将军，率领二十五万大军向北挺进中原。出征前为鼓舞士气，朱元璋在队伍前方高声呐喊："天道好还，中国有必伸之理；人心效顺，匹夫无不报之仇。"在这振聋发聩的呐喊声中，北伐大军浩浩荡荡地出征了。

北伐的进程如火如荼，与此同时，洪武元年（1368 年）正月初四，朱元璋在应天（今南京）登基称帝，定国号为大明，年号洪武。洪武元年（1368 年）闰七月，各路大军沿着运河长驱直入，直抵天津，二十八日成功进占通州。当明军兵临大都城下时，元大都城中的元顺帝匆忙将宫中的珍宝装填上车，准备夺门而逃。

至正二十八年（明太祖洪武元年）闰七月二十九日，即公元 1368 年 9 月 11 日，这是元顺帝最后一次走出健德门，前往上都。据刘佶所著《北巡私记》记载，元顺帝出发的时间是"漏三下"，也就是凌晨三四点："车驾出健德门，率三宫后妃、皇太子、皇太子妃幸上都。"随行的百官仅有百余人，再加上侍卫军队，这堪称元代历史上最为单薄的北巡队伍。元顺帝透过车辇的窗棂，凝望着凌晨那如钩的残月，思绪纷飞，回忆起往昔无数次沿着辇路从大都去往上都避暑的情景，而如今却是"仓皇辞庙"，永别大都，犹如逃命般狼狈不堪。太阳刚刚升起，元顺帝的车辇便抵达了居庸关。这一路，没有了以往两都巡幸的雍容华贵与气派非凡。从健德门到居庸关，皇帝车驾通常需要走四五天之久，然而此番却在短短几个时辰内便颠簸至此。到了居庸关，关城空无一人，车辇迅速通过，丝毫不敢作片刻的停留。元顺帝回首又望了一眼居庸关高耸入云的过街塔，哀伤地放下车帘。古今中外，每一个行至末日的统治者，大概都会生出类似的感慨吧。

徐达攻克元大都后，在遣使赴京告捷的同时，积极采取一系列措施，加强以大都为中心的新占领区的军事布防，想方设法巩固和扩大北伐战争所取得的丰硕成果。洪武元年八月三日，也就是进驻北平城的第二天，徐达派出精锐的骑兵，前往大都北边的古北等隘口巡逻，不仅要阻止塞外元朝残兵南下入侵，还要谨防内地的元兵向北逃窜，泄露军事机密。八月十五日，朱元璋看到元朝都城已被攻克，命令大将军徐达继续率军攻取山西，同时让他留下三万兵力，设置燕山等六卫，以防守北平。徐达谨遵朱元璋的吩咐，命都督副使孙兴祖等率六卫将士驻守北平。为了进一步加强北平城的防御，徐达下令丈量元皇城，加固城墙，并特意将北平的"安贞门"改为"安定门"，"健德门"改为"德胜门"，衷心希望北平社会安定，人民幸福安康。

徐达经过数年的浴血征战，使大明成功统一北方，而后返回南京。此时，元顺帝之子爱猷识理达腊在和林登基称帝，其部下的残余兵力依然不容小觑。他们随时都有可能重整旗鼓，再度纵兵南下烧杀抢掠。部署在北部边沿地区的驻防官兵以及防御体系，在当时还非常脆弱，迫切需要一位有胆有识、有勇有谋之人前往镇守。洪武四年（1371 年）正月初三，距离徐达第一次北征回京还不到两个月，明太祖为了进一步加强北部边防，特命中书右丞相魏国公徐达前往北平负责操练军马，修缮城池，镇守北平。

徐达领命奔赴北平，也就是如今的北京。他没有为自己挑选豪华的府邸，也没有去元朝皇帝精心营造的皇家园林，而是马不停蹄地赶往北平以北著名的关隘——居庸关。

徐达来到居庸关前，从南向北放眼望去，心中不由得涌起一阵悲凉之感。居庸关除了过街楼上的白塔依旧高高矗立，无论是关城还是山脊上的长城，都显得破败不堪，到处是一片满目疮痍的景象。徐达叫来随行的官员问道："你可知此处的长城是何时修建的吗？"

"启禀魏国公，此乃五代后唐名将李嗣肱所修，距今已有四百余年。"

"四百年来就没有再加以修缮吗？"

"国公请想，数百年来历经契丹的辽、女真的金、蒙古的元等多个朝代的更替，加之此处属于各朝的腹地，除非王朝更替，遭遇战火的洗礼，历朝历代并无修缮之举。"

徐达在众人的引领下，进入居庸关内，只见城墙东倒西歪，城门上长满了蒿草。由于这几年还算太平，有些客商零零星星地路过，街道两边有几户商家还开着门。现在一见又有官军前来，赶忙关门上板。徐达急忙命手下人："快去告诉百姓，我们是大明官军，不必害怕。"

徐达对陪同的官员说道："此处不必再看了，继续北行到石门关去看看。""石门关"便是如今的八达岭。人马一路向北行进，穿过十里关沟，出居庸关北口，来到八达岭。正值初春时节，树木尚未吐绿，寸草尚未萌生，四处呈现出一片寂寥荒凉之景。八达岭的城关矗立在眼前，有不少明军在此把守，但是城头坍塌，城墙也参差不齐。徐达心中更加忧虑，暗自思忖："人们都说居庸关乃天下第一雄关，八达岭更是居庸关的北门，如今却已变成这般模样，一旦蒙古骑兵来袭，想必难以保全。如果此关不保，北平城就危险了！"

无奈之中，徐达结束了几天的巡查，满怀希望而来，却只能扫兴而归。回到北平府，徐达坐立不安："大明国事刚刚平定，北方的胡虏又有死灰复燃之势，万岁派我到此戍边。眼睁睁看着北边的边防如此糟糕，让我如何保卫？必须得把这几道关重新修整一番。"转念一想，"重新修整，这得需要大量的真金白银往里投入！长城倒塌之处需要用城砖修补，一块城砖得多少钱？现在需要多少城砖……"徐达不算则已，这一算顿时惊出了一身冷汗。

徐达算这笔账是为了什么？皇帝让他镇守北塞，整修防务，该花多少钱，只管伸手向皇帝申请费用即可。这又不是为修建私人府邸，而是为了国家办事申请费用，那是理所当然！别人或许不了解朱元璋是什么脾气秉性，徐达还能不清楚吗？跟着朱元璋南征北战多年，一路风雨兼程走过来，徐达太了解他了。大明刚刚开国，百废待兴，到处都需要用钱，让他伸手跟朱元璋要钱，徐达实在做不出这样的事。没钱还得把活儿干好，这可太让人发愁了。徐达连续几日夜不能寐，寝食难安。跟在徐达身边的人看到这种情形，谁也不敢多问，他们心里都清楚徐达是为何事发愁。这会儿要是过去一问，他说不定会把满心的邪火都撒在自己身上，所以谁也不敢去自找麻烦。唯独一个人看不下去了，这个人不是外人，正是徐达的大儿子徐敬祖。

徐敬祖来到徐达身边，躬身施礼："父亲，我见您老人家几日来愁眉不展，莫非有什么心事？"

徐达看了一眼儿子，没有说话，只是微微摆了摆手，意思是让他别说了，出去。徐敬祖看见了，却没有转身离开："父亲，您莫非是为北塞防务之事忧心忡忡吗？"

徐达听罢，剑眉倒竖，虎目圆睁，低声呵斥："军务大事，你不要过问，出去吧！"继续往外轰他。

徐敬祖依旧站在原地："父亲，我知道您为什么发愁。我一问下人，才知道您前些日子去居庸关、八达岭巡查了一趟，回来之后就愁眉不展。北塞的长城年久失修，您打算修城。可是我大明江山刚刚建立，拿不出银子，您才为此忧心忡忡。我说得对不对？"

徐达听罢心中暗喜："罢了。要说敬祖这孩子真是聪明过人，一句话就说到我心坎里去了。"徐达作为征战多年的将军，向来喜怒不形于色，听罢儿子的这番话，既没承认也没否认，依旧面沉似水，微微闭上双眼："敬祖，说说你的想法吧！"

"父亲，依我看银子确实是个大问题。现在北平府库空虚，老百姓手里也没有钱。但是咱们有土地、有资源……"

徐达听儿子这么一说，感觉自己的思路稍微开阔了一些，睁开双眼催促道："你继续说……"

"咱们不妨这样，把北平周围的土地以低价租给农民。这样就能把河北、山东等地的人吸引到北平来，人口增加了，收入自然就能增长；然后按照户籍服役课税。属籍军户发给衣服、粮食，让他们当好兵；属籍民户分给田地、耕牛、种子，让他们多交税。这不就把迫在眉睫的问题都解决了吗？"

徐达点了点头，立刻写奏表请示朱元璋。朱元璋看罢非常高兴，觉得这是有利于北边建设的良策，当即批准。徐达拿到朱元璋的批示，便着手一件一件地办理。徐达前后移民三万五千多户，共计十九万余人来到北平府属地。在北平府周围建立屯田点二百五十多个，开垦粮田一千三百多顷。士兵们在妫川大地上，建立起一批军屯村落，一边屯垦一边戍守，大大减轻了北方军队的粮饷供应负担。

　　徐达把收上来的税都用在了修筑工事上，对居庸关、八达岭以及周围的主要长城进行了全面的整修。几年之后，徐达再次来到居庸关，眼前呈现出的是一片军容严整、士气高昂的景象。城上的杂草已被清除干净，坍塌的城墙也修补完好。城关之上，一面杏黄大旗迎风招展，上绣一个斗大的"明"字，将士们一个个精神抖擞，时刻防备着元朝残余军队的侵扰。徐达因此被明太祖朱元璋赞誉为"塞上长城"。

　　欲知后事如何，且听下回分解。

第三十二回　皇子镇守安北平　谋士献策筑长城

北斗初高月未斜，五更清露净尘沙。

道边从绕炉香立，多是耆人候翠华。

——〔明〕杨士奇《扈从巡边至宣府往还杂诗》

明朝初年，大将徐达坐镇北平。他积极迁徙各地农民至北平屯田种地，旨在加强防御力量。徐达对士卒的训练要求极为严格，同时大力修缮城池，强化守备，对待烽燧之事更是严谨有加，时刻保持高度警惕，以防元朝残余军队的侵扰。在他的精心治理之下，明朝初期的北部边疆局势日趋稳定。

然而，天有不测风云，洪武十七年（1384 年），徐达不幸患上了背疽，也就是老百姓口中常说的瘩背疮。用现今西医的理论来解释，这属于一种急性化脓性感染。可千万别小瞧了这种感染，在明朝初年的医疗条件下，它的确是足以夺命的重症！朱元璋得知这一消息后，旋即派人将徐达接回南京，并安排宫中最好的御医为其诊治。徐达离开北平府后，驻守北部边塞的重任自然而然地落在了燕王朱棣的身上。

洪武三年（1370 年），朱棣被朱元璋封为燕王，但那时的朱棣年仅十一岁，一直留在朱元璋的身边，尚未就藩。朱元璋虽贵为九五之尊，但对子女的教育却极为严格。朱棣和众皇子自幼便在朱元璋的授意下接受严格的军事训练。朱元璋命令他们都脚穿麻鞋，裹上缠腿，像士兵一样到城外进行野营拉练。其中，十分之七的路程骑马，十分之三的路程步行，还得在演武场上练习骑马、射箭。燕王朱棣正是在这样的环境中，从小打下了坚实的骑射基础。洪武十三年（1380 年），二十多岁的朱棣就藩北平。在此期间，他和徐达两人一内一外，配合默契无间。要知道，朱棣是徐达的女婿，老丈人得病回南京，所有的大小事务自然都落在了朱棣一人的肩头。

书中暗表，燕王朱棣手下有个谋士叫姚广孝，这个人公开的身份是一个和尚，法号道衍。朱棣怎么把一个和尚当作谋士了呢？原来，就在洪武十五年（1382 年），朱元璋的皇后——马皇后去世，朱元璋要大臣们为诸王遴选高僧，在各自封地诵经，为马皇后祈福，有官员就把姚广孝推荐给了朱棣。

姚广孝是苏州府长洲人，家里世代行医。但是姚广孝偏偏对佛法感兴趣，十四岁就出家做了和尚。他最初学习禅宗，后又改习净土宗，中间还拜过一个道士为师，学习了不少阴阳术数。所谓阴阳术数，说白了就是算卦、看阴阳宅。就在洪武年间，朱元璋打算从各地选拔一批懂儒学的僧人，姚广孝得知了消息来到当时都城——南京，参加并通过礼部组织的考试。也正是这一年，马皇后去世，姚广孝到了北平，以"冠而入朝，退仍缁衣"半官半僧的状态，生活在庆寿寺内。庆寿寺，历史上曾为北京名刹之一，最开始是金朝的庆寿宫，创建于金代，元代改称大庆寿寺。寺内西侧有元代建的两座八角形密檐式砖塔，因此俗称双塔寺。这座寺院的位置就在今天北京西单电报大楼的西边，这里距离燕王府不远。

单说一天，朱棣将姚广孝叫到府中，两个人密谈了很久。此时，密室中烛火摇曳，那昏黄跳动的烛光照在朱棣的脸上，越发衬得他脸色凝重。只见他坐在书桌后，缓缓地摇头长叹道："大师，如今本王驻守北平，这北平的治理可是重中之重，不知大师可有良策？"

姚广孝微微点头，缓缓说道："燕王千岁，老国公徐达将军在北平的时候，修缮城池，加强守备，遵循着万岁制定的方针总路线——高筑墙、广积粮、缓称王！这就是告诫咱们要巩固根据地防守，储备充足的粮草，以应对不时之需。"

朱棣听了，微微皱起眉头，思忖片刻后道："所言极是。不过，北平府的北城墙，已经向南缩进五里。这是徐达老将军的举措，其目的是将比较荒凉的元大都北部地区甩到城外，从而减轻军队防守的负担。您如今让我'高筑墙'，我实不敢啊！《左传》有云：'先王之制，大都不过叁国之一。'按照礼制要求，北平城的规模不能超过国都京师……"朱棣心中暗自盘算，自己如今虽贵为燕王，但一举一动皆在朝廷的注视之下，稍有不慎便会惹来猜忌，这北平城的规制可不能随意更改啊。

姚广孝连忙摇头，目光笃定地看着朱棣："殿下，并非您所理解的那个意思。我所说的'高筑墙'，并非指北平的城墙，而是长城的城墙。"

朱棣一听，眼中闪过一丝恍然，随即问道："你的意思，是按照徐达老将军的军事路线，将燕山长城继续加固、加高，使之成为抵挡北元残余势力的一道坚实的军事屏障。"

姚广孝点头应道："不错，殿下请想。当初老国公身旁有一个能人，此人名叫华云龙。他就曾经说过，燕山长城固然是抵挡北元残余的一道重要军事屏障，然而，除了草原，其他地方也有外族虎视眈眈地盯着北平府。按照华将军的想法，要在燕山长城沿线自永平、蓟州、密云以西多加关隘，并增加驻守的兵力；还有军都山所有山峪隘口可通人马的，都应用砖石砌塞；在山头上增筑烟墩烽火台；向北增设驿站，一旦有战报，便能及时传送到北平府。"

朱棣站起身来，背负双手在屋内踱步，脑海中不断思索着姚广孝的这番话。他深知北平的安危对于自己的重要性，若能如姚广孝所言加固长城防线，那抵御外敌便多了几分把握。可这其中所需的人力、物力又该如何调配呢？他停下脚步，看着姚广孝问道："大师，此等举措固然甚好，只是这诸多工程所需的人力、物力可不少，本王该从何处调配？且朝廷那边……"说到朝廷，朱棣眼中闪过一丝担忧，他知道朝廷对藩王的势力一直有所忌惮，若是大动干戈地进行长城防线的修筑，难免会引起朝廷的猜忌。

姚广孝似乎看穿了朱棣的心思，他平静地说道："殿下不必过于担忧朝廷那边。如今北元残余势力时常侵扰边境，危及百姓安宁，殿下加固长城防线乃是为了保境安民，此乃正义之举。不如直接上书朝廷，奏请圣上。"

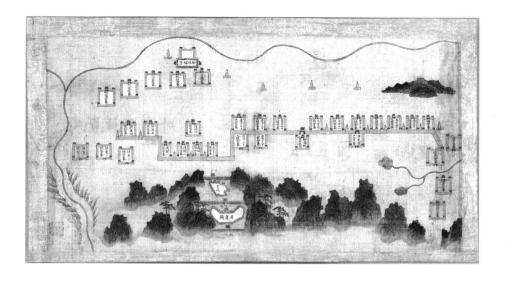

朱棣听了姚广孝的话，心中稍安，但仍有些疑虑："这……恐怕不妥吧。"

姚广孝微微一笑："殿下放心，圣上乃是一代有道明君，这样利国利民的大事，有何不妥呢？"

朱棣微微点头，心中已然有了计较。他望着窗外漆黑的夜空，仿佛看到了未来那坚固无比的长城防线在燕山山脉上蜿蜒起伏，守护着北平这片土地。第二天，朱棣给朱元璋呈上一道折本，将加固长城防线一事详加备述。朱元璋看罢当即点头应允。

此事更增加了燕王对姚广孝的信赖，他着手行动，将燕山长城沿线自永平、蓟州、密云以西长达二千余里的防线上增设关隘一百二十九处。在军都山山峪隘口可通人马的地方，都用砖石砌塞；增建了许多烟墩，以供瞭望和守候之用。重新开通驿路，并设立土木、榆林、居庸关、榆河四个驿站。从1399年开始，妫川南北山区一片热火朝天的景象。施工的工地从南口向北的居庸关、青龙桥、八达岭、榆林驿，一直延伸到西边的土木堡，连成了一片。白天，烟尘四起，直冲云霄；夜晚，灯火通明，照亮山谷。明朝的士兵们一方面赶修隘口城堡，另一方面开垦靠近山边的熟荒地，以解决给养问题。

这一修，便是整整三十年。这道长城从山海关西来，由如今平谷区将军关附近进入北京市界。在平谷区黄松峪、密云区墙子路一带呈南北走向，向北过密云区曹家路、新城子、古北口、白马关一线的北部山区分水岭构筑，过白马关后，走向转向西南，经密云区冯家峪、北石城、南石城而达怀柔区的神堂峪、慕田峪。这一带长城主要构筑于平原及谷地西侧的山麓地带。从慕田峪向西，在怀柔区海拔一千五百三十四米的黑坨山附近，长城分为两支：一支呈西北走向，经延庆区四海镇暴雨顶后分成东西两路，东路经过白河堡东北出市界，西路经佛爷顶奔西北一带出市界，然后向河北赤城龙关、宣化延伸；一支走向南西，分成南北二线，北线从延庆杨树台长城连接点开始，沿延庆区海字口、东灰岭、小张家口、八达岭而达青水顶，南线从怀柔区旧水坑西南长城连接点开始，经昌平区黄花城、龙泉峪、黄花梁、西岭、八达岭而达青水顶。北线构筑于延庆盆地南缘，南线构筑于军都山中。二者在青水顶会合后继续向西南延伸，在禾子涧以北再度分成南北二线，北线在黄楼洼出市界后，在镇边城以西重新进入市界，在笔架山、广坨山等地中断；南线沿禾子涧、郭定山、老峪沟、大村一带东山脊南延，至得胜寺转向西北后中断。向西在门头沟区沿河城附近经东灵山越出市界，向河北省易县、山西省灵丘方向延伸。这便是明长城在北京的大致走势。明朝并非只有这一时期在修长城。从明洪武十四年（1381年）修筑山海关长城，到明万历二十八年（1600年）前后，历经二百年有余，基本完成了万里长城的修筑工程。一些城堡关城甚至到了明末还在修筑，最终修出了东起鸭绿江，西达嘉峪关，全长五千二百三十多千米的明长城。

洪武二十三年（1390年），朱棣正忙于修筑燕山长城防线之时，漠北却出现了乱子。燕王朱棣奉命率军北征，成功招降元将乃儿不花。这本应算是一件军功，然而各个藩王之间相互倾轧，朱棣的功绩遭到晋王朱㭎——朱元璋的三儿子的嫉妒和忌惮。朱㭎找到太子朱标告发朱棣，声称朱棣不听自己的约束，"劳师冒险"，并让朱标将此事汇报给朱元璋。他甚至还派人在燕王府内进行监视。两位皇子之间的关系变得剑拔弩张。朱棣未曾料到，两年之后，自己的大哥太子朱标去世。朱元璋立皇孙朱允炆为皇太孙。又过了几年，秦王、晋王也相继去世，朱棣成为藩王中岁数最大的一位。

朱棣此时羽翼已然丰满，身边拥有能征善战的护卫军，其权限也超出了"有藩王的爵位却不能管理百姓"的规定。他在北平的这些年，不仅致力于军事防御的建设，还积极关注民生。他深知，要想让北平长治久安，仅仅依靠坚固的城墙和强大的军队是远远不够的，还需要让百姓安居乐业。于是，他下令减轻赋税，鼓励农耕，兴修水利，使得北平地区的农业生产得到了一定的发展。而在与南京朝廷的关系上，朱棣一直小心翼翼，谨言慎行。他深知自己的一举一动都可能引起朱元璋的猜疑，因此总是尽量表现出对朝廷的忠诚和顺从。然而，他的内心深处却始终有着自己的想法和抱负。

　　晋王死后一个多月，朱元璋给朱棣写了一道敕谕，大概意思是："在我众多儿子之中，朱棣你最有本事。你的几个哥哥都已不在了，你便是最大的。攘外必先安内，咱们自家人得和睦相处，不能产生矛盾。你要带领其他藩王——你的弟弟们，好好替我守护国门，绝不能让外人侵略大明。"朱元璋将朱棣视作维护朱家皇朝的中流砥柱，对他寄予了极大的期望。但朱元璋毕竟精明过人，深知燕王权势过大，对皇孙朱允炆是一个极大的威胁。朱元璋临死之时下了遗诏："诸王临国，毋得至京。王国所在文武吏士，听朝廷节制。"意思是，未得旨意不准入京，即便自己去世，诸位藩王也不能前来吊唁。他生怕皇孙朱允炆的皇位被他人篡夺。

　　坐镇北平府的燕王朱棣早已成竹在胸。此时的姚广孝给朱棣推荐了一位叫袁珙的术士。这两人都成为朱棣的谋士，准备协助燕王朱棣发动"靖难之役"。

　　欲知后事如何，且听下回分解。

第三十三回　燕王靖难兵初起
邱福攻破居庸城

居庸关中四十里，回冈复岭度萦纡。

道傍石刻无人识，尽是前朝蒙古书。

——〔明〕杨士奇《扈从巡边至宣府往还杂诗》

　　洪武三十一年（1398 年）闰五月，明帝国的开国皇帝朱元璋驾崩。皇太孙朱允炆承继大统，登上皇位。此时，燕王朱棣虽反心已萌，但尚未下定决心起兵。偏巧，在南京城的朱允炆接到一封奏折，上书："星宿有变，恐北方将有兵变战祸。"与此同时，身旁有大臣不断在建文帝耳边提及削藩之事，建文帝也感觉四叔朱棣不太老实，索性将工部侍郎张昺擢升为北平布政使；都指挥谢贵、张信任命为北平都司；加派宋忠为北平都督，在北平南郊结营屯守；调燕邸卫兵和燕王属下兵统去戍守北方；命都督耿瓛在山海关练兵、徐敏在临清练兵，对北方之变严行戒备。还火速传召燕王帐下都指挥关童，即刻赶赴南京。

　　燕王朱棣眼见建文帝这一系列动作，心中暗自思忖："这分明是冲着我来的。可如今起兵的准备尚未完备，这该如何是好？"

　　姚广孝看出燕王所处之境极为危险，对他进言："建文虽尚未给千岁您定罪，但其意图已然明晰，千岁如今甚为危急。当下之计，不如韬光养晦，上书称病，以消除其疑惧之心。"

　　燕王点点头："对，也唯有如此了。"

从此，朱棣佯装疯癫，称病不理府中事务，暗中却秘密筹划起兵事宜。

　　张昺和谢贵抵达北平后，对朱棣的一举一动监视得越发紧密。朱棣深知，若要起兵，这二人必是极大的阻碍。况且他们手中握有一定的权力，还能时刻向朝廷传递消息。而此时朱棣起兵的准备尚未完全就绪，直接与他们对抗并非上策。于是，燕王朱棣决定以请他们过府赴宴为名，试图在宴会上寻找机会解决这一隐患，为起兵之事铺平道路。派谁去邀请这二位呢？朱棣身边有一个谋士叫袁珙。

　　原来这袁珙与姚广孝是旧相识。他曾到海外游学，后在普陀山遇奇异和尚教其相人之术，成为天下闻名的相术大师。他给许多人相过面，结果都颇为灵验。传说，洪武年间，袁珙在嵩山见到了当时默默无闻的姚广孝，他对姚广孝说："是何异僧！目三角，形如病虎，性必嗜杀，刘秉忠流也。"意思是姚广孝和元代的名臣刘秉忠是一路人。后来姚广孝有机会来到燕王朱棣身边，就将袁珙介绍给了朱棣。

　　朱棣为了测试这位相术大师的本事，以接风洗尘为由，让姚广孝带袁珙到北平街头的一个酒铺喝酒。他自己换上卫士的服装，带着九个与自己长得相似的卫士迅速赶往酒铺子。当十个"卫士"到达酒铺后，姚广孝笑着对袁珙说："袁大师，您看看刚刚进来的那十个卫士命相如何？"袁珙起身走到卫士们跟前逐一端详。当看到朱棣面前时，袁珙急忙拜谒道："殿下，何必如此轻行？"朱棣假装不以为然地回答："胡说八道，我们十人都是护卫长官。哪里来的什么殿下？"袁珙何等聪明，见到这种情形，便干脆不答话了。

　　朱棣见袁珙认出了自己，也不再隐瞒，将他秘密请到燕王府。袁珙进入燕王府后，根据朱棣的相貌和神态，说出了"龙行虎步，日角插天，太平天子也。年四十，须过脐，即登大宝矣"这样的话，意思是朱棣有天子之相，在四十岁时，胡须长过肚脐，就可以登上皇帝宝座。朱棣听后虽很高兴，便将他留在身边共商大计。但由于袁珙相术闻名，朱棣担心其相出手下人未来能为公侯卿相的话语会暴露自己的野心，为安全起见将袁珙藏在燕王府，这样一来外人谁都没见过这位相术大师。眼下燕王朱棣要请张昺和谢贵，叫别人去请担心他们会起疑心，所以这才让深藏不露的袁珙前去。

袁珙见到张、谢二人，拱手行礼："二位大人，敝主前些日子病重，未能与大人相会。今日病愈，特请二位钦差大人到府中一叙。"

张昺、谢贵初到北平府时，就听闻燕王犯了疯病，一直心存疑虑。现今燕王府发出邀请，都觉得这是面见燕王的大好时机。

二人来到燕王府，走到东殿，只见燕王拄着拐杖而出，满脸堆笑，迎上前来。他们见燕王面容憔悴，身形佝偻，看起来真像是病了，赶忙上前施礼。燕王笑道："二位贵使北上，本王因病未能招待。今日本王病愈，特请贵使赏本王一个薄面，吃顿便宴。"说着便吩咐摆宴。

张昺听完连忙说道："王爷千岁盛情，我二人实在不该推辞，但今日之宴，心领了，等以后有机会再叨扰王爷。"

燕王脸色一沉："如此说来，二位贵使，是不赏本王这个面子?!"

张昺、谢贵吓得一惊。谢贵生怕惹恼燕王，连忙赔笑："既然王爷千岁赐宴，是我们的荣幸，盛情难却，只得叨扰了!"他对张昺使了个眼色，二人在客席就座。

席间，燕王命人端上一盘绿皮红瓤、瓤裂籽离的西瓜，却不让张昺、谢贵食用。他拿起一瓣西瓜吃起来，对着张昺、谢贵怒骂："平常百姓，尚且知晓对兄弟宗族加以周济。本王身为天子亲属，性命竟危在旦夕，却还遭人猜忌。这世界如此没有公理，天下还有什么事情不可做呢!"燕王言罢，突然"啪嚓"一声把西瓜扔在地上，两廊之中顿时涌出无数手持利剑的壮士，将张昺、谢贵擒住。

燕王将拐杖掷于地上，站在张昺、谢贵面前，用手指着他们说道："本王哪里有病? 我是被奸臣所逼迫才至于此。今已擒获奸臣，杀之以泄吾恨!"说罢向外一挥，亲兵卫队将张昺、谢贵推出殿外，砍下了他们的首级。

花开两朵，各表一枝。都指挥谢贵有一个下属名叫俞瑱，乃北平卫指挥使。张昺、谢贵来到北平都肩负着使命，秘密指令便是监视燕王朱棣的一举一动。谢贵一到北平，就察觉燕王确实有谋反之意，把手下的北平卫指挥使俞瑱找到跟前说道："我看燕王必定会造反，你作为北平卫指挥使，手中握着北平城的兵权。倘若要抓捕燕王，你乃我的左膀右臂。"谢贵这话刚说没几天，就被燕王杀了。

燕王朱棣杀了张昺、谢贵，为了斩草除根，要将他们的手下逐一绞杀。俞瑱见局势对自己极为不利，心想："我需保存实力，完成谢大人交付的任务。北平城到处在搜捕张昺、谢贵的亲近之人，我得找个地方组织人马，报效朝廷。"此时，俞瑱想起了驻扎在城外南郊的北平都督宋忠。他来到宋忠的大帐，把张昺、谢贵被杀的事情向宋忠和盘托出。宋忠也是一惊，没想到燕王朱棣的动作如此之快，他对俞瑱说道："你别在我这里久留。我拨给你一些人马，你先行一步到居庸关，把那里的兵聚集在一起，抓紧时间练兵。"

俞瑱心中不解，问道："大人，这是何意？"

"你去居庸关练兵驻守。你在北，我在南，咱们商量好南北夹击，准备袭击北平。"

俞瑱觉得宋忠的计策甚为精妙，带着兵马直奔居庸关而去。

俞瑱前脚刚走，姚广孝就带着人马来到了南郊。没等宋忠把阵布好、队伍列成，姚广孝一声令下，燕军便冲杀过来。一仗打得宋忠落荒而逃。几天后，燕王将所属军队调齐，一切准备就绪。挑良辰选吉日，在燕王府外的广场上祭旗誓师。十万大军，随所属各部身着各色号服，列成方阵，旗幡招展，盔甲鲜明，刀戟森森，声势极为浩大。燕王身穿铠甲，头戴帅盔，宣布自己为靖难都元帅。

第二天，燕王召集众将，商议出师之事。姚广孝对燕王朱棣说道："千岁，我军欲向南京进发，必须先平定北平近郊，以确保没有后顾之忧。如今我军虽已占据北平，但通州、蓟州、遵化等地均未奉王命，尤其是宋忠逃后占据怀来。诸处不平，我师南出终究会受到牵制。在南下诛除奸臣之前，必须先占据北平附近的各州县，一是可以护卫北平，保障燕藩根基稳固；二是可以供应我军军需。"

燕王点头称是："不错。居庸关地势险要，乃北平的咽喉。听闻俞瑱占据此关，必须马上将其拿下。倘若动手晚了，宋忠带着怀来的援兵一到，恐怕麻烦就大了。军师，您调兵遣将吧。"

姚广孝派张玉率领三万大军攻打通州，派朱能率领三万大军攻打蓟州："通州指挥房胜平庸无能，只要加紧进攻，他必然招架不住。攻下通州后，立即挥师东进，协助攻打蓟州；蓟州都指挥马宣强悍，必须全力猛攻，挫败其锐气，令其气馁胆寒，如此方可攻克。你二人必须依照我的安排行事，不得违背。攻下通州、蓟州后，合兵一处，再攻占遵化。"张玉、朱能二将领命而去。

姚广孝又道："邱福、华平！"

"末将在！"

"命你二人率领新招募的北平镇兵三万，攻打居庸关，得手后再驱师怀来，袭杀宋忠。"

华平、邱福道声"得令"，转身欲行。姚广孝说道："且慢！"二将停下身形，姚广孝接着说道，"宋忠的兵，原本是北平戍卒，都是从北平一带征去的。他们惦念家乡，并不愿作战，可效仿张良用四面楚歌败项羽之法，瓦解其军心。你二人点完兵后，令军兵晚行二日，让他们各自回家省亲。让他们给怀来兵带家信和东西，贫僧也与你们一同征讨居庸、怀来。"说罢，扭头对燕王说道："王爷，您就带兵镇守北平吧！"

燕王点头，叫了一声："众将官，有劳诸位将军！孤王在府中为诸位准备庆功宴！"

华平和邱福去新军营点兵。三天后，姚广孝督着华平、邱福率领三万大军，浩浩荡荡地出了北平，过了南口，矛头直指居庸关。

俞瑱到达居庸关多日，正准备操练兵马，突然有人来报："大人，燕兵已过南口城了。"俞瑱知晓这一天迟早会来。燕军多是刚刚招募的新兵，都是为了钱财当兵的游民，乃一群乌合之众，没什么值得惧怕的。他带着关内的大军开关迎敌。

居庸关的兵和华平带领的燕兵前锋在关前相遇，爆发了一场激烈的战斗。姚广孝在远处登高远望，估量俞瑱在关前参战的兵士约有万余，心想："主将带领主力在此参战，关内必定空虚。"他叫过邱福："你率领三千精兵绕道去攻打居庸关，攻下后放火烧他的营寨，再回兵攻打俞瑱。"

邱福道声"遵令"，率领三千人马去攻打居庸关。

居庸关只剩下几千老弱残兵，守关的士卒来不及关门，邱福就率领燕军攻进关，占领了中军大帐。依照军师所说，在关内放起大火。关内的老弱残兵被燕军冲杀得七零八落，见几处火起更是乱作一团。副将一看大势已去，跪地向邱福投降。副将一降，关内的兵有的投降，有的逃跑。邱福平定了关内，立刻挥师杀向关前。

俞瑱一开始就低估了燕军，两军一交锋，他才知晓燕军的厉害。燕军新兵里也有老兵，他们战斗时几人组成阵势，只要俞瑱的兵一进阵就退不出来，只有挨打的份儿。各自为战的散兵也作战勇猛，以一当十。战了两刻钟，俞瑱的兵就呈现出败势，他正在焦急之时，回头一看关内火起，只见一燕将随着"邱"字大旗冲杀过来。队伍虽然只有千人，但他们敲锣呐喊，击鼓助威，声势浩大。俞瑱已被华平杀得心慌意乱，见邱福前来夹击，自知难以抵挡，带领残兵穿过居庸关城向北逃窜。

姚广孝令华平、邱福合兵一处，进入居庸关休息，然后带着缴获的辎重、军器去攻打怀来。俞瑱逃到怀来见到宋忠，把如何败给燕兵的经过讲述了一遍。宋忠完全把之前的事抛诸脑后，微微一笑："俞将军勿怕，燕军若来，本督有计管叫他死无葬身之地！"

欲知后事如何，且听下回分解。

第三十四回　朱棣迁都北京城
赵珖复修隆庆州

红叶离离净可书，绿渠流水见游鱼。

老臣虚拜貂裘赐，一路阳和护属车。

　　　　——〔明〕杨士奇《扈从巡边至宣府往还杂诗》

俞瑱败走居庸关，一路仓皇逃至怀来县城见到宋忠，将自己被燕军击败的惨况细细一说。宋忠听罢微微一笑："俞将军勿怕，燕军若来，本督有计管叫他死无葬身之地！"

宋忠深知驻守在怀来的兵卒皆是北平人，他们的家属都在北平。为了激起士兵们的斗志，他竟信口雌黄，欺骗众人说："你们的家属都被燕军杀害了，血染黄土，惨不忍睹。有愿为亲人报仇者，与我同仇敌忾，奋勇杀敌，给亲人报仇雪恨！"将士们信以为真，个个怒发冲冠，磨刀擦剑，欲与燕军拼死一战。

然而，姚广孝算在宋忠前面抵达了怀来。他将怀来军的家属或亲戚全部挑选出来，到怀来军营四周喊话，以此来涣散军心。如此一来，这仗还怎么打？宋忠战死，俞瑱则死守怀来城，力战多日。姚广孝来到阵前，冲着被打得千疮百孔的怀来城高喊："俞将军，你可知道石头城被我们攻破了吗？你没有援兵，还能去哪儿？归顺燕王吧！"石头城乃怀来南边的镇边城，同样是军事重地。

俞瑱听罢微微一笑："就算你们攻破石头城，我也要为南京的天子守住怀来城！"

姚广孝闻得此言，敬佩之心油然而生："俞瑱不愧是国之栋梁。"无奈之下，只能下令强攻。最终，俞瑱力竭被俘，却坚贞不屈，英勇就义。燕王朱棣扫平北平近郊，确保后方无忧，这才挥师向南京进发。经过四年的浴血奋战，朱棣终于在群臣一片劝进声中在南京称帝，改年号为永乐。

朱棣镇守北平多年，深知北平在军事上的关键地位，毅然决定迁都北平。永乐四年（1406年），征调工匠、民夫上百万人，大兴土木营建北京的宫殿。次年，明成祖朱棣的皇后徐氏与世长辞。因当时正在修建北京，朱棣深思熟虑之后，没有在南京给自己修建陵墓，而是派遣礼部尚书赵羾等人前往北京寻觅"吉壤"。

赵羾，字云翰，二十三岁中举人入太学，官授兵部主事。他曾在南京绘制天下要塞屯戍之所，进献给朱元璋。朱元璋看罢，极为满意，将他擢升为员外郎。建文初年，赵羾在浙江出任参政，又因建策捕海寇立下功勋。永乐二年（1404年）出使越南，归来后晋升为礼部侍郎。

此时已是礼部尚书的赵羾在昌平黄土山下选中陵地，由朱棣亲自察看后拍板定夺，即如今的明长陵。自此，朱棣之后的明朝十二位皇帝都把陵墓修建在附近，形成了今日北京昌平区的明十三陵。此处兴建陵墓，不但风景如画，更为重要的是山势如屏、易守难攻。一旦驻军把守，既能护卫陵寝，又便于保卫京师。

北平在军事指挥上的显著优势，是处于后方的南京所无法比拟的。天子戍边的豪迈气势以及皇宫和先帝陵寝皆在前线的事实，使朝廷上下在面对危机之时更具抵抗的决心。朱棣将大明首都由南京迁至北平，将北平更名为北京。从此，明朝的历任皇帝，坐镇北京城，守护着锦绣中华。妫川延庆成为明王朝的"陵京后宸"和"国之藩篱"。朱棣不愧是明代少有的军事家，对陵区的选择和驻军的守卫安排，再次彰显了他非凡的才华和远见卓识，其苦心谋划，不久之后便得到了有力的证实。

永乐七年（1409年）二月，明成祖派遣使节前往鞑靼。1368年，蒙古人的元朝结束在中原的统治，蒙古朝廷退回岭北行省，在历史上被称为"北元"。明朝人把退据蒙古高原的北元政权及其治下的蒙古族称为鞑靼。朱棣派人前往鞑靼，目的唯有一个——"和平共处"。"我主中原，可汗主朔漠，彼此永远相安无事。"朱棣想得挺好，怎料派去的使节竟惨遭杀害。

朱棣勃然大怒，当年七月，派遣淇国公丘福为征虏大将军，率领十万大军征讨鞑靼。然而，十万大军竟全军覆没，朱棣闻得奏报，震怒之余深感鞑靼是极为棘手的敌人，决意亲自征讨。转过年的春天，朱棣亲率五十万大军深入漠北，亲征鞑靼，明军大获全胜。

就在此时，蒙古高原西部的瓦剌势力不断壮大，不仅阻碍了明朝通往西北的通道，而且妄图控制鞑靼。朱棣不禁心生感慨："刚收拾完鞑靼，瓦剌又开始折腾，按下葫芦浮起瓢，没一个让人省心的。"无奈之下，只能继续出兵征战，明成祖朱棣再度出塞亲征瓦剌。

朱棣亲率大军出北京城一路向北，经昌平，到南口，过居庸关，沿着关沟径直抵达八达岭，来到了妫川大地。按照既定的行军路线，大军直接向北直奔赤城。沿路行进的大军来到缙阳山前的"官山"。这里也称独山，是已废弃的龙庆州最早的州治所在，位于现在延庆区旧县镇旧县村。明初，此地设置永宁卫。据《明史·地理志》中记载："永宁本永宁卫，洪武十二年九月置。永乐十二年三月置县于卫城。"

延庆地区在秦、汉时期设为居庸县；西汉时增设夷舆县；唐朝改名妫川县；唐末又改属儒州缙山县，遗址就在旧县镇旧县村的城址；元代延祐三年（1316年），缙山县升为龙庆州。不久，龙庆州治所也迁入现在延庆城址内，原来的缙山县城逐渐荒废。此后，缙山县、怀来县归属龙庆州管辖。明朝初年，在居庸关设置守御千户所。建文元年（1399年），朱棣还是燕王的时候，将千户所升置为隆庆卫。永乐二年（1404年），朱棣又在居庸关设立隆庆左卫和隆庆右卫。

朱棣来到缙阳山，心中暗想："几年未曾来过这里，也不知变成了何种模样。"朱棣登上旧县南侧的"官山"，向山下放眼望去，第一眼看到的便是已经废弃的缙山县城，映入眼帘的尽是一片破败之景。

正可谓：残垣断壁，败瓦颓墙，荒烟蔓草斜阳。废城空寂，凄凄满目沧桑。曾经繁华如梦，到如今、只剩凄凉。暮风里，叹残枝零叶，乱舞寒塘。

故地重游怀旧，心黯黯、愁思且自绵长。岁月无痕，悄然抹去辉煌。唯余断碑残碣，诉当年、多少风霜。意难尽，望天涯、归路渺茫。

朱棣看着直摇头，再往四周环顾，发现土地平坦开阔，不禁心想："如此平整的土地，就这样荒芜着实在太可惜。倘若种上庄稼，足以供应守卫的军队食用。"朱棣深知，北京的防御重中之重便是居庸关、八达岭，明朝在此驻兵众多。仅居庸关便驻兵五千，北边还有八达岭，加在一起有上万人马。人要吃饭，马要吃草，从其他地方调拨粮草耗费巨大，若能将这里的人力用好、土地用好，实现自给自足，便可节省大笔军费开支！然而此时朱棣要去征讨瓦剌，至于如何开发、利用这片土地，他打算等征讨结束之后再作打算。

朱棣征讨瓦剌得以凯旋，他回想起开发隆庆地区的事宜，暗自思忖："开发一个地区乃一件大事！需要花费巨额费用。尤其是开发已经废弃的隆庆地区，关系到北部戍边的诸多问题，绝不能随随便便派遣一个人就行，必须是信得过的人。这人的官职不能过小，否则镇不住当地的官员；当然也不能过大，朝中并非只有开发隆庆地区这一件事，还有众多军国大事等着处理。"人选问题让朱棣深感棘手，选来选去，他想起了一个人，正是几年前为徐皇后甄选陵寝的礼部尚书赵羾。

赵羾此时已不再担任礼部尚书一职，就在去年，因为一档子事，他被关押了起来。永乐九年（1411年）的秋天，朝鲜使臣准备回国，按照明朝的惯例，通常会有赏赐。礼部专门负责此事，赵羾当时也没多想，心中盘算："朝鲜使臣年年都来，每年回去的时候，皇帝赏赐的东西都相差无几。今年我也别费事了，把去年的旨意找出来，去年赏什么，今年再照样来一份就行了。"

赵羾想好之后，并未向朱棣请示，便自作主张。朝鲜使臣也是多事，临行时非要面见朱棣，见到皇帝后，话里话外地表示："没想到明朝地大物博，可是赏赐我们的东西太过敷衍。"朱棣觉得甚是奇怪，一经询问，这才知晓，原来是嫌弃赏赐的东西和去年相同。朱棣找来相关官员询问，原来是赵羾独断专行，才引发了朝鲜人如此多的怨言。

朱棣心中大为恼火："赵羾啊赵羾，平日办事挺明白的，怎么在这件事上栽了跟头？我泱泱大明难道还缺那点儿东西吗？你把他们安抚好了，不是也省得我为此分心吗？"朱棣越想越生气，把赵羾叫到面前狠狠训斥了一顿："你这样做岂不是让朕失去了朝鲜人的人心吗？"一气之下，将赵

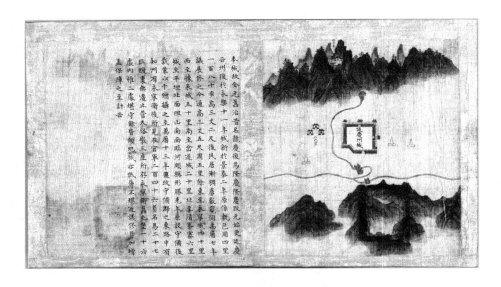

�关了起来。朱棣此举也是做个样子给朝鲜使臣看，同时也是杀一杀赵羾的任性，没过几天，便将赵羾放了出来。赵羾在工作上犯了错误，若再让他官复原职，恐怕旁人也会说处事不公。正好借此机会，朱棣起用赵羾，要他经略督察复建隆庆、保安、永宁等州县。

永乐十年（1412年），赵羾奉旨来到隆庆地区，一看，心凉了半截。此处荆棘遍地，杂草丛生，要将其打造成为朱棣心中的"米粮川"，绝非易事。首要的问题便是，人从何处来？之前这里不是热火朝天的工地吗？修八达岭、居庸关的不都是人吗？这话只说对了一半，大规模修建要塞时确实如此，但万里长城需要修建的地方众多，此处完工后，工地上的民夫便跟着去别处继续修筑。如今这里的人口所剩无几。朱棣早就知晓此地地广人稀，已经派人前往山西征调人口。赵羾来的时候，征调的人还未抵达，只有他这一个"光杆司令"，无可奈何，只能等待。

赵羾无处栖身，只能挤在一个狭小破旧的屋子里。隆冬季节，彤云密布，大雪纷飞，他推开屋门，望着眼前的茫茫大雪，触景生情，赋诗一首：

朔风连日冷，大雪满边城。

黑峪银妆出，黄沙玉碾平。

一壶天地老，万里海山明。

夜半弓刀响，兵回探骑营。

散漫随风舞，回旋体态轻。

楼头秦弄玉，天上许飞琼。

皓鹤千群失，昏鸦万点明。

喜看三白兆，呈瑞乐升平。

　　冬去春来，春天带着蓬勃的生机与希望悄然降临，它无疑是一年当中最为关键的时节，诚如"一年之计在于春"这句俗语所言。

　　从山西征调的移民历经长途跋涉，终于抵达了隆庆地区。一时间，成千上万的人如潮水般汇聚于此，场面壮观却也充满挑战。面对如此众多的移民，先做什么后做什么，这其中蕴含着极大的学问。

　　赵羾展现出了卓越的领导才能，他一切行事都张弛有度，有条不紊。他先是合理分拨，给每户徙民五十亩田地，这其中既包括耕地，也涵盖了住宅用地。接着，让移民们先开垦荒地，为后续的耕种打下基础，而后又耐心传授种田的方法，帮助他们尽快熟悉生产环境。不仅如此，赵羾还精心安排如何征收粮税，亲自制定出粮食入库储存和供给军营作为军粮的标准。所有事务，他都考虑得周到细致，有产出、有收入、有获取、有运用，形成了一套完整的循环机制。

　　赵羾办事亲力亲为，不辞辛劳。在他的努力之下，不久之后，大部分移民都安定了下来。他们拥有了属于自己的土地，建起了温馨的新居，还形成了热闹的集市。南来北往的商旅来到隆庆，看到眼前的景象，无不为之惊叹。曾经的荒凉之地，如今俨然成为一个繁华的小都市，人来人往，充满生机与活力。

　　欲知后事如何，且听下回分解。

第三十五回 薛禄选址建永宁
罗通用计守关城

山望鸡鸣势入云，下循反径棘纷纷。

不辞涉险观遗碣，重是欧阳太史文。

——〔明〕杨士奇《扈从巡边至宣府往还杂诗》

赵羾督建隆庆、保安、永宁诸州县，抚辑调度，皆能恰到好处，合乎时宜。新迁徙而来的民众各自安居乐业，不知劳役之苦。经过几年的不懈努力，隆庆州的生产水平大幅提高，经济也得以蓬勃发展，赵羾准备重修隆庆城。这座旧州城荒废多年，一片狼藉，然而赵羾并未向朝廷伸手要钱，而是充分利用这座废城，建起了一座崭新的隆庆州城。

他亲自对原来的城墙进行考察，大致沿袭旧制，对于损毁的地方该修缮的修缮，该填补的填补。其主要任务是妥善安置居民，盖起房舍，让老百姓能够安稳居住。赵羾在城内做出了极为出色的规划，划分出街道，以民居为主，同时兼顾战备，使百姓和军队共同居住。他综合考虑战备与平日居住的各种因素，精心构思城内的规划与布局。城设有三门，对应着四条大街，北边是雍顺街，南边是阜成街，东边是和睦街，西边是宣化街，从而形成了十字大街。百姓被安排在城中心，临近城边的地方则是军队驻扎之处，一旦有战事发生，能够及时进行防卫。

两三年的时间过去，隆庆州已然发生了翻天覆地的变化。首先，城内的面貌相比原来有了显著的改观。在隆庆州内，街市林立，不再是过去那荆棘遍布、杂草丛生的景象。其次，经济发展蒸蒸日上，家家户户都有余粮，老百姓吃得好了，脸上都洋溢着幸福的光彩。赵羾见此情景，心中欢喜，再次欣然赋诗一首：

驱除瓦砾辟荆榛，比屋闾阎结构新。

千里邦畿三辅邑，万年烟火五陵人。

关山巩固风云壮，禾黍纵横雨露匀。

共说一毫皆帝力，讴歌鼓腹乐尧民。

永乐十二年（1414年），朱棣又来到了隆庆州。他倒不是对赵羾的工作不放心，主要还是这里的景色太过迷人，对外宣称是视察，实则暗含度假之意。朱棣看到隆庆州已初现规模，心中颇为高兴。故地重游，隆庆地区一马平川。但仅有一个州城显得势单力薄，于是下令新置的隆庆州下辖永宁、怀来二县，直隶京师宣府镇，如此一来，隆庆州内便有了八达岭、居庸关等军事要地。

宣德五年（1430年），阳武侯薛禄奉命统兵前来永宁县"灰岭"下修城驻守。薛禄，原名薛六，山东胶州人。他在靖难之役中，以士兵的身份跟随燕王朱棣起兵，是朱棣极为信任之人。在追随朱棣的过程中，南征北战、东挡西杀，立下了赫赫战功。宣德元年（1426年），汉王朱高煦谋反，薛禄跟从明宣宗亲征乐安，担任先锋。朱高煦被捕后，宣德皇帝朱瞻基把薛禄留在乐安镇守。第二年夏天，薛禄佩大将军印，北巡开平；率领精兵，偷袭瓦剌。宣德三年（1428年），他跟随朱瞻基北征，在宽河获胜，之后留守蓟州、永平。再佩镇朔印，进行巡边护饷。宣德五年（1430年），薛禄向宣德皇帝朱瞻基进言，称隆庆州永宁卫至关重要，最好在此建城守卫。明宣宗认为此提议甚佳，派遣薛禄带领三万六千军民，外加一千五百精骑护行，均听从薛禄的调遣。薛禄来到永宁南山东西灰岭下选址，也效仿当初赵羾建隆庆州之举，在缙阳山与通往京城中轴线上的永宁建了一座城池。自明朝初期开始，延庆地区就成为拱卫北京北塞的重要军事基地。除隆庆州城、永宁城外，还修建了众多城堡、卫所，为北京北部长城守卫的军队源源不断地提供着军用物资。

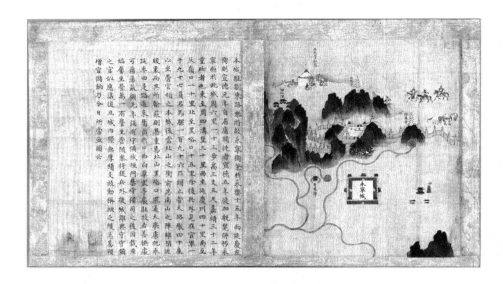

　　薛禄为明朝的边疆稳定立下了汗马功劳，他的事迹令人钦佩。与此同时，在北方的蒙古草原上，正经历着一场深刻的变革。自 1368 年元朝结束在中原的统治退回岭北行省后史称"北元"，此后蒙古族内部的纷争与演变从未停止。

　　明朝将北元治下的蒙古族称为鞑靼。在明成祖多次亲征鞑靼后，鞑靼逐渐丧失对蒙古全境的控制权，逐渐分裂为蒙古本部即鞑靼、占据蒙古西部的瓦剌以及兀良哈三卫。就在鞑靼因分裂而势力削弱的同时，瓦剌逐渐崭露头角。1439 年瓦剌首领也先自称太师淮王，逐渐征服周围诸族，形成了"漠北东西万里，无敢与之抗衡者"的局面。彼时，蒙古地区对中原的粮食、布匹、手工产品有大量需求，而中原地区则需要蒙古的马匹等。明朝廷对蒙古采取"抑强扶弱"策略，明成祖之后双方的贡市成为定制，明朝通过回赐的方式送给瓦剌封建主大量贵重物品以羁縻蒙古。由于明朝往往薄来厚往，蒙古诸部族非常重视这种朝贡贸易，因为既能获得丰厚的经济利益，还可壮大自身实力。

　　然而，蒙古部族统一后，贪欲越来越大，参贡人数不断增加、索要回赐更加贪得无厌、虚报使臣人数等，以求得更多赏赐。到正统年间，贡贸易逐渐超出贸易常规，也先借此手段不断敲诈明朝，使明朝财政不堪重负。正统十四年（1449 年）二月，瓦剌虚报人数遣使朝贡，明廷下令以实际人数赏赐，直接减去也先奏请的五分之四，也先对此极为恼怒，再加上明廷此前答应婚约失信等原因，互市贸易就此中断。

这一年七月，也先终于按捺不住恼怒，率领蒙古骑兵分为四路，从不同方向对明朝发起进攻。东路进击辽东；西路攻打甘州（今甘肃张掖）；中路为进攻重点，分为两支，一支由阿敕知院所统率，直接攻击宣府和赤城，另一支由也先亲自率领进攻大同。明英宗朱祁镇在太监王振的怂恿下，仿效曾祖朱棣御驾亲征，结果在土木堡被也先部队俘虏，史称"土木堡之变"。

英宗被俘消息传至京城，兵部侍郎于谦力挽狂澜，发动军民保卫北京，"北京保卫战"打响。北京守军分两路，一路由于谦率守城北，一路由孙镗统领守城西。孙镗抱必死决心与瓦剌军决一死战，此时的明军受主帅感染，士气大振，将瓦剌军打得节节败退。也先退回大本营，准备以英宗为要挟，逼迫明廷谈判。但于谦闭城不见，局势僵持不下。也先在北京城外，足足喝了五天西北风却一无所获。也先经多日试探进攻，深知占据京城无望，决定退而求其次，进攻居庸关。也先心想："居庸关是北京门户，占据此关可扼住京城咽喉。"

也先的决策是正确的，他重整五万兵力直奔居庸关。彼时，居庸关没有京城那么多的兵力，也没有坚固的城防，也先的军队虽然受挫，但战斗力仍存，正常情况下，居庸关是难以抵挡其猛烈进攻的。让也先意想不到的是，守卫居庸关的将领罗通是明朝有名的将领。

罗通长得一表人才，风度翩翩，从小聪明伶俐，致力苦读。明永乐十年（1412年）考中进士，巡按四川。宣德元年（1426年）越南叛乱，罗通奉命平叛，展现出了卓越的军事指挥才能，取得了平叛的胜利。罗通升为兵部郎中，随兵部尚书过甘肃整顿边务，还跟瓦剌打过几场仗。罗通也有个小毛病，就是管不住自己，因为贪图小利被上司发现，被贬到了两广。于谦发现罗通是个军事指挥的人才，破格把他调回北京，此时正在镇守居庸关。

正如也先所料，罗通镇守的居庸关兵力不足三千。居庸关，这座被誉为天下第一雄关的要塞，虽依仗着得天独厚的地理优势，有着"一夫当关，万夫莫开"的气势，然而在绝对的兵力差距面前，也面临着巨大的挑战。五万人攻打三千人，这兵力上的悬殊简直如同天壤之别。

也先刚一动身，就有探马将消息火速报给了罗通。罗通听闻之后，心里猛然一惊："也先五万大军直奔北方而来，目标必定是居庸关。如今我这区区三千人马，就算想要从别处调兵增援，也是远水救不了近火！这可如何是好？"

焦急万分的罗通在营房里如同热锅上的蚂蚁，来回不停地踱步，大脑飞速运转，试图思索出一个应对之策。营房里的气氛紧张到了极点，空气仿佛凝固了一般，这般重压之下，罗通越发难以静下心来思考破敌之计。他眉头紧皱，烦躁不堪，索性大步走出营房，想要透透气，寻得一丝灵感。

刚一出营房，抬头望见居庸关上空彤云密布，朔风阵阵。此时正是阴历十月，冬日的居庸关如凝重水墨画。树木褪去繁叶，只剩干枯枝干在寒风中抖。远处山峰被厚云笼罩，只露隐约轮廓似沉睡巨人。朔风卷枯黄落叶成旋涡，最终飘落地面。冰冷空气刺骨，古老长城蜿蜒山峦，在阴霾下雄伟苍凉，城墙砖石斑驳厚重。寒风拍打城墙，似诉说往昔。关隘处旌旗猎猎，边缘破碎。守卫士兵紧裹棉衣，脸冻通红，但目光坚定，身姿挺拔坚守防线。天空偶有寒鸦飞过，叫声凄厉，更添萧索。罗通不禁打了个寒战，然而就在这一瞬间，他的眼中突然闪过一丝亮光，顿时心生一计。

罗通急匆匆地回到营房中，神色坚定，不慌不忙地命令城内守军："马上下令组织人手，在城墙上浇水。"

军兵们听罢，个个大惑不解，满脸疑惑地问道："浇水？大人，瓦剌大兵已然兵临城下，这节骨眼上往城墙上浇水作甚？"

罗通瞪了一眼发问的军兵，大声喝道："让你浇你就浇，哪来的废话！快去！"

那军兵被罗通的气势镇住，又接着问道："大人，浇多少水？"

罗通不耐烦地吼道："这个别问，我不让你们停，就往城墙上浇！"

军兵们虽然满心的不明白，但见罗通态度坚决，也不敢再多问，连忙跑出营房向所有人传令。一时间，整个居庸关内忙碌起来，军兵们迅速行动起来，有的两人一组抬着水桶，有的一人担着扁担，一桶桶水源源不断地往城墙上浇了起来。

当初建长城的时候，每段长城的墙体上都有一个精心设计的建筑构件，叫作吐水石槽。这构件里面是半圆形，与城墙墙体连接的外面是方形，就像一块砖上挖了一个槽。一般一米长、三十三厘米宽，放置在城墙垛子下边。倘若赶上大雨倾盆，城上的积水通过它能顺畅地排到墙外。

开始的时候，士兵们顺着吐水石槽往城墙上灌水，可是罗通在一旁观察，觉得速度太慢，当即下令："直接从垛口上往下浇！"士兵们虽然心中疑惑，但依然严格执行命令。

城外的也先看着居庸关守军一桶桶往城墙上浇水，如丈二金刚摸不着头脑，心中暗想："这是在干什么？难道明军打算把城墙冲洗干净，欢迎我们进城？这明军葫芦里卖的到底是什么药？"

这一夜，也先在帐篷中绞尽脑汁，想破脑袋也想不明白明军此举的目的。他翻来覆去，难以入眠，满脑子都是城墙上浇水的场景。

第二天一早，也先迫不及待地走出帐篷，再一看居庸关的城墙，瞬间被眼前的景象惊得目瞪口呆。只见原本坚固的城墙，已然变成了一块巨大的冰砖，在冬日的阳光下闪耀着寒冷而又威严的光芒。正所谓：朔风凛冽寒天，居庸关畔霜烟树。长城万里，蜿蜒龙舞，冰凝千古。雉堞琼堆，敌楼玉砌，冷光倾注。望峰峦素裹，川原银镀，似仙界、瑶台路。城垛坚冰若铸，倚危阑、晶莹无数。戍楼高耸，旌旗冻彻，风声如怒。锁钥京畿，咽喉要地，严威如故。看坚城似铁，雄关如虎，镇边疆戍。

也先心中暗骂："你们明朝的将官太损了！打不过我，把城墙浇上水冻成冰。没关系，我等着冰化了，再来攻城！"

欲知后事如何，且听下回分解。

第三十六回 也先撤兵居庸关
正德偷出北京城

关外初冬似早春，僧房犹见菊花新。
时平扈从巡边塞，宣府回銮只二旬。

——〔明〕杨士奇《扈从巡边至宣府往还杂诗》

也先屯兵于居庸关外，营帐林立，他满心期待着居庸关城头的坚冰融化，以便发起进攻。然而，冰尚未融化，也先的脑袋却快要炸裂了。居庸关的守军每晚都精神抖擞，轮班站在城上对着也先的大军骂阵，那骂声此起彼伏，什么难听的话都有。居庸关守军中会蒙古话的士兵，还不辞辛劳地教给其他士兵用蒙古话怎么骂人。明军就这样足足骂了也先一整晚，也先连眼皮都没能合上。他坐在羊毛毡子上，满心疲惫地总结自己一个多月以来的经历，心中愤懑不已："这帮人实在是太坏了！于谦、孙镗，还有居庸关城里的罗通，一个个都太狡猾！根本不跟我正面交锋，却用尽各种诡计算计于我。这仗打到如今这般地步，别再奢望能够攻进北京恢复大元的昔日辉煌了。如今我只想能好好躺着睡个安稳觉，做个美梦啊。"

对于也先来说，进攻还是撤退，这是个关乎面子的重大问题。常言说得好："死要面子活受罪。"也先在这样的执念驱使下，在居庸关外像个傻子一般蹲守了七天。他眼巴巴地盼着眼前的冰山能够迅速融化，盼着能有人给他一个机会、一个说法。用如今的话来讲，"刷一下存在感"，免得兴师动众地来一趟北京，却什么都没捞到，成为族人眼中的笑柄。可是，他等来等去，等到的只有居庸关城内射出的如飞蝗般的弓箭和震耳欲聋的火铳，以及守军那无情的嘲笑与讥讽。也先实在是撑不下去了，他一跺脚，长叹一声："也罢。被人笑话总比守着这冰山被明军射死要强得多啊！"于是，也先万般无奈地下达了撤退的命令，瓦剌的五万大军只得收拾东西，准备踏上归程。

居庸关城里的罗通见此良机，心中暗喜："也先啊也先！你来一趟居庸关可真是不容易，这七天里咱俩连一句话都没说上。如今你想走，那我就送送你吧！"说罢，罗通顶盔掼甲，罩袍束带，率领着全副武装的居庸关守军，气势汹汹地打开南门，一鼓作气冲杀出去。此时的瓦剌军早已全无斗志，被居庸关守军打得丢盔弃甲、落荒而逃。五万人竟然被三千人追着打，还有不少士兵成了俘虏，那场面别提有多狼狈了！

也先此刻已是焦头烂额，他心里明白，麻烦大了，再不快逃恐怕连老命都难保，于是他带着朱祁镇绕路撤回关外。在败退的途中，也先最后望了一眼近在咫尺却又远在天边的北京城，仰天长叹："天不佑我！"最终铩羽而归。

也先在北京保卫战中吃了败仗后，其势力大不如前，最终回到草原并被手下所杀。他死后，瓦剌的实力逐渐消退，而另一个部落鞑靼却在不断壮大。鞑靼部落的再次崛起，离不开一位卓越的军事指挥官——小王子。

小王子又名达延汗，本名巴图蒙克，乃成吉思汗的第十五代孙。他血统高贵，却命运多舛，很早就成了孤儿，过着寄人篱下的生活，饱尝了世间的屈辱。1479年，北元大汗满都鲁汗离世，留下了三十三岁的遗孀满都海夫人。为了维护黄金家族的统治，满都海夫人拒绝了众多实权派的求婚，毅然决然地嫁给了年仅七岁的巴图蒙克，也就是后来的小王子，并将他扶上了汗位。从此，满都海夫人携着小丈夫出征瓦剌，亲自指挥战斗，使得瓦剌俯首称臣。毫不夸张地说，如果没有满都海夫人，就不会有后来的小王子，更不会有蒙古的再次统一，满都海夫人堪称当之无愧的蒙古中兴之母。待到小王子成年之后，在他的指挥下，蒙古军队不断入侵明朝边境，将明朝的诸多名将打得毫无还手之力，从未遇见过敌手。

明正德十二年（1517年），距离于谦指挥的北京保卫战已经过去了六十八个春秋。在八月的一个深夜，一位二十六岁的男子努力地控制住自己颤抖的双手。他平素很少如此紧张，因为他即将要去做一件极为冒险刺激的事情。月上中天，一片薄云遮住了初秋的月光，一个武官来到男子身边，轻声提醒他准备出发。这位男子名叫江彬，他最为出彩的事迹便是打虎救驾，正因如此，正德皇帝朱厚照对他另眼相看。就在当晚，江彬准备陪同出发的人正是正德皇帝——朱厚照。

夜幕之中，朱厚照纵马飞奔，冲出德胜门，一场伟大而充满未知的冒险即将拉开帷幕。他们一路疾驰，到达了北京郊区的昌平。朱厚照勒住缰绳，稍作停歇，随即给居庸关巡守御史张钦下发了一道命令："开关，放我出去。"

居庸关巡守御史张钦并非寻常之人，接到命令后，他立刻找到守关大将孙玺，询问他对这道命令的看法。孙玺望着皇帝的命令，一脸的无可奈何："既然皇帝都发话了，那咱们就开门让他出去吧。"

张钦听后，沉默不语。孙玺见状，正准备照办，却突然听到一声响亮而坚决的呵斥："绝对不行！"张钦瞬间换了一副面孔，紧紧抓住孙玺的衣襟，厉声道："老兄，你还不明白吗？咱俩的性命都快保不住了！如果不开关，那就是抗命，必然要杀头；可要是开关，万一碰上蒙古兵，再搞出个土木堡之变那样的祸事，我和你都得被千刀万剐！"

孙玺一听，冷汗顿时冒了出来："那依你之见，该如何是好？"

张钦双手紧紧攥拳，语气坚定："绝不开关！死就死，死而不朽！"

"事到如今，也只能照你说的办了。"

在昌平的朱厚照等了整整一天，也没有等到开关的答复。他心急如焚，派人去找孙玺。孙玺却装起了糊涂："御史张钦在此，我可不敢随便开关。"朱厚照又派人去找张钦，而张钦就当不知道有这回事，根本不给任何答复。朱厚照实在没办法，只能叫来镇守太监刘嵩。刘嵩倒是听话，趁人不备，找了个空子想偷偷出居庸关。他顺利地到了关口，无人阻拦，正在暗自庆幸之时，却忽然看见门口坐着一个人，手里握着一把明晃晃的利剑。定睛一看，原来是张钦正严阵以待。张钦见镇守太监刘嵩来了，将手里的宝剑一亮，只冷冷地说了一句话："回去！出关者格杀勿论！"

朱厚照百般无奈，又派出一个使者，以皇帝的名义向张钦传达旨意：皇帝下令，立即开关放行！张钦也毫不退缩，再次拔出宝剑，指着使者大声怒吼道："这是假传圣旨！"使者碰了一鼻子灰，悻悻而归。

或许有人会心生疑惑："不对呀！历史书上写，正德皇帝是个昏庸无能的皇帝，出个居庸关怎么会如此费劲？把张钦抓起来不就行了吗？"以正德皇帝的无上权力，杀掉一个御史确实轻而易举，他也并非没干过这样的事。正德十四年（1519年），朱厚照打算游历江南，遭到群臣纷纷上谏劝阻，他顿时大怒，一百四十六位大臣受到廷杖之刑。廷杖，即在皇宫内打大臣的屁股。在那次廷杖中有十一名官员被当场打死，由此可见朱厚照是何等的蛮横无理。然而此刻，朱厚照却没有这样做，因为他深知御史张钦没有错，错的只是他自己。他懂得身为皇帝应当遵循的规则，但实在不想按照那些规则去行事，只想自由自在地玩乐。朱厚照锲而不舍地坚持要出居庸关，只为了见一个人——鞑靼小王子巴图蒙克。

鞑靼小王子是一位卓越非凡的军事指挥官，正德皇帝朱厚照也绝非等闲之辈。朱厚照平日里最喜欢无事生非，无风起浪，还对舞枪弄棒充满热情，热衷于军事。当他听闻塞外有这样一位强劲的敌手，心中只有一个念头："我要去江南游玩一圈，大臣们不让我去，说花钱太多；那我不去江南，来趟塞北，学一学伟大的明成祖，来一回御驾亲征。我倒要看看，是我朱厚照的本事大，还是小王子的本事大！"朱厚照一直渴望着出居庸关，到塞北和传说中的小王子一较高下。可刚走到居庸关，就吃了闭门羹，这可把他急坏了。

朱厚照在居庸关外急得如同热锅上的蚂蚁，而在紫禁城里，也有一帮人正在心急如焚。天刚蒙蒙亮，内阁大臣们准备进宫面见朱厚照，却被小太监告知："诸位大人，请回吧，今天万岁爷不办公！"

"不办公？皇上干什么去了？"

"干什么我们也不知道，反正昨晚上皇上出去了。"

"出去？去哪儿了？"

"我们也不知道，不敢问！"

大臣们的脑子顿时乱成了一团麻："皇上跑到哪里去了？到底干什么去啦？"众人你看看我，我看看你。其中有一位反应迅速，猛地一拍大腿，大喊一声："还愣着干什么！快吩咐备马，马上去追！"

"追？上哪儿追去？"

"居庸关！肯定是奔北去了。咱们万岁爷，天天喊着向明成祖学习，肯定是奔居庸关，准备出八达岭到塞外去。可千万别出事，要是有一点儿闪失，我大明又得来一次土木堡之变！"

　　大臣急得眼泪都快掉下来了，叫上几个随从，快马加鞭地往居庸关赶去。到了居庸关一看，皇帝没出去！这才放下心来，又是下跪，又是磕头，把朱厚照拉回了北京。回到紫禁城后，众臣都在等着皇帝发脾气。然而，朱厚照一没骂人，二没廷杖，老老实实地在宫里待着。众人暗自思忖："正德皇帝改脾气了？这回怎么这么老实？"

　　老实？大臣们实在是太不了解万岁爷了。朱厚照一心想着要出居庸关，他既不吵，也不闹，只是在宫里静静地等待着一个消息。很快，江彬带来了他梦寐以求的信息——张钦离开居庸关巡视去了。这对于朱厚照来说，简直是天大的喜讯，他暗自高兴得拍手称快："御史张钦离开居庸关，这下没人能拦得住我啦！走吧。"

　　当天晚上，江彬陪着朱厚照，第二次骑马冲出德胜门。朱厚照吃一堑长一智，到了居庸关后没有贸然行动，而是先躲在民房里，让江彬去打听清楚，张钦是不是真的走了。江彬去不多时，便回来告诉朱厚照："万岁爷，您放心！张钦确实不在居庸关，咱们走吧。"

　　一行人来到居庸关前，拿出金牌，高声叫道："守城的士兵听着，我们是宫里的，有急事要出关，赶紧把城门打开！"

　　守城的军兵一看，城下几匹马，马上的人一个个收拾得干净利落，手里还拿着金牌，心中暗想："金牌不能是假的。要是蒙古人来了，得从北边叫城；他们从南边叫城，看来是出关办事的。"于是，便乖乖地把关门打开，放行了！朱厚照心想："要是朝中大臣明天天亮发现我不在宫中，肯定还得来追我。"想到这儿，朱厚照叫过一个贴身的太监，跟他说："朕现在要出关，你不必陪同，就在居庸关给朕守住了。"

　　"啊？万岁爷，我在居庸关守什么？"

　　"没用的奴才！一点儿兵法都不懂。明天要是有人来追朕，你全给挡在居庸关内，不许他们出关追朕。你要是胆敢放过一人，小心你的脑袋！"

　　"遵旨！"

　　朱厚照斗智斗勇，历经千难万险，终于成功出关。过八达岭来到延庆地界，放眼望去，是一望无垠的平原，萧瑟肃杀的天空，耳边不断传来呼啸的风声，仿佛让他找到了当年明成祖朱棣亲征漠北的豪情壮志。再一看妫川大地，心中暗暗佩服明成祖朱棣。如果按照明太祖朱元璋的意思在南京建都，坚持到这时候，恐怕脚下的妫川早被蒙古人占领了。明成祖朱棣迁都北京，把明陵定在昌平，又在延庆建立无数军事屯堡，才成功挡住了蒙古人。即便如此，百年来蒙古人还是时不时地来骚扰此地。朱厚照此时只有一个想法："别让我碰见小王子，碰见就把他打个落花流水。我也要效仿成祖爷，平定北塞！"

　　欲知后事如何，且听下回分解。

第三十七回
鞑靼骑兵犯明境
隆庆百姓护城池

怀来城外夜微雪，风轻送寒初著身。
平旦马前红一色，回军共试赐衣新。

——〔明〕杨士奇《扈从巡边至宣府往还杂诗》

正德皇帝朱厚照竟偷偷跑出居庸关，一路风尘仆仆来到大同。让人意想不到的是，他在这儿真的碰上了鞑靼小王子。一场大战就此拉开帷幕，朱厚照率领着大同守军，向蒙古军队发起了勇猛的攻击，打得对方难以招架。小王子原本只是想来抢掠些东西，万万没想到明军竟如此厉害。他并不知道朱厚照就在对面的军中，倘若知晓，估计还能再咬牙坚持一会儿。然而，小王子这次赔了个大本钱，鞑靼人在这场战役中至少损失了一万人。无奈之下，小王子只能发出那丢人的命令："退兵！退兵！"朱厚照见蒙古兵退了，更是精神抖擞，当即下令全军追击。可惜天公不作美，一路追到朔州时，突然大雾弥漫，视线受阻，只好无奈地打道回府。

一场仗打下来，鞑靼小王子虽说此后还不时地侵扰边境，但再不敢如此深入向南了。到了嘉靖年间，纵横漠北数十年的小王子渐渐销声匿迹。在他之后，鞑靼又出现了一位擅长杀人放火的人物——俺答。

俺答是小王子的孙子，早年受封土默特万户，驻牧于丰州滩，也就是如今的内蒙古呼和浩特。年轻的俺答跟着哥哥衮必里克南征北战，积累了雄厚的军事实力。待到衮必里克去世后，他接替了哥哥的位置，成为部落实际上的领袖，从此俺答屡屡入塞侵犯明朝边境。他难道不知道爷爷小王子的结局吗？俺答心里很清楚，他占据的开原、上都附近土地贫瘠薄弱，只能以入寇劫掠为生。

嘉靖二十年（1541年），俺答派人前往大同，跟明朝守城的官员说道："我们想和大明通贡。"通贡，意即与明朝建立贸易关系。"我们草原盛产马匹、兽皮。大明有茶叶、瓷器、绸缎，能不能相互交换一下？"他为何会有这样的想法？原来，俺答在蒙古诸部纵横驰骋的时候，迫切需要与明朝的贸易来增强自身实力。但从弘治朝末年起，两国关系越发恶化。弘治皇帝朱祐樘，乃正德皇帝朱厚照的父亲。弘治皇帝面对鞑靼小王子的多次入侵，采取了抗战驱赶的政策。然而，效果并不显著，鞑靼人依旧该抢还抢。弘治皇帝一怒之下，索性停止了明蒙互市。如今俺答希望恢复通贡，不料明朝皇帝嘉靖却拒绝了俺答的请求。大同的守将不仅扣下了来使，还高价悬赏俺答的人头。俺答听闻后，怒不可遏，一番掠夺之后回到了老家。第二年，俺答再次派人出使大同，又一次提出通贡的要求。这次更是颜面尽失，大同巡抚竟将所有来使抓住冒功邀赏。俺答盛怒之下，率领重兵进攻山西。在短短两个月内，抢掠了十卫三十八州县，杀掳男女三十余万，抢夺牛羊家畜二百万头。

战火亦蔓延到了延庆大地。嘉靖二十七年（1548年）九月，隆庆城外的百姓迎来了百年难遇的大丰收。田地里，谷穗黄澄澄、沉甸甸的，把谷子秆都压弯了腰；高粱穗颗粒饱满，让人看了满心欢喜。老百姓一边争分夺秒地收着庄稼，一边回忆着往昔的苦日子："这回可算熬出头了。"曾经，妫川大地灾害连年，真可谓是"旱三年、涝三年，不旱不涝虫漫天"。老百姓实在没得吃，竟把一种叫"禹粮石"的石头磨成面儿当作饭食。禹粮石是一种铁矿石，能够入药，是一种功效出色的中药材。禹粮石的外形很特别，呈淡棕色或者红棕色，表面凹凸不平，隐隐约约有股土腥味，质地比较松散，很容易被制成粉末。禹粮石入药能止血利尿，却绝不能当作粮食吃。不少人因食用它，导致消化不良，甚至丢了性命。这一年却大不相同，百姓迎来了大丰收，家家户户都将粮食妥善储存好，满心欢喜地等着好好地过个冬天。

隆庆城丰收的消息不知怎的传到了鞑靼人的耳朵里。鞑靼人拔出那寒光闪闪的杀人钢刀，暗自思忖："我们俺答汗要跟你们大明通贡，你们不但不愿意，还要悬赏俺答汗的人头。如今你们粮食丰收了，我们也想过个肥年，不如狠狠地抢上一把!"于是，鞑靼人的骑兵由镇安堡南下，开始了大肆劫掠。

镇安堡位于如今赤城的北边。镇安堡管边墩四十四座、火墩二十一座，守军加在一起还不到三百人，其战斗力之弱可想而知。鞑靼骑兵的前锋抵达镇安堡，不费吹灰之力，就把这三百明朝守军吓得落荒而逃。鞑靼人从镇安堡南下十七里，直抵永镇堡的胭脂沟、窑子沟。从这里开始，沿途地势较为平缓，有大片的斜坡，当地人称之为斜坡梁。鞑靼骑兵沿着斜坡梁一路向东，不多时便来到了永镇堡。永镇堡的官军听说鞑靼兵来了，便隐蔽在窑子沟口两侧的山腰。待鞑靼骑兵一到，明军一声令下，火铳纷纷开火。

明朝的火铳威力不凡。朱棣称帝后，对火铳的发展尤为重视，大力推动火铳制造业的发展。火器研制者根据实际需要和可能，把研究重点放在火铳结构的改进、质量的提高、品种的增加、性能的改良、威力的增强等方面。到了嘉靖年间，火铳得到了长足的发展，成为明军的制式装备。然而，火铳最大的问题在于射速不够快，看上去挺唬人，"嘣"的一声响，烟雾弥漫，可里面的子弹想要打中鞑靼人，并非易事。鞑靼人连年和明朝打仗，深谙此中的门道。虽然被打死、打伤了十几个，但鞑靼人根本没打算久战，他们的目的很明确——去隆庆州抢粮食。鞑靼骑兵马不停蹄，经滴水崖沿着白河向东南方向挺进，直奔隆庆州而去。

在明朝时期，从怀来的长安岭城以南向东到白河堡、八达岭一线以北，都归属于宣府东路防守。也就是现今延庆的大部分地区，这里距离明陵、京城极其接近，仅有军都山一山之隔，防守形势最为紧要。隆庆州城东三十五里是永宁城，西四十里为怀来城。延庆妫河川以南山地，乃明陵和北京城。灰岭口、柳沟、小张家口、大小红门、岔道等处隘口，从东到西依次排开，均有重兵把守。官军把守着城门，远远望见鞑靼骑兵沿着城外河谷南下，却毫无抵抗之意，干脆把城门一关，权当什么都不知道。据清代顾祖禹的《读史方舆纪要》中记载："朔骑乘之而下，势若建瓴，凡入内地，堡辄被困。"翻译成现代汉语便是：月初，鞑靼骑兵南下，就如同下雨天雨水顺着瓦垄往下流淌一般，势不可当，一旦打进来之后，所有驻兵的地方都闭城不出——"堡辄被困"，这正是官军被动挨打的真实写照。

鞑靼骑兵来到隆庆城外，只见城门紧闭，吊桥高悬。鞑靼人见此场景，欣喜若狂，心中暗想："瞧见没有，明朝军队被我们打得怕了，据守城门不敢迎战。"一个个骑在马上，耀武扬威，不可一世。

隆庆城并非守兵不敢出城迎战，而是压根儿就没有驻守的兵马。朝廷深知鞑靼人会到此地骚扰，又担心他们闯入明陵，于是把驻守在隆庆城的兵都调到了昌平，在明陵附近进行防御。隆庆城里竟然一兵一卒都没有。州官名叫迟谅，听闻鞑靼人来袭，急得如同热锅上的蚂蚁，深知他们是为抢夺隆庆城府库的粮食而来，可城中又没有武装力量。他赶忙叫来儿子，父子俩一番商量，只能组织城里的老百姓坚守城池。

迟谅在群众中有着很不错的口碑，他把老百姓召集在一起说道："乡亲们，鞑靼人的兵马就在隆庆城外，他们是来抢咱们的粮食、财物的。粮食是咱们一年辛辛苦苦的劳作成果，能让鞑靼人就这样抢走吗？"

隆庆城的百姓都曾深受鞑靼人的侵害，对鞑靼人没有不恨之入骨的。此刻迟谅这么一说，老百姓顿时群情激昂，齐声高喊："不能让鞑子进城！"老百姓纷纷跟随迟谅父子登上城头巡逻守卫，家里有火枪的都拿了出来；没有火枪的则自制武器，准备了大石头、木头。有的还把家里腌菜的坛子、盛水的罐子都拿到城头，把里面的东西倒干净，装上石灰，这便是灰瓶。只要鞑靼人一靠近，老百姓便不顾一切地往下扔。

隆庆州的学政名叫宋绍美，他把州学的监生组织在一起，带到迟谅面前："大人，我们都是念书人，不懂得打仗。但如今情况危急，岂能坐视不管？城上若有需要我们的地方，您尽管吩咐。"在没有官兵的情况下，官、民、学、绅齐心协力，死守城池，相持了三日，隆庆城可谓是固若金汤。

鞑靼骑兵攻城不下，心里也焦急万分："隆庆城里的老百姓太难对付了，整整三天都没打下隆庆城。"其中有人说道："算了，我看隆庆城也攻不下来，咱们换个地方抢吧。"

带队的一听，怒喝道："什么？换地方？咱们不就是为了抢粮食、财物吗？哪里最多？当然是隆庆城，还有他们的府库。不行！继续攻。"

　　旁边有人赶忙劝带队的："长官，您说过咱们是抢东西，并非攻城夺地盘。眼看着隆庆城攻不下来，不如去别的地方抢。今年他们大丰收，村镇老百姓家里也有粮食，到那儿不用这么费劲了。"

　　带队的一听，觉得有理："不错。村里的东西是比城里少，但不用这么费劲。"于是吩咐一声收兵，鞑靼人就此罢手。

　　隆庆城的老百姓坚守了三天，成功地把城守住了。全城欢庆之时，州学里有一位学生来到学政宋绍美面前，恭恭敬敬地行礼，叫了一声："学政大人，学生孟言打算出城回家看看。"

　　宋绍美转身一看，站在面前的是州学的学生孟言。孟言是隆庆州本地人，家在城东八里店。宋绍美忙道："孟言，鞑靼人刚走你就出城，恐怕很危险！"

　　"大人，学生正因如此才要出城。鞑靼人走了，估计还会到别处侵略。我家在城东八里店，万一鞑靼人去我们村，家里有父母高堂，学生生怕二老受到伤害，所以请求出城回家。"

　　宋绍美听了，觉得孟言说的也是实情，便答应了下来。第二天，天刚蒙蒙亮，隆庆城的东城门开了一道缝，好多住在城里或是城外有亲戚的人，赶着出城探望。州官迟谅担心鞑靼人卷土重来，可也不能把老百姓都关在城里不让出去探亲，趁着清早打开了城门。

　　孟言刚出城，便碰见了哥哥孟周。孟周拉着弟弟孟言问道："我们都听说隆庆城被困了三天，家里人都快急坏了。怎么样？你没事吧？"

　　"哥，你看我不是好好的吗？咱家里怎么样？"

　　"家里还好，爹娘担心你，叫我来看看。我一路赶来，也没看见鞑子兵，他们退兵了吗？"

　　孟言把这几天守城的事，一五一十地跟哥哥说了。哥儿俩一边说着一边往东走，快到村口了，抬头一看，不禁大吃一惊，只见村里火光冲天，人声喧嚷，母亲呼唤着儿子，儿子呼喊着母亲。哥儿俩一看便知，肯定是鞑子兵来抢劫了。孟周手疾眼快，一把拉住孟言的袖子："小弟，你快回城里！"

　　孟言愣在原地："哥哥，我回城里干吗？"

"鞑子兵到咱们村子抢东西！村里太危险，你快走……"

"哥，我不走！家里还有父母二老，我要跟你一块回去保护他们。"说完，哥儿俩撒腿就往村里跑。

鞑靼人从隆庆城撤下来后，在城外驻扎了一夜。第二天偃旗息鼓，绕过隆庆城直扑城东八里店。八里店，顾名思义，离隆庆城八里之遥。鞑靼人到了八里店后，二话不说，到处烧杀抢掠，能抢的统统抢走，不能抢的就放火烧掉。村中年轻力壮的小伙子，看到鞑靼兵来了，纷纷拿起自家劈柴的斧子，与他们拼命。隆庆城东八里店顿时浓烟滚滚，叫喊声此起彼伏，一场血腥的劫掠在妫川大地上无情地展开。

欲知后事如何，且听下回分解。

第三十八回　二义士壮烈搏命
七品官弹劾阁老

塞口重关惬素闻，壑烟岚雨镇氤氲。
雄吞巨海山形断，秀压中原地脉分。
锁钥还思寇丞相，长城不用李将军。
倚窗时送东南目，双阙蓬莱五色云。

——〔明〕边贡《再至居庸》

鞑靼骑兵突袭隆庆城东八里店，一时间，村中浓烟滚滚而起，刀光闪烁中映照着淋漓的鲜血，熊熊火光映照着百姓那惨不忍睹的尸体。鞑靼骑兵的铁蹄残酷无情地践踏蹂躏着这个原本宁静弱小的村庄。

孟周、孟言兄弟俩跑到村中，只见鞑靼人正在肆意行凶，二人怒不可遏，毫不犹豫地冲上去与鞑靼兵扭打在一起。孟周身强力壮，平素在地里劳作，浑身有的是使不完的劲头，他一伸手，稳稳抓住一个鞑靼骑兵的脚踝，用力一扯，"扑通"一声，硬生生将其从马上掀翻下来。孟言迅速搬起一块硕大的石头，使尽全身力气朝着那骑兵的脑袋狠狠砸过去。只听得一声闷响，鞑靼骑兵脑浆迸溅而出，瞬间倒地，死尸趴在地上再也一动不动了。兄弟俩见状，打算往家跑去，然而，一群鞑靼骑兵气势汹汹地冲了过来，转眼就把孟周抓住了。

孟言目睹哥哥被擒，毫不犹豫地举步上前营救。孟周则声嘶力竭地一个劲地呼喊："小弟！快跑！别管我……"

可话音未落，鞑靼骑兵已手起刀落，残忍地将孟周杀害。孟言见哥哥被杀，瞬间陷入疯狂，他猛地抱住一个蒙古人的脑袋，照着其脖子狠狠地咬了下去。鞑靼兵见状，纷纷蜂拥而上，孟言最终也惨死于乱刀之下。

鞑靼骑兵在隆庆、永宁的各个村庄烧杀抢掠，无恶不作。他们烧毁房屋，抢掠牲畜，肆意破坏防御城堡。短短几日之间，隆庆全州一百三十多个屯堡，十有七八被攻破，州县的众多百姓被掠走。而后，鞑靼人带着丰厚的战利品得意扬扬地回到草原。

孟周、孟言哥儿俩的尸体被悲痛的百姓含泪葬埋。这件事被州学知晓，学政大人宋绍美悲痛欲绝，含泪写下感人至深的祭文："此一死也，于国为忠，于家为孝。"

鞑靼人此次抢了数不胜数的东西，俺答心满意足，极为得意："你们大明不是不和我通贡吗？不通贡我就得不到你们的东西吗？抢我也要把东西抢来！"俺答带领着鞑靼部众越发肆意妄为，无所顾忌。

嘉靖二十九年（1550年）六月，俺答发起了一次规模更为浩大的进攻，他亲率大军气势汹汹地进犯大同。总兵官张达和副总兵林椿奋勇抵抗，最终双双战死沙场。然而，宣大总兵仇鸾却被吓得不敢出城迎战，竟然用重金贿赂俺答，并苦苦求饶："这些金银财宝全给您，只要不攻打大同，您打哪儿我都绝不阻拦。"

俺答一看金银到手，当即放弃攻打大同。按照仇鸾所言"只要不攻打大同，打哪儿都绝不阻拦"的说法，点齐人马转而攻打北京城。俺答攻破蓟州，破墙入关，迅速到达昌平；抢完昌平，又流窜到密云、怀柔一带。围着北京一路烧杀抢掠，抢得心满意足。俺答留在通州，虎视眈眈地窥视着这座雄伟壮丽的北京城。

当时的京城实则是个空架子，自土木堡之变以后，京师已有百年未曾有过战事警报。俺答此次突然兵临城下，北京城里的嘉靖皇帝顿时坐立不安，急忙飞檄传召诸镇兵马前来勤王。大同、保定、延绥、河间、宣府、山西、辽阳七镇兵五万余人迅速赶到了京城，然而却都不敢主动出击。俺答给嘉靖皇帝写了一封信，言辞嚣张地说："给我钱财，跟我通贡，我立马撤兵解围。你若不答应，就端了你的北京城！"

嘉靖皇帝此时彻底没了办法，赶忙把身边的大臣召集到紫禁城商议对策："众位爱卿，你们说现在这局势该如何是好？"

嘉靖皇帝身边还真有能人。一位大臣迈步出班，只见他扫帚眉三角眼，一张大白脸，满脸奸相，说出的话简直不堪入耳："万岁，此事不足为虑。依我看，俺答不过是一帮饥饿的贼寇，抢掠完自然会离去，您不必为此忧心忡忡。"说这话的正是奸相严嵩，在他的思维逻辑体系里，保住自己的官位、安享荣华富贵才是最为重要的；至于城外那些受苦受难的百姓，抢了就抢了，杀了就杀了，与他毫无关系。

站在一旁的徐阶，实在是忍无可忍了："严阁老，敌人已经打到城下，杀人放火，犯下种种恶行，怎么能说只是一群饿贼呢！"

严嵩抬起眼皮，轻蔑地看了看站在一旁的徐阶，阴阳怪气地问道："那您又有什么高明的见解？"一下就把难题踢给了徐阶。

让徐阶退兵，他一时之间也无计可施。不过，徐阶终究还是比严嵩多一些真本事，他不再搭理一旁的严嵩，面向坐在龙椅上的嘉靖皇帝说道："万岁，以臣之见，敌军兵临城下，以目前京城的防务状况，既无法出战也难以坚守。唯一可行的办法是拖延时间，聚集力量，然后再对俺答发动反击。"

嘉靖皇帝苦笑一声："徐阁老，那该如何拖延？"

徐阶微笑着拿起俺答的文书："办法就在这份入贡书里。万岁您请看，俺答的文书乃一份国书。既然是国书，不能只有汉文而没有蒙文，按照以往的惯例，外交文书是需要两种文字的，不过这也只是个形式罢了。咱们必须认真地履行相关程序，要求俺答把入贡书拿回去，重新加上蒙文的内容。"

徐阶这一招着实把俺答给难住了。俺答满心困惑，不知只写汉文究竟有何不妥，暗自盘算："你们能看明白不就行了吗？这般折腾究竟有何意义？"百思不得其解的俺答唯恐自己没文化，不懂外交礼仪，被人耻笑，于是规规矩矩地找了一帮人去办理公文事宜。没等他的文书完成，北直隶地区前来勤王的军队及时赶到，城外的明军数量达到了八万余人。俺答终于恍然大悟，明白自己又上当了，等了这么长时间，蒙古军的锐气逐渐被消磨殆尽。俺答心中盘算："此次也抢够了，杀够了，还是见好就收吧。"于是，俺答带着蒙古大军撤离了北京城，这段历史被称为"庚戌之变"。

俺答走了，大明的朝堂却乱成了一锅粥。俺答围城并要求入贡，那封入贡书措辞蛮横至极，毫无礼数可言。可是当皇帝传旨，要大臣们讨论入贡问题时，只有一个叫赵贞吉的官员挺身而出，表示坚决反对；其他大臣却都是缄口不言。在这片令人心寒的沉默之中，有一个人站了出来，公开支持赵贞吉的意见。这个人便是沈炼。

沈炼乃锦衣卫。锦衣卫是明朝的特务机构，设立于洪武十五年（1382年），其前身是仪鸾司。锦衣卫的职责主要有两个：一是负责缉捕谳狱以及城市管理；二是侍卫皇帝起居。沈炼于嘉靖十七年（1538年）考中进士，在地方当了几年县长，几经辗转曲折后加入了锦衣卫。在众多的锦衣卫当中，沈炼是个极为奇特的人物，他为人刚正不阿，疾恶如仇，明明身为特务，却比言官还要积极，经常上书议论时政。一般而言，这种性格的人在特务机关是很难立足的，可到了沈炼这里，情况却发生了改变。沈炼的上司十分欣赏他的个性，认定他是个人才，不但没有为难他，反而处处对他加以维护。沈炼任职锦衣卫经历，只是锦衣卫中的一个基层干部。锦衣卫经历这个官职仅有七品，相当于一个普通的县令。这样的官职放在北京城，随随便便一个官员都比沈炼这七品官大得多，但在沈炼看来，朝中那些位高权重的大官都是国家的蠹虫，只知领取俸禄却不干实事。平时沉默寡言的沈炼，如今在朝堂上崭露头角。

沈炼的挺身而出让众人深感惊讶，旁边有比沈炼官阶高的官员，用手指着他问道："阁下现任何官？"其言外之意就是瞧不起这小小的锦衣卫经历，就差直接说："你算是个什么芝麻小官，哪有你说话的份儿？"

沈炼镇定自若地回答："我是从七品锦衣卫经历沈炼。"沈炼不但报上了自己的名字，还要说几句来恶心一下那位官员："诸位大人遇事噤若寒蝉，小吏自当仗义执言！"这一句话出口，浩然正气声震寰宇。旁边的尚书、侍郎们一看这架势，都纷纷退避三舍，羞愧得无地自容。沈炼见众人都不言语，继续说道："诸位大人，俺答兵临京郊，都城城门紧闭。村民数以百万计，祈求进城却不能如愿，哭声震天动地。是我沈炼请求后军都督府不要关闭城门，关闭城门就是把城外的人民拱手送给敌寇。左都督向上请求而得到允许，才让上万百姓逃入城中，此事在沈炼脑海中历历在目。现如今俺答兵退了，绝不能让这样的悲剧再次发生。"

众人听罢，只是付之一笑，心里却暗自咒骂："小小一个锦衣卫，你懂什么！"没人再搭理沈炼。

沈炼也着实生气，回到家中之后，心情郁闷至极，吩咐下人："去，拿酒来。"

"大人，您要酒干吗？"

"废话，要酒干吗！我喝！"

沈炼一个人在家喝起了闷酒。一边喝，一边思绪万千："敌人在城下的时候，如果有一个能为国家出谋献策的人，都不至于让敌人如此胡作非为，蹂躏人民到这种惨绝人寰的地步。国家的纲纪已然崩坏，贿赂之风盛行，四海之内的人民已然穷困潦倒，九边的军政已然衰败不堪，这全是严嵩父子的罪过。如果不除去这大奸臣，其他事情就没有什么值得议论的了。严嵩！老贼！你贪婪成性，已病入膏肓，愚笨鄙陋，心如顽石！"沈炼越想越生气，索性把酒盏往旁边一推，拿过纸笔写下一份奏疏，历数严嵩的十大罪状。写完之后，沈炼把这份奏疏从头到尾又仔细读了一遍，心想："只要嘉靖皇帝看到我这份奏疏，就得拿办严嵩。"

沈炼的想法固然是好的，奏疏上所陈述的也都是客观事实，但他还是没能揣摩透嘉靖皇帝的心思。嘉靖皇帝表面上只知道炼丹修仙，不理朝政，可他并非愚笨之人，心里清楚大明朝要想正常运转，需要有人管理。然而，一旦管理者的权力过大，就必然会产生腐败。嘉靖皇帝当然知道严嵩和他儿子严世蕃的所作所为，留着他们就是为了制衡徐阶这些人。

嘉靖拿到沈炼的奏疏，随意扫了一眼，便丢给严嵩，言外之意很是明确："严嵩你干的那些事，朕心里都清楚。你自己心里掂量明白，别给我添乱。"

严嵩对于这样的奏疏早已司空见惯，接过奏疏后以内阁的名义批复了一句话："查无实据，妄自菲薄，沽名钓誉，诋毁重臣。着有司拿责十杖，发配居庸关外。"

沈炼不但没有参倒严嵩，反而断送了自己的官路。沈炼在后军都督府任职，被后军都督府投进了监牢。无论是沈炼的上级官员，还是同级的朋友，都纷纷相劝："沈炼，你这又是何苦呢？咱们都是一个衙门口的。严嵩、严世蕃父子一心要置你于死地，听一句劝，跟他们父子服个软，留得青山在，不愁没柴烧……"

沈炼把头一摇，坚定地说道："我没错，凭什么服软！既然做了就不怕，让姓严的老贼尽管放马过来。"

严嵩父子得知沈炼一身傲骨，更是恨得咬牙切齿，特意指示后军都督府："旨意上不是说了要打十杖？这十杖必须给我狠狠地打，最好能要了沈炼的性命。"

好在沈炼在后军都督府人缘不错，这些人没有听从严嵩父子的命令，给他留了一条性命。尽管如此，十杖打在沈炼身上，也是皮开肉绽，奄奄一息的沈炼被抬回家中。三天之后，沈炼带着身上尚未痊愈的棒伤，便在官差的押解之下，和两个儿子踏上了前往居庸关的艰难道路。

欲知后事如何，且听下回分解。

第三十九回　沈炼居庸骂奸党　民瞻巡边上奏疏

天造居庸险，关开绝壁城。

重门垂锁钥，夹水布屯营。

立马山河壮，登坛虎豹明。

一夫当此塞，万里却胡尘。

——〔明〕王士翘《按视居庸》

沈炼参奏严嵩未果，反被严嵩父子加害："拿责十杖，发配居庸关外。"沈炼身上带着尚未痊愈的棒伤，步履艰难地出昌平朝着居庸关走去。离居庸关还有几里路程时，他远远望见关门大开，两列军兵整齐地站立在两旁。沈炼一行人走到近前，守关的将官大步走上前来，此人名叫张问政，乃居庸关指挥使。张问政也听闻了沈炼的遭遇，特意赶来送他一程："沈大人，听闻您要前往保安，我有一位姓贾的朋友在那儿做买卖。这里有封信，到了保安务必将信交给他，他定会关照您。"

沈炼接过信，眼中含泪，却强颜笑道："今后再没有什么沈大人了，世上只有沈炼。大恩不言谢，仁兄就此止步吧。"两人洒泪告别。张问政依依不舍地对沈炼说道："贤弟，保安离此不远，待你安顿好了，常来居庸关与我相聚。"

一路上风餐露宿，不止一日，沈炼终于到了保安，也就是如今的河北涿鹿。他顺利找到了姓贾的商人，将信交予对方。贾先生看了信后，一把拉住沈炼:"沈先生,不用这封信,我也知晓您的大名。从今往后,您在这儿的生活我全包了。"贾先生热心地给沈炼安排了住处。后来邻居们才知晓,这位竟是被贬的官员。既然是官员,想必定有学问,有人便对沈炼说:"沈先生,您别种地了,开馆教书吧。"于是,沈炼在保安开馆收徒。闲暇之时,他会前往居庸关找张问政,两人见面,饮酒赋诗,好不快活。

有一次,沈炼题笔写道:"飒飒西风日夜吹,将军出塞又空回。不知白骨堆沙岸,犹自红妆送酒杯。诸葛已无筹笔驿,李陵偏筑望乡台。悲歌莫厌伤心曲,不是忠臣定不哀。"酒至半酣,写诗仍不能抒发其满腹仇恨,沈炼站在居庸关山头,对着天空破口大骂。骂谁?骂那严嵩奸贼、佞臣。骂着还不解气,他叫人扎了三个稻草人,分别以秦桧、李林甫、严嵩命名,用这三个稻草人当作箭靶子。

此事难免会传到严嵩耳中。严嵩听罢,心中恼怒:"什么?沈炼还没有死?"为了报复沈炼,严嵩竟诬告沈炼是白莲教的首领。最终,沈炼和他的两个儿子,惨死于塞外。

沈炼曾给嘉靖皇帝呈上《早正奸臣误国以决征虏大策疏》,其中写道:"当时边备废弛,吏治日隳,颇由朝臣之通赂也,边将非多用黄金不可以得官……"沈炼深刻总结了为何俺答能够长驱直入围困京城,其根源在于边塞长期无人管理,长城已然变成摆设,守关的军将大多是花钱买官。这是确凿的真实情况,沈炼能看出问题所在,也有人同样有所察觉。

嘉靖二十六年(1547年),巡按西关御史王士翘,曾经上疏朝廷,写就《固藩篱壮国威以保治安民疏》。奏疏中王士翘言明,自己最近奉命去居庸关外巡视,这一趟走下来感慨颇多。刚出居庸关来到八达岭,便发现了一个巨大的防御漏洞。原来就在这一年,王士翘以巡按西关御史的官职巡查京城以西向南的一系列关口要塞。

嘉靖二十六年(1547年)六月的一天,炽热的阳光照耀着居庸关两山之间的峡谷。峡谷中一片绿意盎然,充满了勃勃生机。艳阳将峡谷中的一切都映照得鲜明而生动,让人沉醉在这美丽迷人的风光之中。居庸关向南的大道上,一匹快马四蹄腾开,犹如踏着云雾一般飞驰而来。眼看前面的道路逐渐变窄,骑在马上的人轻轻一带手中缰绳,胯下的马蹄渐渐缓慢下来。他回头向身后张望,与他同行的一行人正慢悠悠地走来。这队行人多

半是骑马的，还有几个挑夫挑着担子走在后面。走在最前面的人，用手向北一指，高声喊道："大人，您看，前面的城池就是居庸关。"

坐在雕鞍上的人，一身便服打扮，头上戴着遮阳的斗笠。他在马上微微欠身，掉转马头向北望去，眼前的壮丽景致让他不禁感叹："好一座雄伟的关隘。"此人正是巡按西关御史王士翘。

在明朝，中央政府设有监察机关都察院，都察院下属有十三道监察御史。监察御史平日在京城都察院任职，被称为内差或常差。倘若奉命出巡盐务，便称为巡盐御史；奉命出巡漕运，则称为巡漕御史；奉命巡按地方，就叫作巡按御史。这里所说的"地方"概念，通常不是指一县或一府，而是涵盖一个较大的地区。王士翘奉旨巡按的是西关地区。西关是一个地理范畴，指的是京城以西向南的一系列关口要塞，从居庸关起始，河北唐县的倒马关、河北省保定易县的紫荆关，以及山西省平定的故关，都包含在西关之内。与西关相对的，是东起山海关西至居庸关的一系列关口。

巡按西关御史乍一听，似乎是个了不起的官职，然而在明朝，监察御史均为正七品官。虽说品级不算高，但奉命巡按地方时，其职权和责任却极为重大。老百姓常听到一句戏词"本巡按代天子巡狩……"，这一点儿也不夸张。巡按所到之处，不论是藩王、大臣，还是州、城、府、县的地方官员，都在考察的范围之列。大事需奏请裁决，小事则可当即决断，真可谓官不大，事务却繁多。巡按西关御史每年一任，巡历一年期满后回朝廷复命。巡按一圈并非公费旅游，需要把沿途所见绘制成图本，所闻记录在案，将图文并茂的工作文件呈交都察院。王士翘担任的巡按西关御史，实在是一份苦差。

王士翘，字民瞻，江西安福人。他于嘉靖十七年（1538 年）考中进士，出任巡按西关御史时，已然到了不惑之年。四十岁的人还能像年轻人一样纵马飞驰，和他一同出巡的随从人员见状，都觉得这位大人非同一般。众人纷纷跳下马，缓步来到居庸关。居庸关指挥使张问政早早地迎候在关前。王士翘与张问政一同进入关内，张问政将关内的公文一一呈上。王士翘只是问道："此关可有志书？"

张问政笑着回答："巡按大人，自我接手以来，未曾见过志书。之前倒是有个学生，抄录过一份'草志'。"说着便将手中的"草志"递到王士翘手中。

王士翘点点头："张大人守关辛苦！此次下官巡按西关诸镇，旨在收集真实详尽的情况。张大人一定知无不言，言无不尽啊。"

"那是自然。王大人您为何非要查看此地的志书？"

"张大人，志书非同寻常。志书上综合记录了该地自然和社会方面的历史与现状，其内容涵盖疆域沿革、典章制度、山川古迹、人物、物产、风俗等，这是治理一方的重要信息来源。下官不才，想借此次巡按之机，修一部关于西关诸地的志书。"

张问政这才恍然大悟："王大人，居庸关的'草志'就由您保管吧。"

"张大人此言差矣，下官岂能将此据为己有，今晚我在此歇马一宿，明日便将'草志'奉还。"

张问政原以为王士翘只是借看一宿，没想到他连夜誊抄了一份，第二天就将原稿交还了张问政。张问政问明情况，对这位巡按御史更是钦佩有加。第二天，他亲自将王士翘送出居庸关。王士翘离开居庸关时，回头望去，文思如泉涌，一首五言诗瞬间挥就："天造居庸险，关开绝壁城。重门悬锁钥，夹水布屯营。立马山河壮，登坛虎豹明。一夫当此塞，万里却胡尘。"

离开居庸关，便是八达岭城。王士翘环顾四周的郊野，发现八达岭外人烟稀少，只在关门外不到半里的地方有个叫岔道堡的地方。这里属于隆庆州，居民聚居，大约有一千多户。众人来到岔道堡，只见一条大街直通东西，大街两边有几家买卖铺户，无非是大车店、小饭馆之类。王士翘带着一行人，找了个茶棚，正值中午烈日当头，索性喝口水，休息片刻。小二见来了客人，马上又是热情招呼，又是擦拭桌子。小二刚把茶水摆上桌子，王士翘抬手把他叫住："小二哥，你先莫忙，我有几句话问你。"

"客官，您有什么要问的？只要我知道的，一准儿都告诉您。"

"小二哥，我看这里都是大车店、旅店、饭馆，没有其他买卖？"

小二笑了笑："客官您有所不知。我们这儿叫岔道，有两条路，一路是奔怀来卫的榆林、土木、鸡鸣三驿，最后到宣化府，这是西路；一路奔隆庆州、永宁卫、四海冶，这是北路。来来往往都是去宣化府、大同做买卖的，赶上八达岭关城门，就得找地方住下，所以都是大车店、小饭馆。"

王士翘听罢点点头，继续问道："小二哥，既然你们都是做买卖的，有钱人一定不少吧？"

小二一听，还没搭话，先叹了一口气："客官，跟您说实话，这几年真不行了。您瞧着吧，岔道做买卖的人多，有钱人不少，引得鞑子兵经常来劫掠。现在有钱人都搬到隆庆城里住了，把房产地业留在这里。鞑子兵来了，不能把房子抢走，他们还得住。我们这儿哪还有什么有钱人？"

"小二哥，我看岔道堡不是有城墙吗？难道挡不住鞑靼骑兵？"

"嘿！客官，您还说城墙？就我们这儿的城，能叫城吗？过去有个土城，城墙低矮，鞑子兵的马一抬前蹄就跨过来。现在已经倒了一半了。"

"没有巡守的士兵吗？"

"有啊！兵倒是有，弓箭兵不过二十人。"

"这么少？有没有乡勇？"

"乡勇也有，乡勇跟大头兵那可是两码事。大头兵是国家发饷，他们不干活；乡勇是我们供养，万一有鞑子兵来抢，就带着我们往别的地方躲躲。"

王士翘听罢不住点头。众人喝完水，歇得也差不多了。太阳偏西，王士翘带着几个随从，登上不远处的小山，俯视八达岭、岔道堡。王士翘边看边把地形勾画下来，画好之后，站在山顶长叹一声："如果胡人破关侵犯大明京师，必然要窥视居庸关。想要到达居庸关，一定会先到达岔道。这里的百姓没有城池可守，没有士兵防御，一旦打起仗来，要么望风而逃，要么就是引颈就戮。无论是瓦剌还是鞑靼，只要占据此地，就会居住在百姓的房屋里，吃着百姓的粮食。他们要是长期驻守，就算居庸关能挡住也受不了，需要岔道城的补给！"想到这里，王士翘不由得惊出一身冷汗，"居庸关离京师太近了，是国家门户的险要之地，不是其他关隘可以相比的。居庸关是京师的门户，岔道就是居庸关的屏障，如果放弃岔道不防守，就等于把居庸关以北的物资，拱手送给敌人做给养。"

王士翘在画好的地图旁边标注："岔道就在山脚下，登山采石应该颇为方便。可以让本堡戍守的士兵、乡勇和居民一起，依靠旧城适当增补。这就是使用民力要适当，即使劳累他们也不会有怨言。估计工匠和木料的费用不超过一百两银子，这是花小钱，办大事。"

　　之后，王士翘又来到永宁城，一看此处情况很不错。这几年鞑靼寇边频繁发生，永宁城特地在本城建立了两个卫所，又从隆庆卫所轮调一名指挥使、五名千户和百名士兵，统率二百五十名士兵进行防备。王士翘和永宁的指挥使、士兵聊起家常，得知鞑靼多次骚扰，永宁城却一直守卫得十分严实。王士翘带着满腹不解问道："你们这座小城，为什么要部署这么多士兵？人数甚至超过了隆庆城的守兵人数。"

　　欲知后事如何，且听下回分解。

第四十回 朝臣商议修防务
谭纶抗倭扬威名

经略西关日，驱驰横岭巅。
采薇开庶食，凿井及蒙泉。
甘苦还谁共，焦劳我自先。
军中韩范老，振古独筹边。

——〔明〕王士翘《次横岭城》

王士翘来到永宁城，惊奇地发现，这座城在多次鞑靼寇边中一直守卫得极为严实。他满心疑惑，询问士兵其中缘由。士兵赶忙解释道："大人，您有所不知。早年黑峪口只要一有警报，就得临时从其他地方调集兵力来永宁。从黑峪口到永宁是条直道，一般鞑靼人来袭都是先骚扰永宁，而后再去别处。时间长了，大家就寻思，别总是这样调来调去，干脆把这些人马就长期放在这儿吧。"王士翘这才恍然大悟，心中暗想："这是指挥官的问题，怎能如此厚此薄彼？永宁的老百姓是隆庆州的子民，岔道堡的就不是吗？不行，这一点我也得记上……"

王士翘巡按隆庆州后得出一个结论：居庸关乃京师的北大门，居庸关巩固了，京师便能稳如磐石；而想要巩固居庸关，就必须巩固岔道堡。正所谓唇亡齿寒。现今来看，岔道堡就如同嘴唇，居庸关恰似牙齿。倘若能将岔道堡护卫得当，一旦遭遇突发警报，就能够收拢人畜，坚壁清野。敌人无所掠夺，自然会远去，谁也不会傻乎乎地在没有后方给养的情况下，非要来窥视这天下第一雄关居庸关。居庸关得以巩固，实乃京师万世的利益所在。

王士翘每到一地，都会认真地做调查研究。从居庸关、倒马关、紫荆关、故关，到一条线上的大大小小关口、要塞，他都巡访得清晰明了。王士翘用于画图、记事的纸张，堆积起来竟有一扁担之多。历经整整一年，王士翘回到京城，将自己的所闻所见详细地写在报告当中。他还特意上疏，撰写了一份《固藩篱壮国威以保治安民疏》，着重论述了为何要把岔道城修好。然而，嘉靖皇帝只顾着炼丹修仙，王士翘呕心沥血写就的奏折根本未被他过目。俺答打到家门口时，嘉靖才如梦初醒："西关重镇干什么吃的？鞑靼兵来了，怎么挡不住？"

有人赶忙给嘉靖提醒："皇上，前几年巡按西关御史王士翘给您写过奏折，您没看……"

嘉靖这才点点头："噢，是这样。现在王士翘呢？"

"这是三年前的事了。如今王士翘已被外放任职，去地方当官，不在京城了。"

"徐阁老、严阁老，你们好好商量商量，下面该怎么办……"

"皇上您……"

"朕要参禅打坐。你们不要扰了朕的修行，商量好了，给个结果就行。"说罢，他又回宫修仙去了。嘉靖皇帝为祈求长生不老，长期不理朝政，致使"北虏南倭"的问题始终困扰着朝局。北虏指的是蒙古俺答；南倭则是侵略东南沿海的倭寇，这两大外敌给嘉靖一朝造成了极大的负面影响。

公元 1567 年，大明朝的第十二位皇帝，明穆宗朱载坖继位登基，年号隆庆。他在大明朝十六位皇帝中名气或许不算大，但是他与延庆的关系却极为密切。永乐皇帝在位时，延庆被称为隆庆州。这位皇帝一登基，因年号叫隆庆，为了避讳，便将隆庆州改名为延庆州，从此，延庆这个名字确定下来，并一直沿用至今。

这一年，蒙古俺答再次派出两支人马，同时对长城以南大明朝的疆域发起进攻。其中一支兵马进攻山西，攻陷石州，也就是今天的山西吕梁；另外一支军队，则直奔京畿要塞蓟州。上千人的蒙古铁骑，扬起漫天尘土，呼啸而来，北京城内顿时一片哗然。隆庆皇帝朱载垕刚刚登基，听闻俺答又带兵要来北京，即刻召集满朝文武商议应对之策。有人说道，俺答不过是虚张声势，未必真敢再来北京；也有人表示，十几年前的庚戌之变仍历历在目，他们说来就真有可能来。朱载垕抬手一拦："让你们来出主意，不是让你们猜测他来不来。俺答真来也好，假来也罢，咱们总得有个应对的办法！"

众臣一听，纷纷说道："什么对策还用说吗？打啊！'庚戌之变'之所以让俺答如此猖獗，皆是因为朝中有严嵩奸党的把控。如今严嵩已死，奸党已除，断不能再犯过去的错误了。"

朱载垕点点头："好，要打。"说着指指旁边的武将，"你去？"

武将赶忙摇摇头："老臣年迈，老眼昏花，恐怕上阵难以抵挡。"

朱载垕又看向站在一旁的文臣："你来？"

文臣连忙摆手："来不了……"

朱载垕无奈地双手一摊："你们都说要跟人家打！叫你去，你不去；让他来，他不来，还打什么？"

这时，工部右给事中吴时来，向前跨出半步，恭敬地说道："启奏我主万岁，微臣推荐三人。有此三人出马，定能战胜顽敌，渡过难关。"

"吴爱卿，你说的三个人是谁？"

"万岁，微臣推荐的三人，乃福建巡抚谭纶谭子理，以及他身边的两员大将——戚继光和俞大猷。他们多年在南方抗倭战功赫赫，实乃国之栋梁……"

"吴爱卿，你先等等，这三人是干什么的？"

"抗倭的啊！"

"打倭寇——日本人。"

"对，没错。"

"还没错？现在说的不是倭寇要来北京，是蒙古的俺答要来攻打北京！朕并非不知，三人抗倭有功，这一点毫无差错。但是将他们调到北京抗击俺答，南方的抗倭事宜交给谁？势必会出现防御漏洞，这不就是拆东墙补西墙吗？"

吴时来点头应道："万岁所言极是。但是万岁可知道谭纶谭子理，是如何成为抗倭名将，驰名南郡的吗？"

　　朱载垕好奇道："愿闻其详，吴爱卿速速道来。"

　　吴时来拱手说道："谭纶谭子理，自幼熟读兵书，心怀报国之志。初入仕途，便展现出非凡的军事才能。在南方抗倭之时，他善于洞察敌情，排兵布阵精妙绝伦。他不仅自身勇武过人，更能激励将士们奋勇杀敌。其麾下将士皆愿为其效死力，正因如此，方能屡战屡胜，威名远扬。"

　　朱载垕微微点头："原来如此，那这谭纶确实是个人才。"

　　吴时来接着说道："万岁，谭纶之能，远不止于此。他还精通兵法战略，善于根据不同战况灵活应变。且他重视军事训练，所练之兵，皆为精锐。若能将其调至北方抗击俺答，或能扭转战局。"

　　吴时来所说的谭纶，自幼饱览诗书，才思敏捷，智力过人，性格沉稳。嘉靖二十三年（1544 年），谭纶进士及第，获授南京礼部主事一职，后来调任台州知府。台州古称海州，地处浙江中部沿海地带。彼时，东南沿海倭患肆虐。日本进入战国时代，国内战争频繁，各地藩侯为增强自身的经济实力，解决战乱带来的财政困境，开始支持境内的浪人、武士和商人渡海到中国烧杀抢掠，甚至日本的贡船也假借入贡之名，行海盗之实。而同一时期的明朝，武备废弛，卫所制度遭受严重破坏。

　　卫所制度，是明太祖朱元璋效仿隋、唐时代的府兵制，实际上是汲取了中国历史上屯田的经验，是一种寓兵于农、守屯结合的建军制度。卫所制度中，最大的官员称为都指挥使司，相当于如今的军区司令。明朝规定五千六百名军人为一卫，一千一百人为一所。前文已提及，隆庆州在明朝初期被称为隆庆卫，便是基于此设置。通常每卫设有左、右、中、前、后五个千户所；千户所下面设有百户所，一百一十二人为一个百户所；百户所下设总旗二个、小旗十个；每个总旗管理五十人，每小旗管理十人。有一种单独驻扎在一个地方，归都指挥使司管辖指挥的千户所，被称作守御千户所；还有一种称为"御"的军事机构，管理两到三个千户所。明朝初期，全国有内、外卫五百四十七个，所两千五百六十三个。如此众多的士兵如何养活？朱元璋自有办法："我的百万军队，不耗费百姓一粒米。军队的供给全靠自给自足。"前文说过，明成祖和明宣宗祖孙两代皇帝，派赵羾、薛禄修建隆庆城、永宁城，就是为了供给八达岭一线长城上的军队。在明朝，养活部队的人都属于军户。

在明代，军户的来源有两个：一是元代原本的军户；二是现役军人的家属。军户均为世袭，管理极为严格，想要去除军籍十分艰难，只要家中还有一人，便仍是军户。随着时间的推移，军户数量却日益减少，于是便将犯罪之人、充军之人，也纳入军籍，这些人被称作恩军或长生军。身为军户便拥有土地，可后来情况逐渐改变，上级军官看到下级军户手中有土地，便想方设法将其据为己有。士兵的土地被霸占一空，只能成为军官的佃户。军户食不果腹，打仗又有生命危险，有的军户选择逃跑。这样一来，就从逃亡军士的原户籍中找人顶替，当兵竟成了祸害亲友的事情。军户当不成，家乡也回不去，只能沦为流民。士兵越发困苦，社会地位低下，无人愿意嫁给他们。军户的数量急剧下降。现有的军户也无心操练，作战水平下降得极为迅速。嘉靖三十四年（1555 年）七月二十四日，一伙倭寇登陆，如入无人之境，竟然杀到了南京城下，这便是大明朝军队的真实状况。

彼时，南京城的高官们畏敌如虎，紧闭城门，不敢出战，眼睁睁看着倭寇直逼南京城下。倭寇首领身着红衣，骑着高头大马，打着黄色伞盖，在金陵城外策马扬鞭，明目张胆地挑衅！在这危急关头，南京兵部的五品文官谭纶，毅然决然地挺身而出。谭纶深知军队已无法作战，被倭寇吓得魂飞魄散。他招募五百壮士，亲自率领他们出城抵御敌人，成功击退倭寇的进犯，确保了南京的安全。同年八月，谭纶升任台州知府，就此开启了他的抗倭生涯。

倭寇侵扰浙江四年有余，台州府又是浙江受害最为严重的地方。谭纶到任不到一个月，倭寇再度来袭，一位守备都指挥战死，两座城池沦陷。谭纶指挥有方，巧用计策诱敌深入，设下埋伏，激战十几天，才使得天台、仙居、宁海三县得以保全。战斗结束后，谭纶深感卫所兵马难以担当大任，他向上级请示，自行招募百姓进行训练。在以往，这绝对是不被允许的，你招募百姓参军入伍，意欲何为？难道是要造反吗？但形势所迫，官场上的人都清楚，指望大明朝的军户抗倭简直是痴人说梦，只能睁一只眼闭一只眼，很快队伍便组建起来。不到半年，这支队伍在谭纶的训练下"立束伍法，自裨将以下节节相制，分数即明，进止齐一，未久即成精锐"，意思是官兵团结一心，一切行动听从指挥。谭纶率领这支劲旅，转战台州全境，使台州乃至浙东沿海的抗倭斗争出现了转机。

谭纶因抗倭有功，加上上级的极力推荐，被朝廷升任为浙江巡视海道副使，治兵宁波，负责浙江海上的抗倭事宜。谭纶到宁波后，立即遣散征调来的外地士兵，按照经验从当地百姓中招募兵员扩充队伍。当时分守宁绍台的参将是戚继光，他在义乌招募的戚家军已训练完毕，正好与谭纶兵合一处、将打一家，归谭纶统辖。谭纶如虎添翼。但嘉靖四十年（1561年），谭纶的父亲病故，他回家为父亲服丧守制。

彼时，倭寇在浙江屡遭重创，于是放弃进攻浙江，将侵略的重心转向福建，攻陷兴化府，即今天的福建莆田。朝廷见形势危急，召谭纶回朝，任命他为提督福建军务兼巡抚。同时提升俞大猷为福建总兵官，让戚继光亲率浙江兵增援福建。嘉靖四十三年（1564年），在谭纶、俞大猷、戚继光三个人通力合作之下，持续数十年的倭患，终于被彻底平定。

欲知后事如何，且听下回分解。

第四十一回　进京师秉烛夜谈　赴长城整顿军务

重门天险设居庸，百二山河势转雄。
关吏不闻占紫气，行人或共说非熊。
湾环击水马蹄涩，回复穿云月露融。
燕市即今休感慨，汉家封事已从容。

————〔明〕李贽《晚过居庸关》

谭纶提督福建军务兼巡抚，历经数十年的不懈努力，终于成功平定明朝东南沿海的倭寇之乱。

在广东南澳岛的礁石上，伫立着三个高大的身影，他们面朝大海，久久无言。耳畔唯有汹涌澎湃的波涛声，一浪接着一浪，在三人脚下卷起千堆雪。

站在左边的戚继光，望着浩渺的大海，慷慨激昂地说道："剿倭我还没打够！真恨不得跨海东去，直捣东瀛贼穴！"

站在中间的谭纶，转头看看戚继光，又回望大海，神色凝重地说："元敬，此言差矣……"元敬乃戚继光的字。"先帝曾言，倭寇不过疥癣之患也，北虏才是心腹大患。"意思是在明朝人看来，日本的侵扰就如同一块牛皮癣似的，虽烦人但危害有限，而北方的蒙古才是最为要命的。"现如今，疥癣之患就快清除干净了，而北边之患却又烽烟四起……"

站在右边的俞大猷，听闻谭纶此言，双眉紧锁："怎么，北边俺答又犯边了？"

谭纶微微点头："刚刚接到的揭帖。"揭帖乃古代的公文，"新帝登基不久，蒙古俺答兵犯大同，攻陷云州，劫掠交城，烽火遍及山西，还要进犯蓟镇，京城已然陷入一片恐慌之中。"

俞大猷叹息一声："想当初，我曾在大同与俺答打过一仗，蒙古铁骑的确彪悍得很啊！此番入侵，不免荼毒我大明百姓。"

谭纶微合双目，神情忧虑："塞边九镇之中，最为吃紧的当数辽东、蓟州、宣府、大同。兵部右侍郎王崇古就任宣大总督，今日朝廷召我回京，协理兵部戎政……"

戚继光、俞大猷两人异口同声："怎么，又要走！"

谭纶苦笑一声，无奈地点点头。

俞大猷握拳拱手："制台，我们也跟您一起去北边吧！倭患已除，没仗可打，正好北边能有我们的用武之地。"

谭纶叫了一声："志辅！"志辅是俞大猷的字，"我已经写了一道奏疏，恳请你们与我一同前往北上戍边。内阁回复，广东海寇尚未根除，朝廷命你镇守两广，此次元敬随我北上！"

在吴时来的提议之下，明朝廷准备调谭纶、戚继光、俞大猷北上抵御蒙古铁骑。吴时来的这一提议得到了不少人的支持，兵部和内阁经过商讨决定，俞大猷年事已高不宜北上，命谭纶与戚继光进京协理戎政。

谭纶和戚继光两人准备动身启程，福建的地方官却不乐意了："二位大人，你们这是要干什么去？"

"我们北上抗虏！"

"这可不成！这儿离不开你们。就算走也不能俩人都走……你们等等吧。"地方官旋即上疏朝廷："只要有福建一天在，我们就不能没有'谭戚'二位。"朝廷也为此事焦急万分，最后反复商量来商量去，采取了折中的办法，只抽调谭纶一人进京，戚继光暂且留下。谭纶于是独自一人奔赴北京。

谭纶一到北京，尚未见到隆庆皇帝朱载垕，先去拜见了东阁大学士张居正。原来，朱载垕未当皇帝之时，受封为裕王，张居正是裕王府的旧臣。朱载垕登基称帝之后，张居正被擢升为吏部左侍郎兼东阁大学士，得以进入内阁，参与朝政。他在内阁之中较为年轻，比谭纶小五岁。谭纶进京得先探问皇帝对待俺答的想法，打算如何应对，自己也好有的放矢，有所作为。与皇帝关系最为紧密的乃内阁，内阁里面最年轻的当数张居正，因而谭纶先去拜见他。

谭纶和张居正一见面，便有种相见恨晚之感，从朝堂之事，论及北塞用兵。两人皆是进士出身，说出的话引经据典，滔滔不绝，从下午一直畅谈到深夜。

张居正一边倾听谭纶讲述在南方抗倭的种种事迹，一边捋着他那犹如墨染一般的胡子频频点头。张居正的胡子着实了不得，他堪称标准的美髯公。张居正对他的胡子打理得一丝不苟，入内阁之后，尽管每天日理万机，但是工作再多再繁杂，他的美髯也丝毫不乱。哪怕遇到大风天气，还用特殊的夹子将胡须夹起来，生怕破坏了"须形"。张居正听着谭纶侃侃而谈，自是欣喜万分，捋着胡子说道："子理，此次朝廷调你进京协理戎政，不知你有何想法？"

"禀大人，下官此次入京确实有些想法。当今之事，其可虑者莫重于边防，然而说句罪过的话，我大明如今的军队实在是不堪一击。当初下官在东南抗倭之时就已有所察觉，军户不堪重用；外地调来的客兵，又不熟悉当地情况。军队打仗时畏首畏尾，贪生怕死，只能依靠当地招募乡勇。以下官之见，南北亦有不同，想到北塞关隘巡视一番，才能有进一步的打算。"谭纶的意思十分明确，"没有调查就没有发言权！"必须先实地察看具体情况再说下一步的举措。

张居正点点头："子理所言极是。近年来虏患日益深重，北虏如狼似虎，若不好好教训教训他们，其为患将永无休止。但战事紧迫，恐怕不能让你把几个关隘都转个遍，再拿出切实可行的办法。"

"大人，您看这样行不行？给我十天时间，把北京北边的居庸关、八达岭几个关隘察看一番，我就能拿出切实的办法了。"

张居正点着头思考着："十天可以。谭纶说得很对，他久战南方，从江南到闽南战绩显著，但是他没带过北方的兵，总得让他了解一下实际情况。"想到这儿，张居正对谭纶说："谭大人，名不正则言不顺。明日我上朝奏上一本，保荐你为兵部左侍郎，兼任右佥都御史，总督蓟、辽、保定军务。你即刻就职巡视边务，我等你拿出整顿军务的良策。"

谭纶从福建总督升入兵部，成为兵部左侍郎兼任右佥都御史，总督蓟、辽、保定军务。兵部左侍郎——三品官员。能一下子升到如此高位，也就是在大明朝。按理说兵部侍郎一职应由武将担任，然而大明朝却并非如此——文臣统军。在中国历史上，武将权重最终割据一方，导致国家分裂的教训数不胜数。东汉末年的群雄争霸、唐朝中后期的藩镇割据，皆是前车之鉴。明朝的统治者吸取了历史的教训，想方设法削夺武将的权力，其中一个主要原因便是担心武将危及朱家王朝的统治。经过长期的努力，逐渐形成了在军事上文臣驾驭武臣的局面。谭纶、戚继光、俞大猷三人的关系便是如此。戚继光、俞大猷乃武将，谭纶则是进士出身的文官，然而在权力上，谭纶领导着戚继光、俞大猷。

谭纶到兵部交接完毕，便马不停蹄地出德胜门奔昌平而去，实地察看各处边关要塞。陪着谭纶的有顺天巡抚、蓟州御史和居庸关镇守杨四畏。几个人出昌平城一路西来，到南口转而向北。到达居庸关时，谭纶的眉毛就紧紧地拧在了一起，他没有多说什么，继续向前行进。过了居庸关再往北，有一道上关城，谭纶依旧沉默不语，继续朝着八达岭前行。到了八达岭再一看，谭纶实在是忍不住了，坐在马上抱拳拱手叫了一声："诸位大人，居庸关、八达岭地处京畿，乃军事要地，距离京城不足百里，是拱卫京城的咽喉要道，这城防……"说着话，谭纶指着一段长城，"你们瞧瞧，这土城已然坍塌，城防如此破败，何以抵御敌军？"

众人你看看我，我看看你，谁都不清楚新上任的兵部侍郎是怎样的脾气秉性。站在一旁的杨四畏心想，你们谁都不说话那我来说："大人，京师的长城都在山区，长达千余里。此处长城也有三百六十余里，城墙绵延不绝。如果不用土墙，全都用砖石砌筑，不仅需要大量的劳役，仅修城的费用，少说也要百万两银子！我们手头实在没钱。"

谭纶心想："没钱？没钱就不干活啦？"但是这番心里话不能往外说，他压了压胸中之火，轻声说道："我能理解。但是城防松弛，必会引来边寇频繁掳掠，从而导致百业凋敝，黎民百姓受损，那不更是没人纳粮交税了吗？结果陷入恶性循环，越没钱越不修防御工事，越不修就越有人来抢掠，八达岭以北的大好妫川之地就没法要了！"

"大人您的意思是？"

"巩固城防，加强兵备，这才是长治久安的上策。"谭纶指着不远处一道城墙上的豁口，"你们看那个地方，敌人只需趁夜晚从城下攀缘而上，这城就会被破防！这样的豁口，一路走来，我看见了不少，如此状况，怎么抵御敌军？"又指着守城的士兵，"还有这些士兵，天天站在这城墙上，连个遮风挡雨的地方都没有。各位大人想一想，士兵连自己的身体安危都没法保证，怎么与强敌作战？"

谭纶这几句话说得周围几个人脸上红一阵白一阵，扪心自问，谭纶说得对不对？句句都在理上，他们又不是瞎子、聋子，看不见听不着吗？不是，关键是反映上去没人管。过去严嵩奸党在的时候，没少反映情况。好一点儿的结果，就是他们的奏报如同泥牛入海，不见回复；惨一点儿的，严嵩就说他们谎报军务，如此一来，谁还敢说？现在听谭纶一说，杨四畏把几年沉积在心里的话全都一股脑地说了出来："大人，您说得太对了！士兵依城据守已经是形同虚设。守城的士兵，也就只能起到瞭望和警示的作用，真要有蒙古铁骑来了，一点儿都顶不上用……"

谭纶微微点头："诸位大人，我在浙江临海也曾修筑城墙抵抗倭寇，城墙设计每三十五步设立一个空心敌楼。敌楼上面用于防守，也可以燃烽火；下面可以贮藏兵器、粮食，非常实用。"

众人闻听，瞠目结舌："空心敌楼？谭大人，您督造的空心敌楼长什么样？"

"来来来，我给大家画个草图……"谭纶捡起一根树枝，在地上认真地画了一个草图。众人看罢心想："谭纶画的空心敌楼，我们也知道实用，关键是得花钱，纯是用砖石砌。现在城墙都不敢全用砖石，一个敌楼敢用砖砌，得花多少钱。"想到这儿，杨四畏试探地问道："谭大人，修筑边墙的钱我们都没有，造出敌楼，得花多少银子？"

谭纶淡淡一笑，指着北面远处的群山问道："诸位大人，北面那山叫什么名字？"

"回禀大人，北面山名唤海陀山。"

"'海陀'二字怎么解释？"

众人不知谭纶究竟是什么意思，面面相觑。谭纶望着海陀山，朗声说道："海陀山有双峰拱秀，正是长城之北的中流砥柱。诸位大人请看，海陀山亘立妫川之地，宛如昂首巨龙，如今巨龙已是伤痕累累，花多少钱也要修补。圣上能不同意吗？"

众人恍然大悟："原来谭大人是办大事的人，他要去说服圣上掏钱重修长城。"

谭纶目光坚定，语气坚决："诸位，边患不除，国无宁日。这长城的修缮乃当务之急，关乎社稷安危，百姓福祉。吾等身为臣子，当为圣上分忧，为百姓谋福。即便困难重重，也定要全力以赴！"

众人纷纷点头称是，杨四畏抱拳说道："大人高瞻远瞩，吾等定当全力协助，共克时艰。"

谭纶望着远处的长城，心中久久不能平静。这正是：

　　海陀巍巍，双峰拱秀，北镇边疆。看巨龙残损，疮痍满目，边患未息，国祚堪伤。臣子谭纶，志坚意决，誓把长城重补妆。筹谋定，纵艰难险阻，何惧风霜。

　　心怀社稷安康，为黎庶、直言进谏章。念圣恩浩荡，当能恩准，倾财修缮，固若金汤。岁月悠长，山河永固，华夏安宁福泽长。雄心在，愿千秋伟业，万世流芳。

欲知后事如何，且听下回分解。

第四十二回　划分长城设防线
　　　　　　修筑空心御敌楼

险到居庸地脉分，何须常戍羽林军？
关门夜抱千峰月，陵墓春生五色云。

——〔明〕陈子龙《上谷边祠》

　　谭纶奉命巡视北京城以北的几处防御要塞，一路上风餐露宿，不辞辛劳。待他返回京城，竟是一刻也未曾休息，便奋笔疾书给皇帝写了一份奏折。

　　他将这一路的所见所闻，事无巨细，如实写进奏折，恳请圣上拿出国库里的银子，好好把长城修筑起来。谭纶这一路巡察，可谓是触目惊心。他发现，北京周边戍边的兵丁，大多娇生惯养。深究下去，他更是明白，这些兵多半是关系户，当兵不过是为了拿军饷，肆意地吃百姓、喝百姓。倘若蒙古人打来，他们定然比谁跑得都快。真正冲锋陷阵的，竟是那些老弱残兵，根本无法打硬仗。他思量着，如果从南方招募新军，和老兵混合训练，让先进帮后进，再把最擅长搞训练的戚继光调来指导，想必效果要好得多。在谭纶的奏疏里，言辞恳切地请求调戚继光进京。

　　隆庆皇帝拿到谭纶的奏折一看，当时便汗流浃背，折子里说要大修京畿长城，这得花费多少银子？皇帝心急如焚，赶紧把张居正叫来："谭纶靠谱吗？"

　　张居正一听，便心领神会，谭纶写奏折之前都跟自己打过招呼。张居正深知皇帝定会找他，微微一笑："启奏我主万岁，您洪福齐天啊！"

"哪里来的洪福齐天？我问你谭纶靠谱不靠谱？"皇帝眉头紧皱，急切地问道。

"万岁，我说的正是这件事！谭子理此言切中要害。微臣以为，当今之事，最应该考虑的就是边防；大明朝朝堂之上，亟待解决的事也是边防。近年来，边患日益深重，边事久废，蒙古部落如狼似虎，若不给予其重创，恐怕边患不止。如今的上上之策唯有一个——自治，如何自治？用老百姓的话讲，打铁还需自身硬！必须把军事搞上去。圣上您刚刚登基，正是赫然奋发之时，得先定圣志。您圣志一定，我们做臣子的自当按照您的总方针、总路线办事。如今谭子理给您上书，正是一个绝佳的契机！军队人数不足，国库有粮食，依照谭子理的要求招兵；长城不牢固需要修筑，要银子没关系，刚把严嵩他们家抄了，那些金银难道还不够吗？实在不够，您再从国库里拨点。待到兵足城坚，还惧怕俺答来袭吗？"

隆庆皇帝听到此处，把心一横说道："也罢！我这回豁出去，拨出国库的银两，让谭纶好好给我修一道拱卫京城的长城！"

一切准备就绪，谭纶却并不敢贸然动工，而是打开兵部档案，仔细研读。明朝弘治年间，北部沿长城防线陆续设立九个军事重镇，也就是九个防御区段，分别派有重兵驻防，称为"九边"或"九镇"。东起鸭绿江，西抵嘉峪关，绵延万里，分别有辽东镇、蓟州镇、宣府镇、大同镇、三关镇、延绥镇、宁夏镇、固原镇、甘肃镇。每镇各设总兵官一人统辖，下设副总兵官、参将、游击将军、把总，实行分级辖领。九镇之中，蓟州镇从东、西、北三个方向包围着京城。号称京师北大门的居庸关，距离京城不到百里，蓟镇若有险，京城便会震动；蓟镇稳固，则京城无忧。嘉靖年间，为加强北京城以及皇帝陵寝的防御，在北京西北侧和北京西南，分别增设昌平镇和真保镇，于是便有了九边十一镇的说法。蓟州镇管辖的长城，东起山海关，西至镇边城，增设昌平镇后，西边改至慕田峪。东起山海关，西至慕田峪的长城全长一千七百六十里，从慕田峪往西归宣府镇管辖。宣府镇管辖的长城东起慕田峪渤海所和延庆的四海冶所分界处，西至西阳河，即今天河北怀安县境内，全长一千多里。守边的兵卒，多是出生在本地的军户和有罪被流放至此的人。一旦边境要打仗，才调动内地的军

明蓟州镇、宣府镇长城示意图

队，这些军队被称为客军。边军的屯田制度，从宣德、正统时起便被破坏得不成样子。分驻各边镇的亲王、太监、军官，争相侵占屯田，把兵卒当作佃户使用，让他们耕种。军丁不堪虐待，逃亡者日益增多。蓟镇和昌镇两千余里的防线上，主、客兵不足十万，且多为老弱病残，战斗力极为有限。蒙古铁骑动辄以十多万的人马围攻一处，防线简直形同虚设。

谭纶上任后的第一件事，便是开始调整兵力部署。他把蓟、昌二镇划分为四区十四路，四区分别是蓟州、永平、昌平、密云；十四路为石门寨路、台头路、燕河营路、太平寨路、喜峰口路、松棚路、马兰谷路、墙子岭路、曹家路、古北口路、石塘岭路、居庸关路、黄花镇路、横岭路（也叫镇边城路），其中延庆境内的八达岭段长城属居庸关路管辖。谭纶想起前几日去居庸关，有一个将官叫杨四畏，能说句实话，看得出，他是个干实事的不错人选。于是，居庸路便由镇守总兵官杨四畏统领。后来又把居庸关划分为中路、北路、南路、东路、西路，将长城防线进一步细化，其中八达岭段长城属北路管辖。

把区域划分完毕后，谭纶在分路设防的基础上增添兵力。蓟、昌二镇沿边防守的主、客官军不满十万，往来策应的援兵一万五千人，如此布防，难以抵御蒙古骑兵的大举入侵。谭纶在标兵、游兵以及各路民兵中，精心挑选十支兵马，每支三千人，共三万人，列为三营，一营驻扎密云；一营驻扎遵化；一营驻扎三屯营，作为固定的增援兵力。谭纶上书朝廷，调曾是手下名将的戚继光进京，协助自己总理练兵事宜。练兵节制之法皆

由谭纶制定。他还在各路主、客官军之中，各选精锐三千人，作为本路和周边中路的应援部队。经过此番调整，大大地提高了部队的机动作战能力，在没有大量增加军队的条件下，显著提高了蓟、昌二镇的防御能力。

案头的工作全部处理完毕，谭纶收拾行装又踏上了征程。谭纶此次出行未带他人，直接去找杨四畏。杨四畏一见，兵部谭大人来了，赶忙出来相迎："谭大人，您怎么到我这儿来了？"

"敬甫，"敬甫是杨四畏的字，"我来就为一件事。记得前些日子，我和你提及的空心敌楼吗？"

"谭大人，此事末将一直铭记在心。实不相瞒，大人回京城后，末将也一直琢磨这件事。仔仔细细翻阅兵书档案，发现弘治年间，延绥巡抚文贵设计的一种边墩的样式和您说的空心敌楼有异曲同工之妙。"

谭纶听了，非常高兴，心想："我真没看错，杨四畏的确是个办实事的人，我说的事他没当耳旁风。"谭纶拉过杨四畏："敬甫，快把书上的边墩跟我好好说说。"

"大人请看……"杨四畏把谭纶领到书案前，用手一指。谭纶低头看去，书案上堆放着不少兵书战策，桌面上有一张画好的图样。杨四畏指着图样说："大人，我想边墩四面开窗。窗口有几个用途，没事的时候，可以窥探外面的情况；一旦打起仗，就从窗口放箭，抵御敌兵。"

谭纶看罢不住地点头，看着看着眉头微皱："敬甫，这边墩你准备用什么材料建筑？"

"大人，我琢磨边墩建筑的数量一定不少，用土木最好，既节省成本，建造起来也快。"

谭纶微微摇摇头："不妥。敬甫你可曾想过，如果来犯之敌使用火箭，用木头建的边墩一旦被点着，将士岂不是全被火困在其中吗？"

明朝有火箭吗？此处所说的火箭，并非现在发射卫星的火箭。中国古代的火箭从唐朝末年就已出现。火药，作为中国古代的伟大发明之一，在唐朝末年便开始被应用于军事领域。当时用火药制造的武器被称为火箭，即将羽箭的前端绑上火药，点燃之后射向远方。这种火箭不仅能够点燃远处的可燃物，还因其强大的冲击力和火焰效果被称为飞火。到了明朝，火箭的发展已然达到了颇为厉害的程度。谭纶之所以提及此事，原因在于戚继光的军中大量装备了火箭。经过戚继光改良后的火箭，箭长五尺以上。箭身通常采用坚韧的竹木材料，经过精心的打磨和处理，保证了箭体的笔直和坚固。箭头由锋利的金属打造，能够在飞行中轻易地穿透敌人的防御。而绑在箭身上的火药筒，则是由硝石、硫黄、木炭等按照特定比例精心配制而成的火药填充，外面再用防水且易燃的油纸包裹，以确保在储存和使用时的安全性和稳定性。一经发射，一箭竟能射出三百步之远，其威力惊人。每当战场上火箭齐发，火光冲天，那强大的声势和破坏力，曾让倭寇心惊胆战、魂飞魄散。

杨四畏也知晓火箭，听谭纶一问，顿时愣住了，心想："对呀！敌人要是用火箭射边墩，引燃大火，关键是边墩里面还有人，能不被烧吗？"杨四畏看着谭纶："大人，依您的意思？"

"敬甫，你设计的边墩非常实用，把土木结构改为砖石结构造价虽高，但能一劳永逸！"

"对！谭大人，您说得太对了！一劳永逸。咱们得把长城从里到外、从上到下，好好修一遍，以后不管什么样的敌兵来，都让他过不了这道长城！"

"好。敬甫，我把你设计的边墩再完善完善。"谭纶挽起袖子，拿起笔，在杨四畏画的草图上改了起来。沿海抗倭的时候，谭纶就仿照民间看家楼的式样，修建过空心敌楼。这次有杨四畏的设计，两下融合，设计出适合在北方长城上修建的既能驻兵又能防御的空心敌楼。

谭纶设计的空心敌楼墙体加厚。北方尤其是山区，冬天衰草枯槁、溪水成冰，墙体必须加厚。在城墙两面设有垛口。每个空心敌楼置一名百夫长、五十名士兵。敌楼高低大小不等，各个敌楼之间互为掎角、相互呼应，里面都配备火炮。敌人的弓箭无法射到楼里的士兵，蒙古的骑兵在火炮的攻击下也不敢靠近长城。敌楼由上、中、下三部分组成，下面是基座，用大条石砌成，高度与城墙相同；中间是空心，里面分成几个小空间——券室，供士兵驻守，存放粮食和兵器，券室之间相互连通；上面是台顶，多数敌楼台顶中央都有楼橹，即瞭望塔。也有的敌楼台顶铺墁成平台，四周筑有垛口，用于防守和举烽火报警。

谭纶计划蓟、昌二镇修筑空心楼三千座，每座成本价官银五十两，需要十五万两银子。他觉得预算高得惊人，马不停蹄亲自勘察，根据地形地势减为一千五百座。

前期设计、论证工作都圆满完成，谭纶命人启动工程。在具体的施工过程中，为提高工效，谭纶按照地段分工，以筑敌楼的数量、质量作为将官举劾升赏的标准。每筑一敌楼，谭纶都要亲自检查，质量高者给予犒赏。

一天，谭纶带着杨四畏巡视到八达岭东边的一段长城工地。他发现工地上的城砖不对劲，弯腰捡起小块碎砖，转头问杨四畏："敬甫，这段城砖是哪儿烧的？你看看，城砖断口气孔大小不一，颜色也不对，青一块红一块，明显是泥坯质量不合格，烧制的火候也不对。这是劣质品！"

杨四畏接过来一瞧，正如谭纶所言，他赶紧找负责的工头询问，原来给这段工地供砖的是柳沟的一户砖窑，窑头叫乔老六。再细问，乔老六是柳沟参将吕正的大舅子。一旁的人说："他们二人狼狈为奸，联手偷工减料中饱私囊。大人，您以为只是一段城砖用的是劣质品吗？凡是吕正督修的城墙都用的是乔老六家烧的砖。乔老六为降低烧砖本钱，还肆意克扣窑工哩。"

此言一出，杨四畏顿时火冒三丈，准备找吕正问个究竟。

欲知后事如何，且听下回分解。

第四十三回

谭纶御前算细账
戚帅长城演雄兵

关入居庸险，城临北斗悬。

龙琴乐宴调，虎帐集群贤。

爽气来山雨，秋声漱峡泉。

醉余望双阙，遥倚五云边。

——〔明〕郑珞《居庸关徐将军席上作》

　　谭纶和杨四畏听民夫的讲述，直奔柳沟。柳沟城位于延庆城东二十里处，离八达岭不远。抵达柳沟城后，他们首先把参将吕正找来。柳沟参将吕正衣冠不整，面色绯红。靠近他时，提鼻子一闻，浓烈的酒味直冲对面袭来。杨四畏看到吕正这般模样，气得面红耳赤，心中暗骂："吕正啊吕正，身为参将，大白天饮酒，哪还有点儿军官的样子！"想到此处，杨四畏把手里的残砖往前一递："吕正，你负责督造城砖，看看，这砖是你们烧的吗？"

　　吕正醉眼迷离，伸手接过残砖，还用看吗？一掂量就知道，这正是柳沟烧的砖，于是点点头："总兵大人，这砖是柳沟烧的！"

　　"吕正，如果我没记错的话，附近百里之内的城砖都是由你提供的吧？"

　　"不错，正是！"

　　"笃！大胆吕正！在你治下居然提供如此质量低劣的烂砖，偷工减料、中饱私囊，该当何罪！"

吕正听到这里，酒顿时醒了一大半，眨眨眼仔细一看，杨四畏身边还有一位。这位中等身材，眉分八彩，目若朗星，仪表堂堂，站在杨四畏身后不怒自威。吕正看着他官威不小，知道是个大官，心中暗想："这人是谁？我好像在哪儿见过？"杨四畏问得急切，他也顾不得多想，口尊："总兵大人，末将有下情回禀！"

"说！"

"大人，您要知道，烧砖可是技术活。我这儿没有合适的人手，烧出来的砖，只能是现在这个样子了。"

杨四畏听罢，胡子气得噘起老高，责问道："这是理由吗？"

谭纶站在杨四畏身后，用手一指："吕正，我来问你，烧砖的乔老六是你什么人？"

"啊？乔老六？他……他……"

"他是你内兄，对不对？"

吕正的酒这下完全醒了，心想："这个人不就是兵部的谭大人吗？他怎么来了？"刚要张嘴分辩，谭纶一掸袍袖，怒斥道："大胆的柳沟参将吕正，修筑长城乃国家大事，尔等居然偷奸耍滑，胆大妄为……"

吕正吓得"扑通"一声双膝着地，叫了一声："末将有失察之罪，请大人恕罪！"

"呸！像你这样的参将，拿着国家的银两，中饱私囊；工作时间饮酒作乐，这就是渎职！来人！撤去吕正参将之职，另换他人接替。"

有人将吓得瘫软如泥的吕正拖到一旁。谭纶继续郑重地说："尔等务必牢记，修筑长城乃天大之事，如有人胆敢再有如此行径，本兵部堂定斩不饶！"

谭纶果断地撤了柳沟参将吕正的职务，以儆效尤。有人或许会疑惑，谭纶为何如此狠心？砖烧得不合格，让他们重新烧不就得了，又撤职又严办，难道是为了震慑修城士兵、民夫的人心吗？还真不是。谭纶主持修筑长城，耗费的银子如同流水一般。朝廷中的一些人看到如此巨大的开销，认为修筑长城、敌台纯属耗费国家财力，对于蓟、昌二镇的防御起不了多大作用。战争中什么最为重要？还是人！只要把军队带好，士兵能打仗，比修长城管用。

这些议论慢慢地传到了隆庆皇帝朱载垕的耳朵里。朱载垕在政治上任用徐阶、高拱、张居正等阁臣，兴利除弊；在军备上重用谭纶、戚继光等帅才，加强边防，国势因而有所起色。凡是皇帝都怕一件事，那就是怕臣子心怀二心。每一任皇帝都会琢磨："你拿着我的钱，不替我办事，中饱私囊可不行。"尤其是谭纶这样身为兵部侍郎，手握兵权，又主持修筑长城，花钱如流水。隆庆皇帝越想越害怕，将谭纶叫到身边询问边防的情况，借机也试探一下他的忠心。

在紫禁城的御书房中，隆庆皇帝朱载垕面带微笑，问谭纶："爱卿，近日来为国事操劳，朕甚是欣慰。不知北塞长城修到什么进度？"

"启奏我主，如今边塞长城巩固工程，进展还算顺利。空心敌楼已修四百七十二座，蓟、昌二镇军士的战斗力有了很大提升……"

朱载垕点点头："四百七十二座。成本五十两一座，两万三千六百两银子啊！爱卿，以朕看，空心敌楼的数量够用了吧！"

谭纶微微摇头："万岁，数量与微臣的计划差之千里……"

"啊？差之千里？谭爱卿，你打算修多少？"

"万岁，依微臣之愚见，蓟、昌二镇空心敌楼的数量应该在一千五百座为宜。"

"多少？一千五百座，五五二十五，一五得五……七万五千两银子！谭纶，修这么多空心敌楼……它……它真能抵挡住蒙古的大兵吗？"

谭纶撩袍跪至皇帝面前，口尊："万岁，我大明长城自先祖立国之时开始修葺，至今已近二百载。蓟州一线长城虽然时有修整，但并未得到妥善保护，不少墙体多有倒塌，根本无法阻挡蒙古铁骑的进攻。以微臣最初之设想，每隔三十五步，修筑空心敌楼一个；每路大约建三百个；全线共三千个。大明疆域广袤，东起山海关，西抵镇边城，两千余里的边防线，楼堞相望，必然能将北虏震慑于墙外。微臣考虑三千敌楼数量浩大，经过实地巡视，认为至少也需要一千五百座！"

朱载垕听谭纶这么一说，自己掰着手指头算了算，两千多里一千五百座敌楼，不到一里半就一座。用今天的计量单位，六七百米就建一个敌楼。隆庆皇帝又问："爱卿，修这么多敌楼，打算往里面放多少兵马？"

"启奏万岁，本朝初年成祖规定，蓟州镇拥兵八万五千人。臣已将昌平再设一镇，蓟、昌两镇人马，微臣以为十二万四千人为宜，其中蓟州三万二千人、永平四万人、昌平二万人、密云三万二千人。"

隆庆皇帝听着谭纶的奏报，半晌无语。说心里话，谭纶所说的敌楼数量、兵马人数都是合理的。要想震慑住蒙古铁骑，非得以重兵把守北塞，正如谭纶所言"两千余里的边防线，楼堞相望，必然震慑北虏于墙外"。然而，如今朝中不少人指摘谭纶花钱无度，怎样才能把这股流言蜚语压下去？朱载垕想了半天，说出一句话："爱卿，你说的十二万四千军士，能震慑住蒙古人吗？"

谭纶一听心中了然："原来皇帝担心的是这个，朝中的风声我也听见了，怕我带出来的兵震慑不了蒙古人吗？好，让你们见识见识什么叫带兵吧。"想到此处，他赶紧叩头："启禀我主，微臣下月将在居庸关前操演兵马，恭请我主万岁，御驾亲征。"你怕银子打水漂，我请你去居庸关看看。

朱载垕点点头："亲往就免了。居庸关操演兵马，朕派朝中阁臣代朕观看。"朱载垕的意思再明白不过了："我不去，相信你谭纶；谁不信让谁去，用事实堵上他们的嘴！"

谭纶领命回到府中，派人把戚继光叫来。此时戚继光已经带着戚家军到了密云。谭纶把想法跟戚继光一说，戚继光点头称是。第二天，两人来到居庸关，昌镇总兵杨四畏也跟着来了，谭纶把准备在居庸关操演兵马的事对杨四畏说了。杨四畏信心十足："没问题，这回一定在众臣文武面前好好露露脸，让他们知道我们不是白拿国家的银子。"

几天后，三个人登上居庸关城楼，俯视城中的众军士。杨四畏向前跨半步，来到垛口前，高叫一声："众儿郎！"

居庸关所有将士整齐地在关前列队，听到主帅一声号令，齐声答道："有！"

"将城门大开，与本将官城外列队！"

号令一出，居庸关城门"吱呀呀"左右分开，五百步兵率先跑步出关门，在关前一字排开。骑兵的马队跟着也出城，一千多人马，顿时把居庸关前铺满了。杨四畏派身边传令官，舞动小旗，城下的众军士变化阵型，在此演兵。居庸关城外人喊马叫，尘沙荡漾，土雨翻飞，一片热闹非凡的景象。

演习正在紧要之处，突然间西北乾天一片乌云压来，东南风一阵紧似一阵。提鼻子一闻，一股土腥味顺风而至。乌云遮满头顶上这片天空，霎时间"轰隆"一个闷雷，"咔嚓"一个厉闪，"哗……"一阵大雨，一点儿防备都没有就来了。城下众人看到下雨，"哗……"一声全散了。

谭纶一看，脸色一沉："敬甫，这是你带的兵？"

杨四畏赶忙解释："大人，不是下雨了吗？"

谭纶冷笑一声："下雨？是雨可怕还是蒙古人的铁骑可怕？"

"这个……"一句话问得杨四畏哑口无言。谁都明白当然是蒙古的铁骑厉害，但是谭大人这句话更厉害。他说得没错，突然下雨可我军令没让撤，士兵太不争气了。

杨四畏刚要分辩，戚继光从旁边走过来："杨大人，也不怪你。他们没有训练过，自然不能保持军纪。您看我的。"戚继光一挥手，他带来的二百戚家军，冒着大雨出城门，在大雨中操演阵法。指挥官也站在雨中，手舞小旗，指挥城下戚家军。居庸关的士兵一看都笑出声。这个说："你看看这帮南方人，一个个小矮个儿、小身板，就他们还能打仗？"

那位忍不住笑："只怕没看见蒙古人，自己先吓尿裤子。"

居庸关的众关兵躲在城门洞里避雨，一边看一边议论。戚家军的战士，一个个矗立在大地之中，像钉在地上一样。忽然间天空中又一个厉闪，耳边"咔嚓"一声，正劈中山上的一棵大树。大树顺着山势向下滚来，驻守在居庸关的众关兵，都被山上这奇异之事吸引住目光。再看城关前的戚家军，一个个目不斜视，紧盯着城上的指挥官。指挥官左手举旗，众人大枪刺向左边；指挥官右手举旗，众人大枪刺向右边，无论雨下得多么大，戚家军进退有法，军士个个浑身湿透，脸上依旧严肃威武。

看着看着，居庸关的众关兵看出不对劲，其中一个士兵喊一声："弟兄们，人家是当兵，咱也是当兵；人家淋得雨，咱们就淋不得雨吗？"居庸关驻守的士兵，重新冒雨在城下集合待命。杨四畏心想："榜样的力量是无穷的！不用我说，军士们都是要脸的人，看戚家军操演，就知道自己错在哪儿。"杨四畏深感谭纶、戚继光治军之严，自己要是不好好把昌镇的士兵训练好，今后不知戚家军怎么在背地里笑话呢。

就这样训练不足十天。正式操演的日子定在了六月底七月初，那正是骄阳似火、酷热难耐的时节。太阳高悬于天空，肆无忌惮地释放着它的热力，仿佛要将世间的一切都烤化。炽热的光芒无情地照射下来，让人觉得仿佛置身于一个巨大的火炉之中。城关之上，文武众臣们坐在阴凉之处，尽管有着些许凉意的遮蔽，却仍觉得酷热难耐。他们手中的折扇不停地扇动着，试图驱赶那仿佛无孔不入的暑气，额头上的汗珠还是不停地滚落，浸湿了衣衫。

而在居庸关，军士们却在头顶烈日的情况下，依旧操演得一丝不苟。他们身着厚重的铠甲，手持兵器，动作整齐划一，步伐坚定有力。每一次的挥臂，每一次的转身，都带着决然的气势。汗水顺着他们坚毅的脸庞流淌而下，在阳光下闪烁着光芒，但他们的眼神中没有丝毫的退缩和抱怨，只有坚定和专注。

众人你看看我，我看看你，眼中满是惊叹和钦佩。他们不禁暗自赞叹："谭子理不愧是带兵如神，众军士让他训练得虎虎生威。"谭纶的治军之道，犹如神奇的魔法，将原本或许有些松散的军士们凝聚成了一支钢铁之师。

回朝之后，曾经那些说谭纶坏话的声音慢慢地消失了，取而代之的是对他的赞誉和钦佩。众人皆言，经过谭纶大规模的整顿，蓟、昌二镇官军的面貌焕然一新。

欲知后事如何，且听下回分解。

第四十四回

谭纶火器镇雄关
徐渭应邀巡要塞

百二真天府，乾坤别一家。

双泉萦凤阙，叠翠枕龙沙。

戍鼓遥空出，人烟两岸斜。

请缨谁氏子？搔首惜年华。

——〔明〕应云《入居庸关》

谭纶经过数年坚持不懈的努力，在隆庆三年（1569 年）的夏秋之交，延庆地区八达岭至石峡关一带的长城空心敌楼陆续竣工。至此，八达岭段长城真正成为"北门锁钥"，其重要性不言而喻。

八达岭段长城始建于明弘治十八年（1505 年）。其东面城门上的匾额为"居庸外镇"，自古以来就有"居庸之险不在关而在八达岭"的说法。西南城门上为"北门锁钥"，城内面积仅有五千多平方米。这里的长城有两处高峰，分别称为北高峰和南高峰，最高点海拔约一千米。

八达岭的风光独特，雄伟壮观与秀丽苍翠完美融合。高耸于山岭峰脊的敌楼，形制多种多样，有的巍峨耸立，有的精巧别致，至今仍显雄姿。长城上坚固的大城砖历经岁月洗礼，依然坚固如初；精美的砖雕石刻，更是展现出当时工匠们的高超技艺，每一处细节都令人赞叹不已。明代《长安客话》记载："路从此分，四通八达，故名八达岭，是关山最高者。"从远处眺望，八达岭长城宛如一条巨龙蜿蜒于崇山峻岭之间，其磅礴气势令人心潮澎湃。

八达岭长城的构筑技术具有较高的水平，是明长城建筑最精华的部分。这里不仅有险峻的地势，还有精心设计的防御工事，充分体现了古代劳动人民的智慧和创造力。因此，人们说八达岭长城是万里长城的精华，实乃当之无愧。它不仅是一座伟大的建筑奇迹，更是中华民族坚忍不拔精神的象征。

谭纶不但致力于长城修筑，而且在长城沿线创立车营并推广火器。他关注战车在战争中的作用，与俞大猷探讨车战之术，造出适合北方作战的战车。隆庆二年（1568 年），谭纶听从魏学曾提议，在辽东创设车营，车营配备一百二十辆战车，每车配备多种武器，火力强大，且能与步骑配合。

自从明朝正德末年佛郎机炮从葡萄牙引进中国后，便被广泛应用于各种军事场景。隆庆二年（1568 年）四月，谭纶上书朝廷求调浙江鸟铳手三千人在蓟镇使用火器示范，六月恳请工部支取银两制造三万三千架佛郎机分发蓟镇各路，每路三千架。谭纶此举增强了明军火力，使明军面对蒙古骑兵有了制胜法宝。隆庆三年二月，他又创设车营七座，分别驻扎在建昌、遵化、石匣、密云、三屯营、昌平等地。每营配备重车一百五十六辆，轻车二百五十六辆，步兵四千人，骑兵三千人。

彼时，明军的战斗力得到了显著提升，防御条件也得到了极大的改善。蒙古铁骑数次大军压境，来到八达岭。只见城墙高耸坚固，城墙上兵将林立，军士们个个神情肃穆、怒目圆睁，空心敌楼的小窗户里一支支箭尖闪烁着寒光，正瞄准着蒙古铁骑的头颅。城墙的垛口之间，每隔不远就有一个黑洞洞的炮口虎视眈眈，蒙古人心中满是疑惑："这是什么？"蒙古人并不知晓佛郎机火炮的厉害。为首的蒙古骑兵指挥官高喊一声："冲！"然而，他们的马蹄尚未迈开步伐，城上的佛郎机火炮便发出了怒吼，黑洞洞的炮口冒出一股浓烟，一声巨响过后，炮弹在蒙古人的马群中炸开了花。"咚咚……喤喤……"无数火炮同时开火，蒙古人何曾见过如此骇人的场景？刹那间，坐骑受惊，带着马背上的蒙古人在长城下面四处奔逃。有的蒙古骑兵侥幸躲过佛郎机的炮火，悄悄靠近城墙，空心敌楼里的羽箭又如雨点般向他们射来。蒙古人见此阵势，只得纷纷抱头鼠窜。

自此，迫使蒙古的俺答放弃了长久以来对明朝北京边界的觊觎，向大明进贡称臣。明朝册封俺答为顺义王，并开放了十一处边境贸易口岸，使蒙古人能够通过贸易获取中国的资源，这便是历史上著名的隆庆和议。这一切的成就都要归功于谭纶修筑长城的功绩！正是谭纶的不懈努力，才让八达岭成为真正的"北门锁钥"！延庆的百姓从未忘却这些为当地做出杰出贡献的历史人物，他们将这些人物融入民俗之中。例如，过年时家家户户都会张贴门神，与其他地方不同，别处贴的门神通常是秦叔宝和尉迟恭，而延庆老百姓的门神却是一文一武，文臣是隆庆城的缔造者赵羾，武将则是修筑八达岭长城的谭纶。

几年后，明朝万历皇帝继承皇位，成为帝国新的主人。万历四年（1576年）七月，居庸关满目葱茏，阳光透过树叶的缝隙洒落在地面，形成一片片斑驳的光斑。微风拂来，带着山林的清新气息，令人心旷神怡。与京城中的燥热和喧嚣形成鲜明对比，这里充满了宁静与恬淡。道路两旁的树木郁郁葱葱，宛如巨大的绿色屏障，为行人遮挡住了炎炎烈日。枝头的鸟儿欢快地歌唱，仿佛在热情地欢迎人们的到来。居庸关前的官道上，走来了一支队伍。队伍的正中央是一顶二人抬的肩舆，肩舆在四川人口中被称为滑竿，是一种适用于山中行走的交通工具，在北方则被叫作"爬山虎"或"二人抬"。两根竹竿绑着一个罗圈椅座，上边支起红毡用以遮阳；下面配上脚蹬板，让乘坐之人的双脚能够得以放松。前后两人一抬，如同小轿一般。上了年纪的人在爬山时走不动路，便会选择乘坐肩舆，既快捷又平稳还十分保险。坐在肩舆上的人名叫徐渭。徐渭出生于正德十六年（1521年），是浙江绍兴人，他生平有一大癖好，就是给自己取各种各样的名号，曾用过的名号不计其数，如徐文清、青藤道士、田水月、漱老人等，其中最为有名的当数徐文长。

徐渭此番来到居庸关，是因为他正处于人生的低谷时期。徐渭因祸入狱长达七年，幸得朋友的营救方才出狱。他在南京居住了一段时间，因看不惯达官权贵的骄横跋扈，决意离开。就在此时，他收到了好友吴兑的一封信。吴兑是徐渭早年的挚友，年轻时他们曾一起在家乡山阴教训扰民的兵痞。时光流转，二十年后，吴兑的命运远比徐渭顺遂得多。嘉靖三十八年（1559年），吴兑考中进士，先后担任兵部主事、兵部郎中等职务；隆

庆五年（1571年），他被擢升为金都御史，巡抚宣府，成为边防的重要重臣；万历二年（1574年），又加兵部右侍郎衔，官至二品。他与当时在朝的高拱、张居正关系融洽，官运亨通，与穷困潦倒、险些丢掉性命的徐渭相比，简直是天壤之别。吴兑邀请徐渭，纯粹出于一片乡情旧谊；徐渭接受邀请，一来是为了饱览边塞的壮丽风光，二来也是为了尽快离开江南这处令他不堪回首的伤心之地。尽管地位悬殊，但这并未磨灭徐渭报国的雄心壮志，他前往边塞还有一个重要目的，那就是应好友之邀考察边防形势。

夏日的北方，长城内外古树参天，流泉飞瀑，鸟雀欢鸣，山势巍峨，雄关险峻。徐渭投身于大自然的怀抱，心情格外舒畅。当他经过居庸关时，写下了《上谷歌》："少年曾负请缨雄，转眼青袍万事空！今日独余霜鬓在，一肩舆坐度居庸。"

不过半日，一行人便走出了八达岭，来到了岔道城。在休息的时候，徐渭无意间向随行的人员询问起岔道城的故事。这位随行人是吴兑身旁的军兵，对这里的情况可谓了如指掌，他兴致勃勃地向徐渭滔滔不绝地讲述起来："先生有所不知，岔道乃居庸关，也就是军都陉五道防御体系中的第一道防线。居庸关之所以被称为天下第一雄关，是因为自南向北共有五道防线，最南边的是南口、居庸关、上关城、八达岭，最后才是岔道城。虽说岔道城处于居庸关防线的最外围，但它归宣镇南山路管辖，是南山路的三大城堡之一。明天再往西去，就能抵达另一个城堡，叫作榆林堡。今后若有机会，我还能带您去最东边的城堡——柳沟城逛逛。"

徐渭一边聆听，一边微笑着问道："那你可知岔道城因何得名？"

"徐先生，您可算是问对人了，我对这地方再熟悉不过。岔道在辽、金、元三朝时期，都是番邦帝王前往行宫的必经之路。在大明初年，此地叫作'永安甸'；宣德年间，这里就有了城池，不过只是简陋的土城。成化九年（1473年）增筑岔道堡；嘉靖二十六年（1547年），巡按西关御史王士翘提议增筑新城，才有了您如今所见到的这座城。出八达岭有两条路，其中一条通往怀来卫；另一条则前往延庆州，这里正是岔口，所以被称为岔道。嘉靖三十年（1551年），宣大总督翁万达大人统筹管理北部边防，抗击蒙古俺答的侵扰；他统边五六年的时间里，在此整修长城、城堡和烟墩。岔道城也是翁大人派人修筑的，起初城墙是用夯土夯实并加高加厚的；隆庆五年（1571年），又将夯土城墙重新用砖砌了一遍；去年在城东门上新题写了'岔东雄关'，西门上题写了'岔西雄关'。出西门还修建了瓮城，西门外一里地便是南山路边垣。您看……"说着，他兴致高昂地站起身来，指着周围说道，"岔道城外南北山上建有镇城墩台八座，北边六座、南边两座。就为了修建这八座墩台，可费了好大的力气。山上土少沙石多，墩台建好没几年，一到夏天下暴雨，就能冲坏好几座。要想在山上修筑堤坝，把水拦住，那可真是难上加难！筑城的工匠们被逼得没了办法，愣是用大牲口往山上驮大青条石。八达岭、岔道城的守兵全都用上还不够，还得从柳沟调集民夫和马夫一起动手。好不容易，才把这八个墩台稳稳地立在山上，岔道城的防御可谓是坚不可摧！"

徐渭听完，点头称赞道："岔道城，真不愧是八达岭的坚固屏障。"

军兵听了，挺直了胸脯说道："那是自然！尤其是我们吴大人到任之后，对边务更是兢兢业业。这次请先生您来，也是希望您能帮我们大人再出些好点子。"

徐渭不但精通军事，而且还参与过抗倭的战斗。在江南，徐渭曾是抗倭名将胡宗宪的幕僚，协助胡宗宪制定了诱降海盗汪直、徐海的战略。

第二天，徐渭离开岔道城前往西拨子，经过康庄来到了榆林堡。引路的军兵又打开了话匣子："徐先生，这里便是榆林堡，在元朝时被称为榆林驿，是通往内蒙古的主要驿站。元朝的最后一位客人曾在此停留，您知道是谁吗？正是元惠宗妥懽帖木儿。洪武元年（1368年）八月，大明军队攻占大都，元惠宗仓皇向北逃窜，就住在了这里。洪武二十七年（1394年），朝廷命令兵部派人前往北平布政使司，要求在京城外建立驿站。在西路北平到开平一线，设置了榆河驿、居庸驿、榆林驿等十三驿，并且在榆林驿和土木驿各自修筑了堡城一座。不过，您现在看到的是后来重新修建的。"

徐渭一路向西，军兵一边走一边详细地介绍着周边的军事防御情况。徐渭大开眼界，收获颇丰。

到达宣化后，徐渭不辞辛劳，跟随吴兑巡视边防要塞。从龙门、黑石峪、十八盘，到妫川大地的险关峻岭，徐渭都亲身前往，逐一查看。徐渭对吴兑说道："君泽，能否带我到延庆州的东边再去看一看，听闻那里也在您的管辖范围之内。"君泽是吴兑的字。

吴兑听后，欣然答应，对徐渭说："文长兄，有些事务需要我去处理。去东边的几处要塞，小弟无法亲自陪同，派个人带您去如何？"

"好啊！别派他人，就派上次去京城接我的那位军卒。此人能言善道，听他讲述比听说书先生讲故事还要精彩。"

吴兑听后，仰天大笑道："行，那就让他陪您前去。"

欲知后事如何，且听下回分解。

第四十五回　火焰山上喟边务
张垣城中兴马市

险绝太行北，居庸第八陉。

长城横塞白，叠嶂逼天青。

未可凭飞将，何当弃大宁。

宣辽中路断，此地岂藩屏。

——〔明〕金幼孜《居庸》

吴兑手下的军兵带着徐渭一路向东，直至柳沟。还未等徐渭发问，军兵便主动向徐渭介绍起来："徐先生，容我给您讲讲柳沟。"说着，他伸手一指，"您瞧，西边这座山名为九龙山，东边那座山叫作燕羽山。那为何此地被称作柳沟呢？只因它处于两山之间的开阔地带。这'柳'字的由来，且让我从头说起。从这儿向南，经八家、二道河、老仁庄、莲花滩、碓臼石有条道路，但并非官道，没有居庸关到八达岭的路那般宽阔，大车无法通行，不过驮队和行人倒是能够通过。这条路穿过山脉便是得胜口，通往明陵和京城。老百姓为了让行人走得舒适，在道路两边都栽种了大柳树，柳沟之名便是由此而来。

"柳沟城地处皇陵之后，朝廷对此极为重视。柳沟城的军事地位逐年提升，设置将官的级别越发增高，管辖的范围也越来越广。嘉靖四十五年（1566年），在柳沟城设立了宣镇南山路参将一员，负责管辖岔道、柳沟、榆林三堡以及南山的各个隘口，驻军达一千三百人。"

徐渭接着又来到了宣大防线最东边的一座城堡——四海镇。即便在如今打开地图，也能发现延庆区的四海镇处于区域的最东边，往东便是怀柔的渤海镇。古时候，有四条河谷在此交汇，曾被称为"四合"。元朝时称作庄垴堡。前文也曾提及，元仁宗出生在延庆，当时此地叫作缙山县。他即位之后，在延庆大兴土木，修塔、盖庙、建行宫。龙庆州设有冶炼厂，铸铜炼铁，相传在龙庆州的西红山、营门山，就有人开采铁矿，四海因而建起了石灰窑和冶炼厂。这里山地平缓，水源充足，四水合流，故而得名"四合冶"。元代末年，冶炼规模不断扩大，工匠人数持续增加。他们大多是从外地迁来，有人提议："大家来自五湖四海，不如将四合冶改为四海冶吧。"自此，"四海冶"的名字便流传开来。明朝天顺八年（1464年），四海筑起城池并设置守备，驻军六百九十名，成为京北的重要城镇。

　　徐渭连连感叹："越过四海冶便能抵达昌平，倘若没有此堡作为蓟镇的屏障，敌军便能长驱直入了。"军兵赶忙点头："徐先生，您说得太对了！四海冶东至火焰山一共三十里，翻过山东面便是昌平；西经天门关至大胜岭七里，通往周四沟；南至海子口八里，通向京城的道路；东南八里到岔石口；北至四海口三里，出口便是东路边垣。边外的宝山寺、天亿力等处都是朵颜部落的驻巢之地。四海孤立于四座山的包围之中，因此大胜岭、海子口、岔石口、四海口皆是重要的军事要冲。四海冶与周四沟首尾相连，黑汉岭居中策应，实在是东北的关键所在。其中火焰山奇峰峻岭，山势孤悬，乃南山的首要要地，我带您去火焰山看看。"

　　军兵口中的火焰山位于四海的东南方向，不到半天的工夫，众人便来到了火焰山下。徐渭抬头望向山上，一座由石头砌成的城堡矗立在山头。一行人顺着山道登上山顶的敌楼。徐渭这才看清，这个敌楼与一般的敌楼大不相同，它是一座正方形的双层建筑，敌楼的四个面，每面都有九个瞭望孔，整体均是用大青条石砌筑而成。徐渭看罢不禁一愣："如此精巧的敌楼究竟是谁设计的？"他看向身旁的军兵，"小哥，给我讲讲火焰山敌楼的故事。"

　　由于登山早已累得气喘吁吁的军兵，朝着徐渭咧嘴一笑："徐先生，说了一路我也累坏了，找个这里的兄弟给您讲讲。"

　　徐渭轻抚颌下的五绺长髯，笑道："小哥，怕是我问到你的短处了吧？

那就烦请守军将士，为老夫讲解一番。"

一个年岁稍长的军卒走到徐渭面前说道："先生，实不相瞒，我在此当兵已有好几年了，对于这个敌楼略知一二。听老一辈的人讲，嘉靖二十二年（1543 年），巡抚都御史王仪大人主持修建了这段长城以及这座敌楼。敌楼每面有九个望孔，当兵的都称它为九眼楼，乃宣府南路边垣防守的重中之重。"

徐渭一听："哦，王仪王大人。"

"徐先生，您听说过王大人？"

"有所耳闻。王大人乃顺天府文安人，嘉靖二年的进士。庚戌之变时进京勤王，抵御俺答。"

众人听后，心中满是佩服："到底是读书人，懂得真多。徐先生读书万卷，身在江南却心系塞北。"

游历数月之后，徐渭回到了宣化府。吴兑外出办事尚未归来，徐渭在屋内，将一路的所见所闻、所思所感都记录下来。徐渭心里很明白，吴兑邀请自己来宣府并非游玩，而是希望自己协助考察北方的边务建设，于是他认认真真地写下自己的感触。

此行徐渭对于边地的军需供应格外关注。长期的防守，如果没有良好的军需供应，军心定会不战自溃。徐渭写道："上谷这一地区的边防，军队不下十万人，马匹多达五万余匹。粮刍的用度，一年需要数百万之多。四方即便飞速搬运也难以按时送达，唯有让盐商前来交易换取。商人用金钱购置各地的土特产品，诸如粮食、草料等运输到边地，无须烦劳政府组织人畜运输，而兵马的需求都能够得到满足，此事简便易行。"

秋去冬来，万历五年（1577 年）的新年，徐渭在宣化巡抚府中度过。应吴兑的请求，徐渭为巡抚府大堂撰写了一副楹联，全联对仗工整，书法潇洒遒劲：

鸣鼓升堂，正参对宾僚之会，则有扣长策谢清谈，自酉溯寅，吐握咨询而先劳无倦；

建牙开府，非盛张边幅之资，要在斥虚文破旧套，推心置腹，忠信笃敬而蛮貊可行。

吴兑看后拍手称赞，晚上两人促膝长谈。徐渭把写好的文章交给吴兑。吴兑看完心中暗自赞叹："不愧是徐文长，看问题就是透彻，可谓一针见血。作为宣大总督，最为头疼的便是粮饷问题。"正如徐渭所言，上谷一地，士兵不下十万，单是粮食一项，就得消耗巨大数量。如果从居庸关以南的地区运输过来，速度缓慢且费用高昂。徐渭提出利用经济杠杆来满足需求。

　　想到此处，吴兑看向徐渭："文长，实不相瞒，我还没带你去北边马市瞧瞧。那里的骆驼、马匹成群结队，真是一派和平的景象。我这个人主和不主战。明日便是马市，我们一同去看看。"

　　第二天清晨，吴兑带着徐渭来到了马市。刚过新年，虽已立春，但塞北依旧严寒刺骨。天空万里无云，一片纯净，一轮红日轻柔地抚摩着无边无际的大漠。不远处，一座城池映入眼帘，那便是张垣。张垣便是今日的张家口。冬日的暖阳洒在张垣古城的城墙上，给冰冷的砖石镀上了一层温暖的金边。城门口，人来人往，热闹非凡。商贩们的吆喝声此起彼伏，充满了生活的烟火气。走进城中，街道两旁的店铺琳琅满目，货物摆放得整整齐齐。绸缎庄里，色彩鲜艳的绸缎在阳光下闪耀着迷人的光泽；杂货铺中，各种新奇的小玩意儿吸引着孩子们的目光；酒肆里飘出阵阵酒香，让人未饮先醉。街头巷尾，人们的脸上洋溢着满足的笑容。孩子们在巷子里嬉笑玩耍，老人则坐在门前晒着太阳，讲述着过去的故事。祥和、繁荣的气息弥漫在这座古老的城池中，仿佛寒冷也被这温暖的氛围所驱散。

　　说起张家口马市，它是在隆庆五年（1571年）明朝与蒙古俺答之间达成和议，并决定在长城沿线十一个地方开设马市的大背景下形成的。如今前往八达岭长城旅游，在步行街上有一座铜铸的"三娘子"雕像。三娘子究竟是何人呢？

　　隆庆四年（1570年），随着北方边塞的逐步修筑，总督宣大的王崇古采取了对鞑靼各部进行分化的策略，集中兵力部署要害之处，采取主动重点防御，初步改变了明军被动挨打的局面。这一年的九月，鞑靼部上层爆发了重大的矛盾，俺答和孙子把汉那吉，因为争夺一个女子差点儿大动干戈。

把汉那吉的父亲早逝，俺答把孙子交给把汉那吉的奶奶克哈屯抚养，准备为他娶一房媳妇。媳妇还未过门，把汉那吉却看上了表姐。他的表姐已经嫁人，嫁的正是把汉那吉的爷爷俺答。把汉那吉的表姐是个老太太吗？并非如此，他的表姐九岁就嫁给了俺答，被称为"钟金哈屯"。论辈分把汉那吉得叫她奶奶。

"钟金哈屯"便是三娘子，哈屯在蒙古语中，意为皇后。她是蒙古土默特部一位美丽聪慧、精于骑射的奇女子。钟金哈屯知书达理，在家中排行老三，因此都称呼她为"三娘子"。她是俺答的外孙女，原本已许配给他人。俺答见外孙女长得漂亮，便反悔了婚事，自己娶了外孙女。男方逼着俺答要人，俺答无奈，只好把准备给把汉那吉所聘的媳妇给了那家。用把汉那吉的话说："我祖妻外孙，又夺孙妇与人。"此事一出，把汉那吉气愤至极，非要依照草原民族的解决方式，和爷爷一较高下，谁力气大谁就有娶媳妇的权利。

有人劝说道："把汉那吉，你怎能跟俺答汗争抢女人？这样做是不对的！"

把汉那吉十分沮丧，觉得没有一个人能够公平公正地站在自己这边。他回到家中收拾好行李，带着几十个人离家出走了。去哪儿呢？把汉那吉心中早有主意，直奔大同。到了大同，见到巡抚方逢时，将自己的来历叙述清楚。

方逢时认为这是一次难得的机遇，马上通知了宣大总督王崇古。王崇古与方逢时调到宣大还不足一年。王崇古记得来宣大之前，张居正曾经对他说过："世间必定要有非常之人，然后才有非常之事业；有非常之谋略，然后才有非常之功绩。而您就是那个非常之人。如今宣大有五患，相信您是那个非常之人，定然能够审慎抉择。"把汉那吉主动来降，这不正是一件非常之事吗？王崇古和方逢时两人迅速将把汉那吉迎接进城，安排好住宿之处。他们连夜撰写奏折，向北京汇报，又派遣部下立刻去找俺答进行接洽。

在北京的张居正得知此事，立刻指示王崇古、方逢时："要对把汉那吉加以优待，利用俺答急于要回孙子的心理进行要挟，让俺答交出之前投奔蒙古的汉人叛徒。"张居正的确是一位出色的外交家，他详细地指示王崇古，先对俺答动之以情，再表明态度，告诉俺答："在大明，依照我们的法律，只要能获取鞑靼首领的首级，就能换取一万两赏金。但把汉那吉并非我们诱降而来，而是他仰慕我们中原的文化礼仪，厌恶鞑靼的风俗才主动来降。他是您的亲孙子，我不能为了金银财宝做出不义之事，定会对他以礼相待。只要您将叛徒交出来，我们就会礼数周全地把您的孙子送回到您的手中。您陈兵边境要挟我大明，难道我们会惧怕吗？大明军队的实力已今非昔比，从大同到延庆州，长城坚固、城池坚不可摧，要战便战，我们奉陪到底！"张居正还嘱咐王崇古，对待把汉那吉不仅要多多赏赐、厚待，还要将他们分散开来，以免生出意外枝节。

俺答知晓此事后，气得肺都要炸了，点起兵马就要奔赴大同。三娘子钟金哈屯伸手一拦："俺答，您这是为何？莫要着急。您想想，如今把汉那吉在明军手中，您带兵前去，不就等同于要开战吗？倘若战事一起，您孙子的性命可就难保了。"

"爱妃，依你之见又当如何？"

欲知三娘子给俺答献出了什么计策，且听下回分解。

第四十六回　隆庆议和暂偷安
闯将扯旗反苛政

八达资屏障，秋来鼓角雄。

上都西路出，延庆北门通。

马渴衔冰乱，狼惊入草空。

宣宗游猎地，不与四楼同。

——〔明〕金幼孜《岔道》

俺答准备发兵大同救回孙子。三娘子语重心长地劝说："俺答汗您想想，蒙古草原现在的平静来之不易！当初咱们也想与明朝交好，但是经常被战争中断。现在您贸然前去，岂不是又要引起战火吗？您不是一直想和大明朝做生意，用马匹、兽皮换他们的茶叶、丝绸吗？我看这倒是个好机会。俺答，这事要我说，您就在家等着，保证不出三天，明朝得派人来找咱们谈。到时候，您就把想法跟明朝的官说清楚。我想他们不会不动心。"

三娘子的一番话入情入理，俺答听了，陷入沉思。他深知，若真的贸然发兵，好不容易得来的和平局面恐怕又将毁于一旦。何况，与明朝的贸易往来确实能给草原带来诸多好处。想到此处，俺答点了点头，决定听从三娘子的劝告。

三娘子真是料事如神。果不其然，第三天，王崇古就派人来了。俺答听从三娘子的劝告，对待来使礼貌有加。三娘子在一边侍奉，生怕俺答跟明朝官员翻脸。他们谈得很愉快，双方的要求都得到满足。王崇古说到办到，敲锣打鼓礼炮相送，把穿着御赐大红袍的把汉那吉，风风光光地送到俺答身边。

俺答和三娘子见把汉那吉回到草原，非常激动。俺答对三娘子说："此事若无爱妃把持，恐怕不能像现在这个结果。"三娘子微微一笑："俺答汗，一会儿见到明朝的官，您也要不卑不亢，把之前想法都告诉他们。"

随后，俺答和三娘子见到王崇古、方逢时，对他们真诚地说："两位大明使者，此事圆满解决，本汗非常高兴，看到我孙儿被你们以礼相待，感激不尽。我管不了千年万年，只要我俺答活着一天，保证鞑靼永不进犯大同。"

王崇古听了俺答的话很高兴，利用俺答的感激之情，提出让他对明朝纳贡称臣，这就是历史上著名的"隆庆和议"。从此，明朝一面整顿国防，继续大修长城，以防俺答反复；一面采取怀柔政策，封俺答为顺义王，赐红蟒衣。给俺答的儿子们封官，把汉那吉封将军。

"隆庆和议"之后，开放了十一处边境贸易市场。张家口逐渐成为边贸城市，在蒙汉贸易最兴盛的时期，边贸财政税收达到一亿五千万两白银，占明朝边贸财政税收的三分之一。可以想象，无数丝绸、茶叶、瓷器，通过京杭大运河，来到北京通州码头；再由古道穿过关沟、八达岭，来到延庆大地。商人在延庆休息一日，继续向西到张家口，用手工制品换来马匹、兽皮、白银，带动了延庆地区的经济繁荣。

徐渭看了张家口"马市"，以诗歌形式留下宝贵的边贸经济史料：

> 胡养复胡王，无鹰不饱飏。
> 满城屠菜马，是鼻掩绵羊。
> 即苦新输辇，犹胜旧杀伤。
> 从来无上策，莫笑嫁王嫱。

不单是徐渭、吴兑，很多人都看出来，大明要想养活庞大的军队，需要大力发展边贸。然而，明朝逐渐内忧外患，在内天灾频发，旱灾、蝗灾、水灾、鼠疫、瘟疫，几乎年年不断，农业收成锐降；在外女真人再次兴起，努尔哈赤步步紧逼。明政府为了应付日益增多的军费开支，也想尽办法节省开支，精简机构。其中有一项，便是对驿站进行改革。

驿站在明朝有两个用途，一是作为政府上传下报的通信脉络；二来为高官显宦公务往来提供交通工具和食宿条件。按规定六十里设驿，驿有驿丞。驿站接待的政府官员，费用由地方出。然而，地方政府也没有这笔经费，怎么解决？只要有接待任务，就找老百姓摊派，有钱出钱，没钱就要出力，挑夫、轿夫，都可以干。

明朝末年的崇祯年间，驿站基本上成车站了。但凡是朝廷的官儿，无论什么品级，都是能住就住；不住也要点儿钱；既不住也不宰的，也得找几个人抬轿子，反正不用白不用。有人建议将驿站撤销，开除多余人员，就能节省开支。把全国驿站都撤销，一年能省出几十万两银子。

崇祯皇帝一听很高兴，第一年裁减驿站二百余处，全国累计减少经费八十万两银子，成绩斐然。然而，汇报裁减业绩的人，少报了一件事：省出八十余万两银子，是将驿站裁撤还裁掉了上万名驿卒。崇祯二年（1629年），朝廷裁撤银川驿站，按照规定，上班的驿卒要统统走人。其中一个驿卒，离开驿站失去容身之所，为养活自己，被逼无奈在陕西扯旗造反，率领起义军攻陷北京。这个驿卒的名字，叫李自成。

众所周知，李自成起事后转战汉中，先投王左挂，后随张存孟。崇祯四年，张存孟战败降明，洪承畴接任三边总督，李自成率残部东渡黄河，投奔第一代"闯王"高迎祥。崇祯九年，高迎祥出汉中攻西安，在黑水峪遭孙传庭伏击被俘身死，其残部归李自成。此后，李自成接过"闯王"大旗，征战川、甘、陕一带。崇祯十二年至十六年，李自成从商洛山杀出，辗转多地。

崇祯十六年（1643年）十月，李自成破潼关，杀孙传庭，占陕西全省。次年一月在西安称王，建国号"大顺"。称帝后，李自成和众将计划攻打北京。出征前，李自成打出"嗟尔明朝，气数已终"的简短檄文。挑良辰选吉日，从陕西西安出发，兵分两路杀奔北京。

李自成亲率一路大顺军，在沙涡口渡过黄河，攻下汾州、阳城、蒲州、怀庆，转而向北攻克太原，在太原休整八天。一路北上，三月初一攻克宁武关。转天，大同总兵姜瓖和宣府总兵王承胤的降表送到李自成面前。

李自成很高兴，心中暗想："正月二十出兵，一个月零十天打到宁武关，势如破竹。此时，大同、宣化二府不战而降，真像出师前所说的一样，大明气数已尽了！"

李自成接过宣府总兵王承胤的降表，只见上面写得很清楚："我们愿意投降归顺大顺。但得向闯王说明白。您打算攻打北京，必然得从宣化府往东。沿途之上，有个关口叫八达岭，这地方虽然归我管，但那里的守将可不听从我的指挥啊。您到八达岭能不能过去，尚未可知。"

书中暗表，王承胤所说的八达岭守将叫于希祖。王承胤为什么说于希祖不听从他的指挥呢？其实，这不怪于希祖，只皆因王承胤太没人品。就在崇祯二年（1629 年），大明和后金（即后来的大清）交战，主帅袁崇焕令戴承恩在广渠门列阵；祖大寿在东南面列阵；王承胤在西北列阵；袁崇焕在西面列阵备战。清兵从东南面进攻，祖大寿率兵奋力接战，其他人迎敌而上，唯有王承胤拔阵向南临阵脱逃。这样的将领难怪下属看不起他。

李自成看罢降表丢在一边，并没有多想，当即下令整顿人马，兵发八达岭。三月初从宁武关出发，十来天的时间，大队人马到八达岭外的岔道城。前面说过，岔道城具有重要的军事地位。它是北京通往西北的军事据点和驿站，位于居庸关门户、八达岭藩篱之处，是沟通南北的关键节点和军事要冲。明朝廷为防范蒙古骑兵侵袭，在此修建土石堡城并派兵驻守，后又进行加固并外包青砖，形成岔道城。它与八达岭构成军事防御掎角之势，因此有"守岔道所以守八达岭，守八达岭所以守居庸关，守居庸关所以守京师"的说法。这里设有守备、把总等官员，驻有众多军丁，城上设有火炮，时刻防范着由西北而来的敌人。

彼时，李自成命人扎住营寨，他带着刘宗敏登上城外的山丘，向岔道城、八达岭方向一望，倒吸一口凉气："哎呀！八达岭山高城坚，真是一夫当关，万夫莫开，易守难攻。如果强攻入关，一定伤亡惨重。"

刘宗敏一路上跟闯王说在兴头上，没有好好看情况，说道："闯王，还等什么？把岔道城拿下来，攻下八达岭，明天就到昌平……"

宋献策低声说："刘将军不可轻敌！想着岔道城乃八达岭之藩篱，能攻下岔道实属不易；八达岭凭借山势险峻更是易守难攻，还是回去好好商量商量吧。"

刘宗敏把手一摆，满脸不屑："不用！你们等着我的捷报吧。"说罢，点齐三百人，气势汹汹地直奔岔道城而来。

刚靠近城下，刘宗敏的队伍便遭遇了城上明军的猛烈攻击。一时间，炮声轰鸣，火铳齐发，密集的火力如暴雨般倾泻而下。刘宗敏的士兵们被这突如其来的攻击打得晕头转向。原来，岔道城上的大炮、火铳都是最好的装备，其中一台最大的火炮，人称"威武将军"，杀伤力已是超重型非常规武器。每一次开火，都伴随着地动山摇的巨响和滚滚浓烟。炮弹在刘宗敏的队伍中炸开，血肉横飞，惨不忍睹。士兵们惊恐地尖叫着，四处逃窜，却又无处可逃。战场上硝烟弥漫，火光冲天，喊杀声和惨叫声交织在一起，宛如人间地狱。

刘宗敏见势不妙，试图组织反击，但在如此强大的火力面前，一切都显得那么徒劳。最终，他不得不带着残兵败将狼狈撤退。

与此同时，李自成知道情况不好，准备鸣金收兵。只觉得几缕若有若无的微风，轻轻拂过面庞，风里夹杂了些微的凉意。不知何时，一滴晶莹的水珠从云端飘落，轻轻地吻上了大地。紧接着，第二滴，第三滴……无数细密的雨丝如牛毛般纷纷扬扬地洒落。它们像是一群调皮的精灵，无声无息地穿梭在天地之间。

这场悄然而至的春雨让李自成喜上眉梢，他大叫一声："宗敏，不要退，攻城！"

原来，明朝时候的火炮是明火点炮，一下雨明火没法点燃，火炮等于没用。刘宗敏听到李自成的呼喊，精神一振，重新整顿队伍，发起了新一轮的进攻。

大顺军借着春雨的掩护，迅速逼近城墙。没有了火炮的威胁，他们如猛虎般冲向城门。士兵们架起云梯，奋勇攀爬，与城上的守军展开了激烈的近身搏斗。经过一番苦战，大顺军终于攻破城门，杀进城内。岔道城的守将，带着残兵退守八达岭。

第二天，李自成照方抓药准备攻打八达岭。岔道城的退兵，加上八达岭的守军，此时已有五六百人。八达岭是居庸关外最大的要塞，武器的火力、军士的战斗力都比岔道城强。

城上的守军严阵以待，眼神中充满了坚定和决绝。守将于希祖沉着冷静地指挥着战斗，他合理调配兵力，充分利用地形优势，顽强地抵抗着大顺军的猛烈攻势。

李自成的军队发起了一次又一次的冲锋，但都被八达岭的守军击退。每一次进攻都伴随着巨大的伤亡，大顺军的士兵们在陡峭的山坡上艰难攀爬，却被城上的滚石、檑木砸得头破血流。火铳和弓箭的射击声不绝于耳，大顺军的士兵们纷纷倒下。

战斗从清晨一直持续到傍晚，李自成的军队始终未能攻破八达岭的防线。

晚上，李自成拖着疲惫的身躯回到帐中，闷闷不乐地思忖："这是自长安出兵以来，最难打的一道城关。宁武关怎么样？周遇吉那样的名将不都死了吗？小小一个八达岭，怎么就打不过去？"李自成正在着急，宋献策从帐外领进一个老人。李自成借着灯亮一看，老人至少六十岁开外，脸上皱纹堆累："宋先生，这位是？"

"闯王，这是石峡的老百姓，说有要事相见。"

欲知后事如何，且听下回分解。

第四十七回　闯王智越八达岭
慈禧西逃过榆林

始和羽骑出重关，风动南熏整旗还。

凯奏捷书传朔塞，欢声喜气满人寰。

悬崖壁立垣墉固，古峡泉流昼夜间。

须识成城惟众志，称雄不独峙群山。

——〔清〕康熙《入居庸关》

宋献策将老人领进帐中。老人刚要下跪，李自成连忙上前，一把扶住他："老人家，不必多礼，深夜前来有何贵干？"

老人颤颤巍巍站起身，看着这位传说中的闯王，自言自语地说："人人都说闯王对老百姓好，看来是真的。"

李自成命人搬过一张椅子："老人家，有什么事您坐下慢慢说。"

"闯王，您知道这是什么地方？这叫八达岭。岭有八道，关有八层，层层有大炮镇守，难攻呀！老朽我不忍看到大顺军兵死伤惨重，特来向闯王献上一计。"

李自成听罢眼前一亮："老人家有何计策，您快快讲来。"

"闯王您干吗非得一棵树上吊死？避实就虚，可以绕路。"

"什么？绕路？还有别的道路通往京城吗？"

"有啊！从这儿进东南山沟，走石峡、帮水峪，过白羊城，能到南口的西边。还有一条路，从这儿奔西直达柳沟，顺柳沟翻山直达得胜口，就是明陵所在……"

李自成听罢老人之言，喜出望外："老人家，多谢您前来送计！我们改投他路。"

"且慢。闯王，路是有，但是两条路都不是官道，大兵实难通过！"

"不妨事，老人家，只要有道路就好办。"李自成胸有成竹，并不急于攻打北京。为表示对老人的感谢，先把延庆州城打下来开仓放粮，还下一道命令：延庆老百姓不用纳粮出捐。老百姓也拥护闯王，为了纪念他，就把大顺军安营扎寨附近的两个村子叫里炮、外炮。现在两个村子还在，名字也没改。

老百姓自发地给李自成引路。李自成和刘宗敏分兵两路，一个西出石峡，一个东走柳沟。两支轻骑兵绕过八达岭，直取昌平城。两军在南口会合，翻身向北攻打居庸关。居庸关监军太监杜之秩、总兵唐通献关投降。一行人准备到八达岭，开关放大队人马过关。总兵唐通跟随李自成来到八达岭，见到八达岭和岔道城两位守将，把自己投降的事和盘托出，苦口婆心地劝道："您二位也降吧。"

二人听罢，怒吼一声："无耻之徒！你们这些人，食君禄不思报君恩，上对不起皇上，下对不起百姓！贪生怕死，猪狗不如！"说罢，二人拔剑自刎。

李自成率领大顺军大队人马开进八达岭，非止一日抵达北京城下。崇祯皇帝知道明朝大势已去，自缢煤山。至此，明朝历经二百七十六年的统治，在农民起义军的炮火声中，画上了句号。

随着明朝的覆灭，历史的车轮滚滚向前，来到了清朝。清朝初期，对于长城的修建，态度发生了显著的转变。相较于前朝对长城的重视与修筑，清朝政府对长城的修建采取了消极的态度，不再大力修筑和维护长城。

清朝康熙、乾隆取得平定准噶尔叛乱等军事胜利之后，清朝政府坚定推行"怀柔"政策，甚至出现康熙批评秦始皇的诗句："万里经营到海涯，纷纷调发逐浮夸。当时用尽生民力，天下何曾属尔家。"从此，在总体策略上，清朝皇帝下了不大规模修筑长城的决心。然而，大清依旧不能摆脱封建王朝的宿命，本想紧闭国门，没想到被远在万里之外的西方人用坚船利炮叩开国门。到了清朝后期，政治日益腐败，官员贪污成风，内部矛盾激化。曾经的辉煌逐渐黯淡，清帝国正走向衰落。

公元 1900 年，在中国传统的天干地支纪年体系中，被称作庚子年。这一年的农历七月末，正是居庸关最美的季节。从明代起，这里就有燕京八景之一的"居庸叠翠"；关沟七十二景更是一步一景，让人仿佛置身画中游览。然而，这般美景，都被黑暗渐渐吞噬着。

黑夜来临，一队上百人的车队，沿着居庸关的官道向北行进。从人马的数量来看，这绝非一般的客商。自大清定鼎中原的二百多年里，居庸关、八达岭不再有驻守的军队，因而增添了无数由此去往张家口的商人。他们赶着驼队，或三五成群，或七八成伍，迎着春风，顶着烈日，看着红叶，冒着严寒，一年四季脚步不停，行驶在北京与张家口之间的这条古道上。而今夏末秋初的夜里，这上百人的队伍却仓皇向北，他们究竟要去做什么？

事情要退回到两年前。1898 年 6 月，慈禧太后废除光绪帝推行的"戊戌变法"并将其幽禁瀛台，欲扶植新傀儡。她的想法遭到大臣的反对，外国人的指责。此时，西方国家要求清政府镇压"义和团"和"大刀会"，慈禧却对义和团剿抚并用，导致义和团活动加剧，大批涌进北京杀洋人、烧教堂。1900 年 6 月 20 日，德国公使克林德被清兵打死，事态再次扩大，八国组成联军攻打天津和大沽口。慈禧听奏报后怒火中烧，颁布《宣战诏书》与八国开战。谁承想，开战不到一月，八国联军攻进北京城，直逼紫禁城。

慈禧在储秀宫吩咐："准备车辇，哀家要带着皇帝、后妃连夜出宫。"这哪里是连夜出宫，分明是仓皇逃跑。太监按照老佛爷的吩咐都准备妥当，请慈禧上车。李莲英一把拦住慈禧，跪着说："老佛爷，您这样走可不行。紫禁城外都是洋人的兵，您得化化装，不能让他们认出来。"

慈禧接受李莲英的提议问道："小李子，这装怎么化？"

李莲英战战兢兢地说："脸得抹黑，头发得剪短，指甲不能留。"

就这三点，可把慈禧难坏了。慈禧对自己的皮肤、头发、指甲最为看重，如今让她亲手毁掉，能不心疼吗？但不这么做也没办法，在生死与好看两个选项之间，慈禧最终选择活着。她往脸上抹了锅底灰，一头秀发剪去大半，绾了一个发纂儿，还插了几根烂树枝，指甲也剪掉了，再换上一身粗布对襟大袄，跟农村老太太没什么两样，这才上车逃出紫禁城。

从昌平进关沟走了一天，清兵溃散四处抢掠，百姓奔逃，慈禧连水都讨不到，更无饭食。车驾在狭窄崎岖的关沟路上颠簸，好不容易快到八达岭，此岭一过就是塞外，再也看不到北京城。慈禧幽怨地命令停下车辇，有人上来把她搀扶下车，她抬头看满天星斗，一轮皓月悬挂在空中，白色的月光带着一丝丝寒凉之气。慈禧转头一看，道路南边有一块巨石，在李莲英的搀扶下缓缓地登上去，默默地向南瞭望，离京出逃不知何时才能返回，难道就和紫禁城永别了吗？想到这里，慈禧不由得潸然泪下。大臣们怕她过于伤心，又怕她站久着凉，都劝她回到车辇中。她就像没听见一样，仍然默默地凝目南望。秋风吹拂着她的白发，撩起她的衣襟。重峦叠嶂，月色皓首，慈禧最后望了一眼北京城的方向，才重回车辇继续赶路。后人把慈禧望北京城站过的巨石叫作"望京石"。

当天晚上，慈禧的车驾一路颠簸，终于来到了岔道城。延庆知州秦奎良早早就听闻大驾过境，忙不迭地赶来迎接。他还带来了延庆盛产的火勺。延庆火勺与众不同，里面有瓤，还是椒盐香味。相传在明朝的时候，延庆驻有大量的军队。士兵来自不同地区，饮食习惯各有不同，于是便诞生了类似烧饼的干粮——火勺。火勺很受军士欢迎，不但能适应各地人的口味，而且保存时间长便于携带，符合驻军饮食的需要。火勺流传至今，已有数百年的历史。

秦奎良双手捧着食盒，一路小跑着来到慈禧面前，额头上布满了汗珠，气喘吁吁地说道："老佛爷，一路辛苦，这是本地的特产火勺，给您和皇上尝尝。"

慈禧此时已经饿得前胸贴后背，眼睛直勾勾地盯着食盒，迫不及待地拿过火勺就往嘴里塞。那吃相全无平日里的端庄，一边大口咀嚼，一边含混不清地说道："嗯，好吃，好吃！"一个吃完还不解气，又伸手抓过一个，转眼间就吃完了三个火勺。

她吃完后，用袖子抹了抹嘴，这才想起问李莲英："小李子，这东西叫什么？"

李莲英赶忙弯着腰，满脸堆笑地回答："回老佛爷，这东西叫火勺。"

慈禧点点头，说道："好，今后让他们大力发展，这玩意儿能申请非遗……"当然这只是句玩笑话。

这天是七月二十二日，慈禧太后和光绪皇帝住在岔道城一座破庙里。两人背靠背，就这样坐了一夜。

秦奎良深知慈禧一行还得继续前行，连忙趁着夜色给怀来县官写了一封公文。他坐在桌前，奋笔疾书，额头上的汗珠滴落在纸上。写好后，他吹干墨迹，叫来亲信，郑重地说道："一定要快马加鞭送到怀来县城，告诉他们，老佛爷凤驾来到延庆，下一站就是榆林堡。让他们准备好吃的，赶紧送到榆林堡。"

公文送到怀来县城，县衙里顿时炸开了锅。人们手忙脚乱地传阅着公文，脸上满是惊慌之色。有人拿着公文，怀疑地说道："这公文该不会是假的吧？"

县令吴永眉头紧皱，仔细地辨认着公文的字迹，嘴里喃喃自语："这字迹……像是秦奎良的笔体。"

吴永发起愁来，在屋里来回踱步，自言自语道："听说老佛爷在紫禁城都是吃满汉全席，如今到处都有溃兵扰乱，满汉全席怎么准备？"

身边有人凑过来劝道："大人，即使真是圣驾，咱们这荒谷山城也办不了这大差，不如置之不理，变乱仓促中，谅也不至为罪。"

也有人小声说道："大人，要不您弃官逃跑吧，保命要紧啊。"

吴永停下脚步，坚定地说道："我身为守城官吏，吃着皇家俸禄，哪能看着君王患难而不管！"

他思考再三，最终下定决心，说道："去，雇三个厨师、十个厨工，准备些食材，两头毛驴驮上肉、蔬菜、水果，连夜奔赴榆林堡。"

众人赶紧行动起来。吴永带着队伍出了怀来县城，刚走出二三里地，迎面过来一队当兵的。他们个个凶神恶煞，手持兵刃，拦住了去路。

吴永走上前，拱手说道："军爷，我们是给老佛爷送吃食的，还请行个方便。"当兵的根本不听，不容分说，就一个字——"抢"。吴永急得大喊："你们有没有王法？我是怀来县令……"

当兵的一听，不屑地"呸"了一声："我还是皇上老子呢！去你的吧。"抬起脚照着吴永肋下狠狠踹过去。这一脚蹬得吴永半天直不起腰，疼得他脸色煞白，只能眼睁睁地看着这群人把东西抢跑。

　　吴永强忍着疼痛，带着众人继续往榆林堡赶去。到了榆林堡，只见村子里冷冷清清，一个人影都没有，老百姓都跑光了。

　　吴永来到驿站，只见一个叫董福的人还坐在那里。吴永走上前，问道："你怎么不跑？"

　　董福站起身，一瘸一拐地走了几步，说道："大人，我是个瘸子，跑不了。"

　　吴永又问："董福，现在驿站还有什么吃的？"

　　董福无奈地摇摇头，说道："大人，东西都让当兵的抢光了。只有三锅豆粥，馊了，当兵的不要才留下，别的吃食全没了。"

　　吴永听了，哀叹一声："真是要命。早知道该听别人劝，弃官逃走，起码还能保住一条性命。"

　　正想着，外面有人高喊："圣驾到！"

　　吴永听说圣驾临门，心里"咯噔"一下，提心吊胆连忙跑出去，跪在地上高喊："怀来县知县吴永，跪接皇太后、皇上大驾。"

　　吴永跪在门口，低着头，大气都不敢出。随从们忙着进院收拾房间，一会儿收拾好了，把慈禧和光绪从车上小心翼翼地搀扶进院子。

　　慈禧命人把吴永叫到面前，上下打量了一番，问道："你就是怀来县令？"

　　吴永连忙回答："回老佛爷，正是下官。"

　　慈禧又问了几句，无非走个过场，说到关键之处问："吴爱卿，赶紧传膳吧。"

　　欲知后事如何，且听下回分解。

第四十八回　西太后首乘专列
詹天佑兴修铁路

居庸突兀倚青天，一涧泉流鸟道悬。
终古戍兵烦下口，本朝陵寝托雄边。
车穿褊峡鸣禽里，烽点重冈落雁前。
燕代经过多感慨，不关游子思风烟。

—— 〔清〕顾炎武《居庸关》

慈禧太后携光绪皇帝西行，一路奔波来到了榆林堡。怀来县令吴永前来迎接圣驾。此时的慈禧太后，历经一路的艰辛，就想吃顿饱饭，于是下令让吴永传膳。

吴永接旨后，心中暗自叫苦不迭："传膳？哪儿来的膳？就只有三锅馊豆粥。"但他哪敢如实禀报，只能硬着头皮走向厨房。此时，董福早已把那三锅豆粥架在火上煮开了。吴永拿过粥勺舀了一勺，放进嘴里一尝，那味道简直没法喝。他急忙从旁边把糖罐子抱过来，发现罐子里只剩下半罐糖了。吴永一点儿没剩，将其全倒进了一锅里，至于另外两锅，他则无暇顾及了。经过加糖搅拌，他再尝那锅粥时，已然尝不出馊味，便让人端走，还特意嘱咐："这锅是太后的；这两锅是别人的，千万别弄错。"他在厨房焦急地等待了半个多钟头，终于有人前来传唤："吴知县，太后要见你！"

吴永听罢，心都提到了嗓子眼儿，心想："生死在此一举，就看老太后发不发火。发火我就人头搬家，不发火还能有一条活命。"怀着忐忑不安的心情，吴永来到上房，根本不敢抬头，"扑通"一声跪在门外。出乎意料的是，慈禧太后和蔼地说："吴知县，进屋回话。"吴永听了，心中窃喜："今天我死不了了。"吴永进屋，就听慈禧太后说道："哀家与皇帝连日行数百里，竟然不见一个百姓，官吏更是绝迹不见。今天到榆林堡，你整衣戴冠来接驾，可称得上是我大清国的忠臣！大局坏到如此地步，你还不失地方官礼教。我很高兴，大清江山今后还有希望。"

吴永心里想着："大清有望无望跟我没关系，反正我是生还有望了。馊豆粥没喝出来，算是让我捡回一条命。"他赶忙跪奏道："太后老佛爷洪福齐天，必能扭转乾坤。下官办事不力，只有一锅豆粥为老佛爷果腹，实在是下官之错。"

慈禧太后摆摆手说道："得啦，哀家知道，不是你的过错。那些溃兵着实可恨，沿途村庄让他们祸害得甚苦，我已让马玉昆杀了一百多个。好了，患难之中有此食物也就很满足。"随后，她对吴永说："你当叩见皇帝。"吴永这才看见，光绪皇上站在左边空椅子旁边，身穿宽襟大袖的半旧棉袍，腰无束带，头发长至逾寸，蓬头垢面，一副非常憔悴疲惫的样子。吴永赶忙跪叩，光绪无语。吴永仍还跪在太后前。慈禧太后摆摆手说："哀家今天已累，你退下吧。"

在榆林堡休息一天后，慈禧太后摆驾到了怀来县城。小小的怀来城，由于圣驾的到来变得热闹非凡，富商大官，人物云集，奔走伺候。随从宫监、军士几百人，每日所需供应的肉、菜、米、面，从怀来城十里以内被征调一空。慈禧太后打算在怀来多逗留几天，听听京城的消息，如果没什么大事，准备就近返回京城。然而，等了两天，得到的消息却是洋兵进入北京，气势汹汹，到处抢劫，连紫禁城都没放过。无奈之下，慈禧太后只得带着光绪皇帝继续西行跑到西安，将北京的烂摊子丢给了李鸿章。

李鸿章作为清政府全权议和大臣，开始与八国列强进行议和谈判。这漫长的议和谈判拖了将近一年，直到第二年9月，才签订了《辛丑各国合约》。1901年是中国农历辛丑年，所以这个条约也被称为《辛丑条约》。

一切都处理妥当之后，慈禧太后准备回北京。途中由正定到北京这一段，慈禧太后坐了一回火车专列。到北京之后，慈禧太后打算到清东陵祭祖，再去清西陵。由于路途遥远，大臣建议坐火车去。慈禧太后坐了一次火车，感觉还不错，于是下令直隶总督袁世凯："给你拨六十万两银子，在六个月内建造由新城至易县西陵的铁路。"

袁世凯原本想请英国人来修建，但这段铁路是卢汉铁路的支线。卢汉铁路从卢沟桥到汉口，也就是今天的京广线，这条铁路是由法国人设计的。英、法两国互相推诿，谁都不想修，其中的主要原因是觉得没有利润可图。袁世凯听说，有一位从美国耶鲁大学土木工程系毕业的中国留学生，有能力担任这条铁路的总工程师。于是，袁世凯找到他担任总工程师，从11月开始施工，第二年2月全线竣工，比预期提前了一个月。到了清明节，慈禧太后乘坐专列，从北京永定门上车，走京汉铁路转新修的新易铁路到梁各庄，全程一百二十千米，行走了两个多小时。慈禧太后对铁路和火车都非常满意，赏赐火车司机黄马褂。车上的一切摆设则赏赐给了铁路的总设计师——詹天佑。

如今，如果来八达岭旅游，有一处景点值得探访，那就是青龙桥火车站。在这座百年火车站旁边，矗立着中国杰出的工程师詹天佑的铜像。铜像下面的这条铁路，让詹天佑和中国工程技术人员名扬天下，这条铁路就是"京张铁路"。

"京张铁路"是从北京到张家口。张家口在当时可是个了不起的地方，在明朝就是马市，是大明和蒙古俺答通商的重要集市。到了清朝，满族与蒙古王公关系亲密，入主中原后，张家口成为清政府与蒙古频繁来往的必经之路。张家口不仅在政治、军事上发挥着举足轻重的作用，同时也成为北京和蒙古商旅货物往来、互通有无的中转站和集散地。蒙古一带的皮毛、羊马，南方的茶叶、布匹，在张家口的贸易数量极其庞大。如果能够修一条从北京到张家口的铁路，无论是在经济方面还是军事方面，都具有至关重要的战略意义。

北京到张家口约二百千米的路程，但中间却阻隔着太行山余脉军都山，形成了一道天然的屏障。尤其居庸关天险，使得这条交通要塞艰险难行。此前居庸关有一条石头铺就的官路，商队赶着骆驼可以通过关沟，从北京到张家口至少要走十天。如果修成一条铁路，火车只需要半天便能抵达，相比之下，修铁路势在必行。各国列强都揣摩到了清政府的想法，纷纷建言献策，主动请缨。然而，这毕竟触及清政府统治的关键之处，清政府对外宣称："京张铁路关系重要，由我大清自行筹款兴筑，不得由商人率意主办。"把各方的申请一一驳回。

外国列强闻听此消息，纷纷议论："你们大清国自己修京张铁路？简直是痴人说梦。清政府知道怎么修铁路吗？有人会修铁路吗？即便有人修铁路，从居庸关到八达岭山路崎岖，地形复杂，修筑工程空前艰巨。别说中国人，就连我们外国人都不一定能修好。你们趁早打消这个念头。"

清政府将京张铁路总工程师詹天佑的名字公之于众，各国列强这才纷纷闭上了嘴。放眼海内，在为数不多的铁路工程技术人员中，詹天佑无疑是最佳人选，无论是知识储备还是实践经验都是首屈一指，新易西陵铁路的技术水平和成功经验早已让他声名远扬。1905 年 5 月，詹天佑顺理成章地被任命为京张铁路的总工程师。

在清廷和英俄同意之后，资金、督办、工程师、技术人员、工人等一切都准备就绪，但詹天佑并没有马上开工。为了节约资金、缩短工期、降低施工难度，同时兼顾经济价值与收支效益，他反复地进行实地勘测选线，避开湍急的河流和陡峻的山体，精确地测算并形成科学的勘路报告。根据报告进行详细的造价评估，以便合理地分配人力、物力、财力等资源。

詹天佑接到任命后，立即组织了勘测队，对京张铁路进行全线勘测。他兢兢业业，一丝不苟，亲自背着标杆、经纬仪等测量工具，穿梭于悬崖峭壁之间。夜晚，他则整理资料，核实数据，设计绘图，比较路线。当时，中国铁路工程技术人员极为稀缺，在勘测队里仅有两名队员懂得技术，能真正充当詹天佑勘测的助手。

詹天佑一向认真严谨。在京张铁路的选线上，最艰巨且必须攻克的就是关沟地区。关沟地区到处都是崇山峻岭、悬崖陡壁、巨壑深涧，还有居庸关、八达岭这样著名的高地。八达岭高耸入云，雄伟的长城从山脊上蜿蜒伸展向远方。从关沟地区的南部入口——南口到八达岭，南北相距不到二十千米，但高低相差却有六百米，坡度平均为千分之三十三。也就是说，当一列编组为十五节的客车运行在关沟段时，列车首尾的高度差能达到三层楼的高度。在这样的高山深壑间修筑铁路，其困难程度可想而知。

有一天，詹天佑正在居庸关勘测，碰上了一位英国铁路工程师克劳德·威廉·金达。他是中国第一条铁路——唐胥铁路的总工程师。只见他趾高气扬地对詹天佑说："中国人不能承担开挖山洞工程，缺乏压缩空气机械设备，没法控制地下水，必须采用外国包工。我给你介绍一位日本包工，他们有你所需的机械设备，且包工价比其他国家便宜，我愿招人投标承揽合同。"

　　詹天佑坚定地摇摇头说："金达先生，谢谢你的好意。我想中国人的事情，还是让我们自己做更好。"金达不屑一顾，撇撇嘴说："别怪我没有给你提醒。詹先生，我劝你不要为了面子遗臭万年！"詹天佑抬头仰望群山，自豪地说道："金达先生，你看万里长城，这是我们中国人一砖一石修筑而成。相信只要我们有决心，就没有不能完成的工程。"

　　勘测到八达岭时，众人发现山体向前后两个方向顺坡而下。詹天佑面临着艰难的抉择：要么开凿一条长隧道，要么截去一段长城。不少工程人员和助手都劝詹天佑："总工，为了降低工程难度节省开支，轻轻松松完成工作，最好把这段长城炸了。"詹天佑坚决地摇摇头："诸位，詹某何尝不知道这样做能省不少事儿。长城能不能拆？现在它或许在抵御列强炮火方面没了作用，但是中国人都知道，这是老祖宗给留下来的精神寄托。长城在中国人的心中，就是一个图腾，一个象征。我们绝不能自毁长城！"最终，詹天佑选择开凿隧道，以保护长城。

　　1905年6月18日，全线勘测完成，詹天佑回天津，十多天里编写测量调查报告、经费预算，绘制各类图纸，7月初呈送袁世凯审批。他决定将工程分三段：第一段丰台至南口约五十二千米，较平坦，施工容易；第二段南口经关沟、八达岭至岔道城约一万六千五百米，坡度陡，铺轨难，须开凿山洞隧道，是重点；第三段岔道城经怀来、宣化到张家口约十一万一千五百米，沿线多良田，地价贵。詹天佑多次面见清政府要员，汇报勘测情况和设计方案。被问是否有困难及中国人能否修筑，他坚定地回答："真正困难在八达岭，需开凿山洞。中国人能修筑！"

　　不久，詹天佑的计划与预算获批。经过前期准备，1905年10月2日，京张铁路动工。在詹天佑的指挥下，工程进展顺利，开工不到一年，1906年9月30日，首段丰台至南口段建成。

　　这一天，詹天佑特地邀请众多宾客和官员，举办了盛大的通车典礼，以鼓舞士气。但詹天佑心里很清楚，后面的工程困难重重。他深知山势陡峻、地形复杂的关沟地区是整条京张铁路最重要、最艰巨的一段。工程进展到青龙桥时碰上了难题，此处海拔五百九十五米，比上一个站点三堡车站，高出一百三十八米。通过青龙桥是八达岭，这里的海拔比青龙桥还高。从青龙桥到八达岭，铺设这段铁路成了无法逾越的障碍。

　　欲知詹天佑如何逾越天险，且听下回分解。

第四十九回　京张阅尽长城史　军民共抗日寇仇

城堞逶迤万柳红，西山岧嶂霁明虹。

云垂大野鹰盘势，地展平原骏走风。

永夜驼铃传塞上，极天树影递关东。

时平堡堠生青草，欲出军都吊鬼雄。

——〔清〕康有为《过昌平城望居庸关》

　　詹天佑为解决青龙桥到八达岭一段高坡度铁路铺设的难题，可谓是寝食难安。在无数个深夜，他总是点着那盏微弱的油灯，在工程指挥部里全神贯注地翻阅着资料。

　　詹天佑在耶鲁大学学习的那段时光，养成了记笔记的良好习惯。然而，当时外国人根本不让带走资料，他便凭借着坚忍的毅力把珍贵的资料都一笔一画地抄录下来。几年的时间过去，他积累的笔记本竟装满了好几箱。

　　在一个静谧的夜晚，詹天佑如往常一样翻看笔记，试图从里面找到解决铁路铺设难题的办法。就在此时，屋门突然一响，一位工程助理从外面匆匆走进来。随着门缝的开合，一阵微风猛地灌进来，将屋里仅有的一盏油灯瞬间吹灭了。在慌乱之中，工程助理一不留神，把一箱子资料碰翻在地。詹天佑急得满头大汗，手忙脚乱地找到火柴，迅速点着了油灯。工程助理也赶忙蹲在地上，帮着收拾散落一地的资料。无意中，他拾起一本发黄的笔记，轻轻翻开一看，上面用英文工工整整地记录着美国矿山铁路修建的案例，旁边还有詹天佑亲手绘制的工程图。詹天佑看到这一页，不由得眼前一亮，激动地喊道："快把你手里的资料递给我！"工程助理赶忙将手中的笔记本递了过去。詹天佑紧紧地盯着当年的笔记，兴奋地一拍办公桌，大声说道："哎呀！就是这个！青龙桥到八达岭这段铁路就参照它来铺设！"

原来，詹天佑笔记记录的是美国矿山铁路的修建案例。当时，美国工程师为解决火车在矿山爬坡难的问题，想出了一个巧妙的办法，其英文专业名词叫"switchback"，意思是"转回"。他们让火车在山上走"之"字形的路线，以此有效地减缓了坡度，使得机车能够顺利地牵引车厢上下坡。詹天佑受到这个思路的启发，创造性地将其运用到了青龙桥到八达岭的铁路铺设中，成功地设计出了著名的"之"字形线路。

1909年10月2日，在中国铁路建设的历史长河中，是一个永远值得铭记的日子。这一天，是中国第一条自主修建的铁路——京张铁路动工四周年的纪念日，京张铁路举行了盛大的通车典礼。全世界的目光都聚焦在了这里。以詹天佑为首的中国工程技术人员与中国工人，凭借着自己卓越的技术与非凡的智慧，使用中国自筹的款项，独立自主地修建了这条意义非凡的铁路干线。整条铁路的建筑成本每千米的费用仅为京汉铁路的一半，并且比原计划整整提前了三年竣工。这条铁路的成功修建，奠定了詹天佑在中国铁路史上不朽的地位。

1919年，詹天佑先生与世长辞。为了纪念这位杰出的爱国铁路工程师，中华工程师学会、京绥铁路同人，联名向北洋政府申请，在青龙桥车站建立一座詹天佑的全身铜像。至今，这座铜像依旧屹立在青龙桥车站的半山腰，静静地注视着百年来中国从贫弱逐步走向富强的伟大历程。

百年富强之路，充满了无数的艰辛与磨难。"起来！不愿做奴隶的人们！把我们的血肉，筑成我们新的长城！"《义勇军进行曲》中那雄伟庄严的歌声，曾经在反击外来侵略者入侵、保卫中华民族生存的抗日战争中，响彻了长城内外、大江南北。中国人民终于用血肉筑成了新的长城，顽强地打败了侵略者，成功保卫了中华民族。

1933年3月6日，西北军二十九军军长宋哲元接到了紧急军令，要求将部队部署在长城的各个关口，严阵以待。此时，距离九一八事变还不到两年。日本军国主义分子在侵占东北三省后，野心极度膨胀，他们悍然炮击山海关，并迅速将其占领。热河省主席汤玉麟面对日军的进攻，竟不战而逃，致使日军得以全面进攻长城的一百多个关口。就此，长城抗战正式打响。从3月9日至11日，二十九军的战士们与日军展开了激烈的血战，他们毫不退缩，奋勇杀敌。12日凌晨，旅长赵登禹身先士卒，率领五百人的大刀队夜袭日军阵地。在夜色的掩护下，战士们挥舞着大刀，奋勇向前，杀得日军鬼哭狼嚎。此次夜袭大获成功，杀敌千余人，还缴获了坦克十一辆、装甲车六辆、大炮十八门、机枪三十六挺、飞机一架。然而，尽管战士们英勇无畏，长城抗战最终还是以失败告终。但长城见证了中华儿女的顽强抵抗，成为中华民族不屈抗争的伟大象征。

1937年，七七事变爆发，全民族抗战的序幕就此拉开。国共实现了第二次合作，红军改编为八路军。从1938年至1940年，八路军三次挺进平北地区。1940年初，钟辉琨和刘汉才率领队伍来到延庆大庄科后七村，中共平北工作委员会和昌延联合县政府正式成立，这是平北地区第一个得以巩固的抗日民主政权。

平北抗日根据地以延庆山高林密的有利地形为依托，凭借着长城的纵横交错，以及当地民风的淳朴，积极开展山地游击战。1943年初，寒风凛冽，一片肃杀之气。在这寒冷的时节，长城脚下的太子沟正孕育着一场激烈的战斗。这条沟南北各有两座较高的山头，沟内散落着数十户人家，周遭星星点点分布着小块的山间耕地，耕地里堆垛着秸秆和树枝。傍晚时分，百余人悄悄地来到了太子沟，神不知鬼不觉地潜入了八路军在太子沟设立的一个供给处。那里只有少数几名化装成村民的八路军战士留守，是一个极其秘密的据点。然而，由于可恶的奸细告密，驻守大庄科的伪满洲军得知了这个情况，三十五团工营倾巢出动，在伪营长赵海臣的率领下，气势汹汹地前来偷袭。

赵海臣，这个名字在附近老百姓的心中无不充满了仇恨。这个大汉奸作恶多端，阴险狡诈且心狠手辣。他原本是东北的土匪，日本人炮制出个满洲国后，大肆招纳土匪、恶棍、流氓充当"自卫军"，这家伙摇身一变，成了伪满洲军。他是个惯匪，杀人放火的坏事干得极其起劲，还与八路军死磕作对，很快就在伪军中升任营长。从东北到华北，一路不知残害了多少无辜的生命，犯下了无数的罪行。在大庄科不到一年的时间里，就杀害了八路军抗日干部和革命群众数十人，老百姓对他恨之入骨，恨不得将他千刀万剐。赵海臣长颈脖、鹰嘴脸，相貌极其凶恶。他每次出动，都混在伪军当中，让人不易察觉，好几次凭借着"金蝉脱壳"之计，从八路军的眼皮底下溜掉了。这一次，他得到奸细的告密，听说八路军在太子沟的秘密据点存有数百套棉衣和其他重要物资，不禁喜出望外，连夜带人前来偷袭。由于敌人是突然袭击，而留守的战士数量较少，供给处不幸被破坏，数百套棉衣也被抢走。

在这里的八路军是晋察冀八路军十团，他们正在昌延县地区努力开辟敌后抗日根据地。团长王亢，在抗日战争爆发前是东北的大学生，战争爆发后流亡到关内，遂毅然投笔从戎，拿起枪杆抗击日寇。十团有不少像王亢这样投笔从戎的大学生，整体文化程度较高，因而被称为"知识分子团"。他们在许多地方都打了不少胜仗，威名远扬。然而，来到昌延地区后，面临的困难和任务也是繁多而艰巨。这一地区被日军、伪满洲军、"蒙疆"骑兵大队共同占领和控制，敌人的力量十分强大。延庆作为关系北平和华北的北大门，在战略上具有重要的地位。八路军在此开展抗日斗争，其艰难程度可想而知。

王亢得知赵海臣偷袭太子沟的供给处和十团指战员们的消息后，下定决心要狠狠收拾这个汉奸。10月10日清晨，王亢得到了准确的情报：早晨8点左右，赵海臣偷偷溜出大庄科，带着队伍奔向果庄，企图给八路军的供给处再来一次偷袭。王亢当机立断，马上集合十团战士，在山林的掩护下，迅速埋伏到太子沟的群山之中。王亢率领部队赶到太子沟东大梁上，向沟底望去，只见赵海臣率领的伪军正肆无忌惮地烧杀抢掠。他们见什么就烧什么，烧不了的东西就用枪托砸，目的只有一个，那就是毁掉八路军十团的所有物资。太子沟内一片狼藉，缕缕黑烟冲向空中。

隐蔽在山林之中的十团战士，把这一切都看在眼里，疼在心头，一个个摩拳擦掌，恨不得立刻冲下去给敌人一个迎头痛击，一定要让赵海臣尝尝厉害。王亢冷静地命令四连一个排迅速占领果庄北大梁，牢牢扼守制高点，防止走向果庄方向的敌人主力回援，另外两个排作为预备队；命令

一、二连分别由太子沟左右两个小山坡上插下去，构成两面夹击敌人的有利态势，让敌人钻进精心布置的大口袋中，使其再无逃脱的可能。

下午3点，在王亢的指挥下，战斗正式打响了。战士们听到王团长的一声令下，立刻精神抖擞，充分利用有利的地形，从几个方向同时向敌人猛烈开火。他们把憋在胸中的怒火，伴随着机枪、步枪的射击声和手榴弹的爆炸声，一起狠狠地投向敌群。刹那之间，震耳欲聋的爆炸声震撼了整个山谷。伪军只顾着得意忘形，根本没想到会有八路军的埋伏，被这突如其来的猛烈攻击吓得晕头转向，顿时乱作一团。被击中脑袋的，还没来得及喊出声就一命归西；没有被击中的，抱着脑袋躲到大石头后面瑟瑟发抖。十团战士一看："伪军就这点儿本事！同志们，狠狠打！"十团战士们越战越勇，越打越猛。

赵海臣这才知道自己打错了算盘，不敢在沟底恋战，带着残兵败将拼命地往山上攻，妄图占领制高点。但再狡猾的狐狸也斗不过好猎手。赵海臣万万没有料到，王亢预先埋伏在山顶上的两个排，早已等候多时。战士们摩拳擦掌，就等着瓮中捉鳖。眼看伪军爬到半山腰，距离阵地只有二十多米，说时迟那时快，一声令下，子弹、手榴弹在敌人头顶密集地炸开花。十团战士边喊边冲，如出山猛虎，直扑敌阵；如箭离弓弦，疾射敌心。

赵海臣的伪军死的死伤的伤，溃不成军。不一会儿，太子沟里的枪声渐渐停了下去，一场激烈的战斗顺利结束。十团战士开始清扫战场，却没有发现赵海臣的身影。原来，他躲到了一个山缝里，企图逃过一劫。十团的战士们下定决心，就算掘地三尺，也一定要把这个狗汉奸找出来。一个战士发现赵海臣藏在山缝里。这个狗汉奸还企图负隅顽抗，趁着战士不注意，偷偷地往外打冷枪。这可把十团的战士们气坏了，站在山缝口往里大声喊："赵海臣快点儿出来！不投降就把你们炸死在里面！"说罢，两颗手榴弹扔了进去。

赵海臣实在是无路可逃，像只丧家之犬一样从山缝里爬了出来。一场在延庆长城脚下太子沟的战斗，仅仅用了两个小时，就击毙伪军一百多人，俘虏伪军少校营长及日本指导官以下七十多人，缴获机枪三挺，步枪、手枪一百多支。胜利的消息如同冬日里的暖阳，极大地鼓舞着平北抗日根据地人民群众的抗日热情。

　　硝烟渐渐散尽，神州大地终于迎来了春天，然而，绵延万里的长城却在岁月的侵蚀下走向暮年。百年来战火的不断摧残，新中国成立之初，万里长城已是千疮百孔，惨不忍睹。八达岭这段长城，城墙坍塌，城门损毁，唯有关城东门上的石匾"北门锁钥"依然矗立在残迹之中，呈现出一片凄凉之景。新中国成立伊始，人民政府决定对长城进行系统地保护和维修，一定要让中华民族抗争精神的形象代表——万里长城重放异彩！

　　欲知新中国如何保护、修复长城，且听下回分解。

第五十回

修城护遗功千古
金色名片耀四方

　　八达岭上望天渺，长城逶迤万峰小，如此江山真美好。
　　革命真有千般巧，各族人民团结了，瀚海戈壁将变宝。
　　此地屡见血殷红，登临凭吊感慨中，阴霾消尽见碧空。
　　青山到处有牧童，羊群卷地白蒙蒙，听他歌唱《东方红》。

——陈毅《长城词》

　　新中国成立后，人民政府对历史文化的保护工作给予了极高的重视。1952 年的秋天，时任政务院副总理的郭沫若上书中央人民政府，郑重提议"保护文物，修复长城，向游人开放"。随后，国家文物局迅速组织力量，针对居庸关、八达岭长城开展了细致且重要的修复工作。

　　国家文物局局长郑振铎坐在办公桌前，眉头紧锁，认真琢磨着："对长城开展修复工作，这可是关乎历史传承的大事。必须找一个既精通历史又深谙建筑，最好还具备一定野外考察经验的年轻人。"确实，难怪郑振铎的选人条件如此苛刻，因为修复长城这项工程实在是重大而艰巨。其一，长城并非由某一个朝代单独修建而成，它的历史可以追溯到战国时期，一直延续到明清，跨越了两千多年的漫长岁月，纷繁复杂。如果对历史一知半解，又怎能准确判断出哪一段长城是属于哪个年代修建的呢？其二，此次修复的对象是长城，这可是中国古代的伟大建筑杰作。若对建筑学毫无了解，又该如何进行科学有效的修复呢？所以，这个人必须精通建

筑，尤其是中国古代建筑的相关知识和技艺。其三，修复长城，绝不可能仅仅坐在办公室里纸上谈兵，必须要扛着勘测设备，深入崇山峻岭之中，到野外进行实地考察，而且这一趟行程往往不知道要耗费几天的时间。这项工作不仅需要吃苦耐劳的精神，更需要有丰富的野外考察工作经验。最后，也是最为关键的一点，必须是年轻力壮之人，因为山路陡峭，野外环境艰险，年岁较大的人在体力方面恐怕难以胜任。

这几个严苛的条件摆在郑振铎面前，令他深感忧虑，觉得一时间很难找到能够完全符合要求的合适人选。

郑振铎从清华大学请来了一位赫赫有名的专家，他便是中国著名的建筑学家——梁思成。新中国刚刚成立的时候，天安门广场的人民英雄纪念碑、中华人民共和国国徽，都是由梁思成先生参与设计的。

郑振铎将准备修复居庸关、八达岭长城的消息毫无保留地告知了梁思成。梁思成先生听闻后，兴奋至极："人民政府要修复长城，此乃功在当代、利在千秋的壮举。不过警民，我得跟您说……"警民是郑振铎先生的字，"长城维修必须遵守三项基本原则：第一，古建筑维修要有古意，'整旧如旧'，按照原状进行维修；第二，长城修好了，不是打算对外开放接待游人吗？那必须要有供游客休息的座椅，座椅的布置要讲究艺术性，不能在古长城上搞那种'排坐坐、吃果果'的生硬布置，要有野趣，讲究自然和谐；第三，在长城边种树搞绿化，绝对不能种高大的乔木，倘若种上参天大树，把长城的壮丽景观都给遮挡住了，那可万万不行……"梁思成先生还想继续往下阐述，却被郑振铎先生打断："我的梁教授，您的原则咱们稍后再谈。请您来，一是为了征求您的意见，还有一件事更为重要！"

"什么事？"

"您能不能推荐一个人，能够出色地完成修复长城的艰巨工作？"

梁思成这才恍然大悟："原来是找我当伯乐啊。好啊，警民，您说说具体的要求吧。"

郑振铎先生把详细的要求向梁思成一一讲述。梁思成听完后，轻轻摇了摇头："我说局长大人，您的要求确实有点儿高。不过，我还真有一个合适的人选，可以向您推荐。"

郑振铎听到此处，双眼顿时放光，急切地问道："梁教授，您快说说，推荐的人究竟是谁？"

"这个人，就是你们文物所的研究员。"

"哦？居然还是我们研究所的？"

"不错。他出生在四川宜宾的一个农民家庭，他父亲给他取名罗子富。在抗战期间，我所在的中国营造学社，由于局势所迫南迁，辗转落脚在四川宜宾的李庄。1940 年，罗子富考入中国营造学社，成为一名练习生，在社中主要负责抄抄写写、作图绘画之类的工作。当时他只有十六岁，然而对中国古建筑却展现出了非凡的悟性，极富灵气。工作上更是力求完美，所写所画的每一个点、每一钩、每一画都端端正正、整齐有序。我当时就觉得这个孩子日后必定会有大作为，于是便将他收为弟子。罗子富这个名字在四川方言里和美国总统罗斯福发音相近，大家平日里都亲切地称呼他为'罗总统'。我想既然是我的学生，不能收一个'总统'呀，所以给他改了个名字叫罗哲文。就是希望他能够早日成为一个在古建筑学领域里治学严谨、知识渊博、方法科学的有用之才，成为一名将才。1946 年，罗哲文随中国营造学社来到北平，成为我的助理。1950 年调到您这里来，现在不就在您的文物局吗？"

梁思成的这一番话，犹如醍醐灌顶，郑振铎听了兴奋不已地说道："对啊！我怎么把罗哲文给忘了。"第二天，郑振铎将罗哲文叫到了办公室，把人民政府准备修复八达岭长城的宏伟计划向他详细说明。罗哲文先生当时年仅二十九岁，年轻气盛，听完郑振铎的讲述后高兴得手舞足蹈："郑先生，国家准备修复长城，这真是太好了！实不相瞒，1948 年我刚到北京的时候，梁思成先生和林徽因先生就让我对八达岭进行勘察。长城的雄伟壮观让我至今难以忘怀。"

"好啊，小罗，既然你手里已经有了当初的勘察资料，那接下来你打算怎么做？"

"局长，我想国家准备修复长城，这是一件意义非凡的大事。我当初的勘察资料只能算是初步探索，如果想要按照我老师——梁思成先生'整旧如旧'的规划修复好长城，我必须对长城进行一次全面而深入的重新勘察。"

新中国修复长城的重任，就这样落在了年轻的罗哲文肩上，他下定决心先拿出一份详尽的勘察规划。为了尽快掌握长城的种种图文资料，罗哲文当机立断挑选了十多位同志协助配合工作，他们一头扎进图书馆，参阅了大量的史料。罗哲文发现，长城保存完整的段落少之又少，要想在短时间内见到显著的成效，难度极大。正值新中国刚刚成立，百废待兴，党中央和人民政府为了恢复国民经济，采取了一系列的政治经济措施，在全国范围内展开了增产节约运动，以全力促进经济建设。此时，又正处于抗美援朝战争时期，国家能够从仅有的资金当中拿出钱来，用于文物保护和维修，这是多么的不容易啊！罗哲文经过深思熟虑后建议，选择山海关、居庸关、八达岭三处进行重点地段的勘察。这三个地段各有特点，其中的山海关是万里长城的起点，保存相对比较完整；居庸关、八达岭则是万里长城当中最为精华的一段。

罗哲文带着精心制定的规划，坐上火车一路向北直奔八达岭。一下火车，正值夕阳西下，眼前的八达岭满目荒凉，夕阳的余晖浸染着长城的残骸，哪有什么迷人的景色可言？但是，罗哲文一想到新中国、新政府在百废待兴之际、新中国成立之初就不惜重金修复长城，他坚信，八达岭长城很快就会在自己和新中国的劳动者的手中，重现当年那巍峨雄壮的风采。他心潮澎湃，感慨万千，当即赋诗一首：

断壁残垣古墟残，
夕阳如火照燕山。
今朝赐上金戎刀，
要使长龙复旧观。

罗哲文和勘察队员们在八达岭上风餐露宿。有时候，为了考察关沟中的情况，他们只能在山里的一间小屋里和衣过夜，夜晚的山风吹来，与露宿在外几乎没有差别。考察条件虽然异常艰苦，但是长城那雄伟的姿态始终激励着年轻的勘察队员们。他们口渴了就饮山泉水，饿了就吃粗干粮，累了就枕着砖石块休息，夜晚就在荒山头露宿，再苦再累也丝毫没有动摇罗哲文"要使长龙复旧观"的坚定信念。历经三个月的风餐露宿和披星戴月，罗哲文带着勘察队员们终于圆满完成了对居庸关、八达岭和山海关等地段长城的勘察测绘工作，获取了极为翔实准确的第一手资料。

接下来的维修工作，要想达到梁思成先生所说的"整旧如旧"，实在是困难重重。这就意味着必须使用最原始的材料。明朝修长城用的是什么材料，现在修复也得用同样的材料。长城是由一块一块的砖垒砌起来的，要想用原材料进行修复，就得把原来的城砖找出来。能用的尽量用上，不能用的才可以用新砖替补。长城上的城砖，尺寸多种多样，其中最常见的是：长三十厘米，宽二十厘米，厚十厘米。砌筑时灰缝的厚度约为一厘米，三块砖的长度约为一米，五块砖的宽度约为一米，十块砖的厚度约为一米，这样一百五十块砖合起来约为一立方米。这是长城城墙、敌楼、城门建筑中使用最为普遍的规格。这种砖由泥坯烧制而成，表面呈青灰色，质地极其坚硬；正面光滑是为了美观，反面粗糙则是为了便于抹灰。除此之外，还有望孔砖、射孔砖、旗杆砖等，种类繁多，不计其数。要想把长城的砖一块一块地找出来，真的就如同大海捞针一般艰难。罗哲文和建筑工人们不辞辛劳，踏遍了八达岭的各个山沟。不管山势多么陡峭，峡谷多么深邃，只要是有城砖的地方，他们都未曾遗漏，只为收集一块一块遗留下来的城砖。有的砖由于长年累月被埋在地里面，仅仅露出一个角儿，罗哲文就带着建筑工人用双手一点点地刨挖。当地的老百姓一开始并不清楚他们在做什么，还以为是在挖掘什么宝贝；后来才明白，这是人民政府要修复八达岭长城。延庆的老百姓真是淳朴善良，看到建筑工人工作如此辛苦，纷纷主动加入建设大军之中。

正所谓众人拾柴火焰高，不到一年的时间，八达岭长城的修复工作顺利完成，并于1953年国庆节正式对外开放。八达岭修缮完成后，在金秋十月，古韵悠长的长城色彩斑斓，秋叶相互映衬，真可谓是"层林尽染，美景醉人"。

从那时起，凡是来中国进行国事访问的国家元首、政府官员、驻华使节，以及进行经贸往来、文化交流的各种人员、专家学者、友好人士、留学生、旅游者，都纷纷要到八达岭一览长城的雄姿。截至2024年7月，八达岭长城共计接待了五百三十八位国家元首及政府首脑。

1961年，八达岭长城被国务院列为"全国首批重点文化保护单位"；1990年，八达岭代表万里长城接受了联合国颁发的人类文化遗产证书。

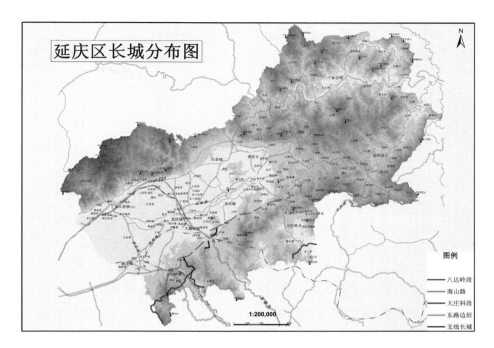

近年来，延庆区立足自身的资源优势以及高质量绿色发展的需求，积极构建"保护文物、传承文化、发展旅游"三位一体的工作格局，在长城的保护、开发和利用等方面不断厚植文化底蕴、汇聚精神力量。延庆区内的长城在北京地区具有六个"最"的显著特点。

第一，墙体长度最长。北京市现存的明长城达五百二十六千米，其中延庆区境内现存的明长城墙体就长达一百七十九点二千米，占北京长城总长度的百分之三十四。

第二，形制体系最丰富。延庆区内的长城包括被列为世界文化遗产的八达岭长城、独具特色的九眼楼生态长城、保留原生态风貌的八达岭古长城、历史悠久的石峡北齐长城、别具一格的小张家口土长城。

第三，区域文化最独特。延庆地区从古至今历史源远流长，无论是妫川河谷的农耕文化，还是平北抗日的红色文化，甚至是在延庆区举办的"世园会""冬奥会"，都为这片土地增添了独特而浓厚的氛围。

第四，景色最壮观。无论是雄伟的八达岭、秀美的海陀山，还是奇丽的龙庆峡，都吸引了众多游客前来游历观赏。

　　第五，保护与发展结合最早。1952 年，八达岭是第一批被修复的长城；1953 年完成修复并对外开放，在全国是最早的。

　　第六，长城主题载体最丰富。原来人们到八达岭登长城，欣赏的主要是自然风光，随着时代的不断发展，长城主题有了更多的拓展和延伸。今天再来延庆，除了攀登不同风格的长城，还可以参观全新改造的中国长城博物馆，欣赏创新的长城音乐季精品演出，入住"长城人家"精品民宿，品尝"长城脚下"的美食美味。

　　延庆区立足于长城保护，多年来，加大保护修缮力度，境内的长城不仅是历史的见证者，还具有独特的文化和自然景观价值。毗邻八达岭的石峡长城，原始风貌保存较为完整，雄风犹在，断壁残垣在岁月更替中默默讲述着历史的沧桑。村民们自发参与保护长城，从 20 世纪 80 年代初开始，就有村民到长城上捡拾垃圾，劝阻游客攀爬野长城，后来还组建了长城保护协会。随着长城面貌的恢复和生态环境的改善，2020 年，石峡村入选全国乡村旅游重点村，村里的民宿一年接待超过四万名游客。2024 年，石峡村村民给习近平总书记写信，汇报了自发参与长城保护工作和村里的发展变化等情况，表达了继续守护长城、传承长城文化的决心。就在 2024 年 5 月 14 日，北京市延庆区八达岭镇石峡村的乡亲们收到了习近平总书记的回信，勉励石峡村的村民们"把祖先留下的这份珍贵财富世世代代传下去"。

　　现而今延庆区已推进实施两期《延庆区长城保护利用三年行动计划》，开展长城抢险保护项目五十余项，建立了长城数字化档案系统和巡查系统，实现了对长城本体更好的保护。

　　长城，作为中华文明的象征，中国的文化符号，更是延庆一张熠熠生辉的"金名片"。传承长城的文化脉络，保护长城的古迹与文物，留住我们的根脉；讲好长城的精彩故事，让长城这张"金名片"在世界范围内大放异彩。

参 考 书 目

[1]〔汉〕司马迁著．史记［M］．北京：中华书局，1999.

[2]〔汉〕班固著．汉书［M］．北京：中华书局，1999.

[3]〔唐〕李百药．北齐书［M］．北京：中华书局，2000.

[4]〔唐〕魏徵．隋书［M］．北京：中华书局，2000.

[5]〔宋〕欧阳修，宋祁．新唐书［M］．北京：中华书局，2000.

[6]〔元〕脱脱．辽史［M］．北京：中华书局，2000.

[7]〔元〕脱脱．金史［M］．北京：中华书局，2000.

[8]〔明〕宋濂等．元史［M］．北京：中华书局，2000.

[9]〔清〕张廷玉等．明史［M］．北京：中华书局，2000.

[10]（清乾隆年修订）延庆卫志略［M］．北京：中国书店，2008.

[11]（清光绪年修订）延庆州志［M］．北京：北京出版集团，2023.

[12] 中共北京市委党史研究室，北京市地方志编纂委员会办公室．北京旧志集成·延庆志辑［M］．北京：国家图书馆出版社，2021.

[13]〔明〕刘效祖．四镇三关志［M］．郑州：中州古籍出版社，2018.

[14]〔明〕王士翘．西关志［M］．北京：北京古籍出版社，1990.

[15] 薄音湖，王雄．明代蒙古汉籍史料汇编［M］．呼和浩特：内蒙古大学出版社，2015.

[16]〔元〕熊梦祥．析津志［M］．北京：北京古籍出版社，1983.

[17]〔清〕顾祖禹．读史方舆纪要［M］．北京：中华书局，2005.

[18] 明代各朝重臣．皇明经世文编［M］．北京：中华书局，1962.

［19］〔明〕蒋一葵. 长安客话［M］. 北京：北京古籍出版社，2001.

［20］刘增利. 延庆史话［M］. 北京：北京教育出版社，2011.

［21］北京市政协教文卫体委员会等. 北京长城文化带丛书·长城踞北［M］. 北京：北京出版社，2018.

［22］林遥. 寒凝紫塞卫京华：延庆长城文化概览［M］. 北京：中国文史出版，2024.

［23］王岩. 京华通览：北京长城概览［M］. 北京：北京出版社，2018.

［24］武光. 京华通览：八达岭长城［M］. 北京：北京出版社，2018.

［25］程金龙. 北京延庆明代长城研究［M］. 北京：新华出版社，2011.

［26］程金龙. 视觉·长城档案：北京长城文化带之延庆. 北京市延庆区文物保护协会，2019.

［27］孟宪利. 话说八达岭与长城［M］. 北京：人民邮电出版社，2014.

［28］王国良. 中国长城沿革考［M］. 北京：商务印书馆，1928.

［29］罗哲文. 长城［M］. 北京：北京出版社，1982 年.

［30］张学亮. 北京长城大观［M］. 北京：现代出版社，2015.

［31］赵现海. 明代九边长城军镇史：中国边疆假说视野下的长城制度史研究［M］. 北京：社会科学文献出版社，2012.

［32］北京市考古研究院. 北京长城考古（一）［M］. 北京：科学出版社，2023.

［33］王岩. 长城艺文录［M］. 北京：北京出版社，2018.

［34］〔美〕窦德士，陈佳. 长城之外：北境与大明边防［M］. 北京：天地出版社，2024.

［35］王嵬. 我的京张铁路［M］. 北京：中国铁道出版社，2017.

图书在版编目（CIP）数据

延庆长城演义／温振鑫著. -- 北京：中国文史出
版社，2025.1. -- ISBN 978-7-5205-4865-6

Ⅰ. I239.8

中国国家版本馆 CIP 数据核字第 2024US4052 号

责任编辑：卢祥秋

出版发行：**中国文史出版社**

社　　址：北京市海淀区西八里庄路 69 号院　　邮编：100142

电　　话：010-81136606　81136602　81136603（发行部）

传　　真：010-81136655

印　　装：廊坊市海涛印刷有限公司

经　　销：全国新华书店

开　　本：889×1194　1/16

印　　张：20.75　　字数：308 千字

版　　次：2025 年 1 月第 1 版

印　　次：2025 年 1 月第 1 次印刷

定　　价：78.00 元